Puzzle

Romántica

Moruena Estríngana
Puzzle
Fusión perfecta (Un juego perfecto 1)

Planeta

El papel utilizado para la impresión de este libro está calificado como **papel ecológico** y procede de bosques gestionados de manera **sostenible**.

No se permite la reproducción total o parcial de este libro,
ni su incorporación a un sistema informático, ni su transmisión
en cualquier forma o por cualquier medio, sea éste electrónico,
mecánico, por fotocopia, por grabación u otros métodos,
sin el permiso previo y por escrito del editor. La infracción
de los derechos mencionados puede ser constitutiva de delito
contra la propiedad intelectual (Art. 270 y siguientes del Código Penal).
Diríjase a CEDRO (Centro Español de Derechos Reprográficos) si necesita
fotocopiar o escanear algún fragmento de esta obra. Puede contactar
con CEDRO a través de la web www.conlicencia.com
o por teléfono en el 91 702 19 70 / 93 272 04 47

© Moruena Estríngana, 2018
© Editorial Planeta, S. A., 2021
   Avinguda Diagonal, 662, 6.ª planta. 08034 Barcelona (España)
   www.planetadelibros.com

Diseño de la cubierta: Booket / Área Editorial Grupo Planeta
Imágenes de la cubierta: Shutterstock
Primera edición en Colección Booket: abril de 2021

Depósito legal: B. 4.211-2021
ISBN: 978-84-08-24128-7
Composición: Realización Planeta
Impresión y encuadernación: Liberdúplex, S. L.
Printed in Spain - Impreso en España

Biografía

Moruena Estríngana nació el 5 de febrero de 1983. Desde pequeña ha contado con una gran imaginación, pero debido a su problema de dislexia no podía escribir bien a mano. Por eso solo escribía pequeñas poesías o frases en sus libretas mientras su mente no dejaba de viajar a otros mundos. Dio vida a esos mundos con dieciocho años, cuando su padre le permitió usar un ordenador por primera vez, y encontró en él un aliado para hacer surgir todas esas novelas que estaban deseando ser tecleadas. Desde entonces ha continuado dando vida a cientos de historias. El 3 de abril se han cumplido doce años de la publicación de su primer libro en papel, *El círculo perfecto*, y sigue luchando por sus sueños, demostrando que todas las personas pueden llegar tan lejos como crean. Actualmente tiene más de cien publicaciones, ha sido número uno de iTunes, Amazon y Play Store en más de una ocasión y no cesa de escribir libros que poco a poco verán la luz. Su obra *Me enamoré mientras mentías* fue nominada a Mejor Novela Romántica Juvenil en los premios DAMA 2014, y *Por siempre tú* a Mejor Novela Contemporánea en los premios DAMA 2015. Con esta obra obtuvo los premios Avenida 2015 a la Mejor Novela Romántica y a la Mejor Autora de Romántica. Su web personal, moruenaestringana.com, donde explica sus novedades y curiosidades, ya cuenta con más de un millón de visitas. Su lema desde que empezó a publicar es «La única batalla que se pierde es la que se abandona», y ella tiene claro que no piensa abandonar el sueño de llegar cada día un poquito más lejos con sus letras.

 MoruenaEstringana-Escritora

 @MoruenaE

 @moruenae

A mi marido y a mi hijo, os quiero

Prólogo

El piloto derrapaba por la pista. La grada estallaba por la emoción ante la intensa carrera. La gente lo animaba, pero él solo era consciente del circuito, de la victoria. De ser el mejor. Solo el triunfo hacía que su atormentada alma tuviera un descanso, solo cuando salía vivo tras una peligrosa carrera valoraba lo que tenía y dejaba de sentirse tan vacío. Solo cuando sentía la adrenalina correr por sus venas se olvidaba de las personas que le habían amargado la existencia y del odio que sentía hacia ellas. Giró el volante y ahí estaba la meta. La cruzó escuchando de fondo el ruido de su motor y los vítores de las gradas. Se permitió una sonrisa antes de bajar del coche. No tardó en verse rodeado de personas que habían bajado para celebrar su nuevo triunfo.

—¡Eres el puto amo! Por eso eres el Príncipe —le felicitó su primo emocionado, aunque él sabía que lo que brillaba en sus ojos no era solo por su éxito.

Le dieron el trofeo y el premio en metálico, que se quedó su patrocinador antes de mirarlo y asentir. Con cada carrera estaba más cerca de su meta...

Tras darse una ducha salió al encuentro de sus amigos, que lo esperaban haciendo una fiesta en el aparcamiento, como cada noche. Su primo se acercó a él tambaleándose.

—Va a venir.

—¿Quién?

—La hija pequeña del alcalde. Es tu oportunidad para vengarte de ella y la ocasión perfecta para devolver al alcalde parte del daño que ha hecho a tu familia.

—No haré tal cosa. No quiero tener nada que ver con esa familia. Nada. Y no pienso acercarme a ella.

Capítulo 1

PEYTON

Dejo la bici apoyada en un árbol y camino hacia el claro que he encontrado en una colina cercana a la casa de mi padre. Es un poco más alta, pero yo me detengo en un raso que descubrí mientras exploraba el lugar. Me acerco al precipicio iluminado solo por la luna. No soy una suicida y ando con cuidado. Ya estuve en este lugar a la luz del día y sé que, aunque ahora no se vea, hay una valla antes de llegar. Observo la ciudad. Las luces de sus casas y las farolas brillan tratando de no dejarse engullir por la oscuridad. Le dan un toque mágico, como de árbol de Navidad. Es una ciudad pequeña, casi podríamos decir un pueblo, y que, si es conocida, es por su universidad, a la que vienen estudiantes de todas partes, haciendo más reconocido y valorado el sitio; y por eso estoy aquí ahora. Por eso he regresado al lugar donde nací hace diecinueve años.

Me siento en una gran roca que hay cerca del precipicio. Me gusta la tranquilidad que reina en el ambiente, algo que no voy a encontrar en mi casa. Ojalá no hubiera tenido que volver. Sé que no habrá día en que no me arrepienta de ello. Y pensar que, cuando me preparaba para venir aquí, tenía una mínima esperanza de que todo fuera a mejor... De que mi padre, su mujer y mi hermanastra no me trataran como llevan haciéndolo durante años.

Qué estúpida soy.

Debería haber aprendido la lección hace años; un hombre que envía a su hija de tres años a vivir sola en un internado y la visita muy de vez en cuando no puede tener buen corazón. Estar en casa de mi padre solo me ha hecho sentir como una extraña, como una pieza de un *puzzle* que nunca supo encajar. Como una historia que salió mal y con cuyas consecuencias ahora tiene que lidiar, es decir, conmigo, el resultado de un matrimonio fallido, donde cada uno hizo su vida sin pensar en mí.

Mi padre, cuando era joven, tenía una novia, Carla, la que ahora es mi madrastra, a la que quería y con la que tenía pensado casarse. El problema era que mi abuelo no soportaba ver a mi padre feliz y lo obligó a casarse con mi madre; si no lo hacía, lo privaría de todo su dinero y, claro, mi padre quería mucho a Carla..., pero no tanto como a su posición social, no tanto como para renunciar a todo por ella y rechazar la dote que mi abuelo materno le daría. Así que se casó con mi madre, aun sabiendo que su novia del instituto estaba esperando un bebé.

Mi padre se casó y no reconoció a la hija de Carla como suya. Trató de llevar la vida que su padre deseaba. Mi madre me tuvo a los tres años de matrimonio. Me dieron una buena vida hasta que murió mi abuelo paterno y mi padre dejó de fingir. Mi padre me contó que mi madre se marchó sin mirar atrás tras firmar el divorcio y aceptar una gran suma de dinero.

Mi padre por fin se casó con Carla, la que había sido su amante hasta entonces, y le dio a su primogénita sus apellidos. Eran una familia feliz, al fin estaban juntos... conmigo. Por eso cuando tenía tres años me enviaron a un internado.

Nunca he vuelto aquí desde que me fui siendo una niña. He vivido en el internado o en casa de mi tía Marian, hermana de mi padre, donde pasaba los veranos y las vacaciones cuando no podía quedarme en el internado. Su hija, Emily, tiene mi edad. Hemos ido desde niñas juntas al mismo colegio. Aunque ella sí se iba a dormir a casa de sus padres y a mí me llevaban de vuelta al internado. Emily es para mí una hermana, más que mi prima. Gracias a ella y a sus padres nunca me he sentido sola. Pero ellos no son mis padres y en el fondo siempre he esperado, cuando mi padre me dejara volver, ver en él algo de cariño hacia mí.

Si no me he marchado, ha sido porque tengo un gran motivo para quedarme, y es lo suficientemente importante como para soportar a mi progenitor. Una promesa que, para bien o para mal, me tiene atada desde niña.

Dentro de una semana empiezo la universidad aquí. Derecho..., cómo no, decisión de mi padre, puesto que es él quien va a pagar los estudios. Yo siempre he querido ser maestra de primaria; me encantan los niños, formarlos y contribuir a su educación. En el internado siempre que podía ayudaba con los más pequeños.

Por suerte mi prima Emily va a estudiar Bellas Artes en la misma universidad. Ella sí ha podido elegir lo que quería hacer. Se va a quedar en mi casa, vendrá dentro de una semana, un día antes de empezar las clases; hasta entonces debo lidiar sola con la familia de mi padre.

Escucho unos pasos y me pongo alerta. Siento un miedo atroz que me trae a la memoria viejos recuerdos enterrados, y es que dos de las desgracias que han marcado mi existencia ocurrieron al caer el sol. Me levanto para enfrentarme a lo que sea que se acerca, aterrada. Aún está lejos, puedo ver la luz del cigarro moverse. Me tenso y pienso si no sería mejor marcharme antes de ser divisada por esa persona que se acerca... Estoy pensando en eso cuando un joven sale de las sombras y me ve. La luz de la luna apenas ilumina sus facciones. Se desprende del cigarro y lo tira al suelo para aplastarlo con la suela de su bota. No puedo verle los ojos, pero sí sentir como me contempla con descaro.

Me yergo; no pienso quedarme atrás ante su escrutinio y hago lo mismo. Da unos pasos. Puedo ver que es muy alto, más de un metro ochenta. Su pelo parece negro, aunque con tan poca luz no puedo saberlo a ciencia cierta. Su cara es solo un amasijo de sombras, aunque sí puedo advertir que es muy guapo. Su gesto duro y serio no mitiga su atractivo. Llega hasta mí y se apoya donde yo estaba antes, sin decir nada.

—Estaba yo antes —le espeto volviéndome hacia él. Me mira con una ceja enarcada y una media sonrisa preciosa y atrayente.

Su postura, su mirada y su complexión fuerte y musculada alertan de peligro y, pese a eso, me apoyo en la roca decidida a no dejarme intimidar por este maleducado, no reconociéndome a mí misma ante este gesto. Por lo general, suelo evitar el peligro, y él lo rezuma peligro por los cuatro costados.

No comprendo qué me empuja a actuar de esta forma tan poco lógica y tan imprudente.

Pasa un rato antes de que alguno de los dos diga algo y, aunque no me agrada esta situación, soy muy consciente de su persona y de cómo el aire me trae cada dos por tres su atrayente perfume mezclado con el olor del cuero de su cazadora. Debería irme, lo sé, pero aquí sigo. Uno de mis defectos es que soy bastante cabezota.

—No piensas irte, ¿verdad? —No me responde. Lo miro irritada—. Buscaba estar sola y...

—Pues márchate, te puedes perder por ahí. —Me señala la arboleda. Su voz es dura y sensual.

Lo miro de reojo. Me está mirando, frunzo el ceño y él sonríe.

—No pienso irme.

—Haz lo que te dé la gana, princesa.

—No soy tu princesa.

—Ni yo quiero que lo seas.

—Pues no me llames así.

—Te llamaré como me dé la gana, y ahora cierra tu preciosa boca y disfrutemos del silencio.

Abro la boca para responder, pero finalmente me callo y contemplo el paisaje. Sigo molesta, y más porque soy muy consciente de su presencia. De su perfume, que se filtra en el aire de la noche. Huele a sándalo, a cuero, a libertad.

Me vuelvo hacia él. Me sorprende descubrir que me está mirando.

—Me preguntaba cuánto aguantarías callada. El rechinar de tus dientes es molesto, pareces un caballo nervioso.

—¡Yo no rechino los dientes! ¡Ni soy un caballo!

—Pues con ese gran hocico bien lo pareces; ¿de verdad no lo eres?

Me levanto y me llevo la mano a la cara, como si no supiera que mis morros no son descomunales. Me mira divertido. Lo miro furiosa y bufo.

—¡Lárgate de aquí!

—¿Acaso eres dueña de esto?

—No, pero tú tampoco, ¿no?

—No, princesa, pero yo lo descubrí antes. —Saca algo de su chaqueta, un cigarro, lo enciende—. ¿Quieres? —Seguro que me lo dice por mi cara de asco. Odio el tabaco.

—No, es malo para la salud. Y me da mucho asco el tabaco. Te puedo enumerar la cantidad de enfermedades que puedes pillar con ese vicio.

—No, gracias. Hay tantas cosas malas para la salud que si empiezas a pensar en todo lo que te puede destruir acabas encerrado en casa.

—Tú mismo. —Le da una calada y cuando expulsa el aire lo hace en mi dirección. Toso y trato de apartar el humo. Me retiro. El tabaco es mentolado—. ¡Eh! ¡Un respeto!

—Vete.

Me siento a su lado. Si piensa que me voy a ir, va listo.

—Deduzco que eres algo cabezota.

—Mira quién fue a hablar —digo entre dientes cuando el humo vuelve a acariciarme.

—Si aceptas un consejo, es mejor ser razonable que cabezota; esta lucha la tienes perdida. Soy el más cabezota de los dos. Nunca he perdido una batalla.

Por su forma dura de decirlo, lo miro. Sus ojos

afilados me observan. No me cabe duda de que es cierto.

—Yo tampoco. —Lo desafío con la mirada. Su gesto se suaviza. Tira el cigarro, al que casi no le ha dado apenas caladas, y lo aplasta.

Nos quedamos en silencio observando la noche, siendo muy conscientes el uno del otro. No digo nada, él tampoco. Me concentro en todo menos en él. Dejo que el tiempo pase. Sé que no piensa irse hasta que yo lo haga; igual que yo, aunque me tenga que quedar aquí hasta que amanezca. Los minutos se hacen horas. Tengo sueño, estoy cansada de esta postura, pero no pienso ceder, no pienso rendirme y dar esa satisfacción a este maleducado.

Me empieza a entrar mucho sueño. Doy una cabezada y casi me caigo, pero alguien o, mejor dicho, él, me frena antes de que me vaya hacia delante. Miro su brazo sujetándome por la cintura. Su contacto me quema.

—Vete a casa, princesa. Te prometo que me has sorprendido con tu aguante, pero de los dos solo uno puede salir victorioso.

—No pienso irme, y ahora suéltame. —Aparta su mano de mí, pero antes de quitarla del todo me acaricia el estómago. Lo miro enfurecida por su media sonrisa; sé que lo ha hecho aposta—. No me asustas. Pero como me vuelvas a tocar, te corto la mano.

Se ríe. Su sonrisa es ronca y atrayente.

—¿Tú y cuántas como tú?

—Me basto y me sobro.

—Oh, qué miedo —bromea.

—Para que lo sepas, chulito, soy cinturón negro —miento.

—Bien. —Se levanta, se pone ante mí, se acerca y

pone un brazo a cada lado de mis hombros. Me voy hacia atrás. Su perfume me envuelve y, pese a la oscuridad, casi podría jurar que sus ojos no son negros o marrones como los míos—. Demuéstramelo, princesa.

Su aliento me acaricia y pienso qué hacer, cómo defenderme. Gruño molesta y pongo mis manos en su pecho para apartarlo. Me topo con un pecho firme y duro.

—No, por favor, evita hacerme tanto daño. —Lo miro enfadada y alzo la rodilla para golpearle en sus partes y así borrarle ese gesto arrogante de la cara. Me coge la rodilla anticipándose a mis movimientos—. ¿Algo que confesar?

—Es posible que haya exagerado un poco... o un mucho, ya que solo aguanté dos clases.

Se ríe y se aparta, no sin antes acariciarme la cintura produciéndome un cosquilleo. Se sienta a mi lado.

—Ahora que ha quedado claro quién de los dos es el más indefenso y el que más peligro corre aquí, ¿por qué no te marchas?

—No pienso hacerlo. —Cruzo los brazos sobre mi pecho, sobre mi grande y vieja sudadera de color rojo—. Y ahora cállate, no me dejas concentrarme.

Se ríe y luego se calla. Y una vez más el tiempo pasa, lento, muy lento. Tengo frío, estoy agotada, pero no pienso rendirme, no ante este idiota. Me deslizo por la roca y me siento en el suelo, apoyando la espalda contra la piedra. Así estoy más cómoda... No pienso dormirme...

LUKE

Observo cómo se va quedando dormida. Me pregunto por qué sigo aquí. Vine a buscar paz y tranquilidad después de una dura carrera y tras descubrir que esta ciudad pronto tendrá a otro miembro de esa horrible familia en sus calles. Necesitaba silencio, y no a una joven chillona con una ridícula y enorme sudadera roja. La verdad es que me ha sorprendido su cabezonería y que no intentara ligar conmigo y tirarse a mis brazos.

Me ha gustado su espontaneidad, algo fresco y nuevo en mi vida. Por qué sigo aquí es todo un misterio. Debería irme y dejar que se congelara. Una cabezada más y cae sobre mi hombro. La dejo estar y la observo de reojo. El pelo rubio cae sobre su mejilla. Pese a la poca luz que hay en este sitio, no puedo negar que es una joven muy bonita. Pero lo que más me llama la atención de ella es la tristeza que he visto reflejada en sus grandes ojos almendrados. Una tristeza que sé reconocer muy bien, y tal vez por eso sigo aquí, sin entender muy bien por qué. La sigo mirando hasta que un escalofrío le recorre el cuerpo y, maldiciendo su imprudencia, me quito la cazadora evitando que se caiga y se la pongo por encima. Me siento a su lado y cae una vez más sobre mi hombro. No es más que una molestia. No debería estar aquí. Debería irme... pero, contra todo pronóstico, no lo hago.

Y me veo contemplando sus rasgos con las primeras luces del amanecer y descubro lo que ya intuía. Que está muy buena.

PEYTON

—Despierta, princesa, o te perderás el amanecer.
—Aturdida al no saber dónde me encuentro, me remuevo y me doy cuenta de que estoy apoyada en algo o, mejor dicho, en alguien.

Me voy hacia atrás cuando descubro que es un hombre firme el que me ha hecho de almohada. De golpe lo recuerdo todo. Me muevo para alejarme de él, que me observa como si no hubiéramos pasado la noche a la intemperie. Al incorporarme algo me cae sobre las piernas y veo que es su cazadora de cuero, que me ha protegido del frío. Él lleva una camiseta blanca. Debe de estar congelado.

—Queda demostrado quién es el más tonto de los dos. —Le tiendo su cazadora. La coge y se la pone.

—Eres muy molesta tiritando. No lo he hecho por ti, sino por mí.

—Podías haberte ido.

—¿Y perder contra ti? Nunca, princesa.

—Cabezota. —Me mira dejando claro que, en eso, ahora mismo, estamos en tablas.

El amanecer se abre paso entre nosotros. Dejo de mirarlo y me concentro en este maravilloso espectáculo. En ver cómo la luz del sol despunta en el cielo, llenando la ciudad de claridad. Poco a poco un nuevo día cobra vida, y la gente se pone en funcionamiento. Es precioso.

Giro la cabeza cuando la luz del sol ya nos ha alcanzado. Él se percata de que lo estoy mirando y se vuelve. Su gesto sigue siendo duro, pero ahora, de día, es menos amenazador y mucho más guapo. Tiene el pelo negro como la noche que hemos dejado atrás y los ojos claros, como yo imaginé. Son de un color azul increíble, oscuro y penetrante, y cerca de la pupila el iris se vuelve más claro. Me mira con los ojos entrecerrados entornados y el pelo negro cayendo sobre sus cejas. Dan ganas de abrazarlo... Cosa que no haré, por supuesto. Su móvil suena, estropeando y estropea el momento. Lo saca de su pantalón y se levanta. Tras hacerlo, me tiende una mano al tiempo que contesta la llamada.

Por supuesto no cojo su mano, y me gano una sonrisa torcida. Le saco la lengua. Me muevo. Me duele todo. Trato de estirarme. Es inútil. Estoy molida. Y él parece más fresco que una rosa. Habla con alguien sobre una fiesta y seguir de marcha. Me gustaría decir que no me he fijado en cómo su camiseta se le ajusta a los músculos ni cómo le marca su perfecta tableta..., pero sería mentir. Tiene un cuerpo escultural, sin estar demasiado marcado. Se vuelve para mirar el amanecer mientras habla y me veo contemplando su amplia espalda y su bien formado trasero, hasta que me doy cuenta y, avergonzada, aparto la mirada.

—Ahora voy... No, no estoy nada cansado. —Cuando lo dice me mira, sabiendo que yo estoy agotada. Cuelga y centra su atención en mí—. ¿Lo dejamos en tablas?

—No, pienso quedarme aquí, tú vete.

Me siento, cabezota, en la roca. Él duda, pero se acerca y pone sus manos sobre mí, una a cada lado. Contengo la respiración y me pierdo en sus ojos azules.

—Hacía tiempo que no conocía a una joven tan cabezota como tú. —En sus ojos me parece ver una pizca de admiración—. Pero te advierto, bonita, que, si haces todo esto para acostarte conmigo, lo hubieras conseguido por mucho menos. Nunca digo que no a una chica guapa.

Lo miro enfurecida y lo aparto.

—¡No eres tan guapo! Ni siquiera sé quién eres ni he hecho todo esto para engordar tu lista de amantes. Vete a esa fiesta y búscate a otra que te caliente la cama, porque yo nunca lo haré.

—Nunca digas nunca, princesa. O tendré que aceptarlo como un reto —me dice antes de darse la vuelta y marcharse.

Miro su espalda, enfurecida, y cuando ha pasado un rato, me dirijo hacia donde estaba mi bici, que dejé abandonada. Estoy ya montada en ella cuando siento que alguien se mueve a mi lado. Miro entre las sombras y veo al odioso joven que me mira triunfador.

—Yo jamás pierdo, princesa, jamás. Nunca lo olvides, yo siempre salgo ganando.

Dudo si irme o quedarme, pero finalmente me marcho. Esta batalla la ha ganado, pero, si hay otra, pienso ganarla yo, aunque me tenga que quedar aquí todo el día.

* * *

Me bajo de la bici y me dirijo hacia el claro de la montaña donde estuve anoche. La verdad es que no sé qué hago aquí. Me he pasado todo el día pensando en no regresar más. No tengo por qué soportar al maleducado con el que me crucé anoche, un maleducado que está muy bueno..., sí, pero un idiota de todos modos. «Aunque me arropó cuando estaba tiritando», recuerdo. El caso es que sé que debería dejar esta guerra absurda de mi padre. Debido a la cantidad de libros que he leído desde niña pensé que una casa tan antigua debía de tener pasadizos secretos ocultos. Me pasé un día entero tocando las paredes de mi habitación y buscando algo que estuviera fuera de lugar. Al final lo encontré en la chimenea, el último sitio en el que miré, pues me parecía tan típico que no creí que fuera a ser ahí.

Observo la ciudad a los pies de la colina. Hay mucha paz en este sitio y no queda muy lejos de la casa de mi padre.

—Y yo que pensaba que con una noche habías tenido suficiente... —Me vuelvo para encontrarme con el molesto joven—. Al final voy a creer que de verdad quieres acostarte conmigo.

—No sueñes. —Se ríe. Llega a mi lado y observa mi mochila. La levanta y trato de quitársela de las manos, pero es más rápido y se aleja, al tiempo que la abre—. ¡Eso no es tuyo!

—O mucho me equivoco o te has traído refuerzos para ganarme esta vez... Sí, correcto. Al menos estás siendo un poco más lista que ayer: una manta —lo miro enfurecida, pero a él parece hacerle gracia mi gesto—, patatas, bocadillos... ¿Dos? No pareces muy comilona...

—Pues lo soy. —Le doy la espalda y miro hacia la ciudad.

—Por tu gesto de enfado deduzco que uno es para mí. Gracias, la verdad es que no he cenado. Ah, y también has traído tu *tablet*. No sé si lo sabes, pero por esta zona no hay wifi.

—Puedo usar mi móvil de módem y darle acceso a internet. Además, ahora la plataforma de películas y series permite bajarte algunas cosas para ver sin conexión. Y no sé si lo sabes, pero la gente, aparte de ver páginas de internet, usa la *tablet* para leer. Algo que sin duda tú no haces mucho.

—Me has pillado, soy un completo analfabeto. ¿Podrás guardarme el secreto?

—Idiota.

Se ríe con voz ronca. Deja la mochila en el suelo y se sienta a mi lado con un refresco y uno de los bocadillos.

—¿Quieres el tuyo?

—He cenado ya. ¿Y tú, por qué no? Da igual, no respondas, me da lo mismo.

—Aunque no te importe, te diré que no he cenado porque no me ha dado tiempo y, por si te interesa saberlo, esta noche ganarás tú, ya que he quedado. Solo me he pasado para ver si eras tan tonta de estar aquí otra vez.

—No lo he hecho por ti.

—Ya, y por eso has traído una mochila llena de cosas como si fueras de acampada. Al final, princesa, voy a creer que te mueres por mis huesos. —Pongo cara de asco y él se ríe. Muerde el bocadillo—. Está muy rico. ¿Los has hecho tú?

—Soy un desastre en la cocina total y absoluto, pero soy muy buena preparando bocatas.

—La verdad es que sí.

Me halaga su comentario. Miro hacia la ciudad mientras lo escucho comer.

—No deberías quedarte sola mucho tiempo...

—¿Acaso te preocupas por mí? —le digo chulita.

—¿Yo? No, si tú sabes kárate, eres cinturón negro —dice en tono de burla—. Tú misma.

Se termina el bocata y, tras dar un trago a su bebida, se aleja.

—¿Te vas?

—Sí.

—Por lo menos podrías haberte despedido...

—Quería ver cuánto aguantabas sin preguntarme adónde iba.

—Eres un insoportable, qué alegría que te vayas y me dejes sola aquí. Mejor sola que mal acompañada.

—Tú misma, y, lo dicho, no seas tonta y no te quedes hasta tarde.

—Haré lo que quiera, pásalo bien.

—Te aseguro que sí. —Por la forma que tiene de decirlo sé que piensa en una mujer y en lo que hará con ella.

No le respondo y evito caer en la tentación de ver como se aleja. Al poco de irse escucho el ruido de una moto y me pregunto si será la suya.

No pienso marcharme solo porque se haya ido. Prefiero estar aquí sola que en mi habitación. La casa de mi padre me pone muy nerviosa. Me acomodo en el suelo tras poner una manta. Me siento y apoyo la espalda contra la roca. Saco de la mochila una linterna y la enciendo. Después saco mi móvil y la *tablet* y, tras usar el wifi de mi móvil, navego por internet y veo series de televisión. No es la primera vez que hago esto. En el internado encontré también el modo de escaparme y encontrar un lugar donde estar sola, donde no estuviera rodeada de paredes que me recordaran mi situación. Donde, en la soledad del bosque, pudiera superar mi miedo a la noche... No sé en qué momento me entra el sueño, pero al final sucumbo y me veo arrastrada por sus garras sin la prudencia de evitar quedarme dormida aquí sola, donde alguien podría aprovecharse de la situación y robarme, o algo peor...

* * *

—Esta muchacha es tonta —escucho que alguien gruñe a mi lado mientras percibo como algo cálido cae sobre mis brazos helados.

Me despierto y veo cerca al joven de ojos azules con cara de pocos amigos. Al percatarse de que lo miro entrelaza sus ojos con los míos.

—¿Acaso esperas que te violen o algo?

—No, me quedé dormida sin darme cuenta. —Me incorporo y me siento mejor. Me quito los cascos que llevaba puestos para ver series.

—Deberías estar en tu cama y no aquí.

—Y tú también.

—Pasaba por aquí y se me ocurrió acercarme a ver si eras tan estúpida de seguir en el mismo sitio.

—No soy tu responsabilidad.

—No, la verdad es que no, y me hubiera importado bien poco que te hubiera pasado algo.

Lo miro mordaz. Se sienta a mi lado y rebusca en mi mochila. Se la quito, pero no antes de que saque un paquete de chocolatinas. Trato de recuperarlas. Al acercarme a él, llega a mi nariz su perfume mezclado con uno de mujer.

Me separo.

—Hueles a mujer... ¿Vienes de...? Ya sabes...

—¿De tirarme a alguien?

—¡¿Cómo puedes ser tan bruto y tan poco caballero?! Se dice hacer el amor.

—Se dice follar, a menos que quieras a esa persona. Y como el amor no existe, solo se puede llamar de esta forma.

—En todo caso, se dice acostarse con alguien.

—Lo que tú digas, princesa, y no, no me he tirado a la joven que usaba este empalagoso perfume. Besaba francamente mal. Y si algo tan sencillo lo hace tan mal, en la cama debe de ser un mueble. Me gustan las mujeres fogosas... —Por su tono siento que lo dice para picarme y caigo, pues enrojezco hasta la raíz del pelo y el muy idiota alza la linterna para dejarme en evidencia. Lo miro. Sonríe con esa medio sonrisa suya tan característica.

—Tu sonrojo me hace pensar que o eres virgen o tienes poca experiencia.

—No te importa.

—No, la verdad es que no, no eres mi tipo.

—¿Por qué? Ayer dijiste que no era fea. —En seguida me doy cuenta de que esa pregunta nunca debió salir de mi boca—. No respondas, tú tampoco eres el mío.

—Vaya, y yo que creía que al fin se destapaba la verdad y estabas aquí para acostarte conmigo...

—No sueñes... Además, no soy tu tipo, sería una gran pérdida de tiempo —ironizo.

—No, no lo eres, y, contestando a tu pregunta, es porque nunca me acuesto con mujeres que esperan algo de mí; y me atrevo a pensar que tú crees en el amor y en todas esas chorradas para niñas tontas. Tienes cara de ser una romántica empedernida.

—No tiene nada de malo creer en el amor —me defiendo y no lo niego, no me avergüenzo por ser como soy—. Y sí, soy de las tontas que dan importancia a los besos, y más al hecho de hacer el amor. Y que esperan encontrar el amor verdadero...

—Bla, bla, bla... Hacer el amor, amor verdadero... Qué ñoño suena. Eso ya no se estila, princesa. La gente se acuesta y después, tal vez tras unos cuantos encuentros amorosos, se gustan más y tratan de tener una relación.

—El mundo al revés, vamos. Yo prefiero ir poco a poco...

—Pobre del idiota que dé contigo, vas a hacer que acabe estallando... —Agrando los ojos y se ríe. Lo golpeo de broma en el brazo—. Ahora me dirás que eres de las que quieren llegar vírgenes al matrimonio.

—No, pero no pienso acostarme con un imbécil

como tú y luego, a la luz del día, darme cuenta de que cometí la locura de liarme con alguien tan asqueroso.

—Te aseguro que, si te acostaras conmigo, no te arrepentirías. Te podría enseñar cosas que ni te imaginas. Es más, la idea de pervertirte me tienta...

—¡Eso es asqueroso! ¿De verdad te funciona con las mujeres? —Se ríe—. Prefiero arriesgarme a ser un mueble. Mejor no me enseñes nada que no sea tu espalda al irte. —Se ríe más fuerte y acabo sonriendo.

La verdad es que nunca he hablado con un chico tan abiertamente, y es refrescante. Con él siento que puedo decir lo que se me pase por la cabeza y no se sorprenderá. Siento que tiene mucho mundo y yo apenas acabo de abrir mis alas. No debo olvidar que es un extraño y que no lo conozco de nada.

Pero todo esto encierra un misterio que me atrae como la luz a las polillas. ¿Y si acabo quemándome como ellas?

Me alejo un poco. No es propio de mí estar aquí a altas horas de la noche hablando con nadie. ¿Y si es un psicópata? Empiezo a recoger. Lo miro de reojo mientras lo hago: me observa mientras se come la chocolatina y veo en sus ojos como reluce el triunfo. Pienso en si seguir con mi cabezonería o irme. Lo sensato es irme, y por una vez debo hacer lo sensato. Me levanto con todo medio recogido y me vuelvo a sentar por el dolor. ¡Se me ha dormido la pierna!

—¿Qué pasa?

—Se me ha dormido la pierna. —Me la froto y siento pequeñas agujas recorriéndome. Odio esta sensación.

—Llevabas mucho rato en la misma postura. Se te pasará.

—Lo sé. No es la primera vez.

—Aunque me alegraba que por fin mostraras algo de sensatez y te fueras, te aseguro que no soy un psicópata ni un asesino, y no voy a hacerte daño.

—Eso no puedo saberlo con certeza.

—No, no puedes. Lo mejor es que, en cuanto se te pase, te largues.

—Eso haré. —Cuando se me pasa un poco, me levanto de nuevo y compruebo que ya estoy mejor. Cojo mis cosas y empiezo a irme. Dudo si decirle adiós o no, pero callo, pues al fin y al cabo me voy porque puede ser un psicópata o algo peor.

—Yo siempre gano.

Sé por su voz que lo ha dicho para retarme, para que me vuelva y le demuestre que no voy a rendirme tan fácilmente. Es una clara provocación y no debería caer en ella... ¡Pero no pienso dejar que gane! Me vuelvo y dejo la mochila donde estaba. Al mirarlo a los ojos veo un destello de algo que no sé reconocer. Casi parece fastidiado, como si el hecho de que sus palabras me hayan hecho regresar no le gustara. Me crezco y lo miro retadora.

—No pienso irme. Deberías irte tú. Esta vez no te pienso dejar ganar.

—¡Dios, eres más tonta de lo que creía! O lo soy yo, por provocarte.

—Pues vete.

—No. Pon algo en la *tablet* para que lo veamos, y que no sea una peli romántica.

Sonrío y él, tal vez adivinando mis intenciones, abre la mochila y busca la *tablet*. Trato de quitársela y acabo medio encima de él.

—Dámela.

—Quítamela. —Se levanta y la alza. Me levanto

también. Es muy alto y yo no. Me saca más de una cabeza y aunque estire mi brazo no alcanzo.

—Vale, pues quédate así toda la noche. En algún momento tendrás que bajar el brazo.

Nos miramos retadores. Me fijo en que a su lado parezco muy pequeña en todos los sentidos, ya que no solo es alto, sino también ancho de espaldas, con estrechas caderas. Tiene cuerpo de adonis. No me extraña que esta noche estuviera con una mujer, porque es uno de los hombres más guapos que he visto en mi vida, aunque no es mi tipo; siempre me han llamado más la atención los rubios. Aunque, si he de ser sincera, no puedo negar que, desde que lo vi, más de una vez me he descubierto admirando su atractivo.

—Dios, eres insoportable. Toma tu estúpida *tablet* y pon lo que te dé la gana.

La cojo, me siento y busco la película más romántica que encuentro. Le doy al *play*. Él, tras resoplar, se sienta a mi lado. Se me levanta la comisura de la boca en una media sonrisa de triunfo. Sé que está molesto por haber tenido que ceder, y me encanta. Saco la manta y nos la echo a los dos por encima. No protesta y se acomoda para ver la película tras colocar la *tablet* sobre la mochila.

—Vaya mierda de película. —Me despierto desorientada. No tengo frío y mi mejilla está posada sobre algo cálido y duro a la vez.

—No lo era —protesto para que no crea que me he dormido. Me despierto del todo y siento que alguien me acaricia la espalda.

Doy un respingo al darme cuenta de que no sé cómo he acabado con mi cabeza apoyada en su fornido pecho y con su brazo rodeándome.

—¡¿Qué ha pasado?!

—Te has dormido y tu pesada cabeza se ha caído sobre mi hombro, así que me era más cómodo abrazarte.

—No deberías...

—No soy yo el que ha puesto esta horrible película y se ha quedado dormido sobre ti.

—Ya... La verdad es que la peli era un rollo —le reconozco—. Soy más de comedias románticas, y me encantan las películas de superhéroes. —Alza una ceja—. Sí, es un defecto que tengo.

—Podrías haber puesto una de esas.

—La verdad es que sí —admito.

Estoy agotada, y solo mi cabezonería me hace seguir aquí en vez de irme a mi cama.

—¿Lo dejamos en tablas? —Lo miro a los ojos y veo como duda, pero finalmente asiente.

—Acepto. Estoy mucho mejor en mi cama que durmiendo aquí a la intemperie contigo.

—Qué amable.

—No soy amable, soy razonable.

Pongo los ojos en blanco. Guardo las cosas en mi mochila con su ayuda y, una vez hemos terminado, se levanta y me tiende una mano. No se la cojo. Sonríe de medio lado.

—Puedo sola.

—Ya lo he visto.

Ando hacia donde tengo mi bici y veo que me sigue.

—¿Has venido en moto?

—Sí, está al lado de tu destartalada bici.

—No es destartalada, solo antigua.

—Lo que tú digas.

Llegamos a su moto y, como él ha dicho, mi bici está cerca. Se nota que su moto también ha conocido tiempos mejores, aunque es muy bonita pese a su antigüedad, con esos tonos negro y plata.

—Es clásica, no vieja —apunta cuando abro la boca para hablar.

—Iba a decir que me gusta. —Voy hacia mi bici y me subo en ella—. Nos vemos.

Y, sin esperar a que me responda, me marcho. Una parte de mí sabe que todo esto que estoy haciendo no es propio de mí. No debería regresar a este lugar, debería buscarme otro donde encontrar paz, donde pueda sentirme sola, sin estar rodeada de gente.

Capítulo 2

PEYTON

—A ver si lo he entendido —me dice Emily por teléfono—. ¿Tu padre cree que puede decirte quién puede ser tu novio y quién no? —Me siento en la roca y me levanto en seguida enfurecida.

Sé que dije que no vendría, que esto es una locura, pero cuando cayó la noche y la casa se quedó en silencio, tuve que salir de allí y acabé viniendo a este sitio. Al mismo lugar donde me he encontrado con el misterioso joven de ojos azules durante dos noches. Y si necesitaba salir hoy con más urgencia y no pensar en nada era por la desastrosa cena que he tenido con mi padre. Hoy han venido a cenar a casa el novio de mi hermana, Cam, sus padres y su hermano mellizo, Colin. Mi madre y mi hermana no dejaban de sonreír cuando hablaban de política y de trabajo en la cena, de alabar la inteligencia de los allí presentes. Cuando se fueron, estaba a punto de subir a mi cuarto cuando mi padre me informó de que mañana a las doce vendría a recogerme Colin para ir a comer juntos.

—No voy a ir —le contesté con una sonrisa que esperaba que ocultara la rabia que me producía el hecho de que hubiera aceptado por mí—, buenas noches.

—No lo has entendido: irás. Mi casa, mis normas. Es un buen chico, y tú necesitas un buen chico.

Pensé en negarme, gritarle y decirle que él no era nadie para decirme con quién debo o no salir. Callé a tiempo, pues hace años aprendí que con mi padre es mejor aparentar que le sigues el juego para que te deje en paz. Pero eso no quita que esté enfurecida por verme obligada a tener una cita con Colin.

—Lo has entendido bien. Mi padre me ha obligado a tener una cita —le digo a Emily.

—Esto no es la primera vez que pasa, pero sabes que, por mucho que te obligue, no puede imponerte con quién salir.

—Lo sé.

—Piensa que en nada estoy allí y que iremos a la universidad juntas y te apoyaré en todo. Ve mañana a esa cita, intenta pasarlo bien y, como has hecho otras veces, luego te niegas a una segunda y sigues con tu vida.

—Sí, solo un año, Emily, y podré desvincularme de esta familia.

—Espero que no de mí, que también soy parte de esa misma familia.

—Ya sabes a qué me refiero.

—Sí. Y, por cierto, cambiando de tema. ¿Qué tal es la ciudad? Mi madre no habla muy bien de ella.

—Apenas la he visto. Prefiero que lo hagamos juntas.

—Genial. Te cuelgo, que voy a ver una película con mis padres. Llámame si me necesitas y recuerda: hazles creer que estás de su lado y te ignorarán.

—Lo haré, gracias por recordarme cómo debo actuar.

—Encantada, prima.

Cuelgo y me preparo para estar aquí. Aunque estamos en septiembre, y por el día aún hace calor, por las noches ya empieza a refrescar. Por eso suelo venir aquí con una gran sudadera y unos vaqueros. Cuando quiero pasar desapercibida, normalmente me pongo sudaderas con capucha y unos vaqueros que hace tiempo dejaron de ser nuevos. Me tapo los pies con la manta tras poner otra en el suelo y elijo qué película ver. Escucho un ruido y me vuelvo para ver si... No, mejor que no venga. No estoy aquí por él. Me acomodo; hoy también me he traído una pequeña almohada. La peli acaba, son cerca de las dos de la mañana y sigo sola. Decido regresar a casa de mi padre.

Quiero pensar que el hecho de que el misterioso joven de ojos azules no haya venido no me importa, que más bien me alegra... El problema es que no estoy del todo convencida de que no haya sentido una pequeña desilusión. Discutir con él es muy divertido y me hace olvidar la realidad.

* * *

Dejo mi bici al lado de una moto que reconozco muy bien mientras recuerdo lo mal que me fue la cita con Colin. He de admitir que es majo, y muy guapo, con ese pelo rubio y sus penetrantes ojos azules. Pero eso no ha mejorado la velada. Conocer a sus amigos, los mellizos y Jarrod, que no me inspiró mucha confianza, aunque tampoco el resto, que me miraban con interés por ser hija de quien soy, me amargó el momento, y más la llegada de mi hermanastra con su novio. No soporto que la gente me haga la pelota solo por ser hija del alcalde; yo soy mucho más que eso.

Son cerca de las once de la noche. Voy hacia nuestro lugar de encuentro. No tardo en verlo de pie, mirando hacia la ciudad. Las luces de las casas parecen luciérnagas que iluminan la noche, y la luz anaranjada de las farolas recuerda a las estrellas. Por eso me gustó este sitio.

—Ayer no viniste —le digo a modo de saludo tras dejar la mochila. En seguida me siento estúpida, porque ha parecido como si hubiera querido que lo hiciera—. Algo que me gustó.

—No ha sonado así, princesa.

No se vuelve. Voy hacia él, veo que se está palpando el puño y me fijo en lo que parece ser sangre. Alarmada, me acerco hacia él imprudente, pues parece que se ha pegado con alguien.

—¿Quién te ha pegado?

—¿Tan debilucho me crees como para que alguien se atreva a pegarme?

Lo miro mejor: tiene la ropa algo rota, al igual que su labio. No tiene buen aspecto. ¿Y si es un camorrero? ¿Y si es un maltratador?

—Por fin muestras algo de cordura. —Mueve la mano y pone mala cara.

De pronto me veo acercándome a él y cogiéndosela. Una parte de mí siente que no me hará daño, que ha venido aquí así para que yo salga corriendo y lo deje solo en su lugar secreto.

—Eres tonta, no encuentro otra explicación.

—Cállate, trato de curarte.

—De entre todas las personas con las que me podía

haber topado en este lugar, he tenido que dar con la más loca o insensata.

—Idiota —le digo molesta.

Tiro de él hacia donde he dejado mi mochila. Lo obligo a que se apoye en la roca. Saco agua y unos pañuelos. Me coge la botella, se enjuaga la boca y escupe. Se moja la mano. Y me quita los pañuelos para curarse con ellos.

—¿Qué ha pasado?

—Me gusta pegarme con la gente. Deberías irte.

Por la forma que tiene de decirlo sé que, una vez más, trata de alejarme.

—No pienso irme. —Mueve el puño y pone mala cara—. No me quiero ni imaginar cómo le has dejado la cara.

Sonríe de medio lado.

—Se lo merecía, por cabrón.

—¿Y por qué?

—No me hagas un héroe, princesa. No lo soy. Me voy, que he quedado.

—¿Y por qué has venido entonces? ¿Para que me asustara y te dejara en paz?

—Chica lista. Lástima que además seas imprudente. Adiós.

Y sin más se va, dejándome más desconcertada si cabe. Él tiene razón, estoy siendo una imprudente.

* * *

Tengo frío, mucho frío. Sueño que consigo meterme bajo varias mantas, pero sigo sintiendo frío. De repente dejo de sentirlo y me despierto de golpe, desconcertada.

—Estás helada. ¿Por qué sigues aquí? ¿No tienes casa? ¿Tienes algún problema en ella?

Me incorporo y me tapo mejor con la manta. El joven está a mi lado, mirándome.

—No tengo problemas, al menos ninguno evidente. Más de uno me envidia, y yo sin embargo cambiaría mi vida por la de más de uno —admito medio dormida.

No dice nada; la brisa me trae perfume de mujer mezclado con el suyo.

—Has estado con una mujer. No sé por qué no sigues con ella.

—Para algunas actividades en pareja no se necesita tanto tiempo, y no me gusta dormir con nadie.

—Qué asco. —Se ríe.

—Ya ves, las mujeres encuentran sexi a un tío con un labio partido. Las pone cachondas...

—No necesito tanta información. Intuyo que esta sí sabía besar.

—Tampoco, por eso no pasó de ahí. Y cambiemos de tema, no sé qué hago contándote lo que hago o dejo de hacer.

—No haber venido. Estaba muy cómoda sin ti.

—Estabas helada, si no llego a venir lo mismo pillas una pulmonía.

Lo miro con el entrecejo fruncido. Alza la mano y me lo acaricia. Su contacto me quema. Me aparto.

—Gracias, supongo. ¿Por qué te pegaste?

Alza una de sus rodillas, apoya su mano en ella y la mueve; por su gesto no parece dolerle tanto como antes.

—Solo me defendía —admite al fin y, no puedo negarlo, me relaja saberlo.

—¿De qué?

—Debí suponer que no te conformarías solo con eso.

—Por supuesto que no. ¿Por qué?

—No debí haber venido, debí haberte dejado aquí sola —gruñe.

—Bueno, ya que estás aquí...

Dejo aposta la frase inacabada y espero.

—Solo defendía a una joven a la que estaba pegando su novio. Él se rebotó conmigo y, tras golpearme, me defendí.

—¿Y qué pasó después?

Se ríe sin emoción.

—La muy idiota me amenazó con llamar a la policía si no dejaba en paz a su novio y se agarró a él. Se marcharon juntos como si unos momentos antes él no le hubiera dado una bofetada.

—Desgraciadamente esto no es la primera vez que pasa. Y entiendo que te metieras, yo hubiera hecho lo mismo.

—¿Tú y cuántas como tú? Eres un poco enana.

—No soy tan enana, y aquí donde me ves, me metí en una pelea para defender a una mujer. —Me mira curioso—. Vi a un hombre pegando a una mujer y salté a su cuello. Lo malo es que me cogió y me quitó de encima con facilidad, tirándome contra la acera. La parte positiva es que su novia, al verme herida, se alejó de él y presentó una denuncia.

—¿Cuántos años tenías?

—Quince.

—Quince... Empiezo a pensar que eres una completa imprudente.

—No es eso, a veces actúo sin pensar.

—Lo dicho, una imprudente. ¿Acaso pensabas vencerlo tú sola?

—Tampoco era tan alto.

—Ah, claro, que no era tan alto. —Parece enfadado, lo cual no tiene sentido—. Y yo que pensaba que viniendo aquí herido te irías... Empiezo a pensar que, si quisieras llegar a un lugar teniendo que bordear un campo de minas, lo harías igualmente.

—Si es muy importante lo que quiero... No suelo dejar que mi miedo me aleje de los lugares a los que quiero ir.

No le digo que por eso me gusta estar en el bosque, ni que hace años tenía un miedo atroz a estar sola. Pensé que, si superaba mi miedo, dejaría de tener pesadillas con lo que pasó..., pero me equivoqué. Me acaricio inconscientemente la cadera.

—Lo que me extraña es que sigas con vida a tu edad. Que, por cierto, ¿cuántos años tienes?

—Diecinueve, y por lo general, suelo esconder cómo soy en verdad.

—Qué suerte tengo de que conmigo seas tú misma —ironiza.

—Idiota.

—De nada, princesa.

—Te podría decir mi nombre, y así dejarías de llamarme princesa.

—No, no somos amigos ni tengo intención de que lo seamos.

—Vale, como quieras. ¿Y tú cuántos años tienes?

—Muchos más que tú. Eres una cría.

—O sea, que eres un viejo que se ha operado varias veces para parecer un joven de veintitantos años.

Sonríe de medio lado.

—Supongo que, si te dijera que sí, que soy un viejo, te seguiría dando igual. No sé ni por qué me empeño en seguir buscando cosas para alejarte de mi territorio. Eres una gran molestia, princesa.

—Cuando llegué no había nadie y, dicho sea de paso, ningún cartel de propiedad privada.

Pasa de responderme y en vez de eso abre mi mochila y saca algo de comida.

—Es propiedad privada.

—Denúnciame.

—Debería hacerlo. —Saca agua y pega un trago; me fijo en que no tiene reparos en beber a morro—. Podría tener una enfermedad contagiosa y pegártela. Aunque no sé para qué me molesto en hablar, porque teniendo en cuenta que te enrollas con la primera que pasa..., no creo que te importe mucho lo del agua.

—No me importa, no, y no con cualquiera, princesa, solo con las que están buenas y tienen un buen par de razones.

—Siempre los pechos. Por culpa de hombres como tú las mujeres se acaban metiendo en operaciones de aumento de pecho...

—Odio los pechos operados. No me gusta lo artificial. Prefiero unas pequeñas bien colocadas que unas grandes operadas.

—No me puedo creer que esté hablando de pechos operados contigo.

Se ríe.

—Eres demasiado inocente, princesa.

—He leído lo suficiente para no ser una ignorante.

—Ah, perdona, que has leído cómo follar con alguien, usted perdone.

—Tonto.

—Voy mejorando, he dejado de ser un idiota. —Por su forma de decirlo se me escapa una sonrisa.

—También he tenido novios. No soy una completa ignorante. —En realidad sí lo soy, pero esto no tiene por qué saberlo—. ¿Y tú?

—Novios, ninguno.

—Novias, tonto. —Esto último lo digo con toda la intención y sonríe de medio lado.

—Yo solo una, y te aseguro que no pienso volver a cometer ese error.

—Debiste de quererla mucho, entonces.

—No, era un idiota.

—Bueno, eso lo sigues siendo.

Sonríe y da un mordisco a una chocolatina que ha sacado de la bolsa. Me la tiende tras haberla probado. Por sus ojos veo que me está tentando a ver cuán irresponsable puedo ser tras decirle lo que le dije del agua. La cojo y voy a morderla, pero me acuerdo de que ha pasado la noche con alguien a quien no conozco y se la devuelvo.

—No me apetece tener nada que ver con la que te has liado.

Sonríe de medio lado con esa sonrisa tan sexi..., algo que a mí, por supuesto, me da igual.

Parte un trozo de chocolate de la parte que no ha tocado y me lo tiende. Lo cojo y me lo como.

—Hacía años que no comía estas chocolatinas, son más propias de niños.

—Me da igual, si algo me gusta, no voy a dejar de comerlo solo porque la gente crea que ya no debería hacerlo.

—Haces bien. —Saca el paquete de tabaco y le da vueltas en la mano. Se lo quito.

—Odio el tabaco.

—Deberé recordarlo cuando quiera apartarte de mi lado.

—¡Ja!

—Veintidós —dice tras recuperar su paquete de mi mano y guardarlo en su chaqueta de cuero.

—¿Veintidós cigarros al día? —le digo haciéndome la tonta, como si no hubiera entendido que me acaba de confesar su edad.

—Me has entendido, princesa, y solo fumo cuando estoy tenso.

—Eres un viejo. —Sonríe.

—Y tú una niña. —Le saco la lengua—. Ves, una niña pequeña.

—Tonto.

Sonríe, pero no dice nada. Se levanta viento; lo más sensato sería irnos.

—¿Tablas? —propone cuando tirito por el frío. Me tiende una mano. La miro y se la cojo, estrechándosela.

Su mano se ve grande al lado de la mía, es cálida y me hace sentir más pequeña de lo que soy a su lado.

Me suelto, recojo para levantarme y una vez más vamos juntos a donde están nuestros medios de transporte.

—¿Estudias en esta universidad? —le pregunto cuando está a punto de ponerse el casco.

—¿Y tú?

—Yo empiezo dentro de unos días...

—Entonces allí sabrás quién soy.

—Ni que fueras famoso... Seguro que va mucha gente y ni siquiera nos encontramos.

—Seguro que no. Nos vemos.

Capítulo 3

PEYTON

Me despiertan unos golpes en mi puerta. Cojo mi móvil de la mesilla de noche para ver qué hora es. Son solo las ocho de la mañana. Vuelven a golpear la puerta con insistencia. Salgo de la cama y abro sin preguntar quién es. Me sorprendo cuando veo a mi padre con cara de pocos amigos. En seguida pienso que sabe que por las noches me voy de casa y no le ha gustado nada descubrirlo. Aunque en el fondo sé que, si me sucediera algo, se alegraría, pues por fin tendría su familia perfecta sin tener que lidiar conmigo.

—Tu prima no va a quedarse aquí —me suelta sin más en cuanto abro—. No quiero sus cosas aquí. Llámala para que te indique adónde debes enviárselas.

Se marcha sin más, dejándome impactada por sus palabras. Cierro la puerta y voy a por mi móvil. Al cogerlo veo que Emily me está llamando, pero al tenerlo en silencio no lo escuchaba.

—¿Qué es eso de que no te quedas aquí a dormir?

—le digo nada más descolgar, pues no tengo dudas de que mi prima me llama por eso.

—Por eso te llamaba. Anoche mi madre y tu padre discutieron, como siempre, y me acabo de enterar de las consecuencias.

—¿Por qué discutieron?

—Ya sabes que nuestros padres no se llevan muy bien, que mi madre siempre ha sido para ellos la oveja negra de la familia y desde lo que nos pasó... sabes que mi madre no lo ha perdonado. Cuando mi madre lo llamó para pedirle que me dejara quedarme contigo, aceptó sin más, y mi madre se sorprendió. Pues bien, lo hizo con una razón, pues tenía trampa.

—¿Qué trampa? —le digo cuando se calla para coger aire.

—Mi madre llamó anoche para ver cómo habían llegado mis cosas y para informar de que iría un día antes de que empezara la universidad, y también para darle las gracias a su hermano por el favor, y de paso le dijo que no se metiera en mi vida... Y entonces fue cuando se lio —hace una pausa—, tu padre se rio y le dijo que, si yo estaba bajo su techo, iba a ser con sus normas. Su casa, sus normas, que ya era hora de que yo recibiera la educación que me correspondía. Mi madre le dijo que eso nunca lo permitiría y discutieron. Tu padre dijo que le parecía bien, que no me quería en su casa. Que se pusiera a buscarme alojamiento. Mi madre está convencida de que tu padre sabía que esto pasaría y que hizo enfadar adrede a mi madre para que yo no me quedara en su casa.

—¿Y qué va a pasar ahora? Lo siento mucho...

—No es tu culpa y, tranquila, mis padres ya me han encontrado un cuarto en una casa de estudiantes. Fíjate si están enfadados con tu padre que incluso han pasado por alto el hecho de que sea una casa mixta.

—Ya tienen que estar enfadados..., o es que saben que tú no harás nada porque estás colada por César.

—Eso también —dice con una sonrisita en la voz—. No me gusta dejarte sola con ese ogro de tío que tengo..., y la idea de estar en una casa de estudiantes me aterra.

—No pasa nada, me alegra que al menos una de las dos pueda ser libre, y te vendrá bien, Emily. —«Espero que sí», pienso, pues ya que Emily siempre suele cohibirse ante personas desconocidas—. Me tienes que pasar la dirección, pues tengo que ir a dejar tus cosas allí.

—Ahora te la mando por el móvil. He tenido suerte, pues porque la chica que tenía el cuarto lo ha dejado en el último momento. No había otra habitación y mis padres no quieren que viva sola.

—Lo entiendo. Y tú, ¿qué piensas?

—Ahora mismo en que César no sepa que dormiré en una casa con otros tíos. No quiero que se moleste. Ya sabes cómo es.

El novio de Emily y yo no nos llevamos muy bien, y eso que nunca hablamos. Pero tiene algo que me inquieta. Emily siempre se ríe cuando se lo digo y dice que eso es porque es muy guapo. Y aunque es cierto que no es feo, hay algo más. Mi prima se anula mucho cuando está con él y hace las cosas pensando en si a él le molestarán, y eso me suele inquietar mucho, pues a veces tengo la sensación de que a César le encanta que Emily sea tan tímida y no se esfuerce en tener más amigos. Lo respeto y me guardo lo que pienso para mí por Emily; llevan saliendo desde los quince años y ella, pese a todo, es feliz con él.

—Dejaré las cosas en tu nuevo cuarto y te haré una foto para que lo veas.

—Gracias, y puedes quedarte en él siempre que quieras. Puede ser tu lugar secreto.

—Puede ser, pero el que tengo ahora es precioso. Ya te lo enseñaré.

—Trato hecho, y lo siento una vez más. No me gusta nada dejarte en esa casa...

Nos despedimos y me doy una ducha antes de ir a llevar las cosas de Emily a su nueva casa. Me pongo unos vaqueros algo anchos y una sudadera enorme.

Nunca me he preocupado por mi aspecto. Ya demasiado tengo con vestir como quiere mi padre cuando me hace ir a verlo o cuando, a veces, me invita a cenar o me concierta una cita con alguno de los hijos de sus amigos. Por eso, cuando estoy libre de tener que representar ese papel, no me molesto en ir perfecta. Sé que a veces peco de descuidada, y me gustaría no serlo..., pero lo malo es que nunca encuentro una buena razón para pasarme horas poniéndome perfecta y que luego nadie me vea o acabe viendo una peli en el cuarto de Emily hasta las tantas. Y ahora Emily va a vivir en una casa de estudiantes. No va a encajar allí, y yo tampoco cuando vaya a verla. Seguro que hacen fiestas hasta las tantas. Ni yo ni Emily hemos ido a una, porque al echarse novio Emily tan pronto y estar yo en el internado casi recluida, las fiestas de estudiantes no han sido parte de nuestra vida. Tuve un novio con el que salí hace tres veranos, Adrian; con él fui a algunas fiestas y me gustaba salir con él y sus amigos, pero cuando se fue volví a mi rutina.

Emily debe de estar de los nervios. De las dos yo soy la más sociable, y no es que yo tenga más amigos de los que se pueden contar con los dedos de una mano... Y todo por culpa de mi padre y su voluntad de controlarlo todo y a todos.

Una vez estoy lista, voy a por las cosas de mi prima, que ya están en el que iba a ser su cuarto, guardadas en cajas junto a sus maletas. Llegaron ayer, mi padre mandó ordenarlas y al parecer anoche les dijo a sus empleados que las guardaran de nuevo. Recojo todo y, tras hacer varios viajes, lo guardo en mi coche.

Me dirijo hacia la ubicación que me ha enviado mi prima por el móvil. No queda muy lejos de la facultad. Es una zona residencial de varias casas antiguas reformadas. Veo a varios estudiantes por la zona. Como también varias casas de fraternidades, y no hay duda de que han dejado esta zona del pueblo reservada para estudiantes. Aparco frente a una casa acogedora y bastante grande. Reviso la dirección y compruebo que efectivamente es aquí. Salgo del coche y voy hacia la puerta para llamar, porque no quiero sacar nada del coche hasta saber si es aquí donde Emily va a quedarse. La puerta se abre y aparece tras ella un joven muy guapo... sin camiseta. Intento mirarle a los ojos y no al tatuaje que lleva en el pecho derecho. Un tribal, creo que se llaman. Y con unas letras alrededor que no he tenido tiempo de leer.

—¿Quién eres? —me pregunta tras mirarme de arriba abajo con sus sagaces ojos de color azul claro casi verdoso.

Tiene el pelo rubio oscuro; seguro que de niño lo tenía más claro, pero ahora parece castaño y solo cuando le da la luz se notan los reflejos dorados. Me siento algo incómoda con su escrutinio.

—Soy Peyton —no le digo mi apellido, porque no

me gusta decirlo a menos que sea estrictamente necesario—, prima de Emily Scott; me ha pedido que traiga sus cosas.

—Sí, Blanca me dijo que vendrías. Pasa, es subiendo la escalera, la última puerta a la derecha. No tiene pérdida.

Abre la puerta del todo y me deja pasar antes de irse, dejando claro que ya ha perdido demasiado tiempo conmigo. Sigo sus indicaciones y subo hacia las habitaciones. Mientras lo hago, me fijo en que la cocina comunica con un amplio salón donde hay varios sofás y una mesa a un lado. Y también hay un cuarto a mi derecha en el que se ve una mesa de billar, una gran tele y consolas. Sigo subiendo y voy hacia la derecha. El pasillo es amplio y con varias manchas en la moqueta. No tengo duda de que aquí hacen fiestas y estos son los restos. Llego al cuarto de mi prima tras contar cuatro puertas. En dos de ellas hay carteles con nombre: en uno pone Cora y en el otro, Blanca. La otra puerta intuyo que puede ser el baño. Por suerte esta parece la zona de chicas. Abro la puerta y me sorprendo al ver un amplio cuarto con una gran cama de matrimonio. Lo esperaba más pequeño. Pero viendo el tamaño de la casa, no sé de qué me extraño.

Saco el móvil y hago varias fotos para enviárselas a Emily. Me responde en seguida diciéndome que parece muy bonito y que la cama es grande y podremos dormir las dos en ella. Sonrío ante su comentario. Sé que necesitará que me quede con ella todo el tiempo que me sea posible.

Bajo a por sus cosas y las tengo que subir en varios viajes. El chico que me abrió la puerta me ha visto hacerlos y no se ha ofrecido a ayudarme. No es que lo necesite, o que le fuera a decir que sí, pero me ha sorprendido su falta de educación. Acabo de subir las cajas y me dispongo a ordenar todo a mi prima. Es cerca del mediodía cuando alguien toca a la puerta. La abro, pues la tenía cerrada con llave, y me encuentro con dos chicas. Una que me sonríe con una gran sonrisa en su bello rostro pecoso y otra que me observa con cara de asco. Esta segunda me mira de arriba abajo dejando claro lo poco que le gusta verme. Su pelo y sus ojos son negros. Es muy guapa, no puedo negarlo, pero enseguida me cae mal, y eso que no la conozco. Su forma de mirarme hace que me ponga alerta.

—Hola, debes de ser Peyton, tu prima me dijo que vendrías. Soy Blanca. —La que tiene la cara pecosa me da dos besos. Huele a frambuesas y parece muy amable. Tiene el pelo rubio cobrizo y unos cálidos ojos verdes—. Ella es Cora.

—Hola —dice sin más la aludida, y tras mirarme una vez más, se marcha a su habitación. Blanca la mira de manera reprobatoria y entra en el cuarto donde estoy yo.

—No le hagas caso, yo tampoco la soporto. Pero se lleva bien con el dueño de la casa y no nos queda más remedio que aguantarla.

Le devuelvo la sonrisa. Se pasea por el cuarto y coge una foto que he puesto en el escritorio de Emily donde salimos las dos haciendo el payaso, sacando la lengua y con los labios pintados de rojo, pero mal pintados. Nos la hicimos hace un par de años y después nos reímos de lo lindo. Coge otra donde salimos bien, mirando a la cámara sin poner caras. En ella se puede ver nuestro leve parecido, pues yo no me parezco mucho a mi padre; aunque las dos somos rubias, el pelo de Emily es más oscuro, tirando casi a castaño, y el mío tira a color trigo. Además, los ojos de Emily son verdes y los míos marrones.

—Os dais un aire.

—Eso nos dice la gente.

—Se ve que es una buena persona. Algo que esta casa necesitaba. —Sonríe—. Son buena gente... Un poco raros, pero cada uno hace su vida sin meterse en la de los demás.

—¿Y hacéis muchas fiestas?

—Algunas. No te voy a engañar. —Deja la foto—. Siéntete como en tu casa. Como prima de Emily, también es la tuya. —Empieza a irse, pero se detiene—. Por cierto, ¿te han enseñado la casa?

—No, solo he visto un poco mientras subía las cajas.

—Roy es muy poco caballeroso, y eso que es el más simpático de los tres chicos que viven aquí.

—Pues entonces no me quiero imaginar cómo serán los otros. —Se ríe por mi broma.

—Los tres están muy buenos, y si no que se lo digan a Cora, que se ha acostado con dos de ellos y bebe los vientos por el Príncipe...

—¿El Príncipe?

—Sí, la gente le llama el Príncipe de Hielo, así que imagínate. Ven, te enseñaré el resto y si quieres puedes hacer fotos para mandárselas a Emily.

Me dice que la parte de la izquierda son los cuartos de los chicos. Y que la puerta que queda al lado de la de Emily es un cuarto de baño muy amplio con una bañera grande y una ducha con hidromasaje. Me dice Blanca que el de los chicos tiene bañera con hidromasaje y que de vez en cuando les dejan usarla.

—Cuando no la están usando ellos... —Por su cara sé que se refiere a que la usan con alguna chica. Sonrío como si todo esto no fuera nuevo para mí.

Bajamos a la planta baja y vamos a la sala de juegos, como la llama ella. Hago fotos para Emily y se las mando. Los sofás de cuero hace tiempo que dejaron de ser nuevos. Hay un pequeño aseo en la parte baja y luego está el amplio salón que da a la gran cocina. Me comenta que cada uno tiene su propia sección en la nevera. Que la parte de la derecha es la de las chicas y la de la izquierda la de ellos. No tienen horarios de comida y cada uno entra y sale como le da la gana. Salimos a la parte trasera y me sorprendo al ver la barbacoa y la pequeña piscina. Está genial.

—Y, bueno, esto es todo. Te presentaría a los demás integrantes de la casa, pero Roy está en su cuarto con la música, componiendo, le gusta tocar la guitarra —me informa—, y cuando esto pasa no quiere ser molestado. El Príncipe está trabajando y Ronnie... Este ni siquiera sé dónde está. ¿Alguna pregunta?

Niego con la cabeza. Regreso al cuarto de Emily. Blanca me da un par de juegos de llaves. Uno para Emily y otro para mí.

—Emily me preguntó si podía darte un juego de llaves. Te lo hice esta mañana, pero no pensaba dártelo hasta conocerte y ver si eras de fiar.

—Me alegra escucharlo. —Cojo los dos juegos y me los guardo en la sudadera.

—Bueno, me voy a hacerme la comida. Si te quieres quedar...

—No, pero gracias, ya nos veremos.

—Eso seguro.

Recojo mis cosas y me marcho. Pienso en ir a comer

a casa de mi padre, pero no me apetece. Acabo conduciendo hasta el centro comercial y dando una vuelta por allí mientras me como una porción de pizza. He llamado a mi prima y se lo he contado todo. En su voz he notado lo nerviosa que está. Me siento culpable, puesto que ella eligió esta universidad para estar a mi lado. Pienso pasar todo el tiempo que pueda con ella en su nueva casa. No la voy a dejar sola. Entro en una tienda de ropa y paso los dedos por varios vestidos y camisetas. Son bonitos. Debería comprarme ropa para la universidad, ya que tengo claro que no pienso lucir la ropa que mi padre me dicte. Ya es suficiente con que lo haga en sus fiestas y cenas. Volveré aquí con Emily para saber su opinión.

—¿Peyton? —Me vuelvo tras escuchar mi nombre y veo a Colin, que al ver que soy yo, sonríe, haciendo que sus ojos azules se iluminen—. Sí, claro que eres tú.

Salgo de la tienda para saludarlo. Me da dos besos.

—Hola. No esperaba verte por aquí.

—Yo a ti tampoco, y por lo que veo vas de incógnito. ¿O lo vas cuando estás ante tu padre? —me pregunta cómplice.

—Más bien lo segundo.

—Ya somos dos. —Lo miro y veo que lleva un pantalón de chándal negro y una sudadera gris. Su pelo está húmedo y sobre el hombro lleva una mochila—. Voy a un gimnasio no muy lejos de aquí y cuando salgo me gusta venir a tomarme un café. ¿Te apetece uno?

—Vale. —Sonríe.

Vamos hacia una cafetería y nos pedimos dos cafés vieneses, por recomendación de Colin. Nos sentamos en una mesa con ellos.

—Me gusta mucho la nata —le digo tras coger un poco con mi cucharilla.

—A mí también.

Nos tomamos el café mientras me cuenta que estudia Empresariales y que, aunque al principio fue porque su padre así lo quería, al final le ha gustado la carrera y trabajar con su padre y su hermano. Percibo el entusiasmo en su mirada cuando habla de su trabajo. Se nota que tiene una buena relación con ambos.

—Parecen serios —dice adivinando mi gesto de sorpresa—, pero son buena gente. Cam se está esforzando mucho por seguir los pasos de nuestro padre y aceptar más responsabilidades; al fin y al cabo, es el mayor por solo diez minutos —dice con una sonrisa.

—Me alegra escuchar que es responsable, por mi hermana... —A Colin le cambia el gesto y mira hacia otro lado—. ¿Pasa algo?

—No te lo tomes a mal, pero no me llevo muy bien con tu hermana.

—En realidad yo no sé nada de ella, para mí es una extraña. Pese a todo, es mi hermana.

—No ha debido de ser fácil para ti vivir tan lejos y sola.

—No estaba sola, tenía a mi prima.

—¿Vivías con ella? —Niego con la cabeza—. Entonces sigo diciendo lo mismo, no ha debido de ser fácil.

—Hay cosas peores que vivir en un internado. He aprendido mucho.

Colin me observa con intensidad. Asiente y hablamos de mi carrera. Me pregunta si me gusta y alzo los hombros.

—Tal vez me pase como a ti y acabe gustándome.

—Es posible, pero Derecho es una carrera dura.

—Ya..., espero poder con ella.

—Para lo que necesites, cuenta conmigo. —Asiento.

Terminamos el café y me acompaña a mi coche. Me dice su número y me lo guardo por si lo necesitara. Le doy el mío.

—Habrá una fiesta en casa de un amigo por el comienzo del curso. ¿Te gustaría venir?

—No sé si...

—No es el club de campo —dice con una sonrisa—. Lo pasaremos bien.

—No lo sé, ya te contestaré, ahora ya sabes dónde encontrarme —digo moviendo mi móvil.

—Nos vemos, Peyton. —Asiento y me subo a mi coche para irme. Toca la ventanilla y la bajo para que me hable—. No te cierres en banda. Siento que estás empezando a descubrir el mundo, pero no te cierres puertas, que no somos tan malos. Las apariencias engañan.

Sonrío y asiento. Tiene razón, y no puedo juzgarlos solo porque el otro día en el club de campo me sintiera fuera de lugar. No puedo negar que me lo he pasado bien junto a Colin hoy.

Capítulo 4

PEYTON

Me parece escuchar un ruido y me quito los cascos. Miro a mi alrededor y no veo nada salvo oscuridad. No puedo negar esta ilógica punzada de decepción. Me molesta mucho sentirla. Quedan solo dos días para que empiece la universidad. Emily llegará mañana, no me ha dicho la hora y, aunque me gustaría verla y recibirla en su nueva casa, no puedo porque mi querido padre ha organizado una comida lejos de aquí. Una parte de mí se pregunta si lo ha hecho aposta.

Ayer, tras pasar ese rato con Colin, me fui a mi casa y por suerte pude cenar en mi cuarto sin tener que ver a la familia feliz. No pensaba venir aquí, pero lo hice, y no vino nadie... o, mejor dicho: no vino él.

Estuve un rato, vi el principio de una peli y me fui cuando el viento que se levantó era tan frío que ni siquiera la manta que traje me abrigaba lo suficiente. Seguramente tenga que dejar de venir a estas horas de la noche cuando el frío se vuelva más intenso. No sé cómo voy a llevar el estar en esa casa, en ese inmenso cuarto, y sentir que molesto. Que no me quieren allí.

Me pongo la película y me coloco mejor el gorro que llevo bajo la sudadera. Tengo una pinta patética, aunque me da lo mismo. Se me escapa una lágrima por la peli y busco un clínex en mi mochila, y es entonces cuando reparo en que no estoy sola y que alguien está no muy lejos, observándome. Doy un respingo, aunque ya he visto de quién se trata.

—Eres una llorona, princesa. —Me tiende un pañuelo que saca de su chaqueta.

Me seco las lágrimas. Se apoya en la roca, algo lejos. Parece más distante que otras veces.

—¿Qué es? ¿Una película de esas de llorar?

—No, él es un chico muy duro y al final ha admitido que la quiere, aunque con esas palabras se exponga a ella.

—¿Y por eso lloras? —se ríe.

—Idiota. Ha sido muy bonito, y si no te gusta, no mires.

—Pasaba por aquí, he quedado con unos amigos.

—Y amigas.

—Amigas, lo dudo, pero si te preguntas si habrá mujeres, sí, espero que las haya.

Pongo los ojos en blanco y me coloco de nuevo los cascos para ignorarlo y seguir viendo la película. Dejo de prestar atención a la pantalla cuando me llega el humo mentolado de un cigarro. Toso y me levanto para mirarlo desafiante.

—¿Por qué no te vas ya y me dejas tranquila?

—¿Sabes que llevas unas pintas ridículas?

Me miro la sudadera y los vaqueros anchos y me encojo de hombros.

—Me da igual.

57

Me observa con sus sagaces ojos azules apenas iluminados por el haz de mi linterna eléctrica. Parecen oscuros con tan poca luz. Apaga el cigarro y lo aplasta con su bota. Se aleja. «¿Ya está?»

—¿Cómo te llamas? —le pregunto, y me arrepiento en seguida, cuando se vuelve con esa medio sonrisa tan característica suya, como si él supiera algo que todo el mundo ignora.

—Si mañana por la noche vienes, te lo diré. Al fin y al cabo, el lunes lo sabrás. Pero no esperes que porque me hayas conocido aquí vaya a ser tu amigo o te vaya a hacer una visita turística por la universidad. Dudo mucho que nuestros caminos se crucen y, sinceramente, lo prefiero.

Noto por sus palabras que dice la verdad. Que prefiere que me mantenga alejada de él.

—Pues entonces no te molestes en venir. Si para ti solo soy una molestia que comparte tu lugar secreto, no quiero que me digas tu nombre, ya me enteraré por otros.

—Mucho interés tienes en saber quién soy. Si lo quieres saber para buscarme y hacer que te vea deseable, no malgastes tu tiempo, princesa. Dudo mucho que bajo tus sudaderas anchas haya un cuerpo de infarto. Y por costumbre solo me vuelvo a mirar a una mujer dos veces si sus curvas son atractivas.

—Nunca me enrollaría ni saldría contigo.

—Cuidado, eso es lanzarme un desafío.

Me empieza a latir el corazón con fuerza; no me gusta decir «nunca», pero él tiene algo que me hace querer desafiarlo constantemente.

—No es un desafío, es una realidad. Y ahora, adiós, me gusta estar sola viendo mis preciosas películas de amor.

—Tus ridículas películas de amor. —Empieza a irse

de nuevo, pero tras dar unos pasos gira la cabeza sin llegar a darse la vuelta del todo y me habla—. Te daré un consejo: el amor no existe, princesa, no lo busques. Si existiera, te aseguro que acabaría por hacerte daño, y se rompería tu frágil corazón.

Y sin más se marcha, dejándome más desconcertada si cabe. Mañana, aunque me cueste, no pienso venir, y tal vez lo mejor sea que me busque otro lugar adonde ir. Sí, eso será lo mejor.

* * *

Aparco mi coche frente a la casa de Emily. Aún queda media hora para que empecemos las clases. He querido venir antes para que vayamos juntas. Ayer al final volvimos ya entrada la noche de la recepción a la que fui con mi padre. Cené algo tras hablar con Emily y me obligué a no pensar en si el joven misterioso de ojos azules iría o no esa noche. Una parte de mí sabe que es mejor no tener nada que ver con él. Que hoy descubriré quién es y no me gustará saberlo.

Toco a la puerta con los nudillos y me abre Emily. Tiene la cara pálida y sé que está aterrada por las clases. Nos abrazamos y tira de mí hacia la cocina.

—Estoy temblando, Peyton. Y para colmo mi novio no me responde a los mensajes desde ayer.

—Estará nervioso por el comienzo de sus clases. —Asiente.

Emily quiso venir aquí a estudiar en parte para estar conmigo, y también porque le pilla más cerca de la universidad donde estudia su novio. Así pueden verse más a menudo, o eso espera ella. Yo no las tengo todas conmigo, y espero estar equivocada.

—Sí, eso he pensado. Cojo mis cosas y nos vamos.

Asiento y de repente escucho música y una puerta cerrarse, seguido de unos pasos por la escalera. Al mirar hacia allí veo a un chico al que no conozco bajar con una toalla atada a la cintura y con el cuerpo medio mojado. Su pelo castaño, algo largo, le chorrea por la espalda y se nota que va al gimnasio, porque está bastante marcado. Para mi gusto, demasiado.

—Hola. —Me sonríe sugerente. Le digo «hola», sin más, y miro hacia la cocina, adonde se ha ido mi prima.

—¿Quién eres?

—Soy la prima de Emily.

—Ah, la prima de la ratita de biblioteca.

Emily aparece en ese momento.

—Mi prima no es una ratita de biblioteca —le digo desafiante. Emily me coge de la mano.

—Está todo bien, Peyton, vámonos.

Me sonríe, lo ignoro y nos vamos sin despedirnos de ese idiota hinchado de gimnasio.

Llegamos a mi coche, entramos y lo pongo en marcha.

—Es Ronnie, uno de los tres chicos que viven conmigo. Es un chulo, pero me ha dicho Blanca que lo mejor es ignorarlo.

—No me gusta que te diga eso.

—Ya, a mí tampoco, pero esta va a ser mi vida ahora.

—Me siento culpable.

—No te sientas mal, Blanca me cae muy bien.

—Cora tiene pinta de estirada.

—Sí. Y luego está Roy, un chico muy raro y que nos mira a todos muy serio, y por último el Príncipe, como todos le llaman, aunque cuando se dirigen a él, lo llaman Luke. Pero todos le conocen por el Príncipe de

Hielo. Lo vi anoche y puedo dar fe de que parece un hombre de hielo. Tiene una mirada superinquietante y no dijo ni mu. Blanca dice que es de pocas palabras. Aunque a pesar de eso no le faltan mujeres. Vamos, a ninguno, o eso dice Blanca.

—Pues vaya panorama de casa.

—La verdad es que sí. Aunque he de admitir que, pese a lo fríos que son Roy y Luke, son muy guapos. Ronnie también, pero se lo cree mucho y va tan hinchado que parece antinatural. No me gusta.

—A mí tampoco.

—A mí me gustan los hombres que no se arreglan más que yo.

—Lo mismo digo.

—Dicen que hacen fiestas... El viernes hay una... ¿Puedes venir? Nos podemos quedar en mi cuarto y ver pelis..., o ir un rato. No sé.

—Claro que iré. Tu habitación va a ser ahora mi refugio.

—¿Qué ha sucedido con el que encontraste? ¿Y con el joven misterioso?

Le había contado por teléfono todo lo referente al chico de los ojos azules.

—Que es idiota y es mejor alejarse de su territorio y no demostrarle nada.

—¿No descubriste más de él?

—No, pero dice que lo acabaré sabiendo hoy. Ni que fuera famoso.

—Quién sabe, quizá lo sea.

Nos reímos. Cogemos nuestros libros y salimos del coche para ir a clase. Hay mucha gente por todos lados. Varios pabellones y, por lo que sabemos, el de Emily está en una punta y el mío en otra.

—¿Lista? —me dice.

—No. —Se ríe y me abraza para coger y darme fuerzas.

—Nos llamamos para quedar en la cafetería. —Asiento y la veo alejarse. Tomo aire y, tras mirar mi horario y qué aula me toca, voy hacia ella.

Sé que estaría mucho mejor si fuera a estudiar la carrera que yo hubiera elegido y si no temiera que la gente me fuera a mirar de manera distinta cuando se corra la voz de que soy la hija del alcalde. Si por mí hubiera sido, habría ido a una universidad donde nadie supiera nada de mí, ni de mi pasado.

Siento que alguien me mira cuando estoy a punto de llegar a mi clase. Me vuelvo y me quedo petrificada cuando veo apoyado en la pared al chico misterioso. Sus ojos azules están más serios que de costumbre, lo que hace que no me plantee saludarlo. No veo en ellos ningún reconocimiento. Es mucho más impresionante a la luz del día. Lleva unos vaqueros negros desgastados y una camiseta blanca que deja entrever un tatuaje en su brazo izquierdo que se acentúa más por sus músculos; la camiseta se le pega de manera descarada y puedo apreciar perfectamente su marcado pecho y sus abdominales. No tengo dudas de que se la ha puesto a propósito para realzarlos.

A su lado hay varias jóvenes que lo miran a la espera de que les dedique un poco de atención. Y también está uno de los amigos de Colin que conocí en el club de campo... Jarrod, creo que se llamaba. Le está diciendo algo y no sé qué será, pero cuando termina, su mirada se endurece más y lo observa sorprendido. De la sorpresa su mirada pasa al enfado y se va, dejando a todos plantados.

Menudo carácter tiene. Es idiota, ya lo sabía yo.

Voy hacia el punto de información y le tiendo mi carnet a la señora que está allí para que me dé mi horario. En cuanto ve mi apellido su actitud cambia. Me lo da y me dice que para todo lo que necesite, recalcando bien el «todo», que cuente con ella.

Ya no hay vuelta atrás, pienso, tras adentrarme en la primera clase.

* * *

Me siento en el pupitre en mi última clase. Sigo tensa, más tensa que esta mañana, ya que ha empezado a correr la voz de quién es mi padre. La gente me mira con curiosidad. Todos sabían de mí, todos sabían que mi padre tenía otra hija de la que apenas se sabía nada. Una hija misteriosa que de repente haría su aparición hoy. La curiosidad estaba servida y sé que muchos esperaban ver en mí a mi hermana. He visto cómo miraban mis ropas y sonreían. Me da igual. No me importa lo que piensen de mí personas que no conozco, pero odio que me miren, que no me dejen en paz y que, solo por ser hija de quien soy, todo el mundo me salude y me trate como si fuera tonta y no supiera que solo me hablan por quién es mi padre.

La mañana ha pasado muy lenta. Cuando llegué a la cafetería busqué a Emily y la encontré al lado de Blanca. No me había terminado de sentar para hablar con ella cuando unas chicas de mi edad se sentaron a nuestro lado sin ser invitadas. Traté de buscar alguna excusa para que nos dejaran solas, pero Mar, la cabecilla, no paraba de alabar lo que mi padre ha hecho por esta ciudad. Me ha invitado a su casa a tomar el té y a salir de fiesta y, por supuesto, puedo sentarme en su mesa siempre que quiera. No he podido hablar con mi prima salvo por el móvil, y lo peor es que esto no ha hecho más que empezar. Solo espero que cuando la gente se dé cuenta de que paso de ellos me ignoren.

«Ahora solo soy la novedad», me digo a mí misma.

Me siento al final del aula, como llevo haciendo toda la mañana, tras saludar a casi todos los presentes. Todo el mundo me dice «hola», aunque no me conozcan de nada. Tensa y angustiada por todo, saco mis cosas para la clase de Historia del Derecho. Preparo mi cuaderno para tomar notas y espero a que entre el profesor. Todo el mundo parece estar ya en su sitio. El profesor entra en clase y deja sus cosas sobre la mesa. La clase se queda en silencio, por eso cuando la puerta se abre de nuevo todo el mundo se vuelve para mirar quién llega tarde. Y yo no soy la excepción. Agrando los ojos cuando veo aparecer por la puerta al chico misterioso. Sus ojos azules estudian la clase. Tiene cara de enfado, como casi siempre, e ignora al profesor, que le dice que no vuelva a llegar tarde. Viene hacia el fondo del aula, ignorando las miradas. No se me pasa por alto cómo lo observan ellas. Y cómo se sonrojan cuando pasa por su lado. La verdad es que es impresionante. Y, sí, está muy bueno, pero es más que eso, tiene algo que te obliga mirarlo, que hace que lo admires aunque no sea tu tipo. Algo en su postura hace que no sea uno más. Lo envuelve un halo de misterio que quieres desentrañar. Llega hasta el final del aula. Se me acelera el corazón cuando me percato de que se va a sentar a mi lado. No hay otro sitio libre. Aparto la mirada y la dirijo hacia el profesor, que ha empezado la clase. En ese preciso momento se da cuenta de quién es su compañera.

—Mierda. ¿Qué haces tú aquí?

—Yo también me alegro de verte —le respondo mordaz sin volverme, sin comprender qué ha cambiado entre los dos para que se muestre tan frío de golpe.

—Espero que os guste el sitio que habéis elegido —dice el profesor—, pues no se podrá cambiar.

—Y una mierda que no. —El joven se levanta, dejándome impresionada, y maldice cuando se da cuenta de que no quedan asientos libres.

Se sienta y da golpecitos en la mesa con la mano. Me fijo en que lleva en su antebrazo unas letras encadenadas y lo que parece una cola de dragón en el interior del brazo izquierdo... ¡¿Y yo qué hago mirándolo?! Empiezo a tomar apuntes ignorando a mi molesto compañero, que no para de dar toquecitos con el boli. Cuando me canso de ellos, le cojo la mano y lo detengo. Me mira desafiante. Siento un escalofrío donde nuestras manos se tocan. Lo ignoro y lo miro igual de desafiante.

—Me molesta, y me gustaría aprobar.

—¿Y por qué te has puesto en la última fila? ¿Huyendo de algo?... —Por la forma que tiene de mirarme sé en seguida que sabe quién soy—. ¿Peyton Malbury? —El modo en que lo ha dicho me provoca un escalofrío. Es como si repudiara mi apellido, y veo en sus ojos algo que no vi estas noches pasadas: antes ya me parecía frío, pero ahora su mirada es glacial. Y siento como si mi apellido hubiera levantado un muro invisible entre los dos que antes no estaba. Aparto la mano y miro hacia la clase decidida a ignorarlo, a no hacerle caso, como él quiere.

La clase continúa y me cuesta mucho olvidar a mi compañero cuando cada vez que aspiro aire su aroma inunda mis fosas nasales. Como ya sabía, huele de maravilla. La clase termina y casi no he apuntado nada. El joven abandona la clase sin ni siquiera mirarme. Recojo mis cosas y me marcho. Por una vez estoy tentada de hablar con el profesor y usar mis influencias para que me pueda cambiar de sitio. Pero no lo haré. No pienso usar el nombre de mi padre para beneficiarme de ninguna manera.

Escribo a Emily y me contesta para decirme que la espere en mi coche. Me apoyo en este y espero. Una vez más siento que alguien me mira: alzo la vista y veo a mi molesto compañero mirándome con cara de pocos amigos mientras va a por su moto. Se pone el casco y desparece de mi vista.

—¿Y esa cara? —me pregunta Emily nada más llegar.

—El chico con el que me he encontrado por las noches ahora es mi compañero de clase.

—Creí que habías dicho que tenía veintidós.

—No sería ni el primero ni el último que arrastra asignaturas de primero.

—Eso es cierto. Pues vaya faena. ¿Y cómo se llama?

—Idiota, ese nombre le va al pelo. —Emily se ríe y me contagia.

—¡Esperad! ¿Me puedes llevar? —Blanca llega hasta nosotras y asiento—. Mi coche decidió no arrancar esta mañana y paso de irme otra vez andando a casa. O podríamos ir a comer por ahí. ¿Os parece?

—Me parece bien —responde Emily, y luego mira detrás de mí y dice entre dientes—: Tu hermana...

Me mira y entonces me hago la loca. Abro el coche y entro por el lado del copiloto. Emily entra deprisa y Blanca parece entender que huimos de mi hermana y entra rápido y con una sonrisa. Arranco el coche y nos alejamos antes de que mi hermana repare en que yo andaba cerca.

—He de admitir que cuando supe de quién eras hija pensé que eras una pija estirada, algo que no me cuadraba con la persona que conocí el otro día, pero nunca se sabe. Pero si huyes así de la estirada y pija de tu hermana es que en verdad no eres como ellos.

—No es como ellos.

—No sé ni cómo son ellos —digo más para mí que para ellas.

—La verdad es que tu padre no se portó bien al alejarte así, alegando que era por tu educación y porque se lo prometió a tu madre antes de que se fuera. —Aprieto el volante con fuerza.

—¿Y tú cómo lo sabes?

—Mi padre es amigo del vuestro, pero por suerte me deja hacer mi vida a mi modo. Por eso conozco a tu hermana y sé la clase de persona superficial que es. Por mucho que ella vaya de buena hija y de persona decente... y de virgen inmaculada... ¡Ja!

—¿Sabes algo que nosotras ignoramos? —pregunta Emily curiosa.

—Sé que su novio Cam no se acuesta con ella porque ella le ha contado que quiere llegar virgen al matrimonio y él la respeta. Pero sé que ella miente; yo la vi montándoselo con un joven de intercambio y algo me dice que ese no era el primero. —Abro la boca y la cierro—. Y el idiota de Cam no me creyó cuando se lo dije.

—Intuyo que erais amigos —digo.

—Es mi ex. Lo dejamos poco antes de que él empezara con tu hermana, y digamos que no acabamos muy bien.

—¿Cuántos años tienes? —le pregunta Emily curiosa.

—Uno más que vosotras.

—¿Y Cam? —pregunta Emily.

—Veintidós, como su hermano mellizo Colin —informo a Emily.

—¿Y él es virgen? Ya puestos a saber... —dice Emily.

Emily parece tímida, pero solo es porque le cuesta hacer amigos; cuando se suelta no para de hablar. Y tiene una mente curiosa que más de una vez la ha metido en problemas. Le cuesta callarse lo que piensa, como ahora. Y eso es algo que solo sabemos sus padres y yo, y su novio, a quien le encanta aniquilar esa parte de ella.

—No, perdió su virginidad conmigo, y cuando lo dejamos me consta que no perdió el tiempo.

Tanto Emily como yo notamos resentimiento en su voz. Emily abre la boca para hablar, pero niego con la cabeza.

—Pregunta, no es nada que no sea de dominio público, supongo que quieres saber por qué lo dejamos.

Emily asiente.

—Creyó que le había puesto los cuernos y no confió en mí. Así que está con quien se merece por idiota. Una mentirosa sin escrúpulos. Pero cuando se casen, ya descubrirá que su adorada flor está desflorada.

Emily y yo sonreímos ante sus palabras. Decidimos ir a comer a una pizzería. Hablamos de las clases. Blanca en seguida nos cae bien a las dos. Nos dice que su mejor amiga es la que ocupaba el cuarto de Emily, pero que se fue de la noche a la mañana a vivir con su novio y ambos dejaron la carrera a medias. Ella teme que se arrepienta más adelante. Nos cuenta más cotilleos de la universidad y se nos pasa la tarde en nada. Nos ha convencido para ir de compras el jueves. Tanto Emily como yo hemos echado un vistazo rápido a la ropa que llevamos puesta. Emily lleva una falda por encima de la rodilla, una blusa y una rebeca. Y yo llevo unos vaqueros, unas deportivas y una camiseta ancha, y sobre esta, una cazadora.

—Me gusta la ropa cómoda —añado—, y a ella le encanta la ropa conservadora porque su novio adora ese estilo de ropa.

—Eso no es cierto —se defiende Emily, pues sabe que me estoy metiendo con ella—. Peyton es un desastre con la ropa, no se le da bien combinar cosas y suele ponerse lo primero que pilla, salvo cuando queda con su padre, y porque esos modelos se los mandan combinados.

—Bueno, pues el jueves nos vamos de compras.

—Yo no necesito nada, pero os acompaño —dice Emily. Saca el móvil y escribe a su novio como si se sintiera culpable por estar pasándolo bien con nosotras sin él; lo sé porque no es la primera vez que lo hace.

La semana pasa rápido. Al final Mar se ha dado por enterada de que no quiero tener amistad con ella y ya no se sienta en nuestra mesa. He dejado de ser la novedad y la gente me ignora. Menos mal. No he vuelto a casa de Emily en toda la semana, pues me quería poner al día con los trabajos. El que no me guste lo que estudio hace que todo sea más complicado, pues me cuesta quedarme con los conceptos. Ayer estuvimos de compras y lo pasé muy bien. Al final me compré varias camisas y camisetas algo más ajustadas. Blanca tiene buen gusto y esta semana me he arreglado un poco más. Y no tiene que ver con que coincida con el misterioso joven de ojos azules en tres de mis asignaturas. No, nada que ver. Por suerte, solo nos sentamos juntos en una, en las otras dos no hemos coincidido. No nos hemos dirigido la palabra y, aunque él piense que iba a saber su nombre pronto, aún no lo sé, pues no he preguntado a nadie por él. No pienso hacerle creer que me importa ni lo más mínimo cuando está claro que es un creído y un mujeriego. Cada vez que lo he visto por los pasillos siempre tiene a una chica cerca, y el miércoles lo vi besándose con una entre clases. Era el tipo de beso que te hace saber lo que vendrá después... No me extrañaría que buscaran un aula vacía para desahogarse. Es asqueroso.

Aparco cerca de la casa de mi prima y salgo del coche tras coger una pequeña mochila donde llevo mis cosas de dormir. Me suena el móvil cuando estoy a punto de tocar el timbre. Lo saco del bolsillo de mi cazadora y veo que es Colin. Esta semana me ha mandado varios mensajes para ver cómo iba. Me prometió llamarme el viernes. Y ha cumplido su palabra.

—Hola, ¿te pillo ocupada? —me pregunta nada más descolgar.

—No, estaba a punto de entrar en la casa de mi prima... —La puerta se abre sin que me dé tiempo a sacar mi juego de llaves y el joven que me recibió la primera vez, Roy, aparece tras ella. Esta vez con camiseta.

—Gracias —le digo cuando paso. Ha debido de verme por la ventana. No me responde.

Lo ignoro y subo hacia el cuarto de mi prima.

—Si quieres hablamos luego —dice Colin al teléfono.

—No, dime qué quieres.

—Llamaba para recordarte lo de la fiesta de mañana por la noche. Lo pasaremos bien.

Toco a la puerta de Emily. Me abre y me señala el PC. Veo que está hablando con su novio por videollamada. Dejo la mochila y le hago un gesto con la mano para decirle que ahora subo. No me gusta molestarla cuando habla con él.

—No lo sé.

—No puedes decirme que no...

Bajo hasta la parte trasera y veo que han traído cosas para la fiesta.

—No sé si me sentiré bien allí.

—¿Es por eso o por ir a una fiesta? —Me siento en una mecedora y subo las piernas para abrazármelas.

—Es por la fiesta. De hecho, esta noche estaré cerca de una fiesta.

—¿Vas a una fiesta? ¿Y dónde? Si se puede saber, claro. Yo también voy a otra, igual hasta nos vemos, aunque no creo...

—La celebran donde vive ahora mi prima.

—¿Qué haces tú aquí? —Esa voz. Me vuelvo y veo en la puerta de la cocina al joven de ojos azules que parece que ha nacido para amargarme la existencia.

—¿Peyton?

—Ahora te llamo y te digo lo que haré mañana. —Cuelgo y me levanto—. Mi prima vive aquí y me ha invitado.

—¿Emily? —Tensa el gesto y maldice—. ¡¿Y a quién se le ha ocurrido meter en esta casa a la sobrina del alcalde?! —brama, y entra en la cocina. Lo sigo—. ¿Tú lo sabías? —le pregunta a Roy.

—Sí, pero Blanca dice que ambas son de fiar y yo me fío de Blanca, las ha estado investigando esta semana.

Agrando los ojos.

—Eres idiota, Roy, te dije que me acercaría a ellas para ver si eran de fiar, pero no deberías haberlo dicho así. Son buena gente —dice Blanca.

Emily está detrás de Blanca y está tan alucinada como yo. Ambas pensábamos que Blanca venía con nosotras porque le caíamos bien, no porque nos estuviera sometiendo a un tercer grado.

—Esto es muy fuerte —le digo molesta—. No teníais derecho a investigarnos.

—Esta es mi casa —dice Roy—, y cuando supimos de quién eras hija y, por consiguiente, quién era tu prima, queríamos saber si se iba a ir de la lengua a tu tío de lo que podría ver aquí.

—Yo no confío en nadie que tenga el apellido Malbury, y eso las incluye a las dos —sentencia el joven de ojos azules, lo que me hace saber qué fue lo que había cambiado entre nosotros dos—. O ellas o yo. Tú eliges —dice antes de salir de la cocina.

—Deberías haberte informado más cuando te llamaron para preguntar por el cuarto —le dice Roy a Blanca.

—Ellas no tienen la culpa de ser familia del alcalde —responde esta.

Por primera vez el nombre de mi padre no me abre puertas, me las cierra.

—No pienso dejar fuera de mi casa a mi primo. Él va antes que ellas —alega Roy.

—Que yo sepa, Emily ha firmado contrato y tiene pagados dos meses de adelanto —le recuerda Blanca—. Si lo rompes, debes pagarle una indemnización, y ambos sabemos que no puedes pagarla.

Roy tensa el gesto.

—Todo es por tu culpa, Blanca —dice antes de irse.

Emily no ha dicho nada. Pero noto por su gesto y su cabeza inclinada que todo esto le resulta tan humillante como a mí.

—Lo mejor será tratar de buscar otro cuarto... —dice Emily con un hilo de voz.

—No, al Príncipe se le pasará. Pensaremos algo, no os preocupéis. —Agrando los ojos al comprender que el misterioso chico de ojos azules y ese al que llaman el Príncipe son la misma persona y que, por lo que parece, vive aquí, en la casa de Emily. Esto se complica. Hago memoria del nombre que me dijo Emily cuando me habló de sus compañeros...

Luke, su nombre es Luke.

¿Por qué le llaman el Príncipe? Además de idiota, creído. Lo tiene todo.

Capítulo 5

LUKE

La puerta de mi cuarto se abre y miro a Roy, mi primo. Sabía que vendría, lo estaba esperando.

—No pueden quedarse aquí.

—No puedo pagarle la indemnización, por si no lo recuerdas.

—¡Maldita sea! —bramo enfadado—. Odio todo lo que tiene que ver con ese ser despreciable. Todo, y eso incluye a esas dos.

—Sabes que yo también lo odio, pero ellas no tienen la culpa de ser miembros de su familia. Blanca me ha contado lo que ha averiguado y no son como ellos.

—¡¿Que no son como ellos?! Pues lo acabarán siendo. Ambos sabemos que ese hombre corrompe todo lo que toca y las dos llevan su sangre. Es mejor echarlas antes de que nos arruinen la vida.

—Pensé que te interesaba estar cerca de ella...

—Me pone enfermo estar a su lado sabiendo el parentesco que tiene con esa familia. Y ya sabes lo que le comenté a Jarrod, le dije que no.

—Tal vez sea lo mejor. Sabes que nunca he apoyado ni apoyaré lo que nuestro primo Jarrod quería que hicieras.

—Debería hacerle caso —deambulo inquieto por el cuarto—, debería seguir su consejo y hacer daño a ese jodido cabrón...

—Ya sabes lo que pienso. Ya se me ocurrirá algo...

—No hagas nada. Da igual.

—Por lo que sé de ella...

—No quiero saber nada de ella.

Roy se calla y se marcha. Miro por la ventana de mi cuarto, odiando este destino que lo hace todo tan complicado. En el fondo sé que lo mejor es que no la soporte, que la llegue incluso a odiar.

Es más fácil sentir odio...

O, mejor, no sentir nada. Pues, me guste o no, estaba empezando a interesarme demasiado por esa misteriosa chica de intensos ojos marrones. Era algo que no me había sucedido en años, y una vez más la vida me recuerda por qué no debo bajar la guardia y lo que sucede cuando te expones.

PEYTON

La fiesta, y con ella el ensordecedor ruido de la música, se cuela a través de nuestra puerta. Emily mira por la ventana. Me acerco a ella y miro también hacia fuera. Hay varias personas bañándose en la piscina. Veo a Luke salir y decir algo a Cora, quien parece querer colgarse de su cuello. La aparta y se va hacia donde está Roy. Roy vino a decirnos que nos podíamos quedar sin problemas. Luke se vuelve y mira hacia nuestra ventana como si intuyera que lo estoy observando. Dejo caer la cortina y voy hacia la cama para ver una película. Blanca nos ha invitado a bajar y Cora nos ha llamado sosas cuando nos negamos, pero me da igual. No tengo que demostrar nada a esta gente.

—La verdad es que es muy guapo, pero no me inspira mucha confianza. Es mejor que las cosas sigan así entre los dos —dice Emily.

—Sí, claro.

Pero sé que miento, que por alguna extraña razón hablar con él me gustaba, y más aún picarle. Sí, tal vez este distanciamiento sea lo mejor. El problema es que, si soy sincera, he de reconocer que me molesta.

LUKE

—Entonces, ¿para cuándo la próxima carrera? —Dejo de observar el cuarto donde está Peyton y me vuelvo hacia mi primo Jarrod, alguien a quien solo soporto porque tiene mi sangre, pues es un cretino sin personalidad que se arrima al sol que más calienta.

—Ahora hay un parón. Te avisaré cuando sepa algo.

—Claro, nunca me pierdo tus carreras.

«Ni las apuestas», pienso cuando se aleja.

—Cada día lo soporto menos —me dice Roy, y asiento—. ¿Cómo llevas lo de que se queden?

—Prefiero no pensar en ello.

—Dales una oportunidad. Tú mejor que nadie sabes lo que es que te juzguen...

—No tengo por qué darles nada. Que hagan su vida y yo haré la mía. Lejos de ellas.

Roy asiente y se marcha. Cora viene de nuevo hacia mí y se cuelga de mi cuello. La aparto. Y parece que por un rato se da por vencida. La fiesta sigue en pleno apogeo y me voy hacia la zona de billar para echar unas partidas. Cerca de las dos de la mañana la gente empieza a irse a otra zona de fiesta. Nos sentamos en los sofás y Cora propone jugar a algún estúpido juego para acabar peor de lo que ya van y así poder enrollarse con alguien. Hemos bajado la música y he escuchado una puerta abrirse y cerrarse. Me pongo en tensión imaginando que se trata de Peyton. No sé qué tiene esa joven que hace que no pueda ignorarla como me gustaría. Incluso en clase me cuesta prestar atención al profesor, pues estoy más pendiente de cómo se muerde el labio o cómo frunce el entrecejo cuando no entiende algo, que suele ser casi siempre. O cómo me mira de reojo molesta porque no dejo de hacer ruido con el boli, cosa que por supuesto hago aposta para molestarla. Sí, me gustaría pensar que me es absolutamente indiferente, pero no lo es.

—Besa a Luke. —El escuchar mi nombre hace que centre mi atención en el juego y veo a Cora indicarle a Ágata que me bese.

—Paso de este juego. Estoy cansado.

Me levanto y subo a por las llaves de mi coche para alejarme de aquí. Ahora más que nunca necesito la adrenalina que me da conducir. Suerte que hace años que apenas bebo, porque si no, dudo que pudiera conducir con la precisión que necesito para alejar de mí lo que me atormenta esta noche.

* * *

Sirvo una nueva copa y sonrío como si me interesara el cumplido que me dedica una mujer. Me mira de forma que vea sus claras intenciones y, tras cobrarle, me alejo de la mesa. Observo el exclusivo *pub* mientras sigo con mi trabajo y me tenso cuando la veo venir hacia donde estoy yo. ¿Qué diablos hace Peyton aquí?

Miro hacia el reservado que suelen usar los hijos de los amigos de su padre y no sé de qué me sorprendo. La he visto con Colin alguna vez en la universidad y es evidente que a Colin le interesa Peyton. Y no me extraña. Aunque no quiera tener nada que ver con ella, eso no quiere decir que sea ciego, y soy plenamente consciente de lo guapa que es y de lo buena que está. Lleve la ropa que lleve, esas cosas se notan.

Y lo peor es que ese halo de inocencia y ternura que irradia la hace más atrayente para los capullos... como yo, que solo piensan en mostrarle todo lo que se está perdiendo. Claro, que yo no estoy interesado.

Percibo en su mirada el instante en que se da cuenta de que trabajo aquí. Agranda los ojos marrones y duda en irse, pero al final se queda. Chica tonta. En el fondo me gusta que no se marche. Que no se amilane. El problema es que no debería gustarme tanto. Sirvo unas copas cerca de ella y una joven me lanza un beso y Peyton hace una mueca de asco que encuentro divertida y por unos instantes me olvido de quién es su padre y me dejo llevar.

—¿Celosa, princesa?

—No sueñes.

Trata de hacerse la desinteresada sin lograrlo. No sabe actuar. Es un libro abierto. Algo que le traerá problemas. ¿Y a mí qué me importa?

—¿Qué haces aquí? O déjame que lo adivine: estás

con Colin. Por tu cara veo que sí. Está claro que se quiere meter en tu ropa interior.

Agranda los ojos. Dios, cómo me gusta provocarla y ver como se sonroja. Si soy sincero, he de reconocer que lo echaba de menos.

—Es un caballero, él no es como tú.

—Es hombre, y seguro que más de una vez ha mirado cómo se te marcan los pechos bajo esa camiseta ajustada que llevas. Que sea bueno no lo hace ciego. —Se lo digo cerca del oído, queriendo provocarla más—. Todos son como yo. Hasta los que tratan de ocultarlo.

Le recorre un escalofrío y se le agita la respiración. Me aparto por lo tentado que me siento de intensificar este leve contacto. No puedo olvidar que tal vez no sea de fiar.

—¿Qué quieres? —le pregunto.

—Que me dejes en paz. —Sonrío.

—Aparte de eso.

—Agua. —«Mi inocente Peyton...» Me vuelvo y le tiendo un zumo de piña.

—Agua, no, mejor esto.

—¿Y se puede saber por qué? —me dice retadora.

—Cuánto mundo te queda por descubrir, princesa... —Me alejo antes de prolongar este encuentro, porque, como siempre me pasa, con ella me olvido de todo.

—¡No te he pagado!

—No hace falta. Te invito esta vez.

Y espero que sea la última. No sé qué hago bajando la guardia. No sé por qué la he bajado una vez más por ella.

Capítulo 6

PEYTON

Me miro disimuladamente los pechos y no veo que se me marquen tanto. La camiseta de media manga azul clarito que llevo no es para nada escotada ni tan llamativa como las que llevan otras. Observo a Luke y lo pillo mirándome, como si supiera hacia dónde iba dirigida mi mirada hace unos segundos. ¡Es insoportable!

Cojo el zumo y me vuelvo al reservado para alejarme de él. Me sorprendió mucho encontrarlo aquí. Y más aún que me hablara como solía hacerlo cuando aún no sabía quién era yo. Y echaba de menos nuestras charlas. Colin me propuso venir con él y no vi nada malo en aceptar, salvo que eso puso muy contento a mi padre y no me gusta darle la razón. Está claro que quiere que acabe saliendo con él, y a mí la verdad es que no me gusta Colin de ese modo. No me pienso conformar y, si salgo con alguien, quiero que sea una persona que me haga sentir mariposas en el estómago. Solo tengo diecinueve años y no me apetece ir besando sapos solo porque sí. Tal vez peco de romántica o de inocente, pero me da igual. Llego a donde está Colin riéndose por algo que han dicho sus amigos. Sonríe al verme.

—¿Por qué es raro pedir una botella de agua en una discoteca?

Colin me mira extrañado y luego mira hacia la barra, que se ve desde donde estamos.

—Supongo que Luke no ha querido decírtelo. No sabía que trabajaba hoy.

—No me lo ha querido decir, pero me ha dado este ridículo zumo de piña. Me ha invitado, me podría haber dado un refresco.

—¿Te ha invitado? —me pregunta extrañado, y miro hacia donde está Luke.

—Sí, ¿por?

—Porque es un tacaño. Me ha sorprendido.

Siento que hay algo más, pero Colin sonríe y le resta importancia. Yo apunto el dato, pues no puedo negar que me ha gustado marcar una diferencia con Luke. Tal vez no todo esté perdido entre los dos y podamos ser amigos.

—Algunas personas usan el agua para tomarse pastillas, y no de las que tú conoces —dice respondiendo a mi anterior pregunta—. Y suele ser más cara que un refresco o un zumo.

—¿Y todo el mundo que tiene una botella de agua es porque está tomando algo?

—La gran mayoría. Así, si no llevas una botella en la mano, nadie puede pensar cosas que no son... No es normal que se beba agua en una discoteca donde la gente viene a beber y a pasarlo bien.

—Es ridículo e incomprensible que sea más cara.

—Es lo que hay; pero, si quieres agua, bajaré a comprarte...

—O bajo yo, que me da igual lo que digan.

—Tú misma, pero, si aceptas un consejo —lo miro y siento que sé lo que me va a decir—: aléjate de Luke. Tú nunca entenderías su mundo.

Me sorprende su advertencia y me molesta. Yo decido con quién quiero ir. A mí Luke me parece inofensivo.

—Odia a tu familia, como la gran mayoría de las personas de esta ciudad —me reconoce—. No sé cómo, pese a eso, tu padre no te ha puesto vigilancia.

Me recorre un escalofrío. Sabía que, a diferencia de mi madrastra y mi hermana, mi padre no me había puesto guardaespaldas, pero saber que es tan odiado me inquieta. ¿Qué más ignoro de él? Y si la gente no lo soporta, ¿por qué lleva años saliendo elegido? A saber... De mi padre me espero cualquier cosa, teniendo en cuenta cómo me trata a mí, que soy de su misma sangre.

—Desconozco por qué no tengo guardaespaldas, pero lo prefiero.

—Yo no sé si es mejor no tener... —Me recorre un escalofrío por su forma de decirlo—. Y volviendo a Luke, de todos es sabido el odio que siente hacia tu familia.

Ahora queda saber por qué.

Miro hacia la barra y me sorprende encontrar a Luke mirándome. Inconscientemente le lanzo una sonrisa, hasta que me percato de lo que estoy haciendo y aparto la mirada. «Tonta, Peyton...». Me centro en lo que sucede a mi alrededor, pero mi mente está muy lejos de aquí.

* * *

Los días se transforman en semanas y antes de darme cuenta ha pasado más de un mes desde que empecé la universidad. Mi prima y yo hemos encontrado refugio en su cuarto y nos hemos comprado unos estupendos tapones para cuando es noche de fiesta. Nos da igual lo que digan. Por suerte, parecen ignorarnos. Blanca nos pidió perdón y nos explicó que solo querían saber que éramos de fiar. La perdonamos y se ha convertido en una buena amiga. Ella y Emily pasan mucho tiempo juntas. Por otro lado, la carrera es odiosa, no me gusta, y menos aún tener que ver a Luke en algunas clases o por los pasillos. Lo bueno es que parece que ambos hemos decidido ignorarnos; ni siquiera nos miramos... Bueno, es posible que la vista se me vaya irremediablemente en su búsqueda, pero por suerte, en cuanto me doy cuenta, la aparto. Es mejor no tener nada que ver con él. Por lo que me ha contado Emily, cuando está en la casa se encierra en su cuarto. No le gusta comer con nadie y solo hace acto de presencia en las fiestas o para jugar alguna partida con su primo. No es muy sociable. Es un estirado que se cree superior a todos.

Cada vez estoy más a gusto con Colin, pero como amigos, no me gusta más allá de eso y yo no noto que él sienta nada por mí. Aunque, si así fuera, posiblemente no me daría cuenta de nada. No suelo ser muy avispada para esas cosas. Pero prefiero que no sienta nada, porque me gusta tenerlo como amigo y nada más.

Hoy mi prima estaba nerviosa por la llegada de su novio tras más de un mes sin verse. Ahora estoy en su cuarto, ya que él le ha dicho que tenía mucho trabajo y han quedado para verse más tarde. Me guardo para mí lo que pienso de que después de tantos días sin ver a mi prima haya venido a donde ella está y se ponga a trabajar. No lo soporto y sé que él siente lo mismo hacia mí.

Ahora se está arreglando para irse con él. Quiere que vaya con ellos, pero he preferido no hacer de aguantavelas.

—¿Quién eres tú? —escuchamos al salir hacia la cocina.

Mi prima se queda pálida. Ella había quedado con su novio lejos de su casa para que no descubriera que vive con chicos.

—Esto es horrible —dice para sí.

—No puedes dejar de hacer lo que quieres solo por lo que él dirá.

—Tú no lo entiendes —me dice, y es cierto. No comprendo cómo puede anularse para gustarle a alguien, y creo que por eso no soporto a César.

—Esa no es la pregunta acertada —le responde Ronnie altivo—. La pregunta es: ¿quién eres tú? Si has venido a la fiesta, llegas temprano.

Emily, aterrada, baja las escaleras a toda prisa. La sigo. Ronnie va sin camiseta y está moviendo los muebles para la fiesta.

—¿Qué fiesta, Emily?

—Te lo explicaré todo, pero es mejor que nos vayamos. —Mi prima trata de llevárselo, pero él aparta la mano.

—No, explícamelo ahora. ¿Quién es ese? ¿El novio de una de tus compañeras?

—Sí, más quisieran ellas —dice Ronnie—. Vivo aquí.

César abre y cierra la boca, se pone rojo de rabia y sale de la casa tras mirar a Emily muy serio. Emily va tras él.

—No es lo que parece. Bueno, sí, pero yo no tengo nada que ver con ellos...

—¿Se puede saber qué haces viviendo en esta casa con chicos y haciendo fiestas? ¿Acaso me estás engañando, Emily? ¿Quién eres en verdad?

—Vámonos y te lo explico. —Emily está a punto de echarse a llorar.

—Ella no te está engañando —le digo para defender a mi prima.

Se vuelve hacia mí y me mira enfurecido; me sorprendo cuando levanta la mano en mi dirección.

—¡Tú no te metas, que todo esto es por tu culpa! ¡Eres una mala influencia para ella! ¡Siempre lo has sido! —Se acerca amenazante y me lanza una mirada cargada de odio. Por un instante creo que me va a apartar de un manotazo, pero alguien se pone delante de mí y le coge el brazo. Sin necesidad de mirarlo, sé que es Luke, y no sé de dónde ha salido.

—Ni se te ocurra ponerle la mano encima.

El novio de Emily lo mira con los ojos a punto de salírsele de las órbitas. Aparta la mano de Luke. Yo miro a Luke, impactada por que me haya defendido. No esperaba esto de él.

—¡¿Y este quién es?! —Me mira con rabia y se vuelve hacia Emily—. Ven conmigo, delante de esta gente no podemos hablar.

Emily me mira y luego a su novio, que le tiende una mano.

—Sí, es mejor que lo hablemos solos.

Emily coge la mano de su novio, o eso trataba de hacer, pues este la retira y va hacia su coche. Emily lo sigue con la cabeza baja y sé que no dirá nada, que le dirá todo lo que opina de su nueva vida y ella solo asentirá. Doy un paso hacia ellos. Pero Luke me detiene cogiéndome del brazo.

—Esto es algo que tienen que resolver solos. A menos que creas que podría hacerle daño.

—Nunca le hará daño físicamente, pero la anula como persona —confieso.

Antes de que el coche se ponga en marcha, César ya está hablándole a Emily, y todos vemos como ella agacha la cabeza y asiente. Se alejan de nosotros. Me quedo con una sensación angustiosa en el pecho.

Roy está a nuestro lado; hasta que Emily ha entrado en el coche no me he percatado de su presencia. Parece tenso.

—Ven adentro a ayudarnos.

Asiento sin más a Luke. No tengo ni siquiera ganas de discutir con él, y tal vez se deba a que me ha dejado descolocada cuando salió a dar la cara por mí. De repente recuerdo cuando lo vi con el labio partido y me dijo que había sido por defender a una mujer; ahora más que nunca creo que decía la verdad. No sé por qué, pero saber eso hace que lo vea de otra forma. Aunque sé que no debería.

Entramos en la casa; Roy se va al patio a preparar las cosas y yo me quedo con Luke arreglando los salones. Mi mente está con Emily, casi me imagino la escena. Ella prometiéndole que hará lo que le diga para que no la deje.

—¿Por qué piensa que eres una mala influencia para Emily cuando ambas sois igual de mojigatas?

Miro a Luke.

—Ya decía yo que tardabas mucho en meterte conmigo.

—Que no me guste que golpeen a las mujeres no

significa que de repente haya decidido ser amigo tuyo —apunta, y tiene razón.

—Ya lo he notado, llevas un mes ignorándome.

—¿Así que cuentas los días? —Me sonrojo y niego con la cabeza—. Te he pillado, princesa. Y ahora, responde a mi pregunta.

—Al novio de mi prima no le caigo muy bien, pero él a mí tampoco, la verdad —añado—. Creo que es porque no me callo lo que pienso cuando delante de mí dice o hace algo que no me gusta.

—Vamos, que le gustan las mujeres sumisas que no abren la boca más que cuando él así lo decide... Eso pensé.

—Yo creo que anula a mi prima por completo..., pero ella lo quiere.

—Pues vaya mierda eso del amor que te anula como persona.

—No todos son así.

—¿Acaso tú alguna vez has amado a alguien? —Luke no me mira cuando hace esta pregunta; está moviendo unos sofás.

—No, de momento no. Pero estuve saliendo con un chico al que quise mucho, y si no se llega a ir, tal vez hubiera podido amarlo.

—Entonces no puedes opinar, porque ni siquiera lo llegaste a amar. Yo sí puedo opinar de la pasión. —Se vuelve y viene hacia mí—. De ese momento en que te dejas llevar por lo que sientes. —Se sigue acercando, mi corazón se acelera y me regaño por no poder apartar la mirada—. De cómo por unos instantes no existe nada más salvo alcanzar el placer más absoluto en los brazos del otro. Mientras te colma por completo con su cuerpo...

Me tenso, se me seca la boca, y más cuando se acerca a tan solo un paso de distancia y alza una mano para acariciarme la cara. Tiemblo y odio reaccionar así ante sus palabras.

—Yo creo en la pasión, no en el amor. Tras el acto cada uno se va por su lado, y no hay lazo ni complicaciones. Las personas no han nacido para estar con nadie. Nacen solas y mueren solas.

Hay tanto dolor tras sus palabras que me quedo aturdida. Por un instante he visto un resquicio de su atormentada alma y he sentido parte de ese dolor. ¿Quién le ha hecho pensar así?

—Eso es mentira —le digo reponiéndome—. Yo estoy convencida de que, cuando ame a la persona indicada, esta me hará sacar lo mejor de mí. Estoy convencida de que el amor nos hace fuertes, pues luchamos cada día para que no se nos escape de las manos; además de que prefiero acostarme con alguien que me ame y que cada una de sus caricias me llegue al alma, y no que se quede solo en un encuentro amoroso fortuito que olvidaré con otras manos o con otro cuerpo. Estoy convencida de que, cuando amas, las caricias dejan huellas de fuego en la piel. Y son imborrables. Y no me pienso conformar con menos. Porque estoy convencida de que, cuando haga el amor con la persona que ame, esa sí me colmará por completo como nadie.

Me mira por unos instantes desconcertado, hasta que una sonrisa asoma en sus ojos azules. Se acerca a mi oído.

—Y yo estoy convencido de que, si pasaras una noche conmigo, sabrías lo que es arder en el infierno.
—Sus palabras me calientan y siento algo que nunca he sentido. Un cosquilleo en el estómago que se desliza

hasta mi zona íntima y hace que me suba la temperatura—. Pero no eres mi tipo. Y eso nunca pasará.

Se aparta. Lo miro enfurecida.

—Tú tampoco eres mi tipo. Eres un chulito prepotente.

—Claro, el tuyo es más ese idiota de Colin. ¿Te lo has fo... acostado con él? Ah, no, que tú lo llamas «hacer el amor».

Le lanzo un cojín a la cabeza. Lo detiene. Sonríe de medio lado.

—Hazte un favor, princesa, y no esperes nada de nadie, la soledad es tu mejor compañera.

—Yo no lo creo así, y Colin es solo mi amigo.

—Si tú lo dices...

—Yo lo digo.

—Y, hablando del rey de Roma...

—¿Qué ha pasado? He visto a Emily con un chico no muy lejos de aquí hablando en el coche. No parecía feliz —nos pregunta Colin.

—No lo es, y seguro que su querido novio le está pidiendo que deje de hablarme.

—Si tu prima le hace caso es que no te merece —responde Luke.

—No creo que su prima la deje de lado —responde Colin, y noto tensión entre ellos.

—¿Y eso cómo lo sabes? Cuando el barco se hunde, las ratas son las primeras en abandonarlo.

—Una misma historia siempre tiene dos versiones —añade Colin, y sé que no lo dicen por mí.

Luke lo mira enfurecido y luego sonríe.

—Emily regresará, no te preocupes —me dice Colin dándome un cálido abrazo al que no respondo, pues me pilla de sorpresa. Me aparto algo cortada y sonrió tensa.

Luke se va sin decir nada más, tras mirar muy serio a Colin.

—¿Qué pasa entre vosotros? —le pregunto roja por lo que acaba de hacer.

—Antes éramos amigos —añade sin más. Su gesto es tenso.

—¿Y?

—Hace mucho tiempo de eso —añade Colin sin muchas ganas de dar explicaciones—. ¿Quieres que vayamos a buscar a Emily? No están muy lejos de aquí.

—No, prefiero esperarla aquí.

—Como quieras.

Me voy a la cocina a fregar los platos. «¿De verdad le pedirá que no me hable?», pienso mientras lo hago. No sería la primera vez. En aquella ocasión César le dijo a Emily que la había visto tontear con un amigo de su barrio y, aunque Emily le decía que no, él insistía en que le había estado poniendo ojitos. Yo salté y le dije que tenía suerte de tener a alguien tan fiel como Emily, que mi prima no se merecía que la tratara así, cuando estaba claro que bebía los vientos por él. Se marcharon y, cuando Emily regresó llorando, me dijo que por un tiempo no podría venir conmigo hasta que las cosas se calmaran con César, que lo entendiera, que, si la dejaba, se moría. Acepté por ella. César solo claudicó cuando le pedí perdón. ¿Y si ahora hace lo mismo? Escucho algo romperse y veo que un vaso se me ha escurrido y se ha hecho añicos en el fregadero. Meto la mano para cogerlo.

—¡No lo hagas! —grita Luke, pero es tarde, un afilado cristal me ha cortado la yema del dedo—. ¡Maldita sea!

Luke coge mi mano y la pone bajo el grifo.

—Puedo sola.

—Sí, ya lo he visto. Si te dejo, te rebanas la mano entera. Anda, ven, el botiquín está arriba.

Aparto mi mano y lo sigo por escalera arriba. Me sorprendo cuando veo que vamos hacia el cuarto de baño de los chicos. Luke me indica que me siente en los azulejos que rodean la gran bañera *jacuzzi*. «A saber la de cosas que han visto estas paredes...» Me sonrojo.

—Deja de pensar cosas indecentes y dame la mano.

—No estoy pensando cosas indecentes —digo entre dientes, y le tiendo la mano abierta—. Yo me curaré.

Una gota de sangre cae al suelo. Luke me ignora y coge mi mano. Se lleva el dedo herido a la boca y lo chupa. Doy un salto en mi asiento cuando su lengua acaricia mi herida. Siento un potente escalofrío. Luke parece ajeno a todo. Cuando termina me limpia con alcohol y me pone una tirita. Yo sigo impactada por lo que sus labios han hecho en mí, recordando el tacto de su lengua en mi dedo... Esto no está bien.

—Listo. Y ahora evita cortarte de nuevo. —Luke se vuelve y guarda las cosas en el botiquín. Se agacha a limpiar la sangre y me mira—. ¿Qué pasa, princesa?

—Nada. Ya me voy. —Empiezo a irme hacia la puerta, pero me detengo y me vuelvo hacia Luke—. ¿Tan malo sería volver a hablarme?

Su gesto cambia y parece triste.

—Créeme, Peyton, estar a mi lado solo te haría daño.

—Y tú no puedes olvidar de quién soy hija.

—Ya no es solo por eso... Es que tú y yo somos diferentes. No me necesitas en tu vida, princesa. Estás mejor lejos de mí.

—No soy tan frágil como siempre pareces pensar.

—Nunca dije que lo fueras. Solo que es mejor que cada uno siga su vida.

Lo miro a los ojos: está siendo sincero. De verdad cree que estar a su lado me haría daño.

—Contra todo pronóstico, me gustaba hablar contigo cuando éramos dos desconocidos.

—Soy irresistible. —Me lanza una sonrisa torcida—. Es mejor así, Peyton.

Me marcho y bajo al salón para ayudar antes de que empiece la fiesta; y por una vez no me escondo en el cuarto de mi prima, cosa que Blanca celebra. La gente va llegando con trajes de baño o poca ropa. Salimos al jardín y Blanca me tiende algo de comida. Al poco sale Luke, y me sorprende que vaya con unos vaqueros desgastados y una camisa azul oscuro. Pensaba que aprovecharía la ocasión para presumir de cuerpo. Blanca entra un momento en la casa y yo me apoyo en la barandilla que da al patio para contemplar la escena. La piscina está llena y en un lado hay una pareja que parece que se lo está montando en el agua. Alguien me pone la mano delante de la cara para que no lo pueda ver.

—Puede herir tu inocente mente —me dice Luke al oído.

—Aunque no te lo creas, no soy tonta y sé lo que pasa entre un hombre y una mujer.

—¿Ah, sí? —me pregunta divertido, apoyándose en la barandilla del porche para mirarme mejor—. Si lo has visto en esas pelis que ves o en libros, te aseguro que la realidad supera siempre a la ficción.

—Ya lo adivinaré.

Miro hacia la pareja que se están dando el lote y agrando los ojos cuando ella se quita el sujetador.

—Me niego a creer que eso es... que eso...

—Son unos pechos, no es nada que tú no tengas. Y sin tus horribles sudaderas se nota que no los tienes pequeños.

Le pego un empujón sonrojada.

—No creo que si quieres a alguien te guste que se exhiba de esa forma.

—Por suerte nadie me importa de ese modo. Pero yo prefiero la intimidad. A mí me gusta que la mujer con la que estoy solo tenga ojos para mí en ese momento.

—¿Por qué estamos hablando de esto? Me has dicho que lo mejor era que me alejara de ti.

—La verdad es que no sé muy bien por qué estoy aquí. Sigo pensando lo que te dije. Míralo por el lado bueno, al menos no piensas en tu prima —me responde. Y tiene razón—. Su novio se irá y Emily se quedará aquí. Ella no puede irse tras él.

—Cierto.

—Tu prima sería más feliz si lo dejara.

—Sí, en eso estamos de acuerdo. —Nos quedamos un rato en silencio.

Miramos hacia la piscina y Colin me saluda, tal vez para recordarme que sigue por aquí.

—Está coladito por ti.

—Mentira.

—Oh, claro que sí. Solo hay que ver cómo te mira cuando cree que nadie se da cuenta.

—Eso es mentira.

—Es perfecto para tu plan ese del amor eterno. Y tu padre seguro que lo aprueba.

—No me gusta.

—Tú misma, pero no creo que tarde mucho en pedirte una cita. Y aunque no nos llevemos bien, Colin te haría feliz. —Noto resquemor en sus palabras.

—La perfección está sobrevalorada.

Luke se vuelve y me observa con intensidad.

—No te conformes con menos de ella. —Se aleja, dejándome desconcertada. Algo que siempre me pasa con Luke. Siento que hay mucho tras su dura fachada y, cuanto más sé de él, más quiero descubrir qué empaña su mirada.

Pasado un rato, cansada de la fiesta y sin noticias de mi prima, subo a su cuarto. Cojo mi ropa para ponerme cómoda y busco un libro en la estantería para leer mientras la espero. Agotada de la lectura me levanto y me asomo por la ventana. La fiesta cada vez se está desmadrando más; veo a una pareja que se está enrollando en un banco. La gente está cada vez más borracha y, para mi sorpresa, veo a Luke solo en una de las esquinas del jardín, fumando y mirando hacia donde estoy yo. Nuestras miradas se encuentran. No sé qué leo en sus ojos, pero sí sé que puedo apartar la mirada y que no lo hago hasta que apaga el cigarrillo y se pierde entre la multitud. Tocan a la puerta. Voy a abrir y me encuentro con Colin, que viene a ver cómo estoy. Le dejo pasar y me siento algo incómoda después de que Luke me dijera que le gustaba. Prefiero pensar que no, pues no siento nada por Colin, salvo amistad.

LUKE

Salgo de mi cuarto y veo a Emily con cara de pocos amigos entrando en el suyo a la vez que sale Colin.

¿Qué hacía con Peyton? Sé que le dije que él era bueno para ella, pero no puedo negar que no me gusta verlos juntos. Desconozco por qué, y quiero seguir sin saberlo. Colin me mira y, tras lanzarme una de sus miradas asesinas, se marcha. Y pensar que hace seis años era mi mejor amigo... La gente nunca deja de sorprenderme.

—A ver si lo adivino: ¿su condición para que vuelvas con él es que me dejes de ver por un tiempo? —escucho que dice Peyton, pues no han cerrado la puerta y como la música está fuera, en el jardín, puedo entenderlo perfectamente.

—Me siento dividida —le confirma Emily; y sin poder ver a Peyton, sé que ahora mismo está poniendo una de sus caras de cervatillo herido que cuando cree que no me doy cuenta me dedica—. No quiero perderlo. Lo quiero mucho, Peyton, y si me deja...

—Si él te quisiera, no te pediría que eligieras entre él o yo. Ni trataría de anularte. Esta no eres tú...

—Tal vez un día ames a alguien tanto como yo a él y me entiendas... Sabes que se le pasará. Solo necesita tiempo.

—Y mientras se le pasa, mejor cada una sigue por su camino.

—Solo hasta que se calme todo. Sabes que, por mucho que nos separemos, al final hallaremos el camino para estar juntas. Solo necesito tiempo. No puedo elegir, pero sé que, de los dos, tú eres la que más me comprende.

—Porque, al contrario que él, yo quiero tu felicidad.

—Espero que pronto se le pase.

—Ambas sabemos que, si no me quiere cerca, es porque teme que un día consiga que abras los ojos y le dejes. Porque yo digo lo que pienso.

—Vosotros nunca os habéis llevado bien, él no te entiende como yo.

—No te preocupes, Emily. Pronto estaremos juntas. Siempre se le pasa.

Bajo hacia el salón. Y me quedo cerca de la puerta sabiendo que Peyton no tardará en bajar. Y así es. Aparece con su pequeña mochila y con las mejillas llenas de lágrimas, que ha tratado de ocultar sin éxito. Parece tan perdida que no puedo evitar ir hacia ella y cogerle la mochila.

—Sé de un lugar secreto que te gustará.

—Te olvidas de que yo también lo conozco.

—Vaya, te podías haber hecho la sorprendida, princesa. —Peyton sonríe y su sonrisa queda ridícula entre tantas lágrimas.

Me vuelvo y observo a Jarrod, que me mira sonriente. Por su mirada vidriosa dudo de que se haya enterado de nada o de que sea consciente de lo que está pasando a su alrededor. Estoy cansado de decirle que, como siga consumiendo, acabará mal. Lo saludo y me sonríe.

Peyton y yo salimos de la casa y voy hacia mi coche. Ella ha preferido ir sola por su cuenta. «¿Por qué haces esto, Luke?», me pregunto mientras conduzco hacia nuestro lugar secreto, y no tengo respuesta. No tengo palabras para explicar lo que he sentido al verla destrozada. No tengo palabras para explicar por qué quiero protegerla cuando yo soy lo peor que puede pasarle a Peyton. Pero, aunque lo sé, acabo pasando por un bar y comprando comida basura y bolsas de patatas y yendo en su búsqueda.

PEYTON

Escucho unos pasos y me vuelvo para encontrarme a Luke. Pensé que no vendría y, como si hubiera adivinado mis pensamientos, alza una bolsa donde parece haber comida. En la otra mano lleva una gran manta, que me tiende.

—Si llego a saber que ibas a venir en la bici de Blanca, te hubiera metido en mi coche. Pensé que cogerías tu coche.

—Me gusta ir en bici y el camino está muy bien iluminado, solo hay un tramo que no y lo hago andando, utilizando la luz de la bici para seguir el sendero.

—Aun así.

Pongo la manta en el suelo y me siento encima, usando como respaldo la roca. Luke hace lo mismo y saca la comida. No he comido casi nada en toda la noche y las patatas fritas me chiflan. Comemos en silencio sin decir nada. Estoy sorprendida de que Luke entienda que lo que necesito es silencio, y agradezco su compañía.

—Me ha pedido que no nos veamos de momento —digo mojando una patata en el kétchup.

—Lo he escuchado todo.

No me sorprende.

—Eres un cotilla.

—Haber cerrado la puerta.

—Cierto. —Me como la patata y miro hacia la ciudad—. La entiendo, pero no entiendo que llame «amor» a lo que siente, porque amar no es renunciar a las personas que quieres.

—Ya sabes lo que pienso del amor... —Abro la boca para protestar, pero alza una mano para que me calle.

Lo dejo hablar—. Y tienes razón. El novio de tu prima, si la quisiera de verdad, no debería hacerle esto sabiendo que le hace daño. El problema es que existen personas egoístas que hacen daño a sus parejas y les da igual.

—Yo no podría basar mi felicidad en la infelicidad de alguien a quien quiero.

—Eso es porque eres demasiado buena. Yo, por mi parte, solo pienso en mí, y en nadie más.

—Es triste. Pensé que te importaba Roy.

—Y me importa, pero cada uno lidia con sus propios demonios.

—Me gustaría conocer los tuyos.

—Es mejor que no. Te asustarías.

—No soy tan impresionable.

—Ah, es cierto, que te gustan las películas de superhéroes... —Le tiro una patata a la cara. Luke la coge y se la come sonriendo—. No creas que alguien te salvará si estás en problemasapuros. Nadie lo hará.

Por la forma en que lo dice, siento que él lo sabe mejor que nadie.

—Lo sé. Sé lo que es la soledad.

—Por eso me cuesta creer que seas así. Deberías hacer caso a mis advertencias. Y alejarte de mí.

—No quiero hacerlo.

—Tonta.

—Idiota. —Se ríe y saca el móvil. Me lo tiende y se pone a recoger los restos de la cena—. Intuyo que no quieres regresar aún y, aunque tienes una conversación muy fluida e interesante, mejor si ponemos una película y que sea eso lo único que se escuche.

—Puedes irte si quieres. —Cojo su móvil y lo desbloqueo: no tiene contraseña. De fondo tiene un coche de carreras.

—De momento no me apetece.

Sonrío y busco una peli en la *app* de películas de alquiler. Le doy a una de superhéroes y Luke pone mala cara. Eso por hablar. La peli empieza y al poco me entra sueño y mi cabeza acaba apoyada en el hombro de Luke.

—Eres una jodida molestia —protesta, antes de pasarme la mano por encima y hacer que me apoye en su pecho.

Tiemblo por su contacto y pierdo el sueño de golpe, pues soy muy consciente de su cercanía. De cómo huele o de cómo baja y sube su pecho con el movimiento de su respiración. De lo a gusto que me siento y de que, contra todo pronóstico, no quiero estar en ningún otro lugar ahora mismo más que entre sus brazos.

LUKE

Peyton se remueve en sueños, despertándome. Ignoro cuándo me quedé dormido. O cuándo la abracé, y mucho menos cuándo entrelacé mi mano con la suya sobre mi pecho. ¿Qué estoy haciendo? Debería alejarme de ella. Recordar de quién es hija, dejar de buscarla y seguir con mi apacible vida, en la que no sentía nada. Es más fácil así, y Peyton estaría mejor lejos de mí. Desde hace años estropeo todo lo que toco. Por eso no entiendo por qué ella sigue cerca y por qué acabo volviendo siempre a su lado. Acaricio su mano antes de apartarla y observo como el amanecer nos ilumina. Y, aunque debería estar observando ese espectáculo, mis ojos se posan sobre Peyton. Y una vez más su belleza me deja paralizado. Pues no es solo hermosa. Es mucho más. Y se merece mucho más que un amigo como yo... «Cobarde», me dice una voz en mi interior, y me separo de ella no queriendo reconocer que, si a veces la alejo, es porque no sé cómo manejar este deseo que siento cuando la tengo cerca y no sé cómo estar a su lado sin que mis escudos se resquebrajen. Y no saberlo me asfixia. Y hace que me sienta perdido.

PEYTON

—¡¡Abre la puerta!! —Mi padre golpea la puerta con fuerza.

El corazón se me sube a la garganta mientras voy a abrir. Entra hecho una furia.

—¡No eres más que una cualquiera! Quien me ha mandado estas fotos va listo si piensa que lo que tú hagas con tu vida me afecta. O con quién pases la noche. —Me da una carpeta cerrada—. Mi hija Carla es perfecta y lo que tú hagas me da igual. Pero ten por segura una cosa: si te quedas embarazada, te vas fuera. Y me da igual que tú y tu hijo os pudráis en la calle y que pierdas lo que esperas de mí. No sé cómo se atreven a chantajearme. Lástima que no pueda ver con quién te has liado... Idiotas... Si las publican, yo alegaré que eres joven y que te aceptamos tal como eres...

Cosa que es mentira, y ambos lo sabemos.

Se marcha; la carpeta me quema en las manos. Veo sobre ella una nota:

O nos da esta cantidad de dinero, o estas fotos irán a parar a todos los medios de comunicación.

Me tiemblan las manos mientras abro la carpeta. Y cuando veo de qué se trata, se me caen las fotos al suelo de la impresión. No puede ser, no puede ser. Mi mirada va de una a otra: son fotos mías con Luke, de este amanecer. El que las ha tomado ha cogido buenos ángulos para que parezca que hemos pasado la noche juntos. Nuestras manos entrelazadas. La mano de Luke en mi cadera...

Con los ojos llenos de lágrimas recuerdo lo que Luke me dijo de que odiaba a mi familia, y que de repente haya querido saber de mí tras un mes ignorándome... Esto lo explica. Se compinchó con otro para sacarnos estas fotos y vengarse de mi padre. Duele, duele mucho. Cuando me dijo que me haría daño era una advertencia que no quise escuchar, ignorando que pudiera ser cierta. Me llevo el puño a la boca para que nadie escuche mis sollozos y me siento muy tonta. Me dejo caer al suelo y cojo las fotos para romperlas. Me detengo. Antes tengo que hacer algo.

Recojo las fotos y me pongo las deportivas. Me limpio la cara y bajo a por mi coche, que recogí antes de venir a dormir a casa. Conduzco hasta la casa de Luke. Aparco de mala forma y voy hacia la puerta. Abro con manos temblorosas. Estoy a un tris de romperme de nuevo. Tomo aire y me agarro a la rabia para coger fuerzas. Lo busco por abajo y no lo veo. Subo hacia su cuarto y toco la puerta con fuerza. La puerta se abre. Lo miro enfurecida. Veo desconcierto en su mirada. Aparto los ojos.

—¡¿Cómo has podido?! ¡¿Cómo has podido usarme de esta manera?! Ya me lo advertiste, ¿no? Que me harías daño... —Le golpeo el pecho con las fotos, que se desparraman y caen al suelo.

Luke las observa y no puedo saber lo que piensa, porque ya no me está mirando.

—Para tu información, puedes enviarlas a los medios, porque a mi padre le da igual. ¿Acaso pensabas que yo le importo? ¡Yo solo soy un error en su vida! ¡Él desearía que yo nunca hubiera nacido para no recordar su primer matrimonio!

Nunca he dicho esto en alto. Es lo que pienso, pero decirlo duele. Unas lágrimas pesadas caen por mi mejilla. Me las seco con rabia.

—¿Contento? No le has herido, no le has hecho daño a él. Pero a mí, sí. ¿No vas a decir nada? ¿No tienes nada que decir?

Me callo y me trago las lágrimas. El dolor crece en mi pecho con su silencio, pues sé que en el fondo quiero que lo niegue, que me diga que él no es el responsable.

LUKE

Observo incrédulo las fotos. Impactado y sintiendo como la rabia crece en mí. Sé quién ha sido. Sé quién es el culpable. El que ha decidido llevar a cabo esta venganza en mi nombre. Y sintiendo también rabia porque ella de verdad crea que he sido capaz de esto. Porque me acuse sin preguntarme y me juzgue como tanta gente. No es mejor que nadie, no debo olvidarlo. Y ambos estamos mejor sin el otro. Por eso callo y no me defiendo.

Doy la callada por respuesta.

—No sabes cómo te odio.

Y tras decir esto se marcha, aceptando que soy un ser rastrero que se ha acercado a ella para hacer daño a su padre. Ahora mismo me da igual lo que piense. Solo espero que mi vida siga como antes de que esta dichosa muchacha irrumpiera en ella.

Capítulo 7

PEYTON

Aparco el coche en el aparcamiento de la universidad. Aún no he asimilado que Luke me haya utilizado para hacer daño a mi padre. Vi a Colin con su hermano pequeño mientras daba un paseo para despejarme. Y le confesé lo que me sucedía. Algo en su cara me hizo temer que fuera tras el que un día fue su amigo. Espero que no hiciera nada en mi nombre. Es mejor dejarlo pasar.

Me siento en mi última clase, donde comparto sitio al lado de Luke. Nerviosa, espero que entre evitando mirar hacia la puerta. Estoy temblando. No sé qué sentiré cuando lo vea. Estoy muy enfadada con él. El profesor entra y la clase comienza. No ha venido.

Respiro aliviada; necesito más tiempo para enfrentarme a él.

Y, por suerte, en toda la semana no hace acto de presencia. Cuando llega el viernes estoy algo mejor, ya que las dichosas fotos no han aparecido en ningún medio; aunque no me duelen las fotos en sí, sino lo que puedan decir de ellas, lo que puedan insinuar. No he visto a Luke estos días. Espero que esto siga así. De Emily tampoco he sabido nada. Esperaba que se acercara, aunque no se lo contara a su novio. Pero en el fondo sé que Emily nunca lo haría, porque no sabe mentirle y si le preguntase si me había visto, diría que sí. Todo esto solo ha hecho que me acerque más que antes a Colin. Se ha convertido en mi ancla, en la única persona en la que puedo apoyarme ahora.

—Hola. —Hablando del rey de Roma... Alzo la mirada y me encuentro con los cálidos ojos de Colin. El pelo rubio lo lleva despeinado, como si se hubiera pasado las manos por él varias veces.

—Hola, ¿te has peleado con tu pelo? —le digo alzando la mano involuntariamente y acariciando los mechones que tiene en la frente. Colin me coge la mano y me observa con intensidad. La aparto nerviosa, pues mi gesto era inocente y no esperaba una mirada así por su parte.

—Ven, deja tu coche aquí, te voy a llevar a un sitio.
—¿Adónde?
—Es sorpresa.
—Me gustan las sorpresas.

Se ríe y tira de mí hacia su coche. Me dejo llevar. Tal vez lo he malinterpretado todo, solo somos amigos.

* * *

Me río por lo que acaba de pasar en la película que estoy viendo con Colin en el cine. Hemos ido a comer. Tras la comida, Colin me ofreció ir al cine y acepté. Me encanta ir al cine. Antes iba con Emily. Aparto ese pensamiento, que solo me hará daño. La película no está mal y me he reído varias veces.

Miro a Colin para ver qué hace y me sorprende pillarlo observándome con intensidad. Sonríe con cierto pesar y aparta la mirada. Desconcertada y algo incómoda, sigo mirando la película. Antes de dejarme en mi casa me pregunta si quiero salir esta noche y acepto; todo con tal de escapar de mi casa. Queda en recogerme en un rato. Me arreglo el pelo y me pongo un vestido azul marino de tirantes anchos que es algo holgado en la parte de la cadera, con una chaqueta azul claro a juego con mis zapatos. Me pinto un poco y, sin darle más vueltas, bajo las escaleras. No me sorprende ver a Colin esperándome, vestido tan impecable como siempre. Lleva una camisa verde de marca, unos pantalones de pinzas y una cazadora. A quien me sorprende ver es a mi padre. Colin es el primero en percatarse de mi presencia y se vuelve para mirarme sonriente. Por su cara sé que le gusta mucho lo que ve, y me siento mejor.

—Pasadlo bien, y recuerda que mañana tenemos una comida importante.

—Sí... —Mi padre se acerca y me sonríe como si fuera un padre amoroso.

Pero yo sé la verdad y Colin también; se la he contado. Se aleja.

—¿Listos? —Cam baja por las escaleras. Mi hermana nos mira desde arriba—. Hoy tampoco he logrado convencerla.

Me parece ver dolor en la mirada de Cam, pero lo esconde tan rápido que no sé si han sido imaginaciones mías.

—Tal vez otro día —añade Colin.

Vamos hacia el coche de Cam. Colin se sienta detrás

conmigo. En cuanto se pone en marcha, coge mi mano y se inclina para decirme:

—Estás muy guapa.

—Tú tampoco estás mal. —Sonríe.

Llegamos al aparcamiento del otro día y vamos hacia la discoteca. Hay mucha gente esperando en la puerta, pero a nosotros nos dejan pasar sin hacer cola. Entro y... entonces recuerdo que Luke trabajaba aquí. Mi mirada se dirige a la barra. Tiemblo ante la posibilidad de verlo. No estoy preparada, ha pasado muy poco tiempo desde nuestro enfrentamiento.

Llegamos al reservado y Colin saluda a sus amigos; se aleja un poco, aunque no deja de estar pendiente de mí. A mí también me saludan todos y, cuando lo hace Jarrod, la forma que tiene de mirarme no me gusta. Es como si él supiera algo que yo ignoro. Y entonces recuerdo de quién es primo y me pregunto si Luke le habrá enseñado nuestras fotos o si él fue su cómplice. No me extrañaría; al fin y al cabo, la idea de Luke era publicarlas en los medios y solo él sabe por qué no lo ha hecho ya, o si esto es parte de su plan para tenerme en tensión hasta que decida que ha llegado el momento de hacerlo.

Llevamos aquí media hora y, aunque a Colin le estoy diciendo que estoy perfectamente y me lo paso bien, es mentira. No me caen del todo bien sus amigos. No me río con sus gracias ni encuentro entretenidos sus temas de conversación. Una parte de mí sabe que, si bebiera, todo tendría sentido y las tonterías que dicen por ir algo bebidos pasarían a ser la bomba. El problema es que el alcohol no entra en mis planes.

—Vamos a bailar.

Me dejo guiar por Colin hasta la pista. Llegamos y

nos ponemos cerca de la barra. Me vuelvo sin pensar a quién puedo encontrarme en ella. Por eso, cuando mis ojos se encuentran con los de Luke, me quedo petrificada. Nos mira a Colin y a mí de una forma que no sé descifrar y sigue con su mirada la mano que Colin tiene puesta en mi cintura, sin perder de vista cómo este me gira hacia él, alejándome de su contacto visual. Quiero creer que no me ha afectado ver a Luke, que mi corazón no ha latido como un loco por su mera presencia, quiero creerlo. Pero me engañaría.

Nos movemos por la pista a nuestro propio ritmo. Colin me abraza y me dejo llevar, no viendo nada malo en este gesto y agradeciendo su apoyo. Ahora más que nunca necesito su refugio. Nos volvemos y mis ojos van hacia la barra. Luke está en ella atendiendo a una preciosa joven pelirroja. Esta lo coge de la camisa y lo atrae a sus labios. Es un beso rápido, una promesa de lo que puede haber después. Por la sonrisa de Luke sé que él lo ha entendido y que seguramente acabe con ella. Siento como algo se retuerce en mi interior, algo pesado que me hace endurecer la mirada. Me sorprendo cuando Luke, antes de volverse, mira hacia nuestra dirección y, al verme, endurece el gesto. Aparto la mirada. Es evidente que Luke me odia. «Y yo a él», me recuerdo.

* * *

Me siento en la última clase de este interminable lunes. Los profesores se han vuelto locos mandándonos trabajos. Observo la puerta con miedo por si entra Luke, pero pronto aparto la mirada cuando doy por hecho que no va a venir, cosa que por supuesto me es completamente indiferente, y saco mis cosas de clase.

—Supongo que debo darte la enhorabuena. —La voz de Luke me hace saltar en mi asiento. No esperaba encontrármelo. Me vuelvo y lo veo sentado en su sitio, mirándome de una forma que no sé descifrar.

—No sé por qué tienes que hacer tal cosa —le digo, orgullosa de que mi voz haya sonado cortante y serena.

—Colin es un buen chico, pero no estás enamorada de él. Creí que, después de tus tontos discursos sobre encontrar el amor verdadero, no te conformarías con menos.

—Y no lo haré. No sé de dónde has sacado que estamos juntos.

—Es lo que comenta la gente tras veros en el *pub*. —Observo a Luke, que mira al frente.

—¿Y por qué iba a decir la gente eso? Es ridículo.

—Estuvisteis bailando juntos, a saber qué hicisteis después...

—Lo que hiciéramos no es cosa tuya, pero solo somos amigos. No ha pasado nada.

Luke se vuelve y me mira.

—Qué inocente eres, princesa. Si no ha pasado, no es porque Colin no quiera que suceda.

—A él no le gusto. —Luke alza una ceja—. Y no sé por qué estoy hablando contigo tras lo que me hiciste.

Luke se tensa y mira hacia delante. Hago lo mismo y veo como entra el profesor.

—Esas fotos ya no existen. Están borradas.

—No fueron las fotos lo que me hizo daño. Fue tu traición. Incomprensiblemente me caías bien.

—Es mejor así. —Lo dice tenso y se pone a tomar apuntes sin aclarar nada más.

No puedo evitar observarlo; siento que hay mucho que se está callando.

—Toma apuntes, Peyton, que luego no te aclaras.

—Haré lo que quiera —le digo enfadada porque me ha pillado mirándolo.

LUKE

Observo a Peyton de reojo. Toma notas sin parar y, por su cara, no se está enterando de nada. Se ha recogido el pelo rubio en un moño deshecho y varios mechones caen por su cuello. No para de fruncir el ceño y de morderse el labio. Observo sus notas: la mayoría son ilegibles y en otras no ha captado el concepto. Este curso le va a costar mucho. Es evidente que esta carrera no le gusta. ¿Será elección de su padre? Seguramente. Recuerdo las palabras que me dijo sobre él, sobre que no le importaba. Había tanto dolor en sus ojos ante su reconocimiento, al decir en alto que a su padre le daba igual su suerte... Por eso me cuesta comprender qué hace aquí. Y aunque me gustaría decir que no me importa, no es cierto, y no dejo de pensar en si sería tan malo tenerla como amiga. Claro, que no suelo tener amigas, y a las pocas que he tenido no las deseo como a ella y no me veo tentado de besarlas cuando se muerden el labio, como está haciendo ella ahora, y menos aún de enseñarles poco a poco como la pasión es mucho más intensa que el amor. Mis amigas no me calientan con solo una mirada.

Peyton suspira frustrada cuando acaba la clase y mira hacia delante perdida. Me levanto y dejo mis apuntes sobre su mesa.

—Yo ya los tengo del año pasado. —Y sin darle tiempo a que se niegue, me marcho.

Tal vez sea un cobarde por no decirle la verdad, o quizá por primera vez no esté siendo egoísta. Acabaría por hacerle daño, somos muy diferentes. El problema es que no parece que me esté haciendo a la idea de pasar página... No dejo de pensar en ella o de buscarla con la mirada. O de preocuparme por ella. Es incapaz de ver las cosas. Colin está deseando acostarse con ella, y quién no, tiene un cuerpo de infarto y unas curvas que quitan la respiración con solo mirarlas, y ella ni siquiera es consciente. Me atrevo a pensar que no se ha dado cuenta de cómo la devoran con la mirada la mitad de los tíos de esta universidad y cómo se le quedan mirando el culo. Es tan inocente... y, además, Colin la desea y ella de verdad se cree que son solo amigos. Aunque, teniendo en cuenta que no tiene otro amigo ahora mismo, no me extraña que prefiera ignorar la realidad.

Ojalá no entendiera tan bien la soledad que veo en su mirada y no sintiera esta necesidad de aliviarla. Con lo tranquila que era mi vida antes de encontrarme con ella... Si es que se le podía llamar vida, claro.

Voy hacia mi moto y veo a Peyton salir e ir hacia su coche. Va tan distraída observando mis apuntes que casi se choca con dos personas. Un verdadero desastre. Sonrío hasta que veo quién se pone delante de ella y la detiene. Colin. Peyton se sobresalta y luego le sonríe, haciendo que sus ojos reluzcan. Colin la devora con la mirada y ella lo ignora, como siempre. Le da dos besos, uno muy cerca de los labios. ¿Le gustará este don perfecto? Lo desconozco, pero no puedo obviar que no me gusta verlos juntos. Él no es lo que busca Peyton. Ante él, ella se corta y se cohíbe, no muestra ese fuego que lleva dentro..., cosa que ante mí sí que hace. Pero esto tal vez sea por lo mucho que chocamos. Es exasperante. Y sin embargo me encanta picarla para ver cómo se enciende su mirada de color canela, cómo se sonroja, haciendo que me pregunte hasta dónde llega ese dulce rubor..., lo cual es una tortura.

Colin le dice algo y pasa una mano sobre su hombro. Peyton mira la mano y la noto tensa, sonríe cortada. Colin se despide de ella. Sonrío cuando Peyton suspira aliviada. Es un libro abierto y esto la va a meter en más de un problema, sobre todo en esta ciudad, donde todos están a la espera de destruir a su padre.

Se mete en su coche y se pone el cinturón antes de marcharse. Me fijo en si alguien la sigue y no hay nadie. Nadie vela por su seguridad. Es real el hecho de que su padre la deja a su suerte sin importarle que la chantajeen para conseguir dinero o venganza. Pese a eso, no tiene por qué pasarle nada. Lleva un mes aquí y no ha ocurrido nada. Ojalá esta afirmación aliviara mi sensación de que alguien o algo se cierne sobre ella. ¿Y qué estoy haciendo preocupándome por ella?

Joder, dichosa Peyton.

* * *

Cojo la curva y llego a la meta. Observo a Felipe, mi jefe en el trabajo y en la pista. Paro cerca de él; no tiene buena cara tras el entrenamiento.

—Muy mal tiempo. Queda poco para empezar las carreras.

—Sabes que luego cumplo.

—No pareces el mismo. Antes no te importaba nada...

—Dirás que no me importaba matarme —le digo saliendo del coche. Felipe trata de ocultar su sed de dinero y poder, pero no lo logra—. Sabes que ganaré. Ahora, déjame en paz.

Me mira para decir algo, pero sabe que estoy en sus manos y que no me interesa perder. Se aleja tras asentir y me abro el mono mientras pienso en mi forma de conducir. Antes corría solo para ser el mejor. Era consciente de los peligros, aunque me era indiferente. Pero desde hace un tiempo, la realidad de que estas carreras no son muy seguras y que un fallo puede ser letal está muy presente en mí. Es un pensamiento que debo dejar a un lado, pues no puedo permitirme el lujo de no ganar.

* * *

Entro en la biblioteca de la universidad, que por suerte abre todos los días del año, a por un libro que me falta para el trabajo del lunes. Esta semana he tratado de ignorar a Peyton y casi lo he conseguido. Y digo «casi» porque no he podido dejar de mirar de reojo su cara de perdida y cómo se muerde el labio.

Estamos a domingo y acabo de regresar de entrenar. Estoy cansado y, si no me importara mi carrera, no estaría aquí a estas horas de la noche; son cerca de las diez. Entro y recibo algunos saludos. La gran mayoría me teme, o está esperando a que me autodestruya otra vez, y sin embargo, me saludan como si no pensaran eso. Son una panda de falsos. Como si a mí me importara su amistad lo más mínimo...

Llego a la sección de libros de derecho y me detengo cuando veo a alguien o, mejor dicho, a Peyton, tratando de coger uno de los volúmenes que está más arriba. Me dirijo hacia ella al tiempo que observo una de las mesas llena de libros y apuntes. Está sola estudiando, o tal vez este es ahora su refugio. Me acerco a ella y se lo cojo. Da un respingo y se vuelve para ver quién la ha ayudado. Al darse cuenta de que soy yo, esconde la sonrisa de agradecimiento que tenía preparada y me mira seria. Eso es lo que me gusta de ella, que no finge. Algo que me ha costado ver y que tal vez tengo más presente desde el incidente de las fotos. Pues creo de verdad que no tiene nada que ver con su padre.

—No pienso darte las gracias —dice tras coger el libro e ir a su sitio.

—No esperaba menos, princesa.

Peyton deja el libro sobre la mesa. Me siento a su lado y cojo algunos de sus folios.

—¡Eh!, que no te he dado permiso.

—Por desgracia para ti, venía a buscar justo ese mismo libro y, como dudo que dejes llevármelo, me gustaría anotar algunas cosas.

—Vale.

Me deja el libro y sigue con lo que está haciendo. Tomo notas de lo que necesito hasta que me canso de verla tan agobiada.

—A ver, dime qué es lo que no entiendes.

—¿Todo?

—¿Tan mala estudiante eres?

—No me gusta esta carrera.

—Lo que me confirma que quien la eligió fue tu padre. —Cojo lo que está escribiendo y miro sus notas. Me gusta su letra, es clara y algo redondeada, nada que ver con la que hace cuando está tomando apuntes, que es totalmente ilegible. A la de ahora solo le falta poner corazones en las oes para que sea tan romántica como ella. Sonrío.

—¿De qué te ríes?

—De tu letra, es ridícula —miento y, como ya esperaba, se pica y trata de recoger sus apuntes, lo que hace que se aproxime más a mí. Su perfume inunda mis fosas nasales; huele dulce, a vainilla con toques de caramelo—. Es broma, ahora déjame que te ayude.

—No sé por qué debería hacerlo.

Me mira con ojos acusadores y, sin mirarla, anoto unas cosas en sus apuntes.

—No fui yo, pero en algún momento sí pensé en hacer algo así —admito.

Supe en seguida que había sido Jarrod. Pensaba que iba tan puesto que no había escuchado nada cuando nos vio salir a Peyton y a mí de la casa aquel día. Pero no fue así. Nos siguió, hizo las fotos y se fue a su casa a imprimirlas y mandarlas antes de dormir la mona. Cuando se despertó y lo encaré no recordaba nada de la noche anterior. Ni siquiera dónde nos había sacado las fotos. No me extrañó y por su mirada sabía que no mentía, que estaba tan colocado y tan bebido que lo hizo poseído de su voluntad por querer ayudarme, a ver si así le hago más caso, cosa que nunca ocurre, pues no lo soporto. Me pidió perdón, pero ya no servía de nada. En el fondo sé que, aunque no hubiera estado bebido, lo hubiera hecho igual. Fui a su ordenador y borré todas las imágenes, y también de su móvil y de su correo. No dejé nada, y no por lo que las fotos contenían, sino porque, inexplicablemente, no quería que se supiera sobre nuestro lugar secreto.

—¿Entonces se te adelantaron? —Veo dolor en su mirada.

—No, no se me adelantaron. No pensaba hacerlo, pero hubiera sido fácil usarte para chantajear a tu padre. Es evidente que a él no le importas, pues no tienes vigilancia.

Aparta la mirada.

—Ya te dije lo que pensaba mi padre.

—Odio a tu padre, y a tu familia..., pero tú eres diferente —admito incómodo—. Y ahora, deja que te explique esto, que me muero de hambre y quiero irme a mi casa.

—Por mí puedes irte —miente, y lo veo en sus ojos. La ignoro y le pregunto con un gesto qué necesita saber—. Empieza por eso. El profesor habla demasiado rápido y no entiendo tantas leyes...

—Paso a paso. —Se lo empiezo a explicar, cosa que no se me da muy bien. Y me toca repetirle las cosas, recordando que está completamente perdida.

Al contrario que Peyton, a mí sí me gusta la carrera, ya que tengo una motivación para estudiarla; pero ella está condicionada por los deseos de su padre y eso se nota. Solo su cabezonería hace que me escuche con atención y trate de aprender la lección.

Me doy cuenta de que se nos va a hacer tarde y le digo que lea unas cosas mientras voy a la máquina a por algo de beber y de comer. Lo dejo sobre la mesa y le tiendo un sándwich a Peyton.

—No tenían patatas fritas.

—Qué lástima. Pero esto está bien. Gracias, por todo.

Su forma de mirarme me incomoda, pues se adentra en mi interior y noto como resquebraja uno de los tantos muros que tengo en torno a mi corazón, y no sé cómo llevarlo. No sé cómo corresponder a su amabilidad.

—Lo haría por cualquiera —miento. Hace años que no hago nada por nadie que no sea Roy.

Tantos que no recordaba cómo era ser amable. Solo sé ser un huraño. Peyton sonríe y picotea su cena. Hago lo mismo. Cuando acabamos es tarde. Recogemos todo y vamos hacia donde ha dejado su coche; el mío no está lejos.

—¿Significa esto que hemos firmado una tregua?

—Eso parece —respondo incómodo—. Sigo pensando que deberías correr en dirección contraria.

—Y yo que haré lo que quiera. Gracias por todo, Luke.

—De nada, princesa.

Peyton está a punto de abrir su coche, pero se detiene. Respira agitada y observa el cielo estrellado. Se vuelve y veo que ha perdido el color del rostro.

—Se me ha olvidado algo... Sí, un libro... Nos vemos mañana.

—¿Te acompaño?

—No, ya te he molestado suficiente, nos vemos mañana. —Está inquieta—. Adiós.

Sale corriendo sin darme opción a decir nada. ¿De verdad se le ha olvidado algo? Inquieto, voy hacia mi coche sin tener claro si me hace gracia que se vaya sola tan tarde.

PEYTON

Entro en la cafetería para tomar un café antes de la hora de clase. Anoche al final tuve que pedir un taxi. Fui incapaz de coger el coche. Se me hizo muy tarde y, cuando es de noche y conduzco, solo puedo recordar el accidente que tuve siendo niña... Lo desecho de mi mente no queriendo recordar ese amargo momento.

Estaba tan distraída con Luke que me fui hacia mi coche sin recordar lo mucho que me impresiona conducir cuando ha caído la noche. Por suerte él no pareció enterarse de nada.

Me sorprendió encontrarlo en la biblioteca y mucho más que me explicara todo y que firmáramos la paz. Fue sincero cuando me dijo que él no había sido y que sí se había planteado hacerlo. No sé si hubiera sido mejor que cada uno siguiera su camino. El problema es que algo me hace ir hacia él. Y no es solo que sea uno de los chicos más guapos que he visto en mi vida, o esos ojos azules que me fascinan..., es algo más.

Cuanto más tiempo paso a su lado, más quiero saber de él y de lo que oscurece su mirada. Anoche lo vi otra vez, cuando él no se daba cuenta. Y también vi que Luke piensa de verdad que estar a su lado me hará daño. ¿Y si así fuera? Ya es tarde..., porque me gusta que esté en mi vida. Me sirven el café con leche y, mientras se enfría, observo la cafetería.

Mis ojos se detienen en mi prima, que está al lado de Blanca. Hay mucho dolor en su mirada. Sé que le afecta todo esto y que está tan agobiada que no sabe cómo llevar la situación. No soporto a César. Si de verdad la quisiera, no le pediría que se alejase de mí. No es bueno para Emily, pero ella no lo ve. Está tan enamorada de él que tiene un miedo atroz a perderlo. Sonrío a mi prima y me vuelvo, pues me duele verla y no poder acercarme a ella. La echo mucho de menos y cada día que paso lejos de ella crece mi enfado con su novio y, si soy sincera, también mi dolor y decepción con Emily por el hecho de que no luche por mí. Cada día que pasa siento más el peso de la soledad. Lo odio. Odio sentirme así. Sentir que no encajo en ningún sitio y que tengo que conformarme con ser parte de la vida perfecta de otros. Me termino el café y salgo distraída de la cafetería. Tanto que no sé de dónde viene el golpe que me llevo y que me tira las cosas al suelo. Caigo de costado. Joder, cómo duele.

—Mira por dónde vas, estúpida.

—Cuidado, Cora, su padre puede demandarte.

—La debería demandar yo a ella, por torpe. —Sus amigas se ríen.

Recojo mis cosas y sonrío, cosa que le molesta. Me olvido del dolor y me marcho sin decirle nada, cuando lo que deseo es mandarla a la mierda, pero eso sería ponerme a su nivel.

—Déjala en paz.

—No te metas en esto, Luke.

—Eres una cría, Cora. —Me vuelvo y observo a Luke agacharse a recoger algo. Mi estuche.

—Pierdes tu tiempo con ella, nunca se fijaría en alguien como tú. No es más que una estrecha.

Luke la ignora y viene hacia mí. Me tiende el estuche. Lo cojo.

—Gracias.

—Deberías mirar por dónde vas. Es fácil hacerte este tipo de cosas. A saber qué tienes en la cabeza...

—Si lo sé no te doy las gracias.

Empiezo a ir hacia la clase y Luke me sigue.

—Me sorprende que sigas viva.

—No soy tan despistada.

—Ibas mirando el suelo.

—Suelo controlar muy bien...

—Ten cuidado, Peyton, no eres bien recibida aquí, por mucho que la gente hasta ahora te haya mostrado lo contrario, y Cora, pese a todo, no es la mayor de tus preocupaciones.

Lo observo tensa.

—¿Algo que deba saber?

—Investiga sobre tu padre y sabrás por qué la gente le tiene tanta inquina. Me voy. Nos vemos a última hora en clase.

Asiento y Luke se aleja. Contemplo a mi pesar lo bien que le quedan los vaqueros y cómo le marcan el trasero... y cómo le sienta esa camiseta blanca que no sé cómo no hace que se congele. Observo que no soy la única que se lo come con la mirada, pero él parece ignorarlo, pues sigue su camino ajeno a todo hasta que Roy se cruza con él y se van juntos. Me quedo mirándolo hasta que lo pierdo de vista.

Entro en clase dispuesta a enterarme de todo y salgo sintiéndome fracasada una vez más. Voy a la biblioteca en el descanso y busco un ordenador apartado. No he querido buscar hasta ahora cosas de mi padre porque temo lo que pueda descubrir de él. Si ya sin saberlo no lo soporto, conociendo lo que puede ocultar tal vez lo haga mucho menos. Enciendo el PC y tecleo el nombre de mi padre en el buscador. En seguida aparecen cosas buenas que ha hecho por esta ciudad. Como si alguien hubiera colocado esos artículos los primeros, para ensalzar su figura política. Nada interesante. Parece un hombre bueno y su familia, perfecta. Claro que yo no aparezco en la foto de familia. Yo soy la pieza que sobra. Pongo «denuncia» al lado del nombre de mi padre y entonces sí aparece algo. Una denuncia por la venta ilegal de unas naves, aunque pone que el juez desestimó el caso por falta de pruebas. Un supuesto robo de capital: desestimado el caso; y así varios delitos más. ¿De verdad fueron desestimados por falta de pruebas? Intuyo que, de no ser así, nunca se sabrá.

Sigo leyendo y veo algo que me llama la atención. La banda del Blanco trata de secuestrar a la hija del alcalde. Observo una foto de mi hermana abrazada a mi padre y a este mirando enfurecido a la cámara. Al parecer, los guardaespaldas de mi padre impidieron el secuestro a tiempo.

Miro a mi alrededor y me recorre un escalofrío. Esto sucedió hace años. No tiene por qué pasar de nuevo. Busco información de la banda del Blanco y no me gusta lo que descubro. Captan a jóvenes para meterlos en el mundo de la droga y varias familias de esta ciudad están embargadas por su culpa, pues se han dejado todo su dinero en pagar las deudas de sus hijos, bajo amenazas. Observo fotos de palizas y de mujeres que aseguran que han sido violadas por ellos... Dejo de mirar, impactada. Al parecer, hace un año mi padre desarticuló parte de la banda y hasta ahora no han regresado. Tal vez todo acabara ese día. Algo bueno que hizo mi padre, y no me cabe duda de que fue para vengarse por el intento de secuestro de mi perfecta hermana. Algo más relajada, apago el ordenador y regreso a mis clases. Y esta vez sí presto atención para no chocarme con nadie o que nadie se choque conmigo.

Entro en la última clase tras una mañana agotadora. Saco mis cosas y miro hacia la puerta. Luke se dirige hacia su sitio con cara de pocos amigos. Deja sus cosas y se sienta sin saludar.

—Se dice «hola».

—Ya te vi esta mañana.

—Qué pocos modales tienes. —Sonríe de medio lado.

—Hola, princesa, otra vez.

—Hola, Luke.

—Esta conversación es ridícula. Cuántas tonterías

tengo que soportar contigo... —No parece que le moleste tener que soportarlas. Le saco la lengua—. Eres una cría.

Me pica.

—Y tú un viejo; me sacas tres años.

—No sé qué hago hablando con alguien tan infantil. Deberías estar en la guardería.

—Ja, qué gracioso. —El profesor entra y nos pide silencio.

Empieza la clase y tomo notas. Me pierdo. Bufo y me agobio.

—Déjalo ya, ahora te paso las mías. Me molestan tus bufidos. Eres peor que una piedra en el zapato.

Le doy con el codo por picarme, haciendo que raye sin querer sus apuntes.

—Lo que digo, una niña.

—No te soporto.

—Sí lo haces, lo que no entiendo es por qué lo hago yo, dicho sea de paso... Y ahora, atiende a la clase.

Lo hago y me entero de algunas cosas. Más de las que suelo enterarme cuando trato de tomar apuntes como una loca. La clase termina y Luke me dice que lo acompañe a la sala de fotocopias.

—¿Quieres los del otro día?

—No, esos los tenía, pero a veces tomo notas por si me falta algún dato, o para recordarlos. —Luke usa una de las máquinas y los fotocopia.

—Se nota que te gusta esta carrera. No entiendo por qué no has aprobado esta asignatura y las otras que arrastras.

—Al contrario que tú, yo tengo que trabajar para vivir, y a veces no puedo estudiar para todos los exámenes. Si quiero sacar la carrera con buenas notas, tengo que marcar mis preferencias. —Me tiende los apuntes fotocopiados y paga al encargado lo que cuestan—. Quien mucho abarca, poco aprieta.

—Te lo pago...

—No quiero el dinero de tu padre. —Cojo los apuntes.

—¿Y si te invito a algo? ¿No aceptarías el dinero de mi padre?

Luke duda y finalmente niega con la cabeza.

—Cuanto menos te vean conmigo, mejor, princesa. Yo no tengo amigas. No te gustará lo que se diga de ti.

Se aleja. Lo sigo.

—¿Qué dirían?

—Que me he acostado contigo, o que solo estoy a tu lado para utilizarte a mi antojo.

—Me da igual lo que diga la gente.

—No, no te da, por eso cuando viste las fotos te enfadaste tanto. Odias ser señalada con el dedo. Y a mi lado lo harán. Dejarás de ser la virgen mojigata para pasar a que los tíos quieran probar lo que yo he tocado y que les demuestres tu fuego. Créeme, sé de lo que hablo. —Se pone las gafas de sol tras salir del edificio.

—¿No tienes amigas?

—No. Ten cuidado. Nos vemos.

Se aleja, dejándome desconcertada. Me suena el móvil y lo saco de la cartera para ver quién es. Colin. Me propone ir este viernes por la tarde a su empresa, dice que tiene algo importante que enseñarme. Me envía la dirección cuando le confirmo que iré y, aunque le pregunto un par de veces de qué se trata, no suelta prenda. Y no lo hace durante toda la semana.

* * *

Voy de camino a su empresa con curiosidad por saber qué me tiene que mostrar. Esta semana ha sido rara, pues, al contrario que las anteriores, esta vez las clases no me parecían tan tediosas..., o como mínimo no todas. Las que comparto con Luke son mis preferidas. Sobre todo cuando dice algo para picarme y luego me deja sus apuntes. A veces siento como si tuviera una lucha interior donde se enfrenta a su deseo de reconocer que no haríamos nada malo siendo amigos ante la gente. Pero, cuando salimos de clase, tras fotocopiarme sus apuntes, se marcha. En los de esta mañana me dejó anotado su móvil y me dijo que lo llamara si este fin de semana iba a la biblioteca a estudiar. No puedo negar que, cuanto más lo conozco, más me fascina. Y que me importa bien poco lo que puedan decir de mí. De todos modos, están constantemente cuchicheando sobre mí, como si no tuvieran nada mejor que hacer.

Dejo mi coche en el aparcamiento de la empresa del padre de Colin y Cam, que está a una hora de mi casa. El edificio es muy grande y al verlo se nota lo bien que les van las cosas. Salgo del coche y me dirijo a la recepción del edificio. Pregunto por Colin Ross y le digo mi nombre a la joven recepcionista.

—Vaya hacia los ascensores y suba al quinto piso. En la recepción de allí le dirán adónde tiene que dirigirse. —Asiento y hago lo que me ha dicho.

Llego a la quinta planta y salgo del ascensor hacia la recepción. Todo esto me impone un poco; me siento como un pez fuera del agua. Me cuesta asociar a Colin con todo esto, aunque, siendo amigos de mi padre, no sé de qué me extraño. Mi padre no deja de decir que sería tonta si no me interesara Colin. Lo poco que hablamos es solo para recordarme eso. La recepcionista me pide que espere en los sillones que hay frente a ella.

Al cabo de un rato una puerta se abre, se escuchan pasos y el murmullo de unas voces. Miro hacia allí y sonrío cuando veo aparecer a Colin. Al verme me hace un gesto para que me acerque. Lo hago. Llego a su lado y me sonrojo cuando me alza la cara para darme un rápido beso en la mejilla, muy cerca de los labios. No sé a qué ha venido este gesto y me incomoda un poco.

—¿Peyton?

Me vuelvo y veo a César mirándome alucinado, sin perder detalle de cómo Colin posa su mano en mi cintura. Y ahora, ¿qué hace?

—Hola. ¿Qué tal todo?

—¿Qué haces aquí?

—Ha venido a recogerme para ir a dar una vuelta.

—¿Estáis juntos? —pregunta César incrédulo.

Abro la boca para negarlo al tiempo que Colin asiente. ¿De qué va? Incómoda, observo como César agranda la mirada y algo cambia en su forma de mirarme.

—¿Lo sabe Emily?

—Que yo recuerde no dejas que se hablen. —César se pone rojo de vergüenza tras la afirmación de Colin—. Tal vez podrías decírselo e ir a cenar esta noche los cuatro juntos.

César sonríe a Colin y asiente haciéndole la pelota.

—Eso sería perfecto.

—Peyton se encargará de avisarla. Porque no creo que haya problema en que mi novia y la tuya hablen, ¿no?

¿Novia? Ahora sí que me falta el aire. Me inquieto

y no me suelto, porque Colin ejerce presión sobre mi cintura para que no lo haga.

—Ninguno, ninguno. Estaba celoso y lo pagué con quien menos se lo merecía. Ruego me perdones, Peyton.

Asiento. Ahora mismo no puedo hablar. Tengo emociones encontradas. Por un lado, estoy feliz porque Colin haya hecho esto por mí; no tengo dudas de que él sabía que César reaccionaría de esta forma y por eso quería que viniera a la empresa en este momento. Y por otro, cuando dijo «novia» he tenido ganas de gritarle que de qué va.

—Nos vemos esta noche, entonces. —Asiento y, cuando se va, me vuelvo hacia Colin, que me arrastra hacia un despacho vacío.

—¿A qué ha venido eso? Tú y yo...

—¿Quieres recuperar a Emily y que de paso tu padre te deje en paz? Me consta, por el mío, que no para de insistirte en que salgamos.

—Sí quiero recuperar a Emily, pero no con una mentira.

—Nosotros sabremos la verdad.

—No me gusta mentir. No sé mentir y no pienso besarte o acariciarte para que la gente lo crea... No me gustas de esa forma —le dejo claro.

—Lo haces por Emily.

Pienso en mi prima, en que esto nos dará vía libre para estar juntas. Y por eso asiento. Lo hago por ella, porque por la gente que quiero soy capaz de cualquier cosa y sé que Emily está sufriendo por no poder encontrar la forma de estar juntas.

—Pero no pienso besarte —le repito.

—No esperaba menos.

—Solo somos amigos.

—Entre nosotros, sí.
—Esto no va a salir bien.
—Quién sabe.

Colin oculta algo; aparta la mirada y salgo del despacho sintiéndome agobiada y asfixiada. Siento que acabo de ser manipulada, y que lo haya hecho por mi bien no mitiga mi malestar. ¿Por qué la gente no deja de manipularme? Estoy cansada de que todos se crean con derecho a dirigir mi vida.

Conduzco dándole vueltas a todo, la cabeza me va a estallar. Estoy al límite de la velocidad permitida. No reduzco. Sé que estoy huyendo. Que esto no me gusta. Que no va a salir bien. Solo pensar en Emily hace que este trato merezca la pena.

Aparco en la puerta de casa de Emily. Cojo el bolso y salgo del coche. Busco las llaves y abro. En cuanto entro el olor a café recién hecho me hace mirar hacia la cocina. Voy hacia allí por si estuviera Emily, pero no es ella quien está mirando por la ventana con una taza de café en las manos, sino Luke. Me acerco a él y me pongo a su lado. Le quito el café de las manos y le doy un trago largo sin pararme a pensar en las confianzas que me acabo de tomar.

—¿Sabes que lo que acabas de hacer es equiparable a un beso? Bueno, no, si te hubiera besado eso te habría excitado más que la cafeína.

—Ja, ya será menos.

—No me tientes, Peyton, que los dos sabemos que me cuesta negarme a un reto. —Sonrío y le doy un trago más a su café antes de devolvérselo—. ¿Qué haces aquí? Y que conste que no te estoy echando.

—Qué raro, teniendo en cuenta cómo huyes de mí. —Luke sonríe—. He visto a César y me ha dado permiso para ver a Emily.

—¿Así sin más? —Niego con la cabeza—. No tienes buena cara. ¿Qué ha pasado?

Dudo si decírselo o no, pero al final algo me empuja a ser sincera y se lo cuento.

—Colin le ha hecho creer que somos novios —digo con la boca pequeña, y le cuento el resto—. He aceptado solo porque eso me permitirá estar cerca de mi prima.

—Eres muy tonta si de verdad crees que esto no ha sido una jugada maestra por parte de Colin para convencerte de que salgas con él.

—Él no me gusta y se lo he dejado claro.

—De momento, pero quién sabe, igual le pillas el gusto a lo de ser su novia falsa y al final aceptas.

—No creo que a él le guste. —Luke alza las cejas—. No lo sé, ¿vale? —admito—, pero si esto me acerca a mi prima, lo haré.

—Te están manipulando, Peyton, y lo peor es que te dejas.

—Lo sé. Pero no encuentro otra salida.

—Haz lo que creas, tal vez un día Colin se transforme en tu perfecto príncipe azul.

—Lo dudo.

—Nunca digas nunca, y ahora ve a ver a Emily. No tiene mejor cara que tú desde que no os habláis. Yo tengo que hacerme otro café, porque alguien me ha dejado sin el mío.

Me empiezo a ir; Luke está de espaldas haciéndose otro café.

—Gracias.

—De nada, pero ten cuidado, Peyton, no hagas nada que no quieras hacer. Hay caminos que no tienen retorno.

Tras sus palabras me recorre un escalofrío, pues he

sentido que él lo sabe muy bien. Me alejo hacia el cuarto de Emily y llamo a la puerta.

—Emily, soy yo... —No he terminado de hablar cuando la puerta se abre y aparece una Emily algo demacrada, con marcas bajo los ojos.

Me abraza con fuerza y rompe en un llanto descontrolado al que me sumo. Entramos y nos deshacemos en lágrimas la una en los brazos de la otra. Cada una por sus propios problemas y porque nos hemos echado terriblemente de menos.

—Lo siento, Peyton, lo siento mucho... No sé cómo hacerlo, pero no quiero estar lejos de ti, aunque tenga que enfrentarme a César. Él debe entender que te necesito... Estoy harta de hacerle caso en este asunto. Nunca más.

Mi corazón se aligera al saber que ha tomado esta decisión de enfrentarse a su novio porque me añora tanto como yo a ella. Me río, sorprendiéndola. Feliz porque volvemos a estar juntas. Todo esto hace que mi juego con Colin merezca la pena, para que Emily no sufra.

—Ya no hace falta... De hecho, hemos quedado esta noche para cenar...

La puerta se abre y aparece Blanca pálida.

—¿Os pasa algo? Escuché lloros...

—No, al parecer César ha perdonado a Peyton... Pero ¿cómo es eso posible?

—¿Puedo quedarme? Siento curiosidad por saber cómo has hecho cambiar de idea a ese cuadriculado —pide Blanca.

Estos días nos hemos visto en la universidad y me ha contado lo agobiada que estaba con los estudios.

Les cuento lo que ha pasado y ambas me miran

asombradas cuando les digo lo mío con Colin. Aparto la mirada.

—¿Estás con Colin? —me pregunta Blanca.

Asiento sin mirarla a los ojos y Emily alza las cejas. Odio mentir, no lo soporto, pero no sé hasta qué punto puedo confiar en Blanca.

—Te conozco, Peyton, sé que escondes algo —me dice mi prima. Miro a Blanca. No quiero excluirla, pero yo no la conozco tanto como Emily.

—Tras la cena tenéis que pasaros por aquí, vamos a echar unas partidas de billar y dardos. Ahora me voy a estudiar un poco. Me alegra tenerte por aquí de nuevo, Peyton.

—A mí también —le digo con una sonrisa agradeciendo que me deje a solas con mi prima.

—Quiero que me lo cuentes todo.

Así lo hago cuando nos quedamos solas. Emily agranda los ojos cuando le cuento lo que pasó con Luke y lo de las fotos. Veo como se enfurece y sale disparada hacia la puerta. La sigo cuando va hacia el cuarto de Luke. Trato de detenerla, pero no la alcanzo, hasta que llama a la puerta de Luke y esta se abre. Luke aparece solo con unos vaqueros puestos, con el botón de arriba desabrochado, lo que hace que se vea la goma de sus bóxers negros; me cuesta no devorar con la mirada su fornido pecho y comprobar como el dragón que ya intuí se despliega en él. Alzo la mirada y me concentro en sus ojos, y, por la tensión que percibo en su cara, casi parece que sabe cómo me lo estaba comiendo con la mirada hace unos instantes... «Imposible, no he sido tan descarada», pienso.

Nos taladra con la mirada a ambas. Parece que no le hemos cogido en un buen momento. Emily le apunta con el dedo en el pecho y le hace retroceder. Los sigo temerosa de que lo hayamos pillado con alguien. Siento los celos anidarse en mí ante esta posibilidad. Los aparto, pues no debo olvidar que solo somos amigos..., si es que a lo nuestro se le puede llamar así.

—¡¿Cómo pudiste hacerle algo así a mi prima?! —Luke me mira a mí.

—Emily, si me hubieras dejado acabar en vez de salir hecha una furia, te habría dicho que Luke no fue, que yo creí que había sido él y se lo eché en cara.

—Ah... Vaya... Creo que acabo de meter la pata. Lo siento, supongo.

—Vayámonos, Emily, seguro que Luke tiene cosas que hacer. —Me vuelvo para irme y siento un pequeño mareo.

Doy un traspié. Alguien me sujeta con rapidez. Luke. Me fallan las piernas.

—¡¿Qué te pasa?! —me pregunta Emily asustada.

—Es posible... que no haya comido...

—¡¿Es posible?! Eres tonta —me espeta Luke enfadado.

—Estoy de acuerdo con él, eres tonta. Voy a por algo de comer, ve a mi cuarto.

—Tráeselo aquí —dice Luke con un tono que no admite discusión.

Trato de coger fuerzas para irme, pero no puedo. Esta semana no he comido mucho, me he saltado comidas y hoy ni siquiera he desayunado ni comido. Siento una agradable caricia en mi espalda mientras Luke me lleva hacia la silla de su escritorio. Me sorprende su caricia y cómo me reconforta. Me dejo cuidar por él, no pudiendo esconder lo mucho que me gusta su contacto. Y sabiendo que no debería ser así. Luke no es para mí. Ojalá nunca lo olvide, pues él nunca podrá darme más que sexo. Y eso lo sé con certeza. Por otro lado, es algo que me da igual, porque no es mi tipo. Lástima que mi dichoso estómago no piense lo mismo y no deje de retorcerse cuando lo tengo cerca, haciendo que miles de mariposas aleteen dentro de él, contradiciendo mis palabras. Y ahora mismo me jode que el mareo no me deje disfrutar de mis dedos cerca de su pecho; al final su calor me traspasa y deseo pasar las manos por su corto vello oscuro y recrearme con cada una de sus curvas. Nunca el pecho de un hombre me pareció tan atractivo como el de Luke.

—No deberías olvidarte de las comidas. Estás muy delgada. A los hombres nos gusta tener donde agarrarnos. Así no pescarás a ninguno. —Sé que trata de aliviarme, por eso sonrío.

—A los hombres os gustan los palillos. Suerte que a mí eso nunca me ha afectado. Me gustan mis curvas.

—No están mal —bromea, y me ayuda a sentarme en la silla de su escritorio.

Luke me hace apoyar la cabeza sobre mis piernas. Lo hago y me voy encontrando cada vez mejor. Me sorprende que su mano siga en mi espalda y las rítmicas caricias que me hace. No quiero que se detenga.

Escuchamos un estruendo en la cocina y me asusto.

—Emily es un desastre en la cocina, al igual que yo, solo sabe hacer bocadillos... —Miro a Luke.

—No te muevas de aquí. Voy a ver si consigo que tu prima te prepare algo decente de comer.

Sintiéndome mejor me incorporo y observo su escritorio. Está lleno de apuntes y de libros de segundo.

Su cuarto está muy ordenado y eso me sorprende; no parece el típico chico que se preocupe por el orden.

—¿Cómo estás? —Blanca aparece por la puerta con un vaso de agua. Se acerca a dármelo. Le doy un sorbo: es agua con azúcar—. Te sentará bien. —Asiento mientras veo como observa el cuarto de Luke con curiosidad—. No he entrado nunca antes aquí, bueno, ni yo ni nadie. Es muy celoso de sus cosas y no le gusta que nadie entre en su habitación.

—Menos sus conquistas, claro...

—No, ellas tampoco.

Miro hacia la cama de Luke sin comprender por qué es tan celoso con su cuarto en vez de aprovecharlo para cuando tiene encuentros amorosos. Es mucho lo que no sé de Luke y este es un enigma más que se suma a mi lista de preguntas sobre él.

Me levanto y, con la ayuda de Blanca, bajamos a la cocina. Emily está recogiendo lo que parece tomate del suelo y de los muebles. Roy la está ayudando en silencio y Luke está cocinando. Sin camiseta. Es un exhibicionista. Se vuelve para mirarme reprobatoriamente, dejando claro que no le gusta que me haya movido, y compruebo que se ha puesto un delantal negro. Me cuesta apartar la vista de su fornido pecho y del tatuaje de dragón que se anida en su brazo y llega hasta su pecho. Parece que el dragón está rodeado de fuego, su mirada es fiera y denota fuerza. Le pega, la verdad.

Me siento en un taburete de la isla de la cocina. Al poco Luke deja sobre la encimera un plato de espaguetis. Me los acerca.

—Si eres una chica lista, te lo comerás todo. Y ahora, me voy a estudiar, que nadie me moleste.

Empieza a irse, pero a medio camino se detiene y se vuelve.

—¿Estás mejor?

—Sí..., gracias por todo.

—Solo he recalentado lo que me ha sobrado de la comida. No tienes por qué dármelas. —Trata de quitarse mérito y por eso no insisto más, pues parece incómodo ante mis palabras, no sabiendo cómo gestionar mi agradecimiento. Asiento y lo dejo pasar.

—Todo —me dice Emily, y se sienta a mi lado—. No me pienso mover hasta que te lo comas.

—Yo tampoco —dice Blanca, aliándose con los demás.

—Creo que me quedan pocas opciones.

—Has tenido suerte de que a Luke le haya sobrado comida...; yo lo he intentado.

—Tú la has liado, Em. —Emily le saca la lengua a Roy y me sorprende que no la intimide. Ella por lo general es muy callada ante el género masculino.

—Ha sido tu culpa, por entrar preguntando qué pasaba con esa voz...

—Claro, lo más normal es entrar en la cocina y encontrarte con los ojos llenos de lágrimas y temblando.

—¡Estaba preocupada por Peyton!

Roy la mira desafiante y Emily hace lo mismo. Al final Roy niega con la cabeza y se marcha.

—No lo soporto. Me saca de mis casillas —dice Emily sentándose a mi lado—. ¿Estás mejor?

—Sí.

Pruebo la pasta; está deliciosa. Si la ha hecho Luke, tiene muy buena mano para la cocina.

—¿Por qué no has comido?

—Estaba agobiada... —le reconozco a Emily.

—Si queréis me voy —dice Blanca. Niego con la cabeza.

—Responde, Peyton —me recuerda Emily.

—Digamos que no me acordé...

—¿No te acordaste de comer? —pregunta Blanca.

—Suele hacerlo cuando algo le preocupa. Es una mala costumbre que tiene desde niña. Por suerte tenía que presentarse a comer obligatoriamente, si no le ponían falta.

—¿En el internado? —pregunta Blanca, que por su forma de decirlo es como si hubiera olvidado de dónde vengo.

—Sí, Emily es un poco exagerada. Tampoco se me olvida comer tantas veces...

—Lo que tú digas.

Termino la comida y me ponen una pieza de fruta delante. Me la tomo. Al acabar nos sentamos en los sofás del salón a ver la tele las tres juntas. Nos ponemos al día de lo que hemos estado haciendo estas semanas. Emily lleva bien la carrera, pero reconoce que estaba tan preocupada por no saber cómo arreglar lo nuestro que no ha estudiado mucho.

—Arriba no para de sonar un molesto móvil —dice Cora bajando de su cuarto con cara de pocos amigos—. Tú otra vez aquí. Qué pesadilla —me dice cuando subo por la escalera recordando que desde que llegué no he mirado el móvil y es posible que Colin me haya llamado para ver si llegué bien.

Lo cojo antes de que cuelgue. Me pregunta qué tal el viaje de vuelta desde su empresa y si va todo bien con mi prima. Evito decirle lo que me ha pasado por no comer y siento que él quiere decirme algo, pero se calla. Al final quedamos aquí para ir al restaurante, donde nos encontraremos con César. No tengo ganas de ir a esa cena, me siento incómoda ante esta mentira. No me gusta esto y siento que no va a acabar bien.

Capítulo 8

PEYTON

Tras la cena cada pareja se va en su coche. Ha sido una pesadilla de velada. Colin y César hablando de negocios. Emily y yo nos hemos aburrido como ostras. Y ni siquiera se daban cuenta. Otro punto más de por qué no me gusta Colin.

—¿Qué te pasa? —me pregunta Colin ya de camino a casa de Emily tras un rato en silencio.

—Es solo que todo esto de fingir no me gusta...

—No creo que esté yendo tan mal; has vuelto con tu prima.

—Ya, eso sí..., pero ¿hasta cuándo durará el engaño?

—Ya se verá.

Miro molesta la noche, agobiada por ese «ya se verá». Siento que me he metido de lleno en la boca del lobo sin ser consciente de ello.

Por suerte llegamos pronto. Salgo del coche. Sonrío a Emily, que mira nerviosa a su novio mientras abre la puerta. Voy hacia ellos. Colin me sigue. Entramos y vemos que solo están los amigos de Colin y los compañeros de casa de Emily. Esta les presenta su novio a todos. Lo hace nerviosa, como si temiera que César fuera a marcharse en cualquier momento. Empiezo a irme hacia la cocina cuando siento que Colin me coge de la mano como para marcar territorio y dejar claro que hemos dejado de ser amigos. «Ese era el plan», me recuerdo. Se acerca y me da un beso cerca de los labios, demasiado cerca. Le pellizco en la mano sin que nadie lo note, dejándole claro que este no era el trato.

—Intenta no mirarme como si me quisieras cortar la cabeza o no servirá de nada todo esto.

Le dedico una fingida sonrisa, me separo de él y voy hacia la cocina recordándome que todo es por Emily, por no obligarla a elegir.

—¿Queréis beber algo? —me pregunta Blanca cuando llego.

Asiento, una copa me vendrá bien. Me pasa una y me la bebo casi de un trago.

—Hacéis buena pareja —me dice Blanca ilusionada.

—¿Me pones otra?
—¡Claro!

La llaman y se va. Me tomo el chupito de un trago. Está asqueroso. Este está peor que el anterior. Voy hacia la nevera a buscar agua y una voz que reconozco muy bien me llama la atención, pues parece enfadada.

Me acerco hacia la puerta trasera. No debería escuchar, lo sé, pero lo hago.

—No debiste hacerlo. ¡Yo te dije que no! —dice Luke con la furia apenas contenida.

—¡Ya te pedí perdón! —grita Jarrod—. Y además está todo arreglado, destruiste todas las pruebas... ¿Hasta cuándo me vas a estar culpando? Lo siento, tío. La cagué. Sabes que estaba mamado...

—No deberías haber venido.

—Os echaba de menos... Por favor, Luke, olvidemos lo sucedido. Una mujer no merece que nos peleemos, y menos esa...

—Cállate. Olvídala, déjala en paz. Como si no existiera.

—Lo que tú quieras... ¿Amigos?

—Quédate aquí si quieres, pero yo no perdono tan fácilmente.

—Entonces tendré paciencia.

Me alejo de la cocina cuando escucho que alguien se acerca. Es Jarrod. Luke sigue fuera. Salgo donde está él; ha sacado un cigarrillo y se pasea tenso por el pequeño balcón de madera que da al jardín.

—Fue él. —Me mira y no lo niega. Se guarda el paquete de tabaco y se sienta en el balancín. Me siento a su lado.

—No es de fiar. No te fíes de nada de lo que te diga. Él no va a dudar en tratar de destruir a tu padre. No le importa nada ni nadie.

—¿Por qué? He estado leyendo cosas de mi padre y parece un santo y todas las acusaciones han caído en saco roto por falta de pruebas.

—No es tan santo como parece. Pero no quiero hablar de él. Solo aléjate de los problemas.

—Gracias por defenderme.

—Eres un dichoso incordio. —Sonrío.

—Reconoce que te caigo bien.

—Eso nunca. —Me río y me quedo a su lado contemplando la noche y como una pequeña brisa mueve las aguas de la piscina—. ¿Qué tal ha ido la cena?

—He recuperado a mi prima.

—Sí, pero te has vendido a ti misma. Os he visto de la mano y cómo te besó. Quién sabe, quizá te acabe gustando. —Aparta la mirada y no añade nada más.

—Siempre han sido mi tipo los chicos como él. Pero yo quiero estar con alguien que me importe de verdad.

—Haces bien, pero si con treinta te das cuenta de que el amor no existe, deja de tener el listón tan alto y confórmate con menos. —Le golpeo y se ríe—. Eres joven, disfruta, Peyton.

—Siento que no tenemos el mismo concepto de disfrutar. —Me mira divertido.

—No, me temo que no, princesa. Y ahora me voy adentro a ver si encuentro algo de diversión para esta noche. Me muero por perderme en las curvas de una atractiva mujer.

—Puag, qué asco.

Se ríe y se pierde en la cocina. Yo me quedo un poco más, hasta que cojo fuerzas para seguir con esta farsa. Voy hacia la zona de juegos y me siento al lado de Emily. César y Colin están jugando al billar.

—¿Desde cuándo sabe César jugar al billar?

—No lo sé —me responde Emily igual de sorprendida que yo.

Veo a Jarrod unirse a la partida de dardos. Luke no está por aquí. Igual ya ha encontrado a alguien... Me remuevo agitada, tensa ante esa posibilidad. No queriendo pensar en ello me centro en la partida hasta que, pasado un rato, me aburro y decido ir a tomar algo.

—Voy a por un trago, ¿quieres algo? —le digo a Emily.

—No.

Asiento y voy hacia la cocina buscando a Luke, aunque no quiera reconocerlo y mucho menos quiera encontrarlo con su objetivo de esta noche.

LUKE

Salgo de mi cuarto, adonde vine a buscar algo de privacidad. Y me encuentro cara a cara con una de las amigas de Cora, que me está esperando. Siempre es así, yo no tengo que ir detrás de ninguna mujer. Aunque la gente crea que soy un mujeriego, no es así. Si alguna me interesa y tiene claro que no habrá nada más, no tengo reparos en aceptar seguirle el juego. Pero, por regla general, entre los estudios y el trabajo, no tengo tiempo para mucho más.

—Hola —me dice Nadia posando su mano en mi pecho.

Se la aparto y voy hacia la escalera. No es fea, es guapa, buenas curvas, grandes pechos y sin operar, pero no tengo ganas de hacer nada con ella. Llego a la zona de juegos y no veo a Peyton. No es que la busque ni nada, me digo antes de aceptar la partida de billar contra Colin y su nuevo perrito faldero, César, que lo mira con adoración. No sé cómo Emily puede estar enamorada de este pintamonas. Roy se une a jugar conmigo y me preparo para darles una paliza. Como yo esperaba, no tardamos en ganarles. Quieren la revancha. Miro hacia donde está Peyton y me guiña un ojo antes de sonreírme. Aparto la mirada por lo tentado que me he sentido de hacerle el mismo estúpido gesto. No es nada lista, debería alejarse de mí.

Sé que al final le haré daño. No sé ser feliz, no sé ser amigo de nadie y no sé dejar de ser un capullo. Soy así y no voy a cambiar de golpe. Pero no, Peyton me sonríe cuando la miro una vez más y acabo por negar con la cabeza, ganándome que me saque la lengua. Por suerte para ella nadie se da cuenta. No se portarían bien con ella si se enteran de que Peyton y yo somos... ¿amigos? Tal vez, hace tiempo que no tengo una amiga y es posible que sí lo podamos llamar así. Pero la gente pensará otras cosas y a ella le harían daño. ¿Y por qué estoy pensando en ella y en lo que le puede hacer daño? No tengo respuesta para eso ni tampoco para explicar por qué tras la partida la sigo a la cocina hasta que veo que Colin está con ella. Ninguno se percata de que los estoy mirando. Colin es perfecto, buen chico, no ha hecho nada malo en su vida, salvo ser un amigo traidor, y tiene un buen trabajo. Peyton acabará por darse cuenta de que él sí pertenece a su mundo. «Pero no será hoy», pienso cuando lo mira con cara de pocos amigos, y me encuentro sonriendo ante su gesto borde. Voy hacia ella cuando Colin se marcha hacia el salón. Al pasar Colin por mi lado me mira con cara de pocos amigos. «Sí, yo también te quiero», pienso con ironía cuando nos cruzamos.

Peyton se vuelve cuando me pongo a su lado y, al ver que soy yo, suaviza el gesto. «Tonta, yo soy el peor de los dos», me digo, pero en el fondo me gusta que a mí me mire de una manera diferente que a Colin.

—¿Qué te ha dicho? Un poco más y le muerdes. Cosa que seguro que le gustaría. Se muere por tener algo contigo.

—No creo que a nadie le guste que le muerdan... ¿O sí? —Me golpea—. No te rías.

—A mí no me gusta. Pero es que no me gusta mucho pasar del encuentro amoroso.

—¿Y los besos?

—Depende. Si no hay besos, tampoco le doy mucha importancia.

—Eres frío.

—Pude decirse que sí. ¿Y tú? Ah, no, que tú eres virgen. —Se sonroja y me río—. No te piques. ¿Qué te dijo?

—Que no ha perdido el tiempo y mi padre ya sabe que «estamos juntos». —Hace el gesto de entrecomillado con los dedos—. No sé por qué estoy haciendo esto...

—Yo tampoco. No te tenía por una estúpida. —Me mira enfurecida—. Lo haces por tu prima, cosa que tampoco entiendo. No sé cómo permite tu prima que tengas que pasar por esto para que ella no tenga que tomar decisiones y evite enfrentarse a su novio.

Aparta la mirada y, antes de que lo haga, veo dolor en sus ojos.

—Es complicado, y a veces por las personas que queremos acabamos haciendo cosas estúpidas.

—Lo dicho. El amor es una mierda.

—No lo es.

—Te recuerdo que nunca has estado enamorada. Cuando lo encuentres me darás la razón.

—No quiero darte la razón en eso.

Pone morritos y frunce el entrecejo. Dios mío, es patéticamente adorable. Me río de ella. Me golpea y la cojo, forcejeamos para que deje de hacerlo; lo vuelve a hacer, pero casi hubiera sido mejor que no lo hiciera, pues hemos quedado muy cerca el uno del otro y sus labios están a un suspiro de los míos. Y siento el deseo que no sentí ante la amiga de Cora. Un deseo que no está bien, pues ya que Peyton se merece más que un encuentro rápido, y yo no le daría más. Seguro que si la beso sale espantada y ve que no soy trigo limpio. Tal vez por eso debería besarla, para que se alejara, y quizá por eso no lo hago y la suelto. Agacho la cabeza y noto como da un respingo cuando poso mis labios en su cuello. «Me estoy torturando, lo sé», pienso cuando le doy un pequeño y placentero mordisco. Su pulso late bajo mis labios, su sabor a vainilla me nubla la mente y su suave piel me hace desear hacer mucho más. Noto como se le eriza la piel y me separo antes de cometer la estupidez de buscar sus labios para besarla.

—Nos vemos, princesa, me voy a mi cuarto. Me he cansado de la fiesta. Y no me des las gracias por mostrarte lo placentero que puede ser un mordisco...

* * *

—¡¡No!! ¡¡No, no me dejes!! ¡Aguanta!

Estamos recogiendo el salón Roy y yo tras la marcha de todos cuando unos desgarradores gritos nos ponen en alerta. Reconozco esa voz y preocupado subo de cuatro en cuatro las escaleras e irrumpo en el cuarto de Emily, que por suerte no tiene la puerta cerrada con llave.

Emily está tratando de despertar a Peyton, que se remueve en sueños gritando de dolor. Se retuerce y se sujeta la cadera.

—¡Peyton, despierta! —Emily la sacude con lágrimas en los ojos.

Nada. Aparto a Emily y me acerco hacia Peyton.

—¡Maldita sea, Peyton, es solo un sueño! —Peyton

se queda quieta ante mi voz dura. Parpadea varias veces y abre los ojos cargados de lágrimas. En ellos veo miedo, un miedo atroz.

—Luke...

Veo alivio en su mirada, como si mi presencia la calmara.

—Estoy aquí. —Acaricio su mejilla llena de lágrimas.

—Era una pesadilla —me dice sin querer cortar nuestro contacto visual.

—¿Estás bien? —Emily la abraza y yo me separo, no sabiendo muy bien cómo lidiar con lo que me transmite su confianza.

—Sí, solo necesito algo de agua.

—Tengo por aquí.

—¿Estás bien?

—Sí, gracias. —Asiento y me marcho; Roy hace lo mismo.

Me alejo recordando el grito angustiado de Peyton sin poder olvidar cómo se coló dentro de mí su angustia y mis deseos de alejar todo su dolor.

Capítulo 9

PEYTON

Busco desesperada los servicios en este gran club social. Mi padre me ha obligado a venir a una cena con la familia de Colin, para celebrar que estamos juntos, cómo no. Me falta el aire ante tanta falsedad, y saber que lo hago por mi prima, a quien quiero como a una hermana, no es suficiente para que deje de sentirme manipulada.

—No conseguirías huir por ahí. —Me vuelvo y veo a Luke. Me sorprendo tanto de que esté aquí como de su atuendo de pantalón negro, camisa blanca y pajarita. Mis ojos van a sus labios y recuerdo cómo su mordisco encendió mi piel. Me costó mucho mostrarme indiferente cuando sentí que temblaba bajo su contacto. Solo lo conseguí al recordar que para él no era más que un juego.

—No sabía que trabajabas aquí. ¿Cuántos trabajos tienes?

—Solo lo hago de vez en cuando. —Asiento—. ¿Huyendo de tu novio perfecto? —bromea.

—¿Nos has visto?

—Claro. No parecías muy contenta. No sabes disimular.

—No, no sé. Y no soporto esta cena. Todos parecen tan contentos... Es una encerrona.

—¿MacLean? —Un chico de la edad de Luke sale de una puerta y al verlo sonríe—. Te necesitamos, se terminó tu descanso.

Luke asiente y el otro chico se aleja.

—Bonito apellido.

—Uno más. Segunda puerta a la derecha. Te gustará. —Se marcha tras el chico que lo ha llamado y sigo sus indicaciones.

Compruebo que es un pequeño balcón que da al bosque. El aire fresco me alivia y las vistas son preciosas. Ignoro el tiempo que paso aquí, hasta que Luke sale y me tiende una copa de vino.

—La he apuntado a la cuenta de tu padre, es el mejor que tenemos en el restaurante.

—Gracias. —Le doy un trago; está muy bueno.

—Tengo que volver... ¿Estás bien? —Parece molesto por preocuparse por mí.

—Mejor. Ojalá pudiera quedarme aquí, que se fueran y se olvidaran de mí... Y no creo que eso sea imposible. Solo se acuerda de mí para ampliar sus alianzas.

—Como si tu padre no tuviera suficiente dinero y necesitara el de Cameron... Y más teniendo una hija ya atada a uno de sus mellizos. Creo que tu padre hace esto solo para demostrarte quién tiene el poder.

—Lo más triste es que yo también lo sé.

—Pues deberías mandar todo a la mierda y alejarte. ¿Qué te ata aquí? —Lo miro: su mirada es penetrante.

—No puedo irme.

—Tú misma. Me voy. Nos vemos, princesa.

Me despido de Luke y, tras tomarme la copa, regreso a la mesa. Nadie me mira, todos parecen absortos en sus propias conversaciones.

La cena sigue, hasta que vamos a una zona de copas dentro del mismo club. Cansada, me acerco a por algo de beber. Es ahí cuando alguien se pone a mi lado y, por más que trato de apartarme, me sigue hasta que me vuelvo molesta para enfrentarlo.

—Estás invadiendo mi espacio.

—Delante de tu familia y nada, nadie te protege...

Su forma de decirlo me da escalofríos. Es un joven más o menos de mi edad.

—Déjame en paz.

—Vamos, no seas tan seca, voté al capullo de tu padre. Me merezco un premio por eso...

—Déjala en paz —le dice Luke tras él ya con ropa de calle.

Se miran desafiantes a los ojos hasta que mi agresor se marcha.

—Sácame de aquí —le digo tendiéndole la mano.

Luke duda, mirando a nuestro alrededor. Me percato de que algunas personas nos observan. Ya me da igual todo.

—No puedo... Vete con Colin.

Se aleja y algo en su mirada me hace comprender por qué se ha negado. Me vuelvo hacia los que observan como se aleja y veo resquemor en sus ojos. Como si lo conocieran bien, y no precisamente por ser el camarero de este club. Puede ser porque esta ciudad es pequeña, o porque Luke tiene secretos que todo el mundo conoce. Tal vez debería investigar..., pero el problema es que temo descubrir algo que me aleje de él.

* * *

Llego a mi lugar secreto con mi bici, esperando que Luke esté aquí, y ver su moto me lo confirma. Lo veo apoyado sobre la roca y como me mira mientras llego a su lado.

—Me preguntaba si por una vez serías sensata y no vendrías.

—Te pedí que me alejaras de ese lugar...

—Lo hice por ti. Por tu estúpido juego. Si llegas a venir conmigo, te hubieran tachado de...

—Guarra —asiento, y por primera vez me doy cuenta de por qué se ha alejado y si era eso lo que la gente pensaba al mirarlo.

Mi corazón aletea; sí, me siento feliz porque piense en mí. Tal vez esto sea lo peor, pero aquí estoy. Dejo mi mochila en el suelo y me siento a su lado.

—¿Cómo estás?

—Bien, solo quería asustarme.

—Yo creo que quería probar a tu padre y ver si le importas. No sé si lo mejor es que haya quedado claro que no. Así te dejarán en paz.

—Entonces algo bueno ha salido de esto.

Me alejo a por mi mochila y la abro para sacar unas mantas. Luke me ayuda a prepararlo todo.

—La idea de irte a dormir no entra en tus planes, ¿no?

—Puedes marcharte.

—Vale —me dice levantándose y alejándose.

—Entonces hoy he ganado yo. Y eso que decías que nunca pierdes...

Lo pico para no pedirle directamente que se quede. Luke se vuelve con una sonrisa y se sienta. Hago lo mismo.

—Yo siempre gano.

—Pues demuéstralo.

—Espero que hayas traído algo bueno para que merezca la pena que pase frío a tu lado. —Lo tapo con la manta y luego saco la comida que cogí de la cocina—. No sé qué he hecho para merecerme el castigo de tener que soportarte —protesta con una sonrisa. Me río y, por primera vez en toda la noche, me relajo.

Es lo que tiene Luke, que, pese a que su presencia me hace temblar, también es capaz de hacerme encontrar el consuelo y el refugio que no hallo en otro lugar.

Ponemos una peli y dejo que la elija él. Poco a poco me voy relajando y acabo por dar una cabezada apoyada en el hombro de Luke.

—Qué he hecho yo para merecer esto... —protesta gruñón, pasando su mano por encima de mí para que caiga sobre su pecho—. Eres un incordio, princesa, y no sé por qué me molesto tanto, teniendo en cuenta que no pienso acostarme contigo.

Me recorre un escalofrío, pues por un instante mi mente se ha imaginado lo que sería que Luke se acostara conmigo. Me acomodo y aparto ese pensamiento.

—Deja de protestar, ya nos ha quedado claro a los dos que odias estar mi lado y que debería ser lista e ir en dirección contraria, y fíjate, seguimos juntos.

—Juntos, pero nunca revueltos. —Esta vez lo dice con voz tajante—. No está mal tener una amiga. Es lo único que podremos ser.

—A mí tampoco me gustas.

—Mejor, nunca habría nada más. No lo olvides,

Peyton, y esta vez te hablo en serio. No quiero que confundas nada.

Siento desilusión y es por esta sensación por la que me doy cuenta de que Luke no me es tan indiferente como me gustaría. Me repongo decidida a no olvidarlo jamás y no cometer la estupidez de amarlo.

—Nunca sería tan tonta. Creo en el amor, no en las cosas imposibles.

—¿Ahora soy una cosa? Me ofendes, princesa —me responde más calmado tras mis palabras.

—Una cosa molesta que no me deja ver la peli. —Me apoyo mejor en su pecho y aspiro su perfume mezclado con su aroma personal. Me encanta cómo huele.

—Ambos sabemos que te quedarás dormida en menos de cinco minutos.

—No, se me ha quitado el sueño —le digo, sintiéndome tremendamente protegida aquí, y empezando a ser consciente de que mi refugio no es este lugar, sino Luke, y no sé si pensar que esto acabará metiéndome en problemas.

Como Luke predice, me duermo antes siquiera de poder desechar ese pensamiento de mi mente...

Capítulo 10

PEYTON

Abro la puerta y en cuanto entro el ruido de voces llama mi atención y me hace mirar hacia la mesa de billar. Veo a Luke inclinado sobre la mesa: golpea la bola blanca y hace una jugada perfecta con la que mete dos lisas en los agujeros. Es bueno. Se incorpora y mira a Roy con suficiencia. Han pasado dos semanas desde que estuvimos por última vez en nuestro lugar secreto; nos hemos visto en clase y, como ya es costumbre, luego he fotocopiado sus apuntes. El fin de semana pasado Luke salió de viaje a uno de sus miles de trabajos, así que no hemos hablado mucho, más allá de alguno de nuestros piques en los que queremos demostrar que el uno es mejor que el otro, y que consiguen hacerme sonreír.

Por otro lado, Colin se ha tomado en serio eso de ser mi novio y en cada descanso lo he tenido a mi lado, para molestia mía. Cada vez me besa más cerca de los labios en público y estoy empezando a agobiarme.

Esta mañana le he preguntado cuándo acabaremos con esto y me ha dicho que ahora mismo no nos convenía dejarlo a ninguno de los dos. Y dio por zanjado el tema. Cuando se lo comenté a Emily, vi dolor en su mirada; si esto pasaba, ambas sabemos que le tocará enfrentarse a César. Por eso callo, pero me cuesta llevar todo esto. Lo bueno es que mi padre me deja más a mi bola.

—Hola, Peyton —me saluda Ronnie cuando me ve.

Este chico me sigue inquietando; algo en él me tiene siempre en alerta, pero por el momento ni a mi prima ni a mí nos ha hecho nada que justifique este resquemor hacia su persona.

Luke y Roy se vuelven para mirarme.

—Hola, vengo a ver a mi prima.

—No está, se ha ido a estudiar a la biblioteca, su segunda casa —dice Roy como si tal cosa.

—Ah..., pues entonces me voy.

—¿Sabes jugar al billar? —me pregunta Ronnie ganándose una mirada seria de Luke.

—Claro que sé.

—¿En serio? —dice Roy.

—Sí, me enseñó Emily. —Cierro la puerta y me acerco a ellos.

—¿La misma Emily que no se despega de un libro y de la que casi no sabemos ni cómo habla? —me pregunta incrédulo Ronnie. Asiento—. Me cuesta creerlo.

—Pues es cierto, no conocéis a la verdadera Emily.

—Me temo que poca gente la conoce, pero a su novio le gusta que así sea, ¿no? —dice Roy serio. Asiento, pues tiene razón—. Ese tío es idiota... Venga, demuéstranos lo que sabes.

Lanza la tiza azul sobre la mesa. La cojo y voy hacia

donde están los tacos de billar. Elijo uno y lo embadurno de tiza. Escucho como colocan las bolas.

—Juguemos por parejas. Luke con Peyton y yo con Roy —dice Ronnie. Me vuelvo para negarme, pero alguien se me adelanta.

—No pienso jugar con ella —dice tajante Luke.

—¿Acaso tienes miedo de perder si juegas con una chica? —replico molesta porque diga eso.

—No lo tengo. Nunca pierdo. —Me guiña un ojo, un gesto que solo yo veo, y me pregunto si esto forma parte de algún plan suyo para que nadie piense que somos amigos. Él y su manía de esconderlo todo... Asiento como si comprendiera el juego y parece que se relaja.

—Bien, pues entonces quien pierda hace la cena —dice Ronnie—. Que empiece la señorita. Ante todo, hay que ser un caballero.

—Dudo que tú conozcas el significado de esa palabra —digo, colocándome ante la bola blanca para romper el triángulo. Miro a Luke y veo una pequeña sonrisa asomar en sus labios.

Bajo la vista y echo hacia atrás el taco para golpear con fuerza la bola blanca. Cuando lo hago da de lleno en el triángulo, metiendo dos bolas lisas. Le hago un gesto a Luke para que siga la partida, pero niega con la cabeza. Me sitúo ante la bola blanca y acabo por meter otra bola más. Tiro una vez más y fallo.

—Lo hice aposta —digo con el morro torcido. No se me da muy bien perder, aunque acepto la derrota.

—Sí, ya —dice Roy tirando y metiendo una bola rayada.

Seguimos la partida. Cuando le toca a Luke puedo apreciar lo bien que se le da esto. Se inclina ante mí y mis ojos vagan por su cuerpo. Cuando llego a su trasero marcado por esos vaqueros me sonrojo y aparto la mirada. Seguimos jugando y, cuando me toca tirar, la bola blanca está cerca de Ronnie. No se aparta, e incómoda me echo hacia delante.

—¡¿Pero qué haces, cabrón?! —Me vuelvo y veo a Ronnie coger la tiza; tiene la cara manchada de azul.

—Deja de distraer a mi compañera mirándole el culo —le dice Luke, sorprendiéndome—. Seguro que a su novio no le hará gracia.

¿Por qué Luke tiene que recordarme a Colin?

Me dispongo a tirar. Fallo, pues estoy distraída. Le toca a Roy y luego a Luke. Mete todas menos la negra. Le toca a Ronnie, que también se queda a falta de meter la negra. Luke se acerca a mí.

—No eres de las que se dejan vencer. Y te aseguro que no me apetece hacer la cena para esos dos. No falles.

—Vaya presión que me estás metiendo...

Se acerca a mi oído. Me recorre un escalofrío. Su aliento me calienta cuando habla y me acaricia.

—Si aciertas, haré algo por ti, como dejar que elijas película la próxima vez que me hagas pasar la noche al raso; y si no..., serás tú quien haga algo por mí.

Me sitúo frente a la mesa, sintiendo aún su aliento en mi cuello. Su cercanía me sigue perturbando y me pregunto qué podría ser lo que querría que hiciera por él. Luke pasa por mi lado justo cuando voy a tirar y me desconcierta, pues soy más consciente de su persona que de la partida. Fallo y me vuelvo hacia él.

—¡He fallado por tu culpa!

—Qué buena idea ha sido ponerlos juntos. Sabía que se llevaban fatal y que tarde o temprano estallarían —dice Ronnie acercándose a la mesa.

Golpea la blanca y esta le da a la negra, entrando justo donde le tocaba. Se chocan las manos y Roy va a por un papel.

—Como tenéis que hacernos la cena, no va a ser con lo que tenemos en casa. —Apunta algo y se lo pasa a Ronnie, que añade algunas cosas más—. A las nueve y media queremos la cena y el postre listos.

Le tiende a Luke la lista y se van. Luke se vuelve y me mira serio.

—Vamos. —Empieza a andar hacia la puerta—. ¿Acaso no vas a cumplir tu palabra?

—Sabes que sí. —Cojo mi bolso y lo sigo afuera.

Se detiene junto a un coche rojo que, pese a que no es nuevo, está muy bien cuidado. Lo abre y lo miro sorprendida.

—No es prudente que vayamos en mi moto. Además, seguro que en la moto te me pegas como un puñetero oso amoroso y la gente se percatará de que no te caigo tan mal como parece.

—Odio tener que fingir todo el rato...

—Es lo que hay, princesa. —Entra en el coche tras abrir la puerta—. ¿Piensas subir o qué? Esos dos esperan una gran cena y vamos justos de tiempo.

Me meto en el coche, me pongo el cinturón y observo el vehículo. Lo que más me gusta: huele a Luke, es decir, muy bien. Pone la radio y elige una canción que se encuentra entre mis preferidas. Lo miro y, como si supiera que me gusta, cambia de emisora. Le quito la mano para volver a buscarla.

—Mi coche, mi música.

—Pues no conmigo —le digo, sacándole la lengua y cambiando a la emisora de antes.

Me sorprende cuando cede y la deja sin protestar

más. Lo miro y no parece muy feliz por haber tenido que ceder. Sonrío.

—No te muestres tan triunfal, que aún puedo cambiarla. —Le saco la lengua.

—Hazlo —lo pico. Luke no lo hace y entonces recuerdo algo—. ¿Qué es lo que quieres que haga por ti?

—Muchas cosas —lo dice de manera sugerente, para picarme. Me sonrojo—. Qué mente más sucia tienes, Peyton, eres una malpensada.

—Ha sido por cómo lo has dicho.

—¿Y cómo lo he dicho? Alúmbrame. —Se está divirtiendo a mi costa el muy cretino.

—No quiero. Búscate otro mono de feria.

—¿Y si te digo que eso es lo que quiero que hagas por mí? Quiero que me digas por qué te has sonrojado.

Aparca en el estacionamiento del supermercado y, tras apagar el motor, se vuelve hacia mí con esa mirada tan intensa que hace que se me seque hasta la boca y se me acelere la respiración. Me observa de manera sugerente. El aire se vuelve denso. Siento calor. Sonríe.

—Si no me lo dices, me buscaré algo peor.

—Vale —accedo, pues es mejor esto que otra cosa—. Tu voz se ha vuelto más aterciopelada y más sensual, como si desearas que la persona a la que va dirigida estuviera contigo en un lugar más íntimo.

—¿Cómo de íntimo?

—Ya te he dicho bastante.

—Si no lo he entendido mal, ¿te has sonrojado porque nos has imaginado a los dos en la cama? Eso nunca pasará, princesa.

—¡Ni que yo quisiera acostarme contigo! Eres insoportable cuando te lo propones. —Salgo del coche y doy un portazo.

Cojo una cesta y Luke me la quita cuando pasa por mi lado y se aleja. Cuando se lo propone puede llegar a ser muy exasperante. Lo sigo irritada por no esperarme. Parece saber dónde está todo. Coge lo que necesitamos sin prestarme mucha atención y lo va dejando en la cesta, que me ha devuelto. En una de esas veces le saco la lengua y veo como emite una sonrisa torcida que deja claro que ha visto mi gesto. No sé qué va a hacer de cena... Bueno, qué le vamos a hacer. Espero que él sepa cómo se hace. Vamos a la parte de dulces y miro los chocolates. Echo a la cesta varios de mis preferidos; uno de ellos tiene un dibujo de princesas.

—Eres una niña, princesa —apunta Luke cuando los meto en la cesta.

—Y tú un viejo. Y aclarado eso, ¿seguimos comprando?

—Dirás «sigues», porque tú no sabrías ni por dónde empezar...

—Ponme a prueba. Seguro que lo hago mejor que tú.

—No aceptes retos que sabes que vas a perder.

—No pienso hacerlo.

—Dichosa cabezota.

Luke cruza los brazos y se lo piensa mientras me observa con sus penetrantes ojos azules. Luego se acerca, se acerca mucho. Me echo hacia atrás, y me hubiera chocado con la vitrina de chocolates si no fuera por la rapidez de Luke, que me ha sujetado la cintura con sus grandes manos.

Esto solo lo complica todo más. Su contacto me quema sobre la fina chaqueta de entretiempo que llevo.

—Suéltame, por favor, no me gustas —lo pico. Ahora mismo mi respiración agitada y mi acelerado corazón dicen todo lo contrario.

Parece desconcertado por un segundo, hasta que esconde lo que siente tras su fría mirada.

—Bien, haz la compra y procura no chocarte con nada. En este supermercado lo que se rompe se paga. Y no quiero que me arruines.

Empieza a andar y a dictarme lo que necesito comprar. Voy perdida, no sé dónde está nada. Pero no me quejo. No pienso demostrarle que él sabe más que yo. Leo los carteles y pregunto. Luke acaba llevándome la cesta y no dice nada. Raro que no lo haga para constatar lo obvio, que él sabe comprar mejor que yo.

Llego a la caja con un intenso dolor de cabeza y casi mareada. Luke pone las cosas en la cinta. Le ayudo. A la hora de pagar busco mi monedero en el bolso, pero Luke, más rápido, paga por los dos.

—Luego me dices qué te debo.

—No quiero nada que venga de tu padre, nada. Y menos su asqueroso y sucio dinero.

Su voz dura hace que la cajera me mire. Avergonzada, cojo las bolsas con las que puedo cargar y voy hacia el coche. Luke ha puesto mucho énfasis en ese «nada», dejando claro que yo entro en el lote, pues tengo su sangre. Y me duele que diga esto después de lo que hemos vivido juntos; pensaba que a mí ya no me incluiría en el mismo grupo que mi familia. Luke abre el maletero y dejo las bolsas. Se dirige al asiento del conductor. No lo sigo y empiezo a andar.

—¿Dónde vas?

—No te importa. Yo soy parte de ese «nada», por si lo has olvidado.

Para mi desgracia empieza a caer un aguacero, pero sigo caminando.

—Te recuerdo que has perdido y...

—Voy a ir andando. No quiero estar cerca de ti. No quiero obligar a nadie a que esté a mi lado.

—¡¿No crees que lo estás sacando todo de quicio?!
—Sigo andando, ignorando como me estoy mojando—. Maldita cabezota —dice antes de venir hacia mí y cogerme para colgarme sobre su hombro como si fuera un saco de patatas. Grito y le golpeo la espalda.

—¡Bájame, pedazo de animal! —No lo hace hasta que llegamos a su coche y, cuando me baja, mis curvas acarician las suyas. Todo pasa muy lento y mi cuerpo arde como nunca ha ardido antes por otra persona. Mis pies se apoyan en el suelo. Mi espalda está contra el coche y Luke muy cerca de mí. Me aparta el pelo de la cara. No puedo dejar de mirarlo. De sentir. De desear un sinfín de cosas que solo me harían daño. Noto como el calor aumenta entre los dos y como mi cuerpo tiembla ante su cercanía.

—Tú hace tiempo que dejaste de ser parte de ese «nada». —Por su mirada Luke no parece muy contento con eso.

—No pareces feliz. —Mi aliento crea un vaho que le acaricia. Parecemos tontos aquí bajo la lluvia...

—No lo soy, eres un incordio de persona. Como una patada en las partes —bromea, y le doy en el estómago. Me coge la mano y se aparta mirando su ropa calada—. ¿Ves lo que te digo?

—Te fastidias —le digo entrando en su coche.

Luke entra y pone la calefacción en marcha. Estoy temblando, pero no sé si es de frío, pues nunca antes había sentido esto.

No hablamos durante el resto del trayecto. Llegamos a su casa y Luke saca todas las bolsas y corre hacia el porche. Lo sigo, mojándome más, y entramos. No parece que haya nadie. Subo al cuarto de mi prima. No hay nadie y no me he traído su llave. Entro en el aseo y me seco algo el pelo y la ropa con la toalla. Salgo hacia la cocina. Luke sale del cuarto de baño sin camiseta. Evito por todos los medios mirar su torneado pecho.

—Deberías cogerle algo a tu prima y cambiarte.

—No tengo las llaves y además no estoy tan mojada.

—Estás empapada. Ven, te dejaré algo.

Entro en su cuarto y rebusca en su armario. Saca una sudadera que no parece típica de Luke. Por su tamaño parece que fuera de cuando era más joven. Me la tiende junto con unos pantalones de chándal.

—Si me pongo la sudadera, me la quedo, a ti no parece valerte.

—¿Para tu colección de sudaderas gigantes?

—Pues sí.

—Haz lo que quieras, yo no la uso.

Voy al aseo a cambiarme. Me quito la ropa empapada. Me pongo el pantalón de chándal y me ato la cinturilla. Me siento rara con su ropa, como si una parte de él me abrazara, y esta sensación se vuelve más intensa cuando me pongo la sudadera y su perfume me rodea. Cierro los ojos por un instante. Mi corazón late acelerado... «¡No! Esto no está bien, déjalo ya estar, Peyton», me recuerdo. Dejo mi ropa a un lado, donde depositan la ropa sucia, para que se seque. Descalza, solo con calcetines, bajo hacia la cocina. En cuanto entro veo a Luke de espaldas con todo preparado para hacer la cena.

—¿En qué te ayudo?

—Ve cortando la verdura que te he dejado en la tabla.

Asiento, la lavo primero y me pongo a ello. Luke me

mira de vez en cuando y le sonrío alzando las verduras para que vea lo buena pinche que soy. Por la cara de Luke no lo estoy haciendo muy bien; lo que me sorprende es que no se queje y siga preparando la carne. Por lo que he podido ver, vamos a hacer lasaña.

—¿Dónde aprendiste a cocinar?

—En un lugar.

—¿Y dónde era? Vamos, dímelo.

—A veces cuando te independizas te toca aprender ciertas cosas.

—¿Y desde cuándo vives por tu cuenta?

No me responde y sigo con las verduras. De repente siento que se pone detrás de mí y me quita el cuchillo.

—Hazlo así.

No puedo concentrarme en lo que me dice Luke; soy demasiado consciente de como su pecho roza mi espalda y como sus manos morenas cortan las verduras, mimándolas...

—Ya sigo yo. —Le cojo el cuchillo y sin querer le acaricio la mano. Luke se tensa y se aparta.

Seguimos cada uno a lo nuestro.

—Dieciséis —dice de repente, y recuerdo mi pregunta anterior.

—Te gano, tenía tres años cuando me independicé —bromeo, ganándome una mirada de Luke.

—Eso no cuenta, princesa, tú estuviste en un buen internado...

—Sola, sin nadie más que las monjas que me daban su cariño con cuentagotas. ¿De verdad no cuenta?

—Me sorprende que, pese a lo que has vivido, seas tan inocente y soñadora. Esa vida que dices haber tenido no te ha endurecido, y algo así endurece a cualquiera.

Por su forma de decirlo sé que habla por experiencia propia.

—No lo sé. Siempre soñaba con el día en que pudiera salir de allí, y esos sueños me hacían mantener la ilusión; y además tenía a Emily. Con seis años su madre la inscribió a mi colegio y nos hicimos inseparables. Y en verano estaba en casa de mis tíos y era feliz con ellos. Son como los padres que nunca ha tenido y me han dado mucho cariño. Los quiero mucho.

—Tu padre es un ser desalmado. Nunca entenderé cómo pudo enviar a alguien tan pequeño a un internado.

—Yo era la pieza que no encajaba en su *puzzle*. Se deshizo de mí.

Me sorprendo confesando esto a Luke. Sus ojos azules me miran y siento que me entiende, que él sabe lo que es ser la pieza sobrante de un *puzzle* perfecto. Aparta la mirada y sigue a lo suyo; y yo me siento tonta por compartir esto con él.

—¿Y por qué te ha traído de vuelta ahora? Eres mayor de edad, esto es algo que no entiendo, por mucho que me digas que tienes tus motivos.

—Hasta los veintiuno no soy libre para decidir mi camino, y para esto queda poco más de un año, ya que cumplo los veinte a primeros. Y, además, si lo hago, no tendré nada... Y no soy tan estúpida como para no saber que la vida no es fácil si no tienes un duro. Me quedaría sin lo que me pertenece por derecho.

—Reconoce que también te da miedo perder tu acomodada vida. ¿Merece la pena?

—No me importa perder el dinero; lo hago por una razón y, además, en el internado no me servía de nada. Todas teníamos acceso a los mismos cursos. Y cuando estaba en casa de mi prima, hacíamos vida normal. No es el dinero lo que busco.

—Y, pese a tantos cursos, no sabes cortar unas dichosas verduras... —Se acerca y acaba cortando él las verduras que yo estaba destrozando.

—Es posible que, cuando las monjas trataban de enseñarme a cocinar, se dieran por vencidas cuando casi quemo la cocina dos veces —digo entre susurros. Luke me mira serio. Alzo los hombros.

—¿Y podrás darle vueltas a la carne sin quemarte y sin quemar esta cocina?

—Claro, eso está hecho.

Me pongo a remover la carne y la pruebo. No tiene sal y pongo mala cara.

—No está hecha y no tiene sal. Si le pongo la sal ahora, expulsa agua, y no quiero eso.

—Ah... No lo sabía.

Echa las verduras a la sartén. Hasta el modo que tiene de echar las verduras es condenadamente sexi. ¿Sexi? Oh, no, estoy muy mal. Me vuelvo.

—¿Crees que podrás seguir las indicaciones de esa caja sin quemar nada? —Luke señala con la cabeza la caja del postre.

—Seguro que sí.

Me dispongo a preparar lo que necesito para la tarta. No parece nada difícil. Solo hay que seguir los pasos. Luke deja una batidora a mi lado para poder mezclar los ingredientes y una fuente. Fácil. Echo todo en la fuente, como dice, y meto la batidora... ¡Haciendo que salpique todo!

—¡¿Cómo se para esto?! ¡Luke, ayúdame! —grito intentando no manchar más de la cuenta. Luke me quita el aparato y lo apaga. Por suerte no he desperdiciado mucha mezcla.

Luke me tira un paño y luego coge una silla alta de la isla y la señala.

—Tu trabajo: mirar y no tocar nada. Y cuando digo nada es nada. ¡Dios, eres un auténtico desastre! No me extraña que las monjas te dieran por imposible.

Sonrío y me siento en la silla.

—Me pregunto si sabes hacer algo, pareces una completa inútil.

—No te pases —le digo viendo cómo trabaja—. Estudiar se me da bien, y escaparme de los sitios...

—¿En el internado también te escapabas para ir a un lugar secreto?

—Sí. Encontré un lugar cerca de un pequeño lago, no muy lejos.

—¿Y si había animales salvajes?

—Nunca vi ninguno por allí.

—¿Eres tonta acaso? Podrían haberte matado mientras dormías, y te aseguro que no hubiera hecho falta que los vieras.

—No... Estaba dentro del perímetro del internado y no podían entrar; había una valla electrificada, no era tan tonta como para ir más allá.

—Entonces no eras tan buena saliendo del internado.

—Era difícil salir de su cercado.

—Parece una cárcel.

—Lo era en muchos sentidos. Yo no era la primera que trataba de fugarse, por eso estaban preparados —admito. Mis ojos vagan hacia los días en los que me sentía encerrada y sola. Emily y yo solo nos veíamos en el colegio. Luego un autobús nos llevaba de vuelta al internado y entonces estaba sola.

—Tu padre es un cabrón egoísta. —Luke pone ante

mí una copa de vino—. Está bueno, aunque no tanto como el que te ofrecí el otro día a cuenta de tu padre.

—Gracias. —La acepto.

Luke sigue a lo suyo, cocinando. Pruebo el vino: está bueno, la verdad. No es tan fuerte como otros que he probado en las fiestas de mi padre.

—Está claro que tu padre tiene una razón para traerte de nuevo aquí. Ahora falta saber cuál es.

—No quiero hablar de eso. Es cosa mía.

—Si prefieres llevar esto tu sola... mejor para ti. En esta vida todos estamos solos a la hora de la verdad. Cuanto antes lo aceptes, más feliz serás.

—No lo creo así.

—¿Acaso tu prima no te dejó sola cuando su novio le dijo que eligiera? Los dos sabemos que lo volvería a hacer y que lo elegiría a él.

—Eso no lo sabes.

—Lo sabemos los dos.

—¿Acaso disfrutas haciéndome recordar lo sola que estoy? —Luke se tensa y se acerca. Me alza la cara y me limpia los restos de tarta de la mejilla.

—Solo intento que no sufras, Peyton. Solo intento que tu dulzura y tu forma de ver la vida no haga que te lleves una hostia más grande cuando la realidad te golpee.

—Me duele que me digas estas cosas y entrever en tus palabras que tú tampoco estarás ahí.

—No soy más que un egoísta, Peyton. Desgraciadamente, o afortunadamente para algunas cosas, no sé ser de otra forma, y ahora haznos un favor y no intentes hacer nada.

Por supuesto lo ayudo solo para fastidiar. Terminamos el postre y Luke prueba la carne, que huele de maravilla. Me veo siguiendo el recorrido que hace la cuchara hacia sus carnosos labios. Trago y aparto la mirada.

—Ten, prueba. —Lo miro y compruebo que es la misma cuchara, que ha vuelto a llenar de carne y verduras. En sus ojos veo que me está retando. Acerco mis labios a la cuchara y lo pruebo. Está delicioso. Aunque no puedo disfrutarlo como me gustaría, pues mis ojos no se separan de los ojos azules de Luke.

—Ya es la segunda vez que pones tus labios donde han estado los míos; al final voy a tener que creer que te mueres por que te bese. —Lo dice de manera juguetona, despreocupado, pero mi mirada va hacia sus labios y la de Luke hacia los míos, y siento como si en verdad me acariciara con ellos.

Ambos nos contemplamos sin querer romper este momento, que se interrumpe cuando la puerta de la calle se abre. Me echo hacia atrás como si estuviera haciendo algo malo y casi me da algo cuando veo a Colin mirarme de manera acusadora.

—¡¿Qué se supone que es esto?! —dice visiblemente enfadado mirando la ropa que llevo puesta. Luke lo ignora y se da la vuelta para fregar los platos.

—Perdimos al billar y nos ha tocado cocinar.

—¿Y eso explica por qué llevas su ropa?

—Podría ser la ropa de otro —apunto, y me arrepiento de decir lo que se me pasa por la cabeza sin pensar—. Es que llovía, me calé y Luke me dejó ropa para que no cogiera una pulmonía. —Colin no se lo cree, lo veo en sus ojos, en la rabia que bulle de ellos—. No me puedo creer que estés pensando que me he acostado con él...

—Y de ser ese el caso, te tendría que dar igual,

puesto que tú y ella solo lleváis una relación falsa —apunta Luke sin poder evitarlo—. Así que deja de fingir ante mí.

—¿Se lo has dicho? —Asiento—. Lo que me cabrea no es eso, sino que me hagas quedar como un cornudo ante todos. ¿Qué pasa si entra alguien que no soy yo? Nunca pensé de ti que fueras una cualquiera y te acostaras con Luke, pero está visto que me equivoqué contigo.

Lo abofeteo con ganas. Noto como Colin se arrepiente.

—No quiero seguir con esta farsa. Ya estoy harta. Quédate aquí tu solo con tus cuernos imaginarios.

Lo empujo y salgo corriendo hacia mi coche, sin importarme que voy solo con calcetines. Colin sale de la casa y me grita. Lo ignoro. Ahora solo quiero estar sola.

LUKE

El ruido de la bofetada que Peyton ha dado a Colin resuena en mi cabeza. Sonrío con orgullo. Puede que sepa poco o nada de la vida, pero por lo poco que conozco a Peyton, no se deja amilanar ante nada. Si Peyton no le hubiera cruzado la cara, lo hubiera hecho yo. No me gustó el modo en que le habló.

—Aléjate de ella. Ella es inocente y tú... tú no sé lo que eres.

—Solo ha sido por la apuesta. Y no me he acostado con ella. La has insultado.

—¿Y qué esperabas que pensara? Tú nunca has estado con una mujer sin más por la que no sintieras un deseo sexual. Tú no tienes amigas, Luke, y de repente ella te confiesa esto. ¿A qué estás jugando?

—Peyton no es mi amiga, pero cuando se lo estaba diciendo a Emily lo escuché y me pidió que no dijera nada. —Miento por ella y me duele hacerlo, no sé qué me ha poseído para decirlo, pero lo que ha pensado Colin lo pensarán todos—. Pero tu sí la has tratado mal. Lo mejor que podrías hacer es dejarla en paz.

—Si no fuera por mí, su prima no le hablaría.

—Haz lo que quieras. No es mi problema.

Asiente y se marcha, seguramente detrás de ella, y, aunque no lo admita, no me gusta verlos juntos. No me gusta cómo la toca y cómo la trata como si fuera de su propiedad.

No recuerdo la última vez que sentí algo por alguien que no fuera yo mismo. Y odio sentir celos por alguien como Peyton. O por alguien, sin más. Pero me preocupo por ella, y más sabiendo que se ha ido descalza con esta lluvia. Joder, con lo tranquilo que estaba sin ella.

Roy entra en la casa seguido de Ronnie. Ponen buena cara al ver que les he hecho la cena, cosa que odio hacer, y por eso me han retado.

—Qué bien huele. ¿Y Peyton? —La forma que tiene Ronnie de preguntarlo me pone enfermo.

—Se ha ido.

—Lástima —dice Ronnie.

Aún recuerdo cómo le observaba el culo y hacía movimientos con sus manos. Es un cerdo. Subo a mi cuarto y busco el teléfono de Peyton en mi móvil. Me mandó un mensaje hace días porque no entendía algo de mi letra en los apuntes y lo guardé. La llamo y me lo coge a los cuatro toques.

—¿Dónde estás? Y espero que no hayas cogido el móvil conduciendo.

—Entonces ¿para qué llamas?

—Porque te has ido descalza...

—Y te preocupas por mí.

—No, para nada. —«¡Pues claro que me preocupo por ella!»—. ¿Dónde estás?

—A dos calles, aparcada.

—¿Estás a dos calles con la que está cayendo? Vete a casa.

—No quiero.

—Pues ven aquí.

—No quiero salir del coche. —Su voz parece muy lejana, tensa. Casi como si tuviera miedo.

—Dime dónde estás exactamente.

Me lo dice antes de colgar. Me pongo unos vaqueros, las botas, y voy hacia donde me ha dicho, odiando esta lluvia y lo blando que me estoy volviendo con Peyton... Solo es una tía. ¿Por qué me tomo tantas molestias si no busco nada con ella? Llego a donde está y toco la ventanilla para que me abra. Lo hace y entro en el coche.

—Me he empapado por tu culpa.

—Ya.

Peyton tiene la vista perdida y se retuerce la sudadera. Parece muy frágil.

—¿Qué pasa, Peyton?

—Nada, es lo que dijo Colin... Tenías razón, la gente si me ve a tu lado piensa que nos hemos acostado. ¿Tan raro es que tengas amigas?

Una parte de mí sabe que no está así solo por eso, pero lo dejo pasar.

—Sí, es muy raro.

—Pues vaya. Me llamó guarra sin pensárselo... Pensé que ante todo éramos amigos.

—Hace años yo también creí que Colin era uno de mis mejores amigos —le confieso—. Pero me demostró que no era así. Pese a eso, no creo que sea mal tío, pero hace mucho caso a lo que quiere su padre. Y a veces creo que está saturado y le cuesta admitir que no puede con todo.

Asiente. Se retuerce la sudadera, le cojo las manos. Su contacto me quema, pero no la aparto. Es tan pequeña su mano entre las mías...

—No quiero seguir con esta farsa y eso va a cambiar muchas cosas. Me temo que vuelvo a estar sola.

—Bueno, de momento yo sigo aquí, ¿no? —Aparto la mirada cuando me observa con intensidad y miro la lluvia caer.

—No sé si lo mejor es que nosotros también dejemos de ser amigos. Presiento que, si todo sale mal entre los dos, me dolerá mucho más perderte a ti que a Colin. Y estoy cansada de tener que aceptar que algunas personas solo están de paso en tu vida.

—Es lo mejor —digo sintiendo un vacío en el pecho.

Acaricio su pequeña mano antes de soltarla.

—Adiós, supongo... Te voy a echar de menos.

—Joder. ¿Por qué tienes que decir algo así? Eres una cursi y me haces ser un egoísta y no poder decirte adiós aún.

—¿Por mis cursiladas? —Sonrío.

—Pues se ve que sí. —Me vuelvo y la miro—. Me iré, si es lo que quieres. Y más te vale decir que sí.

Una parte de mí quiere que diga que sí, decirle adiós, seguir con mi vida y cerrar este episodio. Otra sabe que mi vida ya no será lo mismo sin ella y que, para bien o para mal, yo también la echaré de menos.

—Creo que soy masoquista, pero en verdad no quiero que te vayas.

—Lo eres, pero tranquila, los dos lo sabemos, y ahora pon este coche en marcha y volvamos a casa.

Peyton niega con la cabeza y, tras coger sus cosas, sale del coche y empieza a andar. No me lo puedo creer. ¡Es que acaso es tonta! Salgo del coche y lo cierro. Corremos hacia la casa y casi se cae. La sujeto y casi nos caemos los dos.

—Patosa. —Peyton me mira sonriente y sigue corriendo.

—¡El último en llegar pierde!

Corre hacia la casa y la sigo hasta que recuerdo quién estará dentro y lo que pueden pensar si entramos juntos. Seguro que Cora ya ha llegado, y lo que le ha dicho Colin no será nada comparado con lo que ella insinuará.

—¿Qué haces?

—Sube directa al cuarto de tu prima. Si no está, coge su llave del cajón de mi cómoda, he dejado mi cuarto abierto. Roy y yo tenemos copia de todos los cuartos, no te lo dije antes porque no me apeteció. —Y porque una parte de mí quería verla con mi ropa, qué idiota soy...

—¿Luke?

—Es mejor así, Peyton.

—No me importa lo que digan.

—A todo el mundo le importa. Hasta a mí. Hasta mañana.

Y me alejo. Es cierto lo que le he dicho, pues construí estos muros para evitar que nada me importara, porque, aunque no me gustaba ser así, no era ajeno a lo que decían, me afectaba. Y era mejor eso a sentir. ¿Por qué estoy dejando que Peyton me recuerde lo que es sentir algo por alguien? No me gusta. Y al parecer tampoco puedo alejarme de ella.

Dichosa Peyton.

Capítulo 11

PEYTON

> Luke: Salgo de viaje, regreso el viernes de la semana que viene. No te escribo porque crea que deba darte explicaciones, sino porque creo que lo mejor para ti es que reconsideres lo que dijiste y dejemos de ser amigos. Si, pese a todo, sigues siendo masoquista, nos vemos el viernes. Espero que por una vez seas lista.

Recuerdo el mensaje de Luke mientras me pruebo un vestido rojo de Blanca. Esta noche hay una fiesta en una fraternidad. No tenía pensado ir, pero Blanca ha insistido mucho durante toda la semana en que la acompañe y al final he aceptado. Tal vez porque Emily se ha ido a casa de sus padres, a petición de su novio, que desde que se enteró de que yo había roto con Colin la controla más; necesitaba hacer algo.

Mi padre no se tomó muy bien que rompiera con Colin. Y me dijo que no pensaba conformarse con mi rechazo. Que, si era lista, volvería con él. Cosa que no haré. Colin vino a mi casa y me pidió perdón. Lo acepté, pero le pedí tiempo para volver a ser amigos. Aceptó. Esta semana hemos tenido que hacer varios trabajos y me he agobiado mucho. Las clases sin Luke son aburridas y, no me importa admitirlo, me gustaba la posibilidad de verlo. Y no pienso pararme a pensar qué significa; no puedo negar que lo he echado de menos y que sé que lo más sensato sería decirle que se acabó esta amistad, seguir mi vida, que ya de por sí es muy complicada, y olvidar que fuimos amigos. Pero no puedo. Incomprensiblemente esa posibilidad me deja desolada.

—Te queda muy bien. —Me miro al espejo. El rojo es un color que me gusta, pero no sé si este vestido es demasiado... vistoso.

La parte de arriba es de cuello de barco, de media manga, ajustado hasta la cintura, y luego cae algo pomposo hasta un palmo por encima de la rodilla. Me muevo no muy convencida. El pelo lo llevo con ondas, cosa de Blanca, que maneja mejor que yo la plancha. Me tiende unos zapatos negros y me los pongo.

—¿No es muy...?

—Estás preciosa, y si yo tuviera tu pecho y tu cuerpazo, no tendría este vestido en el armario muerto de risa.

Blanca me ha confesado que su padre, para sentirse menos culpable por dejarla siempre sola, le compra vestidos en sus viajes y se los envía. Bueno, vestidos y regalos. Tiene el armario lleno de ropa.

—Vale. Me lo dejo.

Me termina de maquillar y me pinto los labios de rojo. Me miro al espejo y me veo rara. No es que no me guste, es solo que no suelo vestir así. Recogemos las chaquetas y nos vamos a la fiesta. Encontramos a sus amigas bailando. Nos quitamos los abrigos y Blanca tira de mí hacia la pista. Me muevo al ritmo de la música. De repente siento que alguien me está mirando e, inquieta, me vuelvo. Luke. Mi respiración se agita, pero no por miedo. Sus ojos azules me observan con intensidad mientras sus amigos hablan a su alrededor. Da un trago a su copa sin dejar de mirarme. No sé interpretar muy bien su mirada. Y no sé si está contento de verme tras estos días o no, pues parece tenso. Me vuelvo y sigo bailando, y el saber que me mira hace que mi cuerpo se mueva al ritmo de la música de manera diferente, siendo muy consciente de que sus ojos no van a perder detalle. Me vuelvo de nuevo y ahí está su penetrante mirada. Esta vez sí le sonrío, pero no me devuelve el gesto, lo que me enfurece. Me doy la vuelta sintiéndome tonta y voy a por algo de beber. Miro incómoda a mi alrededor. Un idiota trata de pararme pero sigo mi camino. Llego a la barra y veo a Colin. Hago amago de irme, pero me retiene.

—Peyton. Por favor. No te vayas.

—Es que no sé cómo comportarme contigo ahora.

—Igual que antes de que tratara de ayudarte. Te recuerdo que lo hice por ti...

Colin parece diferente, tiene los ojos rojos y me inquieta mucho.

—¿Me lo estás echando en cara? Te doy las gracias, pero no debí dejarme llevar por tu idea. Lo siento, y no creo que te deba nada. No fue idea mía.

—Joder, no hago más que cagarla. —Se pasa la mano por el pelo rubio y se lo despeina; está tan raro que no reconozco la persona que tengo ante mí—. Seré sincero, ¿vale? —Tiene que hablar a gritos, así que tira de mí hacia el jardín, donde la música está más baja. Llegamos y me suelta—. La verdad es que lo de salir en plan fingido no fue por ti —me sorprende—. Fue una idea que tuve para que estuvieses más tiempo conmigo. Y que esto dejara de ser una mentira... Me gustas mucho, Peyton, y lo estropeé todo, pero eso no cambia que me gustaría que fuera verdad.

Agrando los ojos; al final Luke tenía razón.

—Yo..., lo siento, pero...

—Tengo que intentarlo. —Y tras decir esto me besa. Trato de separarme, pero no me deja. Lo empujo con todas mis fuerzas y al fin me suelta. Por un momento en sus ojos veo a mi amigo Colin, pero en seguida me mira de forma que me pone los pelos de punta y que no reconozco.

—¡¿Qué haces?! Lo siento, Colin, pero no me gustas de ese modo. Lo siento...

—No, a ti te gusta más alguien como Luke. No eres mejor que tu madre —me espeta—. No vas a encontrar a nadie como yo.

Estoy viendo una cara de él que no me gusta, y ¿por qué ha dicho eso de mi madre? No lo sé, no quiero saber nada de ella.

—Déjame sola.

—Vas de santa, de pura, de buena e inocente, pero no eres más que una calientabraguetas. Solo hay que ver cómo vas vestida. Pareces una fulana. —Lo miro impactada, tanto que no sé cómo reaccionar—. Y dudo de que no te hayas acostado ya con Luke. Al final no eres más que una cualquiera que se abre de piernas ante el primero que pasa.

Reacciono, pero se marcha antes de que le pueda dar una bofetada. Siento los ojos llenos de lágrimas y como la furia y la rabia crecen en mi interior.

—Se merecía esa bofetada, a ver si le hacía reaccionar de una vez. Mi hermano no debió decir eso de ti. Estás preciosa, Peyton. Y eres libre de vestir como quieras y hacer lo que quieras. —Observo a Cam, que me tiende un pañuelo—. Ten.

—No sé qué decir...

—Se le pasará y te pedirá perdón. Está muy agobiado con los estudios y no sabe controlar sus emociones.

Por su mirada, sé que Cam me oculta algo, que no está siendo sincero conmigo. En sus ojos verdes hay dolor.

—Creí que era de otra manera.

—Él no es como se ha mostrado ahora. Ojalá no sea tarde para...

El dolor se acrecienta en su mirada.

—Ahora mismo no lo tengo en muy alta estima, pero espero que, pase lo que pase, vuelva a ser el Colin de antes.

—Y yo. Nos vemos, Peyton.

Asiento. Me ha sorprendido mucho que Colin actuara así. Nunca lo hubiera esperado de él. Lo que me demuestra que nada es lo que parece. Entro de nuevo en la fiesta y cojo algo de beber. Blanca me pregunta qué me pasa y le digo que nada. Nos quedamos un rato más hasta que deciden regresar a su casa para tomarse la última. Vamos todos juntos, pues está cerca, entre ellos Luke, que acaba de aparecer a nuestro lado y que no se ha dignado a mirarme. Está claro que él espera que lo ignore.

He mirado el móvil y tampoco tenía mensajes suyos. Se me ha pasado un poco el malestar por lo de

Colin. He decidido no darle más vueltas. No puedo cambiar las cosas. Y ya había aceptado hace días que Colin no era como pensaba, de modo que esto solo confirma mis pensamientos, aunque en el fondo me da pena que las cosas hayan acabado así.

Preparan unas copas en la cocina y Cora propone jugar a beso o prenda. Me pregunta si quiero jugar y digo que no, pero tampoco me subo al cuarto de Emily; no me apetece estar sola. Me siento cerca de los sofás en una silla y veo como llenan de cubatas la mesa del centro.

Blanca me tiende una de las copas y la acepto. Luke ha subido a cambiarse la camisa blanca que llevaba por una camiseta negra que le queda igual de bien. Yo creo que hasta con un saco de patatas está guapo. La camiseta se le ajusta a los músculos y a su marcado pecho, y Cora se muerde el labio descarada cuando él se sienta. Se instala a su lado y cae sobre él, haciéndose la despistada. Luke la aparta con una sonrisa. No entiendo por qué juega a estos juegos tontos, no los necesita para conseguir atenciones femeninas; en la fiesta me he fijado en cómo van casi todas tras él. Lo que me ha sorprendido es que no se ha ido con ninguna de ellas, y en el fondo me he alegrado. Solo en el fondo.

Empiezan a jugar y a repartir besos y prendas. Veo a Luke darse algunos picos con varias de ellas y, tras el primero, aparto la mirada. Cora se besa con varios de ellos con descaro y se quita la camiseta, dejando que todos vean su sujetador de encaje negro. No parece importarle que se le transparente.

El juego sigue y yo desconecto y me pierdo en mis cosas mientras bebo. De repente escucho mi nombre y vuelvo a la realidad:

—Besa a Peyton —dice Cora, y yo vuelvo la vista y veo que se lo dice a Luke.

—No. —Y tras rechazar besarme se quita la camiseta y la tira sobre el montón de ropa. Aparto la mirada dolida por su rechazo; se ha dado picos con todas y no ha puesto pegas. Cora sonríe triunfal por la humillación que acaba de hacerme, y Ágata, hermana melliza de Tomás, ambos amigos de Colin, igual. El juego sigue y de nuevo escucho mi nombre.

—Besa a Peyton o te quitas el vaquero. —Miro a Luke y lo veo endurecer el gesto.

¿Tanto le molesta darme un pico de mierda? ¿Acaso yo quiero que me lo dé? ¡No!..., claro que no. Me tendría que haber subido a dormir.

—Ella no está jugando, di otra.

—Si Peyton quiere, pagas prenda si te niegas. —Cora me mira sabiendo que Luke preferirá pagar prenda antes que besarme, ya lo dejó claro antes. Solo por eso hablo.

—Por mí no hay problema, que pague prenda si quiere.

—Qué tonta, le has dado una vía de escape, ahora te rechazará por segunda vez. —Cora se ríe—. Eres patética.

Luke me mira desafiante y le aguanto la mirada, nerviosa, sabiendo que no lo hará, aunque para eso tenga que humillarme delante de todos. Maldice y se levanta; Cora lo mira con el deseo de ver sus piernas libres del vaquero. Me doy cuenta de que yo también observo expectante la escena y, molesta, aparto la mirada. Por eso cuando Luke tira de mí no me lo espero, y menos que me levante para impulsarme hacia su pecho. Lo miro alarmada. Luke no parece mucho más contento que yo por tener que hacer esto. Debería haberme dado cuenta de que no dejaría pasar un reto mío; tendría que haberle dicho que no jugaba, me ha ofrecido un órdago y no lo he aceptado porque estaba dolida por su rechazo, y ahora me va a besar... Me pongo nerviosa ante el inminente contacto de sus labios. Los miro y veo como se acercan a los míos. Estoy preparada para un inocente pico, pero no para la descarga que siento cuando sus cálidos labios entran en contacto con los míos.

Y entonces todo desaparece, no escucho nada salvo mi acelerado corazón y los latidos de Luke bajo mis manos, que están sobre su pecho y que ahora mismo son la barrera para que nuestros cuerpos no se encuentren.

El beso deja de ser inocente. Y solo puedo sentir como sus labios me acarician. Unos labios carnosos y suaves que me atrapan sin dejarme tiempo para pensar en nada. Sabe a refresco de cola, a menta y a él. Es un sabor embriagador. Siento calor. Mucho, y más cuando su lengua se adentra en la mía sin freno y la acaricia. Mi parte racional me dice que lo detenga, que deje de besarlo, y en vez de hacerlo, me veo buscando con mi lengua la suya, queriendo seguir y experimentar este placer recién descubierto. En el instante en que la acaricio, tímida, con mi lengua, con ganas de besarlo de la forma que lo hace él, se aparta y me mira aturdido. Hasta que se hace dueño de la situación y sonríe con suficiencia.

—Ahora sí sabes cómo besa un hombre de verdad; siento que ahora, cuando te besen los niñitos de papá, te quedes insatisfecha... —La gente se ríe. Luke me mira a la espera de algo. Siento rabia y me enfado con él. Alzo la mano y le doy una bofetada.

—Eres un capullo.

Por su mirada siento que era justo eso lo que esperaba. ¿Acaso lo tenía todo planeado? Enfadada, confusa por el beso y dolida, cojo mis cosas y me subo al cuarto de Emily.

—¿Qué tal besa? —le pregunta Tomás.

—Nada bien, intuyo que nunca la han besado. Yo desde luego no pienso repetir.

Se ríen tras el comentario hiriente de Luke. Me encierro en el cuarto de mi prima y me toco los labios, que aún me palpitan por el beso. Me suena el móvil y lo saco del bolso. Es un mensaje de Luke en el WhatsApp:

> Luke: Lo siento, no me ha quedado otra. Deberías haberte negado. Tú y tu cabezonería... Tenemos que hablar. Te hice una pregunta y quiero la respuesta. Ven a mi cuarto cuando todos duerman.

No le contesto. Ahora mismo estoy molesta pese a su disculpa, ya que he visto en sus ojos que lo hacía con un propósito. Estoy confusa por el beso, porque mientras lo besaba no quería que acabara, por lo que me ha hecho sentir su simple contacto y por este deseo insatisfecho que parece haberse quedado con ganas de más.

Me cambio de ropa y voy al servicio. Cuando me meto en el cuarto escucho que dicen que hacen la última ronda y se van. Cierro la puerta y me subo a la cama con un libro. Me pongo el móvil sobre la tripa y empiezo a leer, pero mi mente vaga una y otra vez hacia el beso. Hacia como sus labios encajaron con los míos y lo que sentí. Aún siento mariposas en el estómago, la sangre me hierve y también noto un leve cosquilleo en los labios; me está costando mucho evitar la tentación de cerrar los ojos y recordar el momento. No debería haberme besado; era más feliz sin saber lo que sentiría al besar sus labios. Debo pensar como él, que solo es un beso más, sin importancia. El problema es que no sé ser tan fría. Dejo el libro en la cama cuando me doy cuenta de que no soy capaz de leer nada. Doy vueltas por el cuarto nerviosa, escucho la puerta de la casa y luego varias puertas de esta planta abrirse y cerrarse. Me suena el móvil y lo busco: está sobre la cama.

> Luke: ¿Enfadada? ¿O ya tenías decidido dejar de hablarme? Mira, haz lo que quieras. Tal vez sea lo mejor.

Empiezo a escribir, pero dudo y dejo de hacerlo. Pienso en la posibilidad de cortar con esto, de que cada uno siga su camino, y la desazón que siento en el pecho indica lo poco que me gusta ese camino. Me he acostumbrado a sus piques, a su sonrisa torcida. A sus miradas furtivas, a su cercanía. Sé que estoy tomando el peor camino, siento que voy a sufrir, pero la idea de perder su amistad no me atrae en absoluto. Me suena el móvil cuando ya tengo decidido que iré.

> Luke: Te creí más valiente...

> Peyton: Si quieres que vaya, solo tienes que pedírmelo, ahora voy.

No responde, pero veo que está en línea y aparecen los dos tics azules indicando que lo ha leído. Espero a que la casa se quede en silencio y entonces voy hacia el cuarto de Luke. Me siento como si estuviera cometiendo un delito yendo a su cuarto a hurtadillas. Llego a su puerta y toco con los nudillos. Luke me abre en seguida, como si me hubiera estado esperando. En cuanto lo tengo enfrente, el beso regresa a mi mente con fuerza y me cuesta mirarlo sin recordarlo. Luke tira de mí hacia su cuarto cuando ve que no me muevo y cierra la puerta. Su contacto me quema.

—Siento lo de antes. Pero ha sido por tu culpa.

Lo miro enfadada y me olvido del beso.

—¿Mi culpa? Ha sido la tuya, por no besarme la primera vez. Has besado a todas y me has hecho quedar como una infectada. —Luke me mira alzando una ceja.

—Si no te he besado es porque, de haberlo hecho, seguramente Cora, al ver que no te negabas, les hubiera dicho a los otros que te besaran, y dudo que hubieras querido que todos lo hicieran.

—No, pero... —Lo miro—. Podrías haber dicho lo de que yo no jugaba esa primera vez.

—Ya, pero se me ocurrió luego, cuando me di cuenta de que Cora insistía. Debí haberlo previsto.

—¿Y por qué no me has dado un beso sin más?

Luke duda y niega con la cabeza. Aparta la mirada.

—No le des importancia a eso. Solo era un juego.

—Has dicho que beso fatal. —Sonríe de medio lado.

—Tenía que seguir siendo yo, y soy así. Aunque en ese momento lo que hubiera querido es ir tras de ti y besarte de nuevo. —Sonrío hasta que Luke me corta—. No le des importancia al beso. Yo no se la doy.

Sus palabras borran mi sonrisa.

—Querías que te abofeteara.

—Sí, quería que te vieran dolida y ofendida. Lo siento, Peyton, pero no lo hice para hacerte daño. Te estaba protegiendo y me salió mal.

—Sé cuidar de mí misma. —Alza una ceja como diciendo: «¿Seguro?»—. De verdad, pero gracias.

—De nada. —Luke se sienta en la cama y me señala la silla de su escritorio. Me siento y la acerco a la cama—. He notado que no tienes mucha experiencia... ¿Acaso es tu primer beso?

—¡Dios! Ese comentario es horrible, no beso tan mal.

—No he dicho que beses mal, solo que no tienes experiencia —aclara—. ¿A cuántos has besado?

—No te importa.

—Es curiosidad, vamos..., dime.

—Pensé que había venido a hablar de si quiero seguir siendo tu amiga o no.

—Déjalo para luego, sacia primero mi curiosidad.

—Eres un cotilla, Luke.

—Puede ser. Vamos, di.

—Menos que tú.

—Aunque no te lo creas, no me he besado así con tantas mujeres, solo besos robados para un fin, o picos.

—Lo dudo, cuando te conocí me dijiste que venías de besarte con dos y que no lo hacían bien.

—Te mentí —sonríe—. Una de ellas estaba borracha y se me tiró a los labios, y no besaba bien. Ni siquiera me interesaba. Y la otra creo que fue más de lo mismo. No encontré interés en seguirles el juego.

—Parece que todas las mujeres se te tiran encima.

—Cría fama... La gente piensa que voy de flor en flor. Que cuando salgo de viaje estoy todo el día con unas y con otras y que cuando desaparezco de una fiesta la gran mayoría de las veces es porque me lo estoy montando con una.

—¿Y la verdad es...?

—Solo te lo respondo si seguimos siendo amigos.

—Eso es chantaje. Parece como si quisieras una excusa para que sigamos siéndolo.

—No, haz lo que quieras. Pero esta conversación se está convirtiendo en algo serio..., es mejor dejarlo aquí.

Nos miramos en silencio y me levanto para sentarme a su lado en la cama. Su contacto me quema. Su cercanía tira de mí para que me pierda entre sus brazos.

—Ni siquiera me he planteado dejar de serlo. Esa posibilidad no entraba en mi cabeza. Ya ves, me caes bien.

—Eres tonta —dice, pero en sus ojos veo alivio.

—Ahora respóndeme.

—Me voy a cambiar, ponte cómoda —señala la cama.

—¿Esperas que duerma contigo?

—No sería la primera vez, pero no, solo que cojas los cojines, los apoyes en el cabecero y me esperes. Me duele la espalda de estar así.

—Vale.

Coloco los cojines y me quito las zapatillas antes de sentarme encima. Se me hace raro estar así en la cama de Luke. Observo su inmaculado cuarto y reparo en la tele de pantalla plana que tiene a un lado y en la cantidad de libros de derecho que hay; le encanta su carrera, no como a mí. La puerta se abre y aparece Luke con un pantalón de chándal gris y una camiseta blanca que se le marca de forma indecente. Es todo un adonis. Mi respiración se agita incontrolada. Y más cuando cierra la puerta y soy plenamente consciente de que estamos solos en su cuarto; es mucho más íntimo que cuando vamos a nuestro lugar secreto.

Deja algo en el armario y viene hacia la cama. Se sienta a mi lado y coge el mando de la tele para poner algo al azar. Su peso hace que caiga sobre su brazo, pero regreso en seguida a mi sitio. Me vuelvo y lo miro a la espera.

—Vamos, di, no te hagas de rogar —le digo para centrarme en algo que no sea el calor que desprende su cuerpo y mis ganas de besarlo de nuevo.

—Como sabes, tengo varios trabajos. —Asiento—. Estoy apuntado a una empresa de trabajo temporal donde te llaman si tienes que cubrir una baja. A veces me llaman cuando estoy en medio de una fiesta y me tengo que ir a trabajar.

—Pero seguro que mujeres no te han faltado nunca.

—No, pero no me gusta pasar del acto en sí. No me gusta besarlas, o sus caricias.

—¿Por qué? —Se tensa. Y por su mirada sé que me oculta algo.

—No me gusta sentir nada más que placer. El placer es fácil de controlar.

—Empiezo a pensar que no es que no creas en el amor, sino que temes no saber controlar ese sentimiento.

—No es así. No creo porque no es real, y porque no quiero estar con nadie. No te confundas, Peyton.

—Eres muy raro.

—Mucho, y ahora dime tú con cuántos.

—Pues..., tres, contigo. —Sonríe de medio lado y estoy tentada a darle con un cojín en la cabeza. Entonces recuerdo algo—. Bueno, cuatro si tengo en cuenta el beso de Colin.

Luke deja de sonreír y se vuelve para mirarme.

—¿Te besaste con Colin? Sí que llevaste lejos la mentira, no te tenía por alguien que daba besos sin más, aunque teniendo en cuenta cómo me has besado esta noche... —Tira a hacer daño, desconozco por qué, pero siento que es así.

—Antes de que sigas hiriéndome con tus palabras, te diré que me besó esta noche, cuando le dije que no quería volver con él tras haberme confesado que todo había sido un plan para ver si así me acababa gustando al pasar más tiempo con él. Luego me dio un pico algo largo, hasta que pude separarme. Y vi a un Colin que no conocía... Me acusó de ser como mi madre, que no sé cómo fue ni quiero saberlo, y dijo que él creía que tú y yo nos habíamos acostado. Creo que prefiere pensar eso a que no me gusta sin más.

—Es un capullo. ¿Estás bien? —Asiento—. Colin está raro, antes no era así.

—Eso me dijo Cam, que me pidió perdón por su hermano y dijo que a veces se comportaba de esa forma.

—Se junta con gente no muy buena.

—No lo esperaba.

—Ten en cuenta que los niños de papá lo tienen todo, no saben lo que cuesta ganarse la vida y les da igual gastar el dinero; eso hace que a veces, como tienen todo al alcance de su mano, tomen malas decisiones.

—Sabes algo que yo ignoro.

—No sé nada, hace tiempo que no somos amigos. Lo que pueda saber son solo suposiciones. Aléjate de él; si ha actuado así, será lo mejor. No creo que te haga daño, pero no me fío de sus nuevas amistades.

Me recorre un escalofrío y asiento, pues yo también

he visto algo raro esta noche en Colin y dolor en los ojos de Cam, como si no supiera qué hacer para recuperar a su hermano.

Nos quedamos en silencio viendo la tele y me empieza a entrar sueño; doy una cabezada cuando Luke habla, despertándome.

—Deberías irte a la cama. —Pienso en irme y no me apetece; hoy tengo las emociones a flor de piel y presiento que tendré pesadillas.

—Cinco minutos más —le digo, dándole la espalda y acomodándome entre sus almohadas—. ¿Es cierto que nunca dejas entrar a nadie en tu cuarto?

Luke duda antes de contestar.

—Sí.

—¿Por qué?

—Es mi espacio, no me gusta que la gente se adentre en él.

—¿Tampoco Roy?

—Roy es... es como un hermano para mí, él puede entrar siempre que quiera, pero nadie más.

—Y yo.

—Tú eres una molestia que me encontré una noche cuando buscaba paz y no sé cómo apartarte de mi vida. He pensado usar agua caliente a ver si te marchas... —bromea.

—Ja, qué gracioso. —Me acomodo mejor—. No pienso irme. Nunca.

—Nunca es mucho tiempo. Antes te darás cuenta de que no tienes más opción que alejarte de mí.

—¿Qué es lo que no quieres que sepa de ti? ¿Por qué me alejas?

—Muchas cosas, y ahora mira la tele o vete.

—Ya te dije que cinco minutos.

—Han pasado ya, pesada.
—Pesado tú.
—No te duermas.
—No lo pienso hacer, y ahora cállate, que no me dejas escuchar nada. —Luke no añade que es difícil que escuche algo cuando la tele está en silencio. Ambos sabemos que me voy a quedar dormida y que no quiero irme.

Capítulo 12

LUKE

Como ya suponía, Peyton se ha quedado dormida. Su pelo rubio acaricia sus mejillas y sus labios. ¿En qué estaba pensando cuando la besé de ese modo? Por un momento me olvidé de todo, salvo de seguir recibiendo más placer de sus labios. Sé que no tiene mucha experiencia, pero sus labios se amoldaron a los míos y siguieron mis besos como si lleváramos besándonos toda la vida.

Nunca me ha pasado, tal vez porque hace años que no dejo que nadie me bese de esa forma o se adentre demasiado en mi interior. Pero con Peyton todo es diferente. Ella está despertando algo en mí. Si no, no entiendo por qué he dejado que se duerma en vez de mandarla a su cama. Me levanto y aparto la colcha tirando de ella para arroparla mejor. Peyton se vuelve hacia mi lado. Genial. Dudo si meterme en la cama con ella o bajarme al salón a dormir al sofá. Al final me meto en la cama a su lado, apago la tele y la luz y, pese a no verla, soy muy consciente de su presencia. De lo que me hace sentir, aunque no quiera, y de cómo se está colando poco a poco en mi interior.

Solo somos amigos, me recuerdo, y no podemos ser nada más. No quiero que mi forma de ser la destruya. Sé que lo haré. Estoy muy jodido, muy torturado. Son años de oscuridad. No sé qué hacer ahora ante toda esta luz que desprende Peyton. Pero no puedo negar que la quiero en mi vida. Que estos días lejos de ella la he echado de menos y que la posibilidad de que se alejase de mí me molestaba.

Trato de dormirme, pero su cercanía me altera, y más cuando cierro los ojos y revivo su beso. Sus labios amoldándose a los míos. Esta noche estaba preciosa. Con ese vestido rojo... Cuando veo algo rojo pienso en ella, pues la primera vez que la vi llevaba una sudadera de ese color y, cuando amaneció, parecía que el sol fuera ella, pues desprendía mucha más vitalidad que el astro. Creo que desde ese momento lo supe. Supe que iba a darme problemas. Peyton se mueve mientras sueña y acaba acomodándose contra mi pecho. Nunca entenderé por qué me busca siempre, porque acabamos siempre así. Alzo los brazos no sabiendo si abrazarla o apartarla. La segunda opción sería la mejor para mi paz mental. Pero, pese a saberlo, me permito tener un momento de debilidad y la abrazo. Hacía mucho tiempo que nadie me abrazaba. Peyton, sin saberlo, ha sido la primera que lo ha hecho. El problema es que no sé cómo reaccionar ante sus gestos de cariño. Y aunque ahora mismo me sienta en paz, también siento que me asfixia lo que me transmite. Y que mi vena destructora parece estar latente en mí para apartarme de ella y alejar lo que me hace sentir. Pero esta noche no. Esta noche no...

La acerco más a mí, siendo muy consciente de sus curvas y de cómo la deseo. Si no me importara tanto, ya habría hallado la manera de acostarme con ella, de perderme en su cuerpo como hace tanto tiempo que deseo. Estar así con ella tan cerca es una tortura. Pero me importa su amistad y no haría nada, de momento, que la pudiera estropear.

* * *

Peyton se despierta cuando me siento en la cama para ponerme las deportivas. Aturdida, mira a su alrededor y luego, al verme, sonríe. ¿Cómo puede sonreír de buena mañana? Esta chica es muy rara, y no puedo negar cuánto me gusta lo que su sonrisa hace a su rostro. Ilumina sus ojos marrones y sus labios se vuelven más grandes y besables... «No, por ahí no.»
—¿Adónde vas?
—A correr. Es mejor que salgas ya, antes de que se despierte alguien.
—Cierto.
Sale de la cama; tiene la sudadera arrugada y sigue teniendo cara de sueño pese a su sonrisa.
—Son solo las ocho, vuelve a acostarte.
—Lo haré. —Ya en la puerta se vuelve y me mira—. ¿Tienes algo pensado para hacer hoy? ¿Trabajas? —Niego con la cabeza, veo como sus ojos se iluminan y como duda si seguir hablando o no—. Podríamos ir al cine o quedar...
—He quedado esta tarde. —La idea de quedar con ella me atrae y por eso la descarto. Veo desilusión en sus ojos y resignación. Joder, soy débil en lo que a ella se refiere—. Vendrán a ver el fútbol a casa esta

tarde. Pásate si no tienes nada mejor que hacer. Estará Blanca.

Sus ojos se iluminan, pero trata de ocultarlo.

—Lo pensaré. —Sé que vendrá, su cara es un libro abierto. Se despide con la mano y se va hacia su cuarto.

«¿Qué me estás haciendo, Peyton?» Creo que no habrá día en el que no dé gracias por encontrarla y a la vez que no maldiga mi suerte por ponerla en mi camino. Estos sentimientos encontrados no pueden traer nada bueno. Y no dormir por culpa de lo mucho que la deseo y de lo que me ha costado aguantar mis ganas de despertarla y besar cada centímetro de su cuerpo, tampoco.

* * *

Vienen algunos amigos de la universidad para ver el partido. Casi todos son de la clase de Ronnie, que no se pierden una fiesta, aunque sea una cena de pizzas, cervezas y partido. Miro el móvil cuando el partido lleva media hora y Peyton aún no ha venido. Pensé que lo haría; me pongo a escribir un mensaje hasta que me siento estúpido y lo borro, y sigo viendo el partido como si nada. Cora se acerca a mí y se sienta sobre mi pierna. Con una sonrisa la aparto. No sé por qué le gusta que la rechace una y otra vez. La gente cree que nos hemos acostado, pero no es cierto. Ella corrió el rumor pensando que yo no me enteraría y lo dejé pasar cuando lo supe. Que piense y se imagine lo que quiera, porque nunca me acostaré con ella. ¿«Acostarme» con ella? Mierda, Peyton me está dulcificando; hasta hace unos meses para mí era «follar». Dichosa Peyton, ¿dónde está? Miro hacia la puerta, veo que se abre y, como si se hubiera materializado mi pensamiento, aparece ella. Su mirada recae en mí y sé que algo ha sucedido, pues sus ojos no muestran ese brillo que siempre tienen. Me cuesta apartar la vista y hacer como si nada. Como si no deseara ir hacia ella y saber qué la ha puesto así.

—Ya ha llegado la pija. Lo mismo viene a que la beses de nuevo —bromea Ronnie.

—Lo mismo —le sigo el juego, sintiéndome un miserable.

Peyton nos saluda y se sienta al lado de Blanca en uno de los sofás. Las amigas de Blanca, que se han apuntado, son un poco raras; algunas son novias de los que han venido. Miro de reojo a Peyton y veo que asiente a algo que le dice Blanca, distraída.

> Luke: ¿Qué te pasa? Tienes mala cara.

Saca el móvil del bolsillo de su vaquero y escribe.

> Peyton: Mi padre. Mañana tengo comida con Colin y su familia... Yupi.

> Luke: No te quedes a solas con Colin. No me fío de él tras lo del viernes, y ahora alegra esa cara, que estás muy fea..., o más fea que otros días.

Peyton sonríe al leer mi mensaje, como ya esperaba.

> Peyton: Más o menos como tú, que hoy estás horrible. Aunque a Cora no parece importarle, pues no para de enseñarte las tetas... Aprovecha.

Luke: Paso.

Peyton sonríe y guarda el móvil. Antes de centrarse en la conversación de Blanca, me mira. Sus ojos tienen otra vez ese brillo que tanto me gusta y sus mejillas están algo sonrojadas. Aparto la mirada cuando soy consciente de que está así por mis mensajes y por el placer que he sentido ante ello. Esto no está bien. El partido sigue. Peyton se aleja al principio de la segunda parte y recojo algunas cajas de pizza como excusa para ir a la cocina tras ella. Entro en la cocina y no la veo allí. Dejo las cajas y salgo al jardín, donde la encuentro sentada en el balancín. Me siento a su lado.

—Cuidado, van a pensar que nos lo estamos montando aquí —bromea utilizando mis palabras.

—Siempre puedo decir que me estaba metiendo contigo.

—Tú sabrás, eres tú el que quiere que nadie sepa que somos amigos.

—Eso me pasa por ser bueno por una vez. —No dice nada—. ¿Qué te ha dicho tu padre?

—Que quiere que vuelva con Colin o me tendré que atener a las consecuencias.

Me recorre un escalofrío, pero me tranquilizo al pensar que el padre de Peyton no le hará ningún daño físico. Tal vez le quite el dinero o el coche. No querrá perjudicar su imagen.

—Cuando fui a hablar con él, escuché algo que decía a su jefe de campaña. Le decía que si la verdad saliera a la luz, estaría perdido... Se callaron cuando entré y no supe a qué se refería, pero sé lo suficiente de mi padre para pensar que es un alcalde corrupto. Lo que no entiendo es por qué no hay pruebas.

—No te metas en toda esta mierda, Peyton, mantente alejada.

—No pienso meterme. Al final se hará justicia. —Me río y Peyton me mira.

—La justicia no existe, solo personas que saben a quién sobornar para manipularla.

—Es curioso que, pese a eso, quieras ser abogado.

—Por eso mismo. Prefiero morirme de hambre que aceptar un chantaje. Yo no seré como ellos.

—Al final lo pillarán, no puede tenerlo todo tan bien atado...

—Deja que todo siga su curso, Peyton —le digo preocupado.

—No pienso hacer nada, si eso es lo que te preocupa. —Asiento y me levanto—. ¿Adónde vas?

—Dentro. No deberías quedarte mucho, hace fresco.

—Si me tengo que ir ya... Mi padre tiene a su chófer esperándome, por si se me ocurría escaquearme de la comida de mañana.

—Entonces hasta pronto.

—Hasta pronto, Luke.

Vuelvo dentro, inquieto por lo que pueda hacer la mente curiosa de Peyton. No debería meterse en los asuntos de su padre. Espero que no lo haga; puede salirle muy caro, pues su padre no tiene reparos en eliminar toda amenaza y no sé si el hecho de que Peyton sea su hija lo detendría, ya que hasta ahora la ha repudiado... Espero que se mantenga al margen, por su bien.

PEYTON

Estoy harta de esta comida y de tener que sonreír falsamente a cada rato para evitar la mirada severa de mi padre. Colin me pidió perdón en cuanto me vio, y me solicitó unos minutos a solas que, aunque reticente, le concedí. Hoy parecía otro, más el amigo que conocía, pero ahora conozco su lado oscuro y no me gusta.

Tras el postre salen todos al jardín a tomar unas bebidas. Me excuso para ir al servicio y en cuanto estoy sola busco un lugar donde perderme un rato. Encuentro una pequeña cafetería dentro del restaurante. Me siento en una silla de la barra y saco el móvil mientras espero que venga el camarero.

—¿Ya te has cansado de la comida perfecta? —Alzo la mirada y veo los preciosos ojos azules de Luke. Mi corazón aletea ante su presencia y noto como una sonrisa se pinta en mi cara de manera automática.

Mis ojos bajan a sus labios y me sonrojo al recordar lo que sentí el viernes cuando me besó.

—No es perfecta, es horrible.

Dejo el móvil sobre la barra para pedir algo. Luke observa lo que estaba mirando.

—Tú y las películas de chicos malos. No sé qué atractivo les ves.

—No los veo como chicos malos, los chicos malos no me gustan; estas son de personas heridas que esperan que alguien las sane...

—Creo que, si quieren curar heridas, es mejor que adopten un perro, pues su fidelidad nunca les fallará. Las personas, sí.

—Eso que dices es muy triste. Yo creo que existen personas que son capaces de derribar una a una todas sus barreras. Y me gusta descubrir que, bajo ese corazón herido, hay alguien bueno que solo tiene miedo de volver a ser herido.

—Dios mío, Peyton, eres patéticamente romántica. Esto no sucede en la vida real. La gente elige ser así por algo y a veces no hay vuelta atrás. Y el camino de regreso puede que sea peor.

Lo miro, no sabiendo si lo dice por la película o por él.

—Entonces, me gusta pensar que todo cambia en un instante, cuando te das cuenta de que no quieres seguir por ese camino, que no quieres seguir endureciéndote. A veces eso sucede cuando conoces a la persona adecuada, la que te hace despertar...

Luke se ríe. Sí, se ríe de mí. Me levanto y cojo mi móvil. Me siento humillada por no haberme callado. Sé que soy una romántica y una soñadora, pero que se rían de mis creencias no me hace gracia.

—Espera, Peyton. —Luke ha saltado la barra y me sujeta.

—No, déjame en paz.

Me gira hacia él.

—Es mejor que te diga la verdad: algunas personas eligen ser así. Les gusta ser así, son felices siendo así, igual que tú lo eres siendo una ñoña soñadora, lo que, a mi parecer, te va a meter en más de un problema cuando la realidad te dé una bofetada y abras los ojos. Asúmelo, Peyton. O sufrirás mucho.

—Te equivocas si crees que la vida no me ha dado bofetadas, pero me gusta ser como soy y no voy a cambiar por alguien que piensa que todo es una auténtica mierda. ¿Sabes qué te digo? Que lo más difícil no es endurecerte cuando las cosas se ponen feas, lo más complicado es seguir siendo tú mismo contra todo y seguir soñando. Eso es lo difícil, y, por lo que parece, yo soy la más fuerte de los dos.

—Lo siento. ¿Vale?

—Vale —le digo entre dientes. Luke me acaricia el morro torcido y regresa a la barra. Por suerte no hay nadie que haya visto mi penoso espectáculo. Me sirve un café con leche y me lo tomo mientras hace sus tareas.

—Deberías regresar.

—Sí, ¿qué te debo?

—Nada, ya lo he pagado yo.

—No hacía falta.

—Nos vemos mañana —dice zanjando el tema; asiento y me despido de él para regresar con mi padre y sus amigos, deseando que este día se pase pronto.

* * *

Entro en la cafetería y veo a Emily al fondo. Voy haca ella y me siento a su lado. No tiene buena cara y se lo noto en seguida.

—Hola. ¿Qué te pasa?

—Nada —me dice, pero no me puede engañar; la miro dejándoselo claro y, al final, tras refunfuñar, asiente—. César me ha pedido que deje de verte —me dice de sopetón, y una vez más la pena se instala en mí, pues siento que la voy a perder de nuevo—. Le dije que no pensaba hacerlo. Que si no entendía que para mí eras como mi hermana y que te quería en mi vida, es que tal vez no me quisiera tanto como predica.

Agrando los ojos, alucinada por lo que Emily le ha dicho a César. Porque haya decidido al fin enfrentarse a él. La miro emocionada por el gesto y pensando que tal vez empieza a plantar cara a su novio.

—Te aseguro que no sé qué me poseyó, no lo sé, pero una vez lo dije no quise retirarlo. Sentí que era lo que le quise decir la otra vez y callé por miedo.

—¿Y qué te ha dicho?

—Que será bueno conmigo y me dejará verte, pero que me atenga a las consecuencias de mis actos.

Me recorre un escalofrío.

—Si te hace daño, se las verá conmigo —le digo amenazante.

—César nunca haría algo así, pero tengo miedo de a lo que se estará refiriendo.

—Siento que por mi culpa te metas en este lío. Supongo que te dijo eso porque he roto con Colin. —Asiente.

—No lo sientas, no me arrepiento. Solo que desde entonces no hemos hablado. No responde a mis llamadas... Este fin de semana casi no lo vi, solo lo justo para que me dijera eso.

—Tal vez lo mejor es que te deje...

—¡No! Yo le quiero... —dice flojito—. No creo que encuentre a alguien mejor que él.

—Yo sigo creyendo que amar no es anularte como persona...

—No lo sabes. No lo digas muy alto porque, cuando te atrape el amor, no sabremos cómo reaccionarás.

—Tiene razón, y por eso callo, porque no sé cómo seré cuando esté con alguien a quien quiera.

* * *

«Por fin viernes», pienso cuando salgo de la universidad camino de mi coche. Tras la conversación de esta mañana con mi padre necesito alejarme de su casa unos días. Me parece que este fin de semana me voy a acoplar en el cuarto de Emily. Le he mandado un mensaje para ver qué le parece y si va a estar aquí. Esta semana he tratado de ver a mi padre lo menos posible, pues se nota que no está nada contento con mi decisión de alejarme de Colin; el otro día Colin vino a mi casa y rechacé quedar con él, cosa que ha enfurecido a mi padre, y esta mañana he conocido las consecuencias de su enfado... Entro en el coche y dejo mis cosas en el asiento trasero. Giro la llave para arrancar y... nada. Hace un intento de ponerse en marcha, pero nada. Lo intento de nuevo y sigue sin ir. No, esto no puede ser. Me pregunto si mi padre ha hecho esto aposta para fastidiarme aún más la existencia.

Salgo del coche y cierro la puerta enfadada. Abro el capó y veo que sale humo negro. Voy al maletero a por el kit de herramientas del coche y saco unos guantes. Una vez los tengo puestos, regreso a ver qué puede haber pasado.

—A menos que sepas de mecánica, yo que tu no metería las manos ahí. —Me vuelvo y veo a Luke—. No la tomes conmigo, yo no he tenido nada que ver con esto —me dice cuando lo miro seguramente con cara de enfado.

—Lo siento, es solo que estoy enfadada con mi padre.

—Vale, te lo perdono por ser tú, pero ahora aparta para que vea qué le pasa.

Le dejo hacer. Esta semana nos hemos visto en clase, como siempre. Nunca a solas, y tengo ganas de tener algún plan con él. Esta mañana le dije que algún día podríamos hacer algo y me dijo que se lo pensaría. No sé por qué se hace tanto de rogar.

—Parece serio, debes llevarlo a un taller.

—¡No me fastidies!

—Gasta el dinero de tu padre en un buen taller. —Se apoya en el coche y me mira.

—No puedo gastar el dinero de mi padre en nada —le digo entre dientes.

—¿Qué ha pasado?

—Me ha cortado el grifo hasta que no recapacite y vuelva con Colin. Esas son las consecuencias de acabar con esta farsa.

—Vaya con el alcalde. ¿Y qué vas a hacer?

—Ir en bici a todos lados. Lo que me jode es que el depósito estaba lleno.

Luke saca su cartera y me tiende una tarjeta.

—Dame las llaves, yo me encargaré de tu coche, recógelo esta noche en esa dirección.

—¿Trabajas allí? Nunca dejas de sorprenderme, Luke.

—Sí, este es el trabajo más fijo de todos, al que voy de lunes a viernes por las tardes. —Se levanta y cierra el coche. Me pide las llaves tras coger mis cosas—. Te llevaré a tu casa.

—¿Y no temes que puedan pensar que me has hecho algo en el trayecto? —Sonríe de medio lado.

—Por un día haré una excepción. Pareces un alma en pena.

—Mejor me dejas en tu casa, que no tengo ganas de ir a la mía. No me apetece estar cerca de mi padre y su familia perfecta ahora mismo.

—Si no regresas con Colin, que por lo que veo no será el caso, deberás buscar un trabajo.

—Ya lo he pensado. Lo tengo que hacer sí o sí.

Entramos en el coche y saco el móvil cuando siento

que vibra en mi bolsillo. Es un mensaje de Emily en el que me dice que se va a pasar el fin de semana a su casa, pero que puedo quedarme en su cuarto.

—Emily se va a casa de sus padres. O, más bien, se va para que César la controle y pueda evitar así que salga de fiesta o conmigo —le digo a Luke. Le conté que César le había vuelto a prohibir estar conmigo, pero que Emily le plantó cara.

—Ya sabes que opino como tú. El novio de Emily me parece un cretino. —Se queda callado, como si pensara qué decir a continuación—. Te dejo donde me digas, princesa —añade no muy entusiasmado.

Le digo adónde quiero ir. Una parte de mí esperaba tontamente que me invitara a comer o algo.

Capítulo 13

PEYTON

Llego andando a la dirección que me dio Luke. Es un taller que está cerca del centro de la ciudad. Veo varios coches en la puerta. Entro y no veo a Luke por allí. Pregunto a un hombre si está Luke y me mira de arriba abajo.

—Si has venido a mirar cómo trabaja, mejor te marchas. Tenemos mucho trabajo...

—Ya me encargo yo. —Miro a Luke, que aparece por detrás de este hombre maleducado. Lleva un mono azul con la parte de arriba atada a la cintura y una camisa de tirantes blanca.

Sinceramente, no me extraña que vengan a verlo trabajar. Luke se acerca y me cierra la boca. Ignoraba que se me había abierto. Me sonrojo y, avergonzada, miro hacia otro lado.

—Ven, tu coche está en la parte trasera, y deja de comerme con la mirada, princesa.

—No estás tan bueno. Eres un creído.

Luke se vuelve con esa sonrisa de medio lado. Vamos hacia mi coche y veo que tiene el capó abierto. No tiene buena pinta.

—¿Tiene arreglo?

—Depende de si tienes o no dinero para comprar la pieza que se ha roto. Yo no te cobro la mano de obra, pero Felipe, el hombre que has conocido, querrá cobrar la pieza.

—Ah... Diría que puedo vender mis joyas, pero por las que me darían algo de dinero las tiene mi padre bajo llave. Tengo que encontrar un trabajo cuanto antes.

—En la cafetería-pastelería que está aquí al lado buscan una chica para las tardes y los sábados por la mañana.

—Pues podría valer..., y así podré pagarme la reparación del coche. —Luke asiente y se limpia con un paño, que luego tira a una cesta.

—Ve ahora a mirarlo y pregunta por Magda. Es la dueña. —Asiento y me da la impresión de que Luke me está echando.

—Pues me voy, luego te cuento qué tal. —Asiente y se da la vuelta.

Me dirijo a la pastelería. Veo el cartel de que buscan camarera antes de entrar. Una vez dentro, el olor a dulces, chocolate, vainilla y mantequilla hace que se me haga la boca agua. Me acerco a la barra y la vista se me va hacia la vitrina de tartas. Las probaría todas.

—¿Quieres algo? —me dice una mujer de unos cuarenta años.

—Estoy buscando a Magda.

—Soy yo. ¿En qué puedo ayudarte?

—Estaba buscando trabajo y me han dicho que necesitabas a alguien.

—Sí, ¿tienes experiencia? —Niego con la cabeza—. ¿En qué has trabajado antes?

—En nada.

—Me puedes traer tu currículum y te llamaré.

Asiento y me dispongo a marcharme, pensando que, aunque se lo deje, no me llamará. Seguro que hay personas mucho más preparadas que yo.

—Yo respondo por ella, es mi... amiga —dice Luke a mi lado; parece que le ha costado un mundo decir en alto que somos amigos. Lo miro: se ha cambiado el mono de trabajo por unos vaqueros desgastados, una camiseta azul y su chaqueta de cuero.

—No sabe hacer nada...

—Supongo que no, pero es la hija pequeña del alcalde y la gente sentirá curiosidad por ver cómo se desenvuelve en un trabajo común, y eso te dará publicidad.

—O hará que su padre me cierre el negocio.

—La ha dejado sin dinero, supongo que espera que trabaje para que vea lo que cuesta ganarse la vida.

—Sí, puede ser...

—Estoy aquí delante, supongo que tendré algo que decir.

—Ven mañana por la mañana a que te haga una prueba. Te espero a las diez —me dice Magda, y luego va hacia donde están los *cupcakes* y me tiende uno de chocolate—. Regalo de la casa.

—Gracias. Mañana vendré, pero espero que si no valgo me eches a la calle. No me gusta que ser hija de mi padre me regale nada.

—En esta ciudad lo harán, te guste o no. Yo nunca te hubiera dado esta oportunidad de no ser así.

Se marcha sin dejarme replicar. Miro a Luke, que sonríe.

—A veces debes callarte lo que piensas y tragarte el orgullo, Peyton. Magda te tratará bien. Y te dejará faltar si tienes que estudiar para los exámenes.

—Me lo pensaré —le digo entre morros, y pruebo el pastel. Está delicioso—. No está mal.

Luke sonríe; sabe que miento.

—¿Vas hacia mi casa?

—Sí.

—Te llevo.

Llegamos a su casa. Luke para en doble fila y deja el coche en marcha.

—¿No bajas?

—No, he quedado con unos amigos para cenar.

—Ah... Bien. Pásalo bien.

—Eso siempre.

Por la forma en que lo dice siento que está pensando en acabar la noche con alguna mujer y saberlo me duele, me guste o no. Salgo del coche aturdida por mis celos y sin saber cómo dominarlos. «Solo somos amigos, no lo olvides, Peyton.»

* * *

Me dan un descanso en la cafetería tras casi liarla durante mi prueba. Me empeño en hacerlo todo bien, pero temo no tener el tiempo suficiente para poder aprender. Magda me ha dicho que tras esta puerta había un patio de luces acondicionado por ella para los descansos del personal. Salgo fuera: es muy coqueto, con varias plantas, césped artificial y un banco de madera, donde me siento a tomarme el café. Hace algo de frío y no me he puesto nada, pero estoy tan cansada que no me importa. Doy un trago al capuchino y me calienta por dentro. Escucho una puerta abrirse y veo salir por ella a Luke con el mono de faena atado a la cintura y su camiseta blanca. El condenado parece salido de una sesión de fotos sexis, y me cuesta no devorarlo con la mirada.

Se sienta a mi lado. Su perfume mezclado con el aceite de los coches me inunda las fosas nasales.

—¿Qué tal tu primer día?

—Penoso, no creo que me den el trabajo.

—Tienes que tener más fe en ti, todos hemos sido nuevos.

—Ya, tú sobre todo, que tienes miles de trabajos. —Sonríe—. Me gusta el trabajo, pero soy realista.

—Nunca se sabe.

—Vale. Y, por cierto, pensé que no trabajabas los sábados.

—De vez en cuando, sí. Hago horas extras. Tengo que regresar. Si esta noche vas a la cena que hay en mi casa, nos vemos allí. Por cierto —sonríe juguetón—, estás ridícula con ese uniforme.

Me miro el uniforme de estilo *vintage* de color azul claro y rosa, que a mí personalmente me encanta.

—¡Eres tonto, Luke! —Se ríe y al final consigue que yo también lo haga.

Más relajada y feliz que antes, regreso al trabajo decidida a dar lo mejor de mí, aunque sepa que no me darán el puesto.

Termino mi jornada y me cambio. Le devuelvo el uniforme a Magda, que está en su despacho. Me mira tras sus gafas de pasta negras.

—Te doy una semana de prueba. Te quiero el lunes a las cuatro aquí, trabajarás hasta las siete. ¿Alguna pregunta?

—¿Por qué me contrata? Lo he hecho de pena.

—Y pese a eso no has dejado de sonreír hasta al último cliente. Eso me gusta, y también que no te hayas rendido hasta el final. Presiento que puedes dar mucho más.

—Gracias. No desaprovecharé esta oportunidad.

—Eso espero, y ahora vete a casa y llévate una caja de dulces para tus amigos. Nunca se sabe dónde puedo conseguir nuevos clientes. —Me guiña un ojo.

Asiento y me preparo la caja de dulces. Salgo del trabajo con una sonrisa y no la pierdo hasta que llego a casa de Emily y los dejo sobre la isleta. Cojo uno y lo subo al cuarto de mi prima. Me encierro en la habitación y saco mis ejercicios para ponerme al día. Se me pasa el tiempo volando y el agotamiento hace mella en mí. Acabo dejando caer la cabeza sobre los apuntes y durmiéndome inclinada sobre la mesa.

Unos golpes me despiertan. Me incorporo dolorida y trato de ubicarme. Descubro que me he quedado dormida sobre la incómoda mesa. Me desperezo. Los golpes se repiten.

—Vamos, Peyton, abre la puerta o la abriré yo. —La voz de Blanca me hace reaccionar. Miro el reloj de mi móvil y veo que son las ocho de la tarde.

Con razón estoy tan dolorida. Abro la puerta. Blanca me mira la cara.

—Te has dormido sobre los apuntes, ¿no?
—Sí.
—Tienes la cara llena de tinta.

Me froto la mejilla. Blanca niega con la cabeza para decirme que sigue ahí la mancha.

—Si quieres, arréglate y baja a ayudarme con la cena.

—¿Va a venir mucha gente?

—Unos pocos amigos de la uni, no mucha gente.

Asiento y cojo mi ropa para darme una ducha y quitarme la tinta de la cara. Una vez estoy lista, bajo vestida con un pantalón negro y una camiseta sencilla azul. Me he maquillado un poco y me he dejado el pelo recogido solo a un lado. Llego al salón y veo a varias personas con las que he coincidido en algunas fiestas. Cora me mira como siempre; la ignoro. Busco a Luke y a Blanca, pero solo veo a Blanca en la cocina, hablando con Roy. Entro y les pregunto si los puedo ayudar en algo. Me mandan cortar la lechuga de la ensalada. Al parecer han pedido pizzas y van a poner algo de aperitivo. Pico un poco de todo, pues estoy muerta de hambre. De repente siento que alguien se pone a mi lado y me acaricia levemente la cadera sin que nadie lo note.

—Deja algo para los demás —me dice Luke, que se apoya en la encimera y me quita lo que tengo en la mano para comérselo—. Delicioso.

Mi corazón da un vuelco y me veo observando cómo se mueve su nuez mientras traga. Aparto la mirada.

—Me ha dicho Magda que te ha dado el trabajo, enhorabuena.

—Al parecer no lo hice tan mal.

—Sabía que lo harías bien; eres demasiado cabezota como para rendirte. —Se acerca y parece que está cogiendo algo de la encimera en vez de hablándome al oído. Su voz me acaricia—. Si no lo fueras, ya te hubieras rendido conmigo. Me pregunto cuándo te darás cuenta de que soy un caso perdido y te cansarás de tenerme como amigo.

Coge algo y se aleja. Saco el móvil y tecleo:

Peyton: Nunca.

Sigo ayudando con la cena. Las pizzas llegan pronto. Me presentan a algunos de los invitados. A medianoche me pierdo entre las sombras del jardín con una manta. Por eso, cuando Cora y su amiga se ponen a hablar de mí en la cocina con la ventana abierta para poder fumar me entero de todo lo que dicen:

—¿Adónde ha ido la hijita del alcalde?

—A saber, seguro que se ha perdido en una esquina para beber —le responde Cora, y ambas se ríen. Su comentario no tiene sentido, porque yo no suelo beber mucho—. Es lo que hacía su madre. Todos saben que era una borracha y una drogata que se liaba con cualquiera que le siguiera el juego.

—Seguro que acaba como ella y por eso su padre le habrá quitado el dinero, para que no se gaste su fortuna en vicios, y ahora tiene que trabajar.

Se ríen mientras se alejan. Yo me he quedado petrificada. No sabía nada de mi madre. Nunca he preguntado. Ella me dejó sola con un hombre horrible y querer saber de ella cuando en todos estos años ella no ha hecho por verme me parecía de tonta. El problema es que el hecho de escuchar todo lo que se dice de ella y su mala fama me ha dejado tocada.

Entro en la casa y después me marcho; y empiezo a caminar hacia el único sitio donde he encontrado paz en esta ciudad.

* * *

Escucho unos pasos y al poco una chaqueta caer sobre mí. La miro: es la chaqueta de cuero de Luke. Se apoya en la roca a mi lado. Me limpio nerviosa las lágrimas. No quiero que me vea llorar. Luke no dice nada, solo se queda a mi lado, prestándome su compañía, como si sintiera que ahora es lo único que necesito. Cuando cesan las lágrimas se levanta y empieza a andar.

—Vamos a mi coche, hace frío esta noche.

Asiento y lo sigo hasta su coche. Entro y le devuelvo la chaqueta, pero niega con la cabeza y me la quedo puesta. Luke se vuelve y me mira en la penumbra, iluminados solo por la luna.

—No les hagas caso.

—¿Cómo sabes que estoy así por eso? No estabas conmigo.

—Estaba cerca preparando algo de beber cuando escuché lo que decían. No sabía que tú también lo estabas oyendo hasta que te vi volver del jardín con la cara pálida. Era raro que alguien no te lo hubiera dicho hasta ahora.

—¿Todos sabéis cómo era mi madre?

—Sí, su historia fue sonada. Tu padre se encargó de que nadie olvidara por qué tuvo que pedir la nulidad matrimonial y como ella te abandonó.

—¿Pidió la nulidad? No lo sabía. O sea, que si se la concedieron, yo soy una hija bastarda...

—Sí, pensé que lo sabías.

—No, pero eso es lo de menos. Muchos niños nacen fuera del matrimonio, pero me siento perdida... Estoy cansada de sentir que no encajo en ningún lugar. Quiero creer que no me importa que mi madre me abandonara..., pero en el fondo sí lo hace.

—Te admiro, Peyton, pues tú has conseguido sonreír pese a todo.

—Gracias por venir a buscarme.

—De nada, para eso están los amigos, ¿no? —Luke parece incómodo a pesar de sus amables palabras; coge las llaves del coche y las gira para poner la radio. Una suave música se filtra por los altavoces.

—Te estás perdiendo la fiesta.

—Sí, es por tu culpa. —Sonríe.

—Si quieres podemos regresar.

No me apetece, pero no quiero fastidiarle la noche.

—Como quieras.

Luke pone el coche en marcha. Aparto la mirada y me concentro en el oscuro paisaje durante el trayecto. Paramos cerca de la casa. Luke me dice que vaya yo primero, que él ya entrará. Asiento y salgo del coche.

—Si siguen en la casa, ignóralas —me dice bajando la ventanilla—. Lo que les jode es tener que esforzarse para ser como tú y que tú no tengas que esforzarte por lograr que los chicos te miren. Son solo unas envidiosas.

—Gracias por el consejo.

—Te queda mucho por aprender, Peyton. Te mueves en un mundo de buitres; yo soy el peor de todos y tú no pareces darte cuenta.

—Tal vez en lugar de huir de ti, si sigues tratándome así, acabaré enamorándome de ti.

Luke se pone tenso. Veo una frialdad en sus ojos antes de hablar que me deja helada.

—Espero que eso nunca pase. Yo jamás me enamoraré de ti.

Sus palabras me dejan fría. Sabía que odiaba el amor, pero no era consciente de hasta qué punto. Sonrío y bromeo.

—Aclarado este punto y dejando claro que ni me gustas ni me gustarás, vayámonos.

Asiente un poco más relajado. Yo sonrío falsamente, pero por dentro no dejo de darle vueltas a qué fue lo que hizo que él odie de esta forma el amor.

Después de dejarme cerca de la casa, Luke se marcha, dejando claro que necesita espacio. A veces lo siento cerca de mí y otras noto como vuelve a levantar en torno a él uno a uno todos los muros que he resquebrajado desde que nos conocemos.

Capítulo 14

PEYTON

Doy vueltas en la cama hasta que decido levantarme y bajar a hablar con mi tía. Emily me convenció para venir con ella este fin de semana y no pude decirle que no, pues echaba mucho de menos a mis tíos y además tenía libre el sábado. Asombrosamente, Magda me ha dado el puesto. He de admitir que cada día lo hago mejor y me siento muy a gusto allí.

Voy a buscar a mi tía en su despacho, pues sé que le encanta repasar las cuentas del negocio cuando todos estamos acostados, incluido su marido. Espero que no haya perdido esa costumbre. Al parecer no ha sido así, pues ya que veo luz bajo la puerta. Llamo a la puerta y mi tía me dice que pase.

—No sé por qué, pero intuía que vendrías. ¿Qué te pasa, Peyton?

Me tiende una mano para que me siente junto a ella. Cojo una silla y voy a su lado. Es algo que hacía de niña. Cuando no podía dormir, bajaba con ella a verla trabajar.

—Solo quiero ver cómo trabajas.

—No es eso lo que me dicen tus ojos.

—No sé por dónde empezar.

—Suéltalo sin más.

Tomo aire y le pregunto algo que nunca he querido saber en todos estos años.

—Quiero saber cosas de mi madre. La verdad, si lo que dice la gente es cierto.

Por la mirada de mi tía cruza un velo de pesar. Llevo toda la semana dando vueltas a lo que descubrí de ella y, aunque me duela, quiero saber más.

—Sabía que esto sucedería tarde o temprano una vez regresaras.

—¿Y cuál es la verdad?

—Desgraciadamente, mi niña, todo lo que dicen es cierto. Porque supongo que te habrán ido con los chismes donde vives.

Agacho la mirada tras asentir y mi tía me coge la barbilla para que la mire a los ojos.

—¿Me parezco a ella? Es evidente que a mi padre, no.

—Físicamente, sí, pero sus ojos no tenían el brillo que tienen los tuyos. Ni sus labios —me acaricia los míos— sonreían con tanta sinceridad. Esta misma cara, pero no la misma alma. Tú haces que el mismo rostro parezca más hermoso —baja la mano a mi corazón—, por lo que tienes aquí dentro.

—Pero ¿y si al final acabo siendo como ella? O como mi padre..., o como el padre de mi padre... ¿De verdad se hereda el carácter?

—No. —Mi tía me sonríe—. A veces creemos ver cosas de nuestro carácter en nuestros hijos, pero es algo que ellos adoptan al vernos a nosotros y al final acaban haciéndolo suyo. Cada uno decide qué camino tomar. Tengas los genes que tengas. Si te sirve de algo, también tienes mis genes. —Sonrío—. Y sabes que te das un leve parecido con tu prima. —Asiento—. Yo conocí a tu madre, y te puedo asegurar que no hay nada verdaderamente importante de ella en ti. El físico es solo fachada.

—¿Cómo pudo venderme? ¿Cuánto valía dejarme con mi padre?

—No pienses más en eso...

—Para ella solo era una mercancía a buen precio. Solo era un objeto del que había que desprenderse.

—Tu madre era una mujer egoísta.

—Dicen que era alcohólica.

—Bebía mucho y salía mucho de fiesta. Se aprovechaba de su belleza para conseguir todo lo que se proponía.

—¿Y si no soy hija de mi padre?

—Sí lo eres, tu padre se hizo una prueba de paternidad.

—No lo sabía.

—No sabes muchas cosas. —Mi tía me coge las manos—. Y es mejor que no las sepas. Deja el pasado atrás y vive el presente. Ahora tienes trabajo y has hecho amigos allí. No dejes que el pasado te arrebate más cosas. No dejes que tus padres te quiten nada más.

Asiento.

—Y ahora, a trabajar. ¿Te quedas? —Asiento—. Como en los viejos tiempos.

Mi tía me da un beso en la frente que alivia gran parte de este pesar que siento. Tengo que aprender a valorar lo que tengo y a dejar lo que me hace daño enterrado en lo más hondo de mi ser. Es tarde cuando cojo el móvil y escribo a Luke:

> Peyton: ¿Crees que existen piezas de un *puzzle* que fueron creadas para no encajar nunca y se quedan en lugares donde solo pueden introducirse a base de forzarlas?

Se lo envío, lo releo y me siento estúpida.

> Peyton: Olvida lo que te escribí. Me da igual lo que pienses.

Lo mando y veo que Luke está escribiendo algo:

> Luke: Sí lo creo.

> Peyton: Qué triste entonces.

> Luke: Así es la vida. Y, si te soy sincero, prefiero estar solo y no encajar a encajar con alguien y luego darme cuenta de que solo era una ilusión.

> Peyton: Sigue siendo triste. Yo quiero creer que un día podré encontrar el lugar en el que encaje.

> Luke: Creo que yo soy el realista y tú la que sigue buscando una utopía. Hasta entonces, no me importa que trates de encajar conmigo, aunque sea forzando la realidad. No sé cómo nos soportamos, somos como la noche y el día.

Releo su mensaje con una sonrisilla.

> Peyton: He de reconocer que te echo de menos.

Luke salió de viaje esta semana y hasta ahora no sabía nada de él. Me dijo que regresaba mañana domingo.

> Luke: Puede que yo también..., aunque solo un poco.

Me responde y consigue que me ría tontamente.

> Peyton: Buenas noches, Luke.

> Luke: Buenas noches, princesa.

Mi tía cumple con su palabra de engordarme. Cuando llego el lunes a la universidad me siento aún hinchada de tanto que he comido. Mi tía cocina muy bien y eso hace que, aun sin hambre, acabes comiendo. Volví a escribir a Luke, pero esta vez no respondió. Me molesta, pero estoy acostumbrada. Luke va por libre. He releído su mensaje varias veces y he sonreído otras tantas. Algo que, por supuesto, no significa nada de nada.

Llego a la última clase y espero que Luke haga su aparición. ¿Dónde está? Saco el móvil y le hago una foto a su silla vacía; se la mando y escribo:

> Peyton: ¿Haciendo pellas?

> Luke: El viaje se ha retrasado.

> Peyton: Nos vemos a la vuelta.

* * *

Su vuelta se retrasa toda la semana. Esta mañana me escribió para decirme que ya había regresado y me ha preguntado si había sobrevivido a las clases sin él; le dije que por supuesto, cosa que es cierta a duras penas, pues esta carrera se me está haciendo muy cuesta arriba.

Sigo trabajando. A media tarde puedo mirar el móvil y veo que tengo un mensaje. Lo desbloqueo y veo que es de Luke.

> Luke: Estoy en el taller, ¿tienes un descanso? Si es así, escríbeme cuando estés en el patio trasero. No estaría de más que trajeras algo caliente...

Le escribo cuando estoy sentada en el banco. Luke no tarda en venir. Veo como se abre la puerta y como aparece tras ella. Lleva el mono y la camiseta de tirantes blanca. Está impresionante, como siempre. Mi corazón late como loco y siento que hasta me sudan las manos en su presencia. ¿De dónde han salido estos nervios?

—Hola —me dice sentándose a mi lado. Le doy el café y no le respondo—. ¿Cómo vas?

—Bien, deseando acabar mi carrera, aunque voy mejorando tomando apuntes.

—Reconoce que sin mí pareces un pato mareado tomando notas.

—Puede ser. Si quieres te las paso.

—No, gracias, yo estudio Derecho, no Arqueología, donde enseñan a leer jeroglíficos.

—¡Eh! Que mi letra no es tan fea.

—Cuando escribes bien, no, pero cuando escribes rápido es ilegible. —Eso es cierto. Da un trago a su café—. Está muy bueno. Me lo llevo, tengo trabajo.

—Claro, nos vemos.

—Ten, un detalle, hasta que encuentres dónde encajas o decidas si lo mejor es ser una ficha incompleta. —Me lanza un paquete que se ha sacado del bolsillo antes de alejarse.

Lo cojo. Lo abro y sonrío como una tonta cuando veo una cadena de plata con un colgante que es una pieza de *puzzle* también de plata con un pequeño corazón en la esquina. Me encanta. Alzo la mano y me lo pongo. No pienso quitármelo nunca. Es el regalo más bonito que me han hecho jamás. Y no es porque sea de Luke... Sí, sí lo es, y no debería estar tan feliz por esto. Pero aquí en la soledad de este patio de luces nadie se da cuenta de cómo sonrío de felicidad, y tal vez de algo más que no estoy preparada para admitir.

* * *

El lunes voy a la universidad andando, como hago últimamente, algo que no ayuda a que coja peso, y más si tenemos en cuenta que a veces me olvido de comer.

Una vez en clase, dejo mis cosas decidida a prestar atención. Cada vez lo llevo mejor. Sigue pareciéndome una carrera que no es para mí, pero estoy aprendiendo mucho. A última hora me sorprende ver a Luke con Roy en la puerta de clase. Roy tiene cara seria y Luke no muestra mejor gesto.

—No, no pienso ir —escucho que le dice Luke cuando llego.

—Hola, Peyton.

—Hola, chicos. —Luke no me saluda, se pasa la mano por el pelo, parece tenso—. ¿Todo bien?

—¡No! Nada está bien. —Luke se va y nos deja a los dos atónitos.

—Perdónale, a veces es un poco...

—Sé cómo es.

Roy me mira extrañado y asiente.

—Te dejo que vayas a clase y, por cierto, este viernes toco en un *pub*, tal vez os apetezca venir a ti y a Emily, aunque dudo que su novio la deje salir de casa.

—Yo también lo dudo.

—Nos vemos entonces.

—Sí. Adiós.

Pienso en ir a clase, no soy dada a las pellas..., pero al final sigo el camino por el que se ha ido Luke. Lo veo entrando en su coche. Corro hacia él y lo llamo. Luke me mira con cara de pocos amigos.

—¿Acaso quieres que todo el mundo lo sepa? —dice gritándome desde dentro tras bajar la ventanilla.

—¡Dios, siempre con eso! ¡Ni que no pudiera hablar contigo! —Luke me mira serio, pero no dice nada—. ¿Puedo ir contigo?

—No, quiero estar solo. Regresa a clase.

Entro en el coche. Me mira enfurecido. El coche parece mucho más pequeño cuando me mira así.

—¿Qué? No creo que nadie se haya dado cuenta, paranoico.

—¡Dios, entre todas las mujeres del mundo he tenido que toparme con la más cabezota!

—Sí, esa soy yo. —Me pongo el cinturón.

Luke se rinde y pone el coche en marcha. Pasa un buen rato hasta que detiene el coche en una playa a una hora de la ciudad y sale del vehículo.

—¡Déjame solo! Si es que puedes entender que necesito estar solo... Dios, eres un maldito incordio.

Se aleja rumiando y enfadado como nunca lo he visto, y en el fondo he percibido frustración y tristeza. Sea lo que sea lo que le dijo Roy, no le ha gustado nada. Miro a mi alrededor y veo un chiringuito, me acerco a él y compro algo de comer para cuando regrese Luke. Me siento sobre el capó de su coche y doblo una pierna para cogérmela. Y, sin más, espero. Ha pasado media hora cuando Luke regresa con el gesto duro. Al verme sobre el coche pone mala cara.

—No le pasa nada a tu coche. —Asiente, pero sigue con la vista perdida.

Se pone de espaldas mirando el mar y, aunque sé que me apartará, voy hacia él y lo abrazo por detrás.

Luke se tensa y siento que me va a apartar, pero, para mi sorpresa, levanta los brazos, los pone sobre los míos y me deja estar así con él. Me traspasa su calor y casi puedo sentir parte de su tormento. No sé qué decir o qué hacer, y siento que no espera nada salvo que lo apoye sin palabras. Pasado un rato se separa y camina hacia el chiringuito.

—He comprado unos bocadillos fríos... No sabía cuándo vendrías.

—Bien. —Saca del coche la bolsa que he dejado en el suelo.

Se sube al capó y me hace un gesto para que lo acompañe mientras desenvuelve los bocadillos. Comemos en silencio. Es evidente que Luke necesita pensar en lo que sea que le pase. Su mirada azul no muestra la seguridad de siempre y parece casi hasta perdido. No me gusta verlo así, y esto hace que me dé cuenta de lo poco que sé de él. No sé qué puede haberlo sumido en este estado. Terminamos de comer y guardamos los restos en la bolsa, que Luke deja en el suelo para tirarla luego. Nos quedamos en silencio. Poseída por mi necesidad de darle apoyo, me acerco a él y le alzo el brazo para poder abrazarme a su pecho. Luke no me aparta, pero al poco refunfuña:

—No me gustan los gestos cariñosos.

—A mí, sí. Y me apetece estar así, así que te fastidias.

Luke no dice nada. Solo me acaricia la espalda sobre el abrigo de forma distraída. Me quedo quieta sintiéndolo, por increíble que parezca pese a su silencio, más cerca que nunca.

* * *

Me ha costado mucho sacar a Emily de casa para ir al concierto de Roy. Es en un pequeño *pub* del centro del pueblo. Emily me ha dicho que ha escuchado a Roy tocar alguna vez y es muy bueno. César, una vez más, le ha dicho que la llamará esta noche..., pero luego nunca la llama y se excusa con un triste mensaje. No sé si irá Luke, espero que sí. Esta semana nos hemos visto en la universidad y en mis descansos, excepto hoy, que me escribió para decirme que no trabajaba en el taller. Cuando le pregunté dónde trabajaba, no me contestó. Qué raro. El otro día no conseguí saber qué le pasaba; me dejó en mi casa sin decir nada y se fue. Y luego vuelta a la rutina en la universidad y a las tardes de café y pocas palabras, pero donde cada vez soy más consciente de su persona y, cuando lo tengo cerca, parece que todo adquiera un color diferente.

Creo que cada vez estoy más cerca de él.

Entramos en el *pub*. Emily mira a su alrededor desde detrás de sus gafas, y parece increíble, pero se encoge sobre sí misma. Si tuviera el poder de desaparecer, lo haría.

—Emily, deja de hacer eso. Solo es un *pub* y no pasa nada por que te lo pases bien sin tu novio.

—Él piensa que estoy en mi cuarto...

—¿Y dónde está él mientras? —Se encoge de hombros.

Veo a Blanca, que nos hace señas desde una mesa al fondo del local, cerca del escenario. A su lado veo a Ronnie tomando una cerveza y, cómo no, los mellizos, Ágata y Tomás, y Cora.

—No sé cómo hemos acabado siendo amigos de este grupo tan variopinto.

—Yo tampoco —le admito a mi prima—. Para nuestra desgracia, Cora no se va ni con agua hirviendo.

Emily se ríe. Llegamos y nos saludan, Cora con mala cara. La ignoramos y nos sentamos en el sofá.

—Hemos pedido cervezas. ¿Queréis? —dice Ronnie. Negamos con la cabeza.

Al poco llega la camarera y pedimos unos refrescos que nos trae rápido, teniendo en cuenta la cantidad de gente a la que tiene que atender.

—Tocará dentro de una hora...

—Hemos llegado muy pronto —corta Emily a Ronnie, sosteniendo su teléfono, temerosa de que César la llame y no esté en su cuarto.

—Emily. —Alza los ojos y me mira triste—. No estás haciendo nada malo.

Aparta la mirada y da un trago a su refresco.

Miro la sala y me detengo cuando veo a Luke jugando a los dardos con unos amigos suyos que no conozco. Lanza y da en la diana. Por su sonrisa de suficiencia no esperaba menos. Se acerca a una mesa y da una calada a un cigarro que ha dejado olvidado. Pensé que lo había dejado porque hacía tiempo que no lo veía fumar. Al parecer estaba equivocada. Como si yo supiera mucho de la vida de Luke... Apoya una pierna en la pared y saca el móvil tras apagar el cigarrillo. Teclea algo, guarda el móvil en el bolsillo para volver a lanzar a la diana, y me vibra el móvil, que llevo en los vaqueros. Lo saco y con una sonrisa leo el mensaje:

> Luke: Disimula un poco, princesa, todos pueden ver cómo me comes con la mirada. En el fondo te encanto.

Con una sonrisa le respondo.

> Peyton: No te miraba a ti, hay mucho tío bueno hoy aquí. No estás tan bueno. Por cierto, ¿cómo lo haces para estar siempre pendiente de mí cuando creo que ni te percatas de mi presencia?

> Luke: No sabes mentir, preciosa, y deberías aprender un poco de mí. No te vendría mal.

Miro a Luke y veo que está lanzando de nuevo. Me fijo en cómo se contraen sus músculos bajo su camisa negra. Es todo un espectáculo. Lanza y da cerca de la diana. Sonrío y mira con sus ojos sagaces hacia donde estoy. Temiendo delatarme, aparto la mirada y le escribo.

> Peyton: Gracias por lo de preciosa, y no, no me vendría mal. Enséñame, *please* :D

Me disculpo con mis amigos y le digo a Emily que voy al servicio. Los busco y paso cerca de donde está Luke jugando. No lo miro, pero soy muy consciente de su presencia. Abro la puerta del baño y me quedo de piedra al ver salir a las idiotas que el otro día se metieron conmigo. Me miran con una sonrisa y luego se miran y ríen. Intento pasar, pero me lo impiden.

—¿Acaso has venido a seguir los pasos de tu madre?

—Dejadme pasar.

—Este *pub* es donde tu madre se pasaba horas bebiendo y..., bueno, quién sabe qué más cosas. Si las paredes de los servicios hablaran... Si no nos crees, puedes ir a ver las fotos antiguas que hay en una de las paredes. No te costará mucho dar con ella, sois iguales...

—Yo no me parezco en nada a ella —le digo tratando de mostrar una convicción que no siento—. Y ahora, dejadme entrar.

Se apartan. Ya han vertido su veneno y les da igual dejarme en paz. Me miro al espejo y, cuando ha pasado un tiempo prudencial, salgo y voy directa a la parte donde están las fotos antiguas. Veo que hay una pared entera de fotos. De las más actuales a las más antiguas. El móvil me vibra en el bolsillo, pero lo ignoro. Sigo el reguero de fotos hasta que llego a las del año en que nací y posteriores. Están en un pasillo apenas iluminado que lleva a un almacén.

—¿Qué buscas, Peyton? —me dice mi prima.

—A mi madre... Me han dicho que está en estas fotos. —Ambas miramos las fotos. El móvil me vibra de nuevo. Lo ignoro.

Busco foto a foto y llego a una donde aparece una mujer bailando sobre la barra de manera sugerente con los pechos casi a la vista y varios hombres babeando a sus pies. Mi respiración se agita. No hay duda de que es mi madre, pues se parece mucho a mí, mucho. El impacto es brutal y me quedo paralizada. Mis ojos se desplazan a otras imágenes y la veo sobre la mesa donde estamos ahora sentados, liándose con un hombre. Sigo la inspección y la veo en otra abrazada a otro hombre diferente, y en otra bailando sobre otro que está sentado... Miro las fechas y son de cuando yo apenas tenía meses. Y así varias fotos de fiestas en el *pub*, donde mi madre no se perdía una.

—Peyton, déjalo estar..., ya sabías cómo era.

—Me parezco a ella.

—Y yo tengo los labios de tu padre, y eso no quiere decir que sea como ese ogro.

—Mis abuelos debieron de padecer mucho por su culpa... —Emily me mira tensa: es la primera vez que los nombro desde lo que sucedió el día de la muerte de mi abuelo—. Ellos me necesitaban...

—Peyton. —Miro las fotos hasta que Emily me zarandea y me obliga a volverme hacia ella—. Deja el pasado atrás. Tú no tuviste la culpa de nada y no eres como tu madre. Cada uno elige cómo quiere ser. Ella, nos guste o no, decidió ser así —dice abarcando las fotos con su mano.

—Lo sé —admito. Emily me abraza—. Me ha impactado que la primera vez que vea una foto de mi madre sea de este tipo. Lo que me molesta no es que se liara con unos y con otros. Era joven, era su vida y podía hacer lo que quisiera. Lo que me duele es que prefiriera todo eso a estar conmigo. A cuidarme...

—Te entiendo. ¿Y cómo sabías lo de las fotos? —Se lo cuento—. La gente de aquí sabe cómo hacerte daño, no les dejes.

—Lo sé.

Nos alejamos de aquí. Regresamos a la mesa. Emily me ha preguntado si quiero irme a casa, pero me he negado.

Cojo unos pocos cacahuetes de la mesa. Esta mesa que me trae recuerdos... Me vibra una vez más el móvil, lo saco del bolsillo y veo que tengo varios mensajes de Luke.

> Luke: ¿Te han dicho algo?

> ¿Qué te pasa, Peyton?

> ¿Para qué tienes un puto móvil?

> El pasado es pasado, no somos responsables de las decisiones de nuestros progenitores. Ellos vivieron su vida..., vive tú la tuya.

Alzo la mirada cuando siento que alguien se acaba de incorporar al grupo y me mira. Luke. Ha debido de ir a ver qué estaba mirando en el pasillo. Le escribo.

> Peyton: Gracias. Sé que no soy como ella, pero a veces siento que yo estoy pagando por sus errores.

> Luke: No sabes cómo te comprendo.

> Peyton: ¿Por?

No responde. Sabía que no lo haría, pues me ha revelado una parte de sí mismo que no esperaba.

¿Lo dirá por alguno de sus padres? Cojo la pieza de *puzzle*, distraída, y la muevo entre mis dedos. La noche sigue y Roy sale al escenario. Nos volvemos para mirar-

231

lo. Parece otro sentado allí con su guitarra. Está sexi, eso no lo puedo negar, aunque no me atraiga. Le dan paso y Roy empieza a cantar tocando la guitarra. Tiene una voz ligeramente ronca y dura, algo que hace que sea muy sensual. Miro a Emily y me sonríe como diciéndome que lo hace genial. Asiento y trato de disfrutar de la noche sin dejar que los errores de mi madre me amarguen. Cada uno debe acarrear con sus propias decisiones, y ojalá la gente supiera separar eso y no juzgar a los hijos por los errores de sus padres.

Capítulo 15

PEYTON

Oteo el ambiente tras regresar del servicio una vez ha acabado el pequeño concierto. Luke sigue tomando cervezas en la zona de billares. Parece otro, con esa sonrisa torcida y esa seguridad en sí mismo. Es como si todos los que lo rodean quisieran recibir su atención. Y, sin saber de dónde ha salido, una morena impresionante se le abraza por detrás y Luke ni se tensa ni hace amago de soltarla. Al contrario, pasa sus manos sobre las de ella y las acaricia. Es tal el impacto que recibo al verlos juntos que siento que me falta el aire. Y por primera vez no puedo más que reconocer la verdad. Estoy enamorada de Luke, solo eso explica este dolor en el pecho por verlo tan bien con esa joven y percibir que es algo más que un rollo para él.

Emily me da una patada bajo la mesa que me obliga a mirarla. En su mirada hay resignación, como si ella ya supiera antes que yo que me había enamorado de él.

—No me puedo creer quién ha regresado —escucho decir a Blanca, que mira asombrada hacia donde está Luke.

—¿Y quién es? Parece muy amiga de Luke —pregunta Emily. Yo no puedo hablar. Solo mirar como esa morena se pone al lado de Luke, le coge la cerveza de la que acaba de beber él y lo mira sugerente mientras bebe.

—Es Rachel, la exnovia de Luke.

Me quedo pálida. Pensé que no creía en el amor, ni en las relaciones, y por lo que parece sí cree en ellas. Pues parece un Luke menos tenso.

Emily me pellizca. La miro y sé lo que debo hacer. Hacer como si nada. Como si por dentro no me estuviera hundiendo a causa de estos sentimientos recién descubiertos o, mejor dicho, aceptados. Y lo peor es que, tras descubrir lo de mi madre, estoy más sensible que nunca.

—¿Y hace mucho que fueron novios? —indaga Emily. Nos traen la cena. No me entra nada, pero me obligo a disimular y a comer algo.

—Tenían quince años cuando trasladaron al padre de Rachel y se separaron. Eran la pareja perfecta en el instituto. Todos los envidiábamos cuando los veíamos por los pasillos de la mano.

Me cuesta imaginar al Luke que conozco siendo novio de alguien y en el instituto en plan amoroso. Él seguramente no cree en el amor porque la marcha de Rachel hizo que odiara quererla y no tenerla cerca. Tal vez por culpa de su marcha dejó de creer. Blanca se va a investigar y regresa al poco para decirnos que han regresado al pueblo. «¡Qué bien!», ironizo. No vuelvo a mirar a Luke, no puedo, verlo con su ex me hace daño. Es casi seguro que ella fue su primer amor, y ese no se olvida. No sé si podré soportar verlos juntos o que me hable de ella como amigos que somos. Cojo la pieza de *puzzle* y la retuerzo entre los dedos hasta que Blanca me la quita de la mano.

—Es preciosa la pieza. ¿Y la otra parte?

—¿Qué otra parte?

—Este tipo de colgantes los venden juntos y solo encajan el uno con el otro. Los hacen unidos, mira.
—Me enseña una parte de la pieza que parece haber sido separada de otra—. Aquí había otra pieza. ¿Te la regaló algún novio?

—No... —Miro la pieza y la toco de manera diferente.

¿De verdad esta pieza venía unida a otra? Y de ser así, ¿dónde está la otra pieza? No creo que exista y, de existir, dudo que Luke me lo regalara por ese motivo. Para él solo fue un regalo sin importancia cuando le dije esa tontería de las piezas de *puzzle*. Lo malo es que la posibilidad de que sea algo más está anidando en mi estómago y eso no es bueno. No ahora.

Emily y yo regresamos andando a su casa. Por hoy ya he tenido suficientes emociones.

—Has reconocido al verlo con ella que estás enamorada de Luke, ¿verdad? —Asiento. Emily me coge del brazo y lo entrelaza con el mío—. De entre todos los hombres del mundo, ¿por qué te has tenido que fijar en él? Yo esperaba estar equivocada, pero tu mirada de dolor al verlo con ella me lo ha confirmado, al igual que a ti.

—Es horrible. No me gusta verlo con ella.

—Pues me temo que tendrás que acostumbrarte.

—Lo sé, pero ahora solo siento dolor. Y odio haberme enamorado. Al final tengo que dar la razón a ese tonto, el amor es una mierda. —Emily se ríe por mi forma de decirlo y entre dientes la sigo—. Ojalá no lo hubiera descubierto nunca.

—Se te pasará. —Pero siento que ni ella se lo cree—. Creo que ahora mismo no es tan mala idea aceptar ir al curso ese al que te quiere mandar tu padre.

Mi padre me habló el otro día de un curso que me vendría muy bien para mi carrera. No hice ni caso a su propuesta, pero ahora la idea de largarme un tiempo no me parece tan mala.

—No, no lo es.

Tal vez sea lo mejor para olvidarme de Luke, aunque sé que eso no será posible. Nunca he sentido esto por nadie. Esta sensación de plenitud cuando estoy a su lado y este vacío cuando no está cerca; este dolor en el pecho cuando lo veo con otra y estas mariposas en el estómago cuando tan solo me sonríe. Lo peor es que sé que no se me pasará fácilmente. Ahora solo debo aprender a vivir con ello y, si no lo consigo, renunciar a mi amistad con Luke.

LUKE

Observo a Peyton a lo lejos mientras entra en su clase. Lleva toda la semana con la cabeza en otra parte. Incluso cuando quedamos por la tarde para tomar el café en el patio de luces parece estar lejos de mí, y no me gusta verla así. No me gusta sentir que algo la preocupa y no poder hacer nada. Pienso que es por sus padres. Por lo que descubrió de su madre, pero no lo sé con certeza y, cuando le pregunto qué le pasa, me dice que nada con una sonrisa que no alcanza sus bonitos ojos marrones.

No soporto esta distancia que hay entre los dos, y eso que hace tiempo es lo que quería. Pero eso era antes de conocerla. Lo que me recuerda que todo es una mierda, que no debería haberla dejado adentrarse en mi vida. Que odio esta sensación de sentirme perdido y todo es por su culpa y..., pese a todo, cuando finaliza la clase, tras verla toda la hora con el entrecejo fruncido, cometo una estupidez tan solo para que sonría de nuevo de esa forma que hace que sus ojos dejen de ser marrones para que adquieran todos los colores que la rodean.

—Te invito a cenar esta noche.

—¿Solos? Lo digo por saber si me encontraré con tus amigos o con tu ex. Contigo nunca se sabe.

Noto resquemor en su voz. No hemos hablado de Rachel. Yo tampoco sé qué decirle. Somos amigos... Conocidos, más bien. Desde hace años entre Rachel y yo no hay nada. Ignoraba incluso que supiera que era mi ex.

—¿Molesta? —«Que diga que no», pienso, pues sé que sus celos me distanciarían.

—Me molesta que no me lo dijeras, que lleve toda la semana viendo como va a recogerte tras las clases y que no me digas: mira, Peyton, es mi ex y... Mira, déjalo. No sé qué clase de amigos somos. Tal vez solo somos conocidos que se soportan. No sé nada de ti.

Parece dolida.

—Es mejor así.

—Pues nada, fin de la discusión.

—Entonces ¿vamos a cenar solos o has quedado? —le pregunto perdiendo un poco la paciencia y no sabiendo cómo reaccionar ante esto.

—Vale —me dice frunciendo el entrecejo.

Se lo acaricio.

—Te pones muy fea, Peyton, encima que te invito a cenar...

Peyton se queda seria y algo en su mirada me atrapa.

—Te siento muy lejos, Luke, desde que ella llegó —me reconoce, y lo cierto es que yo también lo he sentido, pero pensaba que era por parte de ella este distanciamiento.

—Tal vez sea cierto. A lo mejor nuestros caminos se están separando —Peyton me mira y veo mucho dolor en su mirada; la aparto—, pero no esta noche.

—Tal vez mañana, ¿no?

Su tristeza me ahoga y asiento sin más pensando que todo esto es una mierda. Le doy los apuntes y me alejo sintiendo que nuestra separación está más cerca que nunca.

PEYTON

—¿Lista? —Me vuelvo cuando Luke sale por la puerta del taller, donde hemos quedado, con el pelo húmedo por la ducha que se acaba de dar. Como siempre, está increíble, pero ahora que soy consciente de lo que siento, aún lo veo más impresionante. Me fijo más en los detalles y en lo que me hace sentir.

Lleva los vaqueros oscuros y un jersey gris arremangado. Está espectacular. De repente mi sencillo vaquero y mi jersey de cuello vuelto azul me parecen ridículos en comparación con su ropa.

—Sí..., supongo.

—Estás perfecta así.

Luke camina hacia fuera tras despedirse de Felipe. Vamos a su coche. Subo y dejo mi chaqueta en los asientos de atrás. Luke entra, deja la suya sobre la mía y pone el coche en marcha.

—¿Adónde vamos?

—A cenar.

—Ya... ¿Dónde?

—No seas impaciente —me dice con una sonrisa que no alcanza sus ojos.

Me pregunto si yo solo he conseguido fingir que soy feliz. Pues estoy feliz por estar a su lado, pero no por este abismo que se está abriendo entre los dos.

—Pon la música que quieras. —Luke me tiende su móvil. Debe de tenerlo conectado con el coche para que pueda escuchar su carpeta de reproducción del móvil.

Entro en la aplicación de música y veo sus carpetas. Elijo una de ellas y la pongo.

—Podría cotillear tu móvil.

—Hazlo, no tengo nada que esconder.

Veo que su imagen de fondo de pantalla es una pantera negra impresionante.

—No tengo fotos tuyas.

—No me gusta hacerme fotos.

—Algo más que sé de ti. ¿Te importa si te hago?

—Haz lo que quieras.

—¿Te pasó algo?

—No.

Lo dice de un modo que me hace pensar que sí. Sopeso si preguntarle, pero siento miedo ante su respuesta y callo. Busco otra canción. Le llega un mensaje y ocupa toda la pantalla.

—Te escribe Rachel, dice que tiene muchas ganas de volver a verte.

—Contéstale que vale, que ya quedaremos.

Miro a Luke de reojo y dejo el móvil en el hueco de las llaves. No pienso contribuir a que quede con esa. Me muerdo el labio, inquieta. Esto no va bien, pero tengo miedo de hablar y dar más pasos hacia atrás. Entramos en un pequeño pueblo. Luke aparca cerca de una pizzería con jardín. Bajamos del coche y al entrar en el local me quedo maravillada con el ambiente acogedor y las mesas decoradas con manteles de cuadros.

—¡Luke! ¡Qué alegría tenerte aquí! —Un hombre de unos cincuenta años le da un afectuoso abrazo.

Luke se separa y lo saluda contento.

—He pensado que podría pasarme a cenar. —El hombre me mira y luego me sonríe con calidez.

—Tengo una mesa perfecta para vosotros. —Le guiña un ojo a Luke y comenta algo con uno de los camareros que hay cerca.

El camarero nos lleva hacia el jardín y nos sienta en una mesa que está cerca de una estufa eléctrica que hace que el ambiente sea más cálido; y eso no es lo más impresionante, cerca hay una fuente preciosa iluminada con luces amarillas.

—Veo que te gusta.

—Me gusta mucho. —Me siento y lo miro ilusionada. Es un sitio precioso y decido disfrutar de esta cena—. Parece que te conoce.

—Trabajé aquí durante dos años. —Luke lo dice como de pasada.

—¿Por eso sabes cocinar? —Asiente.

—Ron, que es como se llama el dueño que nos ha saludado, me contrató para fregar platos. Al final me cogió como pinche en la cocina.

—¿Y te gusta cocinar?

—No me gusta cocinar para nadie.

—Me hubiera gustado probar tu lasaña. —Luke deja de mirar la carta y asiente, luego sigue mirando la carta. Parece tenso—. No te gusta que conozca cosas de ti.

—Lo que me pregunto es por qué no has indagado sobre mi vida. Una parte de mí sabe que, cuando descubras ciertas cosas, saldrás corriendo. De hecho, no entiendo cómo es posible que ignores algunas de ellas.

Agrando los ojos.

—No me gusta indagar en la vida de la gente. Pienso que la verdad siempre tiene varias caras y yo quiero que tú me cuentes tu verdad y tu pasado. Ya sé que es fácil saber de ti si le pregunto a Blanca.

Asiente.

—¿Por qué lo dejaste?

—No lo dejé, Ron me echó.

—¿Y pese a eso te trata bien? No me cuadra.

—Cosas que pasan —dice, dejando claro que no me va a contar nada más.

Ron viene y me pregunta si me gusta comer de todo. Asiento y nos quita las cartas.

—Entonces os serviré lo que quiera. —Ron se marcha sin que podamos contradecirle. Luke sonríe.

—Se nota que lo aprecias.

—Lo aprecio.

Luke mira la fuente. Tiene la vista perdida. Saco el móvil y le hago una foto. Luke se vuelve tras escuchar el ruido de la cámara y le hago otra. Su mirada seria y reservada aparece en la pantalla de mi móvil, al igual que su belleza.

—Debería cobrarte por hacerme fotos —bromea, y

saca su móvil para dejarlo sobre la mesa. Al poco le llega un mensaje y lo responde.

Me pregunto, incómoda, si será Rachel. He leído tanto sobre el primer amor que me cuesta creer que no la quiera. Casi estoy esperando el momento en que Luke me diga que tenía razón, que el amor existe y que si no creía en él era por ella. Odiaría que me diera la razón para afirmar que la quiere a ella. Yo, fiel defensora del amor, ahora creo que es una mierda estar enamorado. Nos traen algo para picar. Esto no va bien. Tengo tantas cosas que preguntarle, pero tanto miedo a que o no me responda o lo que me responda no me guste, que me quedo callada.

—Peyton.

Alzo la mirada y entrelazo mis ojos con los de Luke.

—¿Qué?

—Estás tensa. O, mejor dicho, sigues tensa. Pensé que esto te haría feliz.

—Y me hace feliz, de verdad. —Fuerzo una sonrisa, que no sé si le convence.

—Me gusta tu sonrisa.

—La tuya no está mal. —Sonrío y esta vez es de verdad.

—Cuéntame cosas de cómo era tu vida en el internado.

—Aburrida. Había un montón de actividades, sobre todo las de meterte en peleas que no querías librar —le digo más relajada—, pero me agobiaba saber que estaba encerrada. Odio estar encerrada.

—De ahí empezó tu afición a fugarte.

—Sí, me gusta estar sola por el hecho de estar sola, y no sentirme sola cuando estoy rodeada de gente.

—Te entiendo. —Por su mirada veo que lo entiende muy bien.

—La verdad es que odio la soledad, pero soy menos consciente de ella cuando la busco yo. Por suerte, mi tía pedía permiso a mi padre a menudo para que pasara fines de semana con ellos. Y los veranos. Mis tíos son para mí como mis segundos padres. Los quiero mucho.

—¿Y cómo es eso de que te metías en peleas?
—Sonrío porque se haya quedado con ese dato y, ya más relajada, pico algo de lo que nos han traído.

—Odio las peleas, pero a algunas de las que vivían allí no les gustaba que siempre sonriera. Y una se propuso borrarme la sonrisa y hacerme jugarretas en el cuarto.

—¿Compartías cuarto?

—No, por suerte, no. Pero las llaves de todas las habitaciones las tenía la recepcionista y era fácil entrar allí y robarlas.

—¿Y tú no se las devolvías?

—No quería ser como ellas. No quería hacer lo mismo que yo odiaba que me hicieran.

Luke sonríe.

—¿Y qué te hicieron?

—Una vez metieron sapos en mi cama. Otra, barro. Otra vez me metieron un gato y me arañó en varios sitios... Supongo que lo normal —le digo con una sonrisa—. Al final se cansaron cuando vieron que yo nunca me chivaba y que al día siguiente las saludaba como si nada. Dejé de proporcionarles diversión.

—Creo que tu indiferencia era lo que más daño les hacía. Pero dijiste que sabías defenderte. ¿Te llegaron a pegar?

—Puede ser que algún guantazo que otro, algún empujón... Nada que no pueda soportar.

—Qué dura eres —bromea, y sonrío—. ¿Echas algo de menos?

—No, nada.

—No has llevado una vida fácil.

—Creo que hay personas que llevan peores vidas que yo. A mí nunca me ha faltado de comer y he podido estudiar muchas cosas. Y he tenido a mi prima, que es como una hermana para mí, y a mis tíos. He tenido suerte de tenerlos. No me gusta quejarme.

—Cada uno se queja de lo suyo, Peyton, y eso no los hace peores personas.

—¿Y tú te quejas de algo?

—Me arrepiento de muchas cosas y he aprendido mucho de la gente y de lo que puedo esperar de ellos. Que viene a ser nada.

Abro la boca para decirle que yo siento que sería capaz de darlo todo por él, pero me callo cuando Ron aparece con la cena, y menos mal... No sé qué estupidez me poseyó. Lo veo como una señal y me obligo a pensar que he conseguido mucho de Luke en poco tiempo, que tal vez un día cambie de parecer.

—Seguro que Luke ya te ha cocinado su famosa lasaña, pero te aseguro que no está tan buena como las mías.

—No he tenido el honor, pero seguro que ambas están deliciosas. —Ron me sonríe complacido con mi respuesta y nos pone la lasaña delante.

La corto en varios trozos para que no queme.

—Todo está delicioso. Gracias por traerme.

—De nada.

Pruebo la lasaña de setas y la disfruto. Hablamos de la carrera y me doy cuenta de que a Luke de verdad le gusta, se le nota en la emoción que brilla en sus ojos.

—¿Por qué esa carrera y no otra?

—Porque quiero evitar que se comentan injusticias

y también que todos acaben pagando sus propios pecados. —La forma que tiene de decirlo me provoca un potente escalofrío.

—Hablas como si conocieras casos así que te afectan.

—Alguno hay. —No añade más.

Terminamos de cenar. El postre ha estado como todo lo demás, delicioso. Nos despedimos de Ron y vamos hacia el coche de Luke. Llegamos a su casa y vemos que hay fiesta dentro. Espero que bajemos y entremos juntos. No hacemos nada malo. Pero se queda en el coche y sé lo que espera.

—Empiezo a estar harta de esto. Creo que te avergüenzas de mí, pero seguro que la gente nos ha visto hablar en la universidad y no han dicho nada. Eres un paranoico. —Salgo del coche y entro en la casa.

Mi prima no está, ha ido a casa de sus padres. Su novio le dijo que iría a ver a los suyos y así se verían, pero cuando ella ya estaba allí, él le dijo que no podía ir. Por trabajo. Sé que lo ha hecho aposta y no sé como Emily no le dice que hasta aquí. El amor es un asco. Accedo al interior y veo que están en la zona de juegos. Blanca me llama y voy. Saludo a todos en general y evito mirar a Rachel, que está con sus amigas a un lado. Luke no tarda en llegar y me ignora. Cansada de este juego y de ver el abrazo que Rachel le ha dado, me subo al cuarto de mi prima. Me cambio de ropa y, ya cómoda, cojo un libro para leer a ver si me entra sueño. Al poco de haber empezado a leer tocan a la puerta. Abro y tras ella está Luke, a quien no esperaba.

—Te van a ver conmigo... —Entra y cierra la puerta tras él.

—Se van a ir a tomar algo al *pub* donde trabajo.

—¿Y tú no?

—¿Luke? —La voz chillona de Rachel se adentra en el cuarto.

—Te está buscando. Querrá que vayas con ella —Voy hacia el escritorio y le tiendo un libro de Derecho—. Toma, dile que has venido a pedírmelo.

Espero que Luke se vaya, pero no hace tal cosa. Deja el libro en la mesa y escuchamos como Rachel lo llama hasta que se cansa y baja las escaleras.

—Va a pensar que la ignoras.

—Que piense lo que quiera. Les dije que me iba a quedar estudiando, y estudio con música. Me pongo los cascos y no me entero de nada.

—No lo sabía. Como tantas cosas, claro.

Escuchamos como la casa se queda en silencio.

—Deberías irte con ellos...

—Quiero quedarme contigo. Quiero que sonrías. Odio verte esa cara de mustia.

Sonrío por sus palabras y asiento. Cuando se van todos Luke me dice que vaya a su cuarto. Entramos, va a cambiarse y regresa con una camiseta negra y un chándal de color gris. Aparto la vista cuando me doy cuenta de que no devorarlo con la mirada es casi imposible. Luke va hacia su cama.

—¿Peyton? No muerdo —me dice cuando no reacciono.

Qué raro es todo cuando asimilas que el que creías que era solo tu amigo es la persona que amas. No sé cómo actuar, pues temo a cada instante delatarme.

Subo a la cama dispuesta a actuar de manera natural, como siempre. Me siento al lado de Luke. Pone una manta sobre los dos y me pasa el mando de la tele después de poner el canal de alquiler de películas.

—Te dejo que pongas la que quieras. Pero ten piedad de mí.

Sonrío y elijo una de acción que no tiene mala pinta. La peli empieza y no tardo en descubrir que no me va a gustar, pues hay mucha sangre y violencia. Luke se ríe de mí cuando pego un bote tras un susto y lo golpeo con uno de los cojines en la cara.

—No me puedo creer que hayas hecho eso. —Coge una almohada y trato de huir, pero me atrapa y me da con ella en la cabeza con delicadeza.

Me río y lo golpeo con la mía. Nos enzarzamos en una lucha de almohadas. No paro de reír, relajada, feliz con este juego de niños. De repente, al golpear a Luke, la almohada se revienta y las plumas, que ignoraba que tenía dentro, salen por todos lados, poniendo a Luke perdido. Me río.

—Lo vas a limpiar tú. —Trato de huir, pero me atrapa, haciendo que caigamos los dos sobre la cama y que las plumas salgan volando y nos rodeen.

Lo miro sonriente, hasta que la intensa mirada de Luke hace que pierda la sonrisa. Tiene plumas en el pelo y una en la mejilla. Estamos muy cerca, su cuerpo toca el mío levemente. Mi respiración se agita, siento mucho calor y como mi piel vibra ante su contacto. Luke alza su mano y me aparta plumas de la mejilla. Su caricia empieza leve y se convierte en algo más serio cuando va hacia mis labios. Los entreabro ansiando que este contacto no termine o que, si lo hace, que sea entre sus labios.

La mirada de Luke es tan intensa que no puedo casi ni pestañear por miedo a perderme algún secreto de su alma reflejado en ella. Los quiero descubrir todos. Los quiero todos. Siento que cada vez estamos más cerca, como si la fuerza de dos imanes tirara de nosotros. El primer beso llega antes de que asimile que esto es real. Su contacto me quema, como la primera vez, pero en esta ocasión no me besa por un juego o porque yo quiera demostrarle que soy más cabezota que él. Esta vez el beso es diferente. Es un beso deseado, un beso espontáneo. Empieza lento, como si Luke temiera asustarme. Y poco a poco se torna más intenso. Acaricio sus labios con los míos. Cambiamos de posición y nuestros cuerpos se pegan, no dejando que pase el aire entre ellos. Soy muy consciente del calor que emana del suyo, no quiero que nada de esto acabe y que, si lo hace, sea con la promesa de los besos que vendrán.

La lengua de Luke acaricia mis labios y abro la boca lo justo para que la mía acaricie la suya; cuando lo hago Luke intensifica el beso y entonces me pierdo del todo. Su sabor, su contacto, su peso. Se acomoda mejor entre mis piernas, al tiempo que sus manos vagan por mi cuerpo y mi sexo y el suyo se acoplan y, a pesar de la ropa, noto como su dureza crece entre mis piernas, y eso hace que me encienda más y que quiera explorar más. Todo me hace ser plenamente consciente de lo que estamos haciendo. Siento su deseo igual al mío, ahí donde nuestros cuerpos se tocan me siento arder. Necesito más.

Llevo mis manos a su pelo y las plumas se mueven cuando Luke hace lo mismo y sus brazos me atraen más a él. Entrelazo mis dedos entre su pelo. Luke me besa como si estuviera muerto de sed. Me encanta cómo lo hace, cómo su lengua me devora la boca y cómo busca la mía para que siga su sensual danza. Me siento embriagada por sus besos. Por su sabor. Por su perfume, que ahora nos envuelve.

Llevo mi mano hacia su espalda y lo abrazo para estar más unidos mientras entrelazo mis piernas en su cintura, haciendo con este gesto que nos unamos todavía más. Noto el escalofrío que me recorre cuando esto sucede y me muevo presa del placer para prolongarlo. Me muevo como si supiera qué he de hacer, y mi placer se acentúa. Luke sube una de sus manos por mi costado y la pierde entre mi ropa, aricando mi piel, quemándola con sus caricias. Todo esto es nuevo para mí. Muy nuevo. Pero estoy tan enamorada de él que solo puedo rogar para que este placer no acabe pronto. Luke acaricia mis pechos levemente. Me recorre un escalofrío. Noto como se endurecen bajo su contacto. Lo acaricio y me separo para tirar de su camiseta, ansiando tocarlo. Se separa para quitársela y tira de la mía. Sonrojada y acalorada como nunca, me la quito. Sus ojos se posan en mi sujetador. Su mirada parece más vidriosa que nunca y mientras me observa y me devora con la mirada me siento tremendamente hermosa y sexi.

Acerco mi mano a su pecho, sobre ese tatuaje que me muero por besar. Como si viera mis intenciones, me aparta las manos y las pone sobre mi cabeza antes de bajar sus labios hacia los míos y besarme. Gimo entre sus labios. Me retuerzo. Se separa de mis labios y baja un reguero de besos por mi cuello. Ardo. Mi respiración cada vez es más agitada y cada vez me siento más embriagada por esto. Gimo cuando llega a la cima de mis pechos y lame la piel que está expuesta. Necesito más. Me retuerzo entre sus brazos y casi le imploro que siga. Luke se separa y me mira como si quisiera memorizar este instante en su mente. Alzo mi mano y acaricio su mejilla, donde ya hay una barba incipiente, y sin poder evitarlo, por mi vena romántica y masoquista, le digo lo que me nace del corazón, pensando que su mirada ardiente se debe a que siente lo mismo que yo.

—Me he enamorado de ti.

Sonrío, pero mi sonrisa se hiela cuando Luke se separa y me mira con dureza. Se aparta y noto como se cierra en sí mismo. Como me aleja de él como si me repudiara.

—¿Luke? —Sonríe de medio lado, sus ojos son puro hielo.

—Yo no estoy enamorado de ti... ni nunca lo estaré. Si de verdad me quieres..., eres más tonta de lo que creía. Para mí todo esto no ha sido más que un encuentro de placer que podría haber tenido con otra. No besas tan bien. Y lástima que hayas tenido que hablar antes de que te enseñara lo placentero que es montárselo con un experto.

Me duele, me hace daño. Y él lo sabe.

—Eres un cabrón.

—Lo soy. Te lo dije. Enamorada... —Se ríe—. Qué patética eres. El amor no existe, solo tienes ganas de que me meta entre tus bragas.

Le doy una bofetada que resuena en todo el cuarto.

Me levanto tras coger mi ropa y me marcho hacia la puerta para que no me vea llorar.

—No estoy enamorada de ti, tienes razón, ahora solo te odio. Te odio, pero eso ya lo esperabas, ¿no? Suerte para mí que me marcho un tiempo fuera, así no tendré que ver tu fea cara.

Me voy hacia la habitación de mi prima y, tras recoger mis cosas, salgo de la casa. Ando por las calles vacías llorando como una tonta. Dolida y humillada. Por eso, cuando alguien me golpea con fuerza y me lanza contra un coche, me cuesta oponer resistencia.

Escucho como mis cosas caen al suelo y un instante antes de que pongan un pañuelo en mi boca trato de huir, pero es tarde.

Todo se torna negro a mi alrededor...

Capítulo 16

LUKE

... Me he enamorado de ti...

Tiro las cosas de mi escritorio mientras recuerdo sus palabras. Mientras muero por dentro. Los recuerdos se agolpan en mi mente, me siento otra vez perdido, asustado y enfadado. Y por culpa de mi oscuridad y mi dolor, ante lo que sus palabras me han recordado, le he dicho esas cosas tan horribles.

Ahora mismo me siento un miserable, pero también parece que me falta el aire. Pensé que era fuerte, pensé que tras seis años había endurecido lo suficiente mi corazón para que nadie se adentrara en él, para que nadie me hiriera. Pero ella lo ha hecho, y lo peor es que no la creo, no creo que de verdad se haya enamorado de mí, y por eso me reí de ella, porque por un instante la posibilidad de que me quisiera me gustó y me sentí perdido como hace seis años. Porque no puedo creerme que de verdad alguien como ella pueda amar a un mierda como yo. Alguien capaz de hacerle daño, solo por lo jodido que estoy por dentro... Ella no puede amarme. Me ha engañado, como ya hizo hace años su familia. Ahora solo me ciega la rabia, y por eso tras coger las llaves de mi coche me voy dispuesto a olvidarme de todo.

* * *

—Luke. —Magda entra en el taller, donde estoy desde muy temprano. La miro—. Sé que Peyton es tu amiga. ¿Sabes dónde está? Hace una hora que la espero y no ha venido. Tampoco contesta a mis llamadas, su móvil está apagado.

Esto no es propio de Peyton. Me inquieto por si le ha pasado algo. Anoche salió de la casa tras lo sucedido. ¿Y si alguien le ha hecho algo? Aterrado, como no recuerdo haberlo estado nunca, me voy del taller tras quitarme el mono de trabajo, diciéndole a Felipe que tengo una urgencia. Voy hacia nuestro lugar secreto. Nada. Voy despacio hacia mi casa con el coche por si viera algo que me ayudara, no sabiendo hacia dónde ir. He hablado con Blanca por si sabe algo, pero me ha dicho que no y que Emily tampoco, porque acaban de hablar y le ha preguntado si sabe algo de su prima, que no contesta a sus mensajes. ¿Y si le ha hecho algo alguno de los miles de enemigos de su padre?

Yo sabía que podía pasar. La advertí, pero viendo que no sucedía nada, lo dejé pasar... Miro hacia la acera y me parece ver en el suelo plumas blancas, lo que me hace recordar nuestro beso. Aparto la mirada hasta que algo bajo un coche llama mi atención. Aparco y salgo. Y veo la mochila de Peyton, aplastada por las ruedas de un coche. Y sus cosas desparramadas por el suelo. Lo que me hace ser consciente de que alguien le hizo algo para que se cayesen y Peyton no pudiera tomarse el tiempo de recogerlas...

No muy lejos veo un pañuelo blanco. Me acerco a él y el olor es tan fuerte que evito llevármelo a la nariz por si fuera cloroformo u otra sustancia que me hiciera perder el conocimiento.

Tengo miedo, miedo de lo que le puedan estar haciendo, y me siento culpable. Yo ya sabía que la gente que se acerca mucho a mí sale herida, y esta es la prueba. Si yo no le hubiera dicho todo eso, ella no habría salido corriendo. Y si se lo dije es porque sé lo que es perder a alguien a quien quieres y lo que se siente cuando alguien que te importa te traiciona. Por eso me juré no volver a querer a nadie..., y sé que, si dejo que Peyton se acerque a mí, la posibilidad de que me destruya es enorme, pues ella no es la única que ha cometido el error de enamorarse. Tal vez yo lo hice la primera vez que la vi bañada por el sol en aquel amanecer. Admitirlo ahora no cambia nada. Al contrario. Solo pienso en encontrarla, en saber que está bien y en alejarme de ella lo máximo posible. No quiero amarla.

Y sé que, si alguien es capaz de dejarme expuesto y que pueda llegar a amar, ese alguien es ella.

PEYTON

—Vamos, dormilona.

Me acaban de despertar tirándome un cubo de agua. Estoy empapada y asustada. Tengo las manos atadas y no sé qué quieren de mí.

Anoche, cuando me desperté y traté de huir, me golpearon antes de volver a dormirme con cloroformo.

—Vamos a ponerte presentable para papá —dice el que parece el jefe. Tiene la nariz rota y ni siquiera su ropa de marca consigue que deje de parecer un gusano rastrero, lo veo en sus ojos. Me golpea con fuerza en la cara y me trago el grito de dolor. Me golpea de nuevo y me mira—. Preciosa.

Me tiran del pelo y me apuntan con un móvil que veo que es el mío. Me hacen un vídeo y ponen ante mí un periódico.

—Ahora tu padre nos va a dar todo lo que queramos, y así de paso nos vengamos de ese desgraciado. Desde hace tiempo sabíamos que no tenías vigilancia, solo hemos esperado el momento justo para secuestrarte. ¿Quieres algo para el dolor? Me siento generoso.

Niego con la cabeza. Asiente y se va hacia donde está mi móvil.

—Mi padre no os dará nada por mí. No le importo.

—Ya, claro. Lo que tú digas.

Marca un número y activa el altavoz.

—Tengo a su hija y voy muy en serio.

—¿A Peyton?

—Sí. Le acabo de enviar las fotos y vídeos desde el móvil de su hija. Y quiero...

—Me da igual lo que le pase. Haced con ella lo que queráis. —Mi padre cuelga. El jefe me mira aturdido.

—¡Joder! Al final va a ser verdad que no le importas. Toma, haz con ella lo que quieras hasta que piense qué hacer. —Veo que se me acerca el joven que en el bar donde estuve cenando con mi padre y sus amigos me dijo que se merecía algo por haber votado a mi padre. Sus intenciones son claras ahora y me pregunto si aquello lo hizo aposta para ver si alguien me defendía y tener claro que mi padre no velaba por mí. Grito con fuerza cuando lo tengo cerca y me empieza a manosear. Lo golpeo y busco aterrada cómo huir de aquí para no ser violada.

Le escupo en la cara y, cuando se acerca más, le golpeo la cabeza usando la mía y haciéndome un daño horrible. Me aparto y viene detrás de mí, maldiciendo, y cuando está a punto de atraparme, la sala se llena de gente y de luces rojas, apuntando al jefe de la banda, al que no le ha dado tiempo ni de sacar su pistola.

—¡Arriba las manos!

Un policía viene hacia mí y me saca de este infierno tras desatarme las manos. Salgo y veo a mi padre dando órdenes. ¿Le importo? Voy hacia él tratando de buscar su consuelo, pero me observa serio y me detengo. Me da un abrazo fingido y a la vez mira hacia un lado: me vuelvo y veo a un cámara. Seguro que inmortalizará este momento, como hizo con el de mi hermana cuando la secuestraron.

—Tienes una pinta horrible. —Me coge del brazo y nos alejamos. A los ojos de todos parece un padre amoroso; a los míos, un ser despreciable—. Al final sabía que servirías para algo. Era cuestión de tiempo que el jefe de la banda quisiera secuestrarte para vengarse de mí. Ponerte un localizador en el móvil fue una obra maestra, sabía que ese idiota se lo llevaría, siempre lo hace con las que secuestra. Esto me va a venir muy bien para mi campaña. Ha llegado en el mejor momento. ¿Acaso te crees que me importas? De hacerlo hubiera entrado antes, ¿no crees? —Se ríe—. Llevamos toda la noche esperando a que apareciera el jefe, sabiendo que lo haría para llamarme.

—Te odio.

—Sí, lo que tú digas —me abraza—, ahora sé una buena hija y no digas nada. Esto me dará muchos votos. Desarticular esta banda de traficantes... Gracias, Peyton.

—Un día alguien te atrapará y te hará pagar por todo esto.

—Nadie lo hará. Y lo mejor de todo es que los ciudadanos, haga lo que haga, van a seguir votándome. ¡Tú! —le grita a un policía que anda cerca—. Llévate a mi hija al hospital. Está muy afectada por todo esto, la pobre.

Miro a mi padre mientras me alejo y me pregunto cómo es posible que la gente lo siga votando tras tantos años. Tiene que haber algo que lo explique, cada vez lo tengo más claro, y, si un día tengo la posibilidad, pienso ser yo misma quien lo desenmascare.

Me lleva al hospital y allí me atienden y me curan. Por suerte no tengo nada grave y, aunque mi padre me dejó a mi suerte toda la noche, no tengo ninguna señal de que me hayan violado. Tras hacerme un sinfín de pruebas y tranquilizarme, porque todo podría haber sido peor, salgo a enfrentarme a mi amorosa familia, que fingen ante los medios de comunicación, llorando incluso, mientras hacen creer a todos que me quieren mucho. Agacho la mirada y me dejo llevar. Al llegar a mi casa pido ir a mi cuarto y me dejan. No sé qué hora es cuando mi prima y mi tía entran en mi cuarto y me abrazan, y entonces sí me permito llorar, pues sé que ellas sí me quieren de verdad.

—Tu padre no nos dejaba entrar en el hospital, y aquí sí hemos podido, porque mi madre tenía sus llaves y las hemos usado. Lo siento tanto, Peyton. —Emily me abraza muy fuerte, al igual que mi tío, que acaba de entrar, y mi tía.

Mi padre los echa de casa, pero prometen verme pronto y me mandan saludos y muchos abrazos, de todos menos de Luke.

El domingo lo paso en la cama, y mi tía y mi prima consiguen entrar de nuevo, esta vez con Blanca, quien me abraza con fuerza, demostrando que le importo, pese al poco tiempo que hace que la conozco.

* * *

Me toca prestar declaración y cuento todo lo que sé.

Los días pasan y no quiero hacer nada, excepto preparar mi viaje, pues ahora más que nunca quiero salir de aquí. Y más porque de Luke no he sabido nada, teniendo que aceptar que no le importo, pues ni siquiera en esta situación ha podido pasar del qué dirán. Jamás le he importado. Todo ha sido mentira, pues si después de mi secuestro no ha venido a ver cómo estoy o a pedirme perdón por sus palabras, es que en realidad nunca fuimos amigos. Que no sienta lo mismo que yo no se lo puedo echar en cara, pero sí sus palabras y comprender que nunca fui para él más que una molestia que le entretenía.

Salgo de mi casa y voy hacia la de mi prima. Me voy de viaje en unas horas tras una semana caótica. Aparco cerca de la puerta y salgo; he recuperado mi coche gracias a mi padre, que para aparentar que todo es perfecto pagó la reparación a Felipe y desde hace días lo tengo a mi disposición. Busco a mi prima sabiendo que se llevará una sorpresa, porque mi padre ya no la deja estar cerca de mí y necesito despedirme de ella; además, no tengo móvil para llamarla porque mi padre no me ha querido dar otro y no me llega para comprar uno con el poco dinero que tengo. Por la hora que es, Luke estará en el taller; no estoy preparada para verlo. No cuando lo odio con toda la intensidad con la que lo amo. Abro la puerta y subo las escaleras sin encontrarme con nadie. Voy hacia el cuarto de mi prima y escucho que se abre una puerta del lado de los chicos. Por inercia me vuelvo, y ojalá no lo hubiera hecho, pues por la puerta de Luke sale Rachel con la camisa desabrochada y la falda algo subida; por su sonrisa es evidente lo que ha estado haciendo. Como si estuviera hipnotizada, sigo mirando la escena y esperando que no haya sido con Luke, pues amar nos hace estar ciegos ante lo evidente. Pero no tengo esa suerte, pues Luke sale sin camiseta y va hacia Rachel, hasta que me ve y se queda quieto. Su gesto se endurece y no dice nada. Nada. Sonrío sin emoción y aparto la mirada abriendo mientras abro la puerta del cuarto de Emily, quien al verme salta de la cama y me abraza.

«Yo sufriendo por el distanciamiento de Luke y él montándoselo con su ex. Seguro que ya están juntos. Qué tonta he sido», pienso mortificándome. Pues en el fondo esperaba que tuviera una buena razón, que se hubiera alejado porque le asustaron mis palabras, pero en sus ojos he visto que no le importo. Que el verme tras el secuestro no lo ha hecho reaccionar ni preguntarme simplemente si estoy bien. El amigo que yo creía que se preocupaba por mí, la persona que yo creía que era Luke, hubiera encontrado la forma de llegar hasta mí para saber si me habían hecho daño. Pero esa persona no existe. Soy tonta. Muy tonta. Y no me queda más remedio que dar la razón a Luke: el amor es una mierda. E iba a acabar haciéndome daño.

Debí alejarme cuando tuve la oportunidad; ahora es tarde. Pero tal vez este viaje haga que consiga olvidarlo para siempre.

LUKE

Una curva más y el triunfo será mío. Acelero. Arriesgo al máximo y escucho los gritos del público cuando tras una maniobra peligrosa cruzo la línea de meta. He ganado... y no siento nada.

Es lo que quería, ¿no? Ya no estoy seguro de nada.

Hace un día que Peyton vio salir a Rachel de mi cuarto tras lo que creyó que era un encuentro amoroso. Cosa que no era cierta. Cuando entré en el cuarto, Rachel me esperaba medio desnuda; había robado las llaves del cuarto de Roy y pensaba que caería en sus brazos, pero la sola idea de tocarla me repugnaba. La estaba sacando de mi cuarto cuando vi a Peyton. No pude decir nada, pero vi en sus ojos lo que pensaba y dejé que lo hiciera, para que se alejara más de mí. En cuanto se marchó, cogí mis cosas y me fui. Necesitaba estar lejos de ese cuarto donde todo me recordaba a ella. Donde cada rincón me traía el recuerdo de su risa y de su mirada brillante y enamorada diciéndome que se había enamorado de mí.

Ella no sabe que si la alejo de mí es, en primer lugar, porque me asusta amar a alguien otra vez y, en segundo, porque sé que estaría mucho mejor lejos de mí. Yo no soy mejor que los que la secuestraron. A mi lado solo sería desgraciada, pues yo no sé lo que es estar con alguien. Yo solo sé destrozar lo que me rodea y a ella le acabaría arrebatando toda esa luz que irradia. Tal vez no de la misma forma, pero sí sería un poco como el novio de Emily, que la anula hasta destruirla. Peyton se merece a alguien mucho mejor que yo. Alguien que no tenga miedo al amor. Alguien que en el fondo no piense que ella en realidad no puede quererlo, pues ya que esa inseguridad haría que ella me odiara. Ella merece a alguien que no esté tan roto como yo. Que no lleve tantos fantasmas sobre sus hombros.

Desde el principio, en vez de aceptar que Peyton me gustaba más de lo que estaba dispuesto a admitir, la machaqué, la traté mal solo porque me atraía y no sabía lidiar con esos sentimientos. Porque no los quería. Porque me gustaba mi vida vacía, o creía que me gustaba. Pero poco a poco esa joven de ojos grandes y marrones se coló en mi interior y me desarmó. No he sido digno de ella, de lo que sentía. Estaba tan asustado que la dañé. Algo que seguramente seguiré haciendo siempre. No sé ser de otra forma. La vida me ha hecho así y no hay vuelta atrás.

Ahora me siento perdido como nunca. Hacía mucho tiempo que no me sentía así. Que no sentía que mi mundo se destruía pedazo a pedazo. Y no sé qué camino tomar...

En el fondo sé que, si huyo, es para no ver en sus ojos lo que ya vi en otros tantos años atrás. Para que un día se dé cuenta de la clase de persona que soy y me mire como lo hicieron otros que decían quererme.

El problema es que no hay día que no me acueste pensando en ella, ni noche que no sueñe cuando estaba entre mis brazos. Cuando no existía nada salvo nosotros. Y no sé cómo seguir con mi vida ahora que se ha ido. Ni mucho menos qué haré cuando regrese, si en lo único que pienso es en volver a estar a su lado... Y que mi vena destructora parece estar latente para apartarme de ella y alejar lo que me hace sentir.

Estoy asustado. Aterrado. Y la echo terriblemente de menos.

—¡Ha sido maravilloso! —Felipe me abraza cuando salgo del coche.

Esta primera carrera de la temporada no ha estado mal y ha sido como a él le gusta; no me ha importado ir al máximo, aun arriesgando mi vida.

Asiento. No he sentido nada en la carrera, nada. Y dejaría de correr si no le debiera a Felipe la cantidad de dinero que le debo y no estuviera atrapado en estas carreras que una vez me sirvieron para dar sentido y emoción a mi vida, cosa que ahora ya no.

Voy hacia donde están mis cosas y me quito el casco que llevamos por seguridad. Estas carreras de coches no son ilegales. Pero tampoco son muy fiables, aunque la policía hace la vista gorda mientras presentemos una serie de papeles y paguemos por el alquiler de los circuitos. Yo no, de eso se encargan los patrocinadores. Los coches están lejos de ser seguros, y algunas carreras se retransmiten por televisión. A mí se me conoce como el Príncipe de Hielo, porque la gente dice que nada me perturba y que soy capaz de pasar rozando la muerte sin tan siquiera pestañear. Y era cierto, hasta que un día mis ojos se posaron en una cabezota de ojos castaños y pelo rubio y sentí que la vida tenía sentido y que vivirla podía ser tan intenso como había olvidado.

Todo cambió y ahora no sé qué hacer...

Me proponen ir a una fiesta y me niego. Ahora no tengo ganas de nada. Pero tengo que volver a ser el que era, el que tenía mil escudos en torno a su corazón antes de que una rubia risueña y soñadora se los apartara.

Y si quiero ser el mismo es para poder alejarme de ella, pues si hago todo esto es por lo mucho que me importa y porque sobre todo quiero su felicidad, y ella nunca será feliz al lado de un mierda como yo. Temo que un día me mire y se dé cuenta de que en realidad no me quiere. No soportaría ver en sus ojos lo desgraciado que soy.

Yo no la merezco.

Tal vez esto sea amor..., o tal vez solo estoy siendo un cobarde.

Capítulo 17

PEYTON

Fiestas de Navidad

Llego a casa de mi padre y el chófer me abre la puerta del coche. Cojo el aire y observo la casa, que es otra cárcel más en mi vida. Primero el orfanato, luego esta casa y después donde he estado estudiando. Mi padre me engañó una vez más: me hizo creer que iba a estudiar fuera, no muy lejos de aquí, y la idea de ver mundo y de tener nuevas experiencias me parecía buena para olvidarme de Luke. Pero no ha sido así.

El desgraciado de mi padre me llevó a estudiar fuera... a un internado, pues según me dijo cambió de parecer en el último instante, y añadió que lo hacía por mi bien; sentí que su cambio se debía a algo más, pero lo dejé estar. No podía salir del centro, pues ya que era un curso intensivo para ponerme al día con mi carrera. Le habían pasado mis notas y se había dado cuenta de lo pésima que era en la carrera elegida por él. Cuando llegué allí, no podía creérmelo, y más cuando me dijo al irse que si me iba lo perdía todo, y ambos sabíamos a qué se refería. Me dejó allí sin nada una vez más, demostrándome que estaba en sus manos y que, igual que había hecho con mi secuestro, podría hacer lo que quisiera conmigo. Es aterrador saber hasta dónde es capaz de llegar mi padre y que nadie le pare los pies. En este tiempo lo he odiado cada día un poco más; por eso cuando lo vi antes de venir, le dije que no quería nada de él. Nada. Y la cosa no acabó muy bien...

Recordar por qué sigo aquí ha sido lo único que me ha mantenido con fuerzas en este tiempo en el que he estado incomunicada y no se me ha permitido siquiera tener mi móvil ni saber apenas de Emily. Nada, estaba encerrada, como si hubiera cometido un crimen horrible. Todo para demostrarme su fuerza. Cada vez tengo más claro que, si estuviera en mi mano, lo destruiría yo misma y le haría pagar por todos los crímenes que seguro acarrea. Ya no tengo dudas de que es un alcalde corrupto y que hace lo que sea con tal de permanecer en el poder. No me creo esa imagen de hombre bueno que da. Hay mucho más, y me encantaría saber qué es, para destruirlo y que la gente viera su verdadera cara, la que se esconde tras los focos.

Y me gustaría creer que en todo este tiempo no he pensado en Luke..., pero no es cierto. Lo he echado terriblemente de menos y en la soledad de mi cuarto, en ese lugar donde los días pasan tan lentos, he llegado a la conclusión de que en realidad me enamoré de alguien que no sé si existe. Que lo idealicé hasta el punto de creer quererlo. No sé quién es Luke. No sé qué se esconde dentro de él y no se puede amar una ilusión. Tal vez solo sintiera deseo por él, pues es evidente que me atrae. Quiero creer que no hay nada más que eso, y la pasión es algo que se apaga con rapidez.

El problema es que, incluso pensando así, mi estúpido corazón no ha dejado de añorarlo y por las noches, cuando cerraba los ojos, mi mente imaginaba que estaba con él, soñando que estaba a mi lado y todo estaba bien.

En todo este tiempo no he podido comprender por qué el corazón es tan tonto de no creer a la razón y seguir su propio dictado, aunque sea equivocado.

Entro en la casa y me sorprende ver en la puerta unas maletas. Mi padre se acerca a mí.

—¿Qué es esto?

—Te has empeñado durante este tiempo en decirme cada vez que iba a verte que me odiabas, que preferías vivir lejos de mí, y que solo estabas aquí por lo que los dos sabemos. Todo eso, en vez de aceptar que lo hacía por tu bien... Pues bien, Peyton, te libro de mi presencia. Estas son todas las cosas tuyas que no te he pagado yo. Eres libre para ir a donde quieras. Y, tranquila, los estudios te los seguiré pagando; y soy tan benévolo, aunque tú no lo creas, que no tocaré la herencia de tu abuelo hasta que cumplas veintiún años. Ahora sabrás lo que cuesta sacar la vida adelante y aprenderás una nueva lección. Te libro de esta cárcel, como tú la has llamado.

Mi padre me echa en cara las palabras que le dije la última vez que vino a verme, cuando me quería hacer creer que todo lo estaba haciendo por mi bien, creyéndose de verdad sus propias mentiras, cuando los dos sabemos que no soporta el simple hecho de que yo exista y que le recuerde el error de su vida.

Miro la espalda de mi padre mientras se aleja y no

tengo dudas de que es un monstruo y que esta es su verdadera cara. La que me da a mí. La que oculta a todo el mundo.

Mejor vivir en la calle que cerca de él. Mi padre quiere asustarme. Demostrarme que estoy en sus manos, que él es quien manda... Lo que no sé es para qué ni por qué. Cojo las maletas con mis pocas pertenencias; todo es ropa que mis tíos me han ido comprando y algunas pocas cosas más. Toda mi vida metida en unas pocas maletas. Qué triste.

Ando por las frías calles de la ciudad. Unas calles que aún tienen restos de una nevada reciente. El abrigo que llevo no es capaz de resguardarme del frío y las manos me duelen por arrastrar estas maletas. Solo puedo ir a un sitio; el problema es que con cada paso que doy hacia esa casa más nerviosa estoy por encontrarme con Luke... No sé cómo reaccionaré al verlo.

Llego a la casa de Emily y me detengo en la puerta. No estoy preparada para ver a Luke, pero sé que nunca lo estaré. Es mejor hacerlo cuanto antes. Llamó a la puerta tras tomar aire. Estoy temblando. Tengo el corazón acelerado y me sudan las manos. La puerta se abre y alzo la mirada. Me encuentro a un impactado Roy que hace algo que me sorprende mucho: me abraza.

—¡Peyton! —Parece que se alegra de verme, y eso me sorprende. No sabía que le caía tan bien.

—Hola. Qué grato recibimiento. ¿Puedo pasar?

—Claro, claro. —Roy abre la puerta y se vuelve para mirar hacia un punto concreto del salón.

Sigo su miradasus ojos y me quedo petrificada al ver a Luke observarme con su acerada mirada. Y todo mi mundo se viene abajo. No estaba preparada para la frialdad que transmiten sus ojos. Yo no le he hecho nada para merecerla. Y duele tener que recordarme una vez más que esta es su verdadera cara, que todo lo ocurrido solo fue una ilusión; tal vez él lo hizo aposta para demostrarme que el amor es una mierda. Recuerdo lo mal que lo he pasado por su culpa y lo poco que le importé y que le importo, y hago de mi dolor un escudo transformado en furia. Y dejo que lo único que vea en mi mirada sea una indiferencia creada con el fin de que no note cómo me afecta verlo. Tenerlo tan cerca es horrible, pues mi traicionera mente no deja de recordar lo feliz que era a su lado. Las veces que me dormí entre sus brazos o nuestro último y maravilloso beso, donde creí ilusa que él me besaba así porque le importaba y por eso le confesé lo que sentía.

Quiero mirarlo y olvidarlo todo. Dejar de amarlo, quiero ser feliz. Hacer que mi amor se convierta en hielo en mi pecho y quede confinado para siempre.

Luke aparta la mirada y la centra en otro punto de la sala. Está mucho más guapo de lo que recordaba, el pelo negro lo lleva algo más largo, cae sobre sus cejas descuidado. Parece incluso que está más corpulento, más amenazante. Su postura es dura, fría. Indiferente. No sé qué esperaba de nuestro reencuentro, pero no esta frialdad, no esta muestra de que nunca le he importado. Que para él todo fue un juego, un pasatiempo. Tengo ante mí al Príncipe de Hielo y nunca he estado tan segura de que ese mote le viene que ni pintado.

Lo que siento por él da paso al odio. Si esperaba algo, ya no espero nada. No tras su forma de mirarme. ¿Por qué necesitaba verlo para convencerme? ¿Acaso necesitaba más pruebas? Tal vez, pero ya no.

Haré lo posible por no sentir nada por él, salvo odio.

—¡Peyton! —Blanca baja las escaleras corriendo y me abraza con fuerza.

La abrazo con la misma intensidad, no me había dado cuenta de lo bien que me caía hasta que la eché de menos estando aislada. Solo he hablado un poco con Emily cuando la llamaba para decirle que estaba bien, pero mi padre me tenía limitados los minutos y casi no podíamos hablar.

—¿Qué tal? Ven... ¿Y esas maletas? Tienes mucho que contarnos, y por suerte estamos los tres solos...

—¿Y Emily? ¿Está bien?

—Está bien, está pasando las fiestas con sus padres en su casa. —Blanca tira de mí hacia el salón.

Luke mira impasible el móvil. Me siento en el sofá más alejado de él.

—Tenía muchas ganas de que salieras de ese centro de estudios. Emily dijo que era casi igual que una cárcel. —Miro a Blanca y asiento.

—Al menos espero que te haya servido para ir mejor en los estudios —apunta Roy, pues debe de saber que era un desastre.

—He aprendido muchas cosas, sí.

Muchas, y casi todas tenían como objetivo destruir a mi padre, lo que no sé si eso es bueno porque, visto lo visto, siento que se puede volver en mi contra y que él acabe conmigo. Solo quiero que pague por sus pecados.

—¿Y esas maletas? —me pregunta Blanca de nuevo.

—Cada vez que mi padre venía a verme le decía lo mucho que lo odiaba y que no soportaba vivir en su casa, y al final me ha hecho caso en algo y me ha echado —digo con ironía—. ¿Puedo quedarme aquí mientras...?

269

—Puedes quedarte aquí, y no hace falta que busques otro lugar —sentencia Roy, que parece muy tenso con todo esto—. Tu padre es un ser horrible, lo que no entiendo es por qué, si eres mayor de edad y puedes librarte de su cuidado, sigues aquí. ¿Qué te ata a esta ciudad que nunca ha sido tu hogar?

Por un instante la mirada de Luke se aparta de su teléfono y se dirige hacia mí, pero es tan breve que hasta dudo de si me mira a mí o a otra cosa.

—Tengo un motivo importante. Y no puedo irme hasta que cumpla veintiún años.

—Tiene que ser un motivo muy gordo —dice Blanca.

—Lo es, pues va ligado a una promesa, y no puedo deciros más. —Me pongo triste al recordar...

—Me voy —dice Luke de repente, levantándose—. He quedado con Rachel.

La sola mención de esa persona hace que recuerde cómo salió del cuarto de Luke a medio vestir. Que seguramente sean novios y que me besó aun estando con ella, sin importarle nada. Me hace sentir más tonta de lo que ya me sentía y querer volver atrás en el tiempo y no haber confesado mis sentimientos.

Luke se va y trato por todos los medios de no sentir nada. De que nada delate cómo me mata imaginarlo con ella.

—Ven, subamos tus cosas mientras Roy nos hace la comida.

—No pienso hacer tal cosa.

—Yo haré la cena para todos.

—En ese caso acepto. Pero que entre también la compra de la noche de Reyes.

—Lo pensaré.

Blanca tira de mí. Guardamos la ropa en el armario de Emily; compruebo que es mi ropa de cuando iba a casa de mi tía, y la gran mayoría son sudaderas grandes y mallas. Nunca le pedía a mi tía nada a menos que me hiciera mucha falta. Mi tía sabía de mi afición por las sudaderas grandes para estar por casa y de vez en cuando me regalaba alguna.

—Tienes una gran variedad..., y también las hay de chico.

Blanca saca la de Luke. La tentación de olerla es grande, pero la guardo sin mirarla siquiera.

—No hay casi nada.

Enciendo el ordenador de Emily y me meto en la página de mi banco. Al entrar veo que no hay nada de dinero. Nada. Mi padre se ha tomado en serio lo de dejarme con lo puesto. Voy hacia mis fotos guardadas en Google Fotos y veo que las tengo todas. El móvil no sé adónde fue a parar. Pero por lo menos no he perdido las fotos. Las paso al ordenador y veo las que le hice a Luke en la cena.

—Anda, ese es Luke. ¿Dónde fue?

—No tiene importancia...

—Si no me lo quieres contar, lo entiendo, pero he visto como las mirabas con dolor. Siento que hay algo que no me estás contando.

La miro y no sé por qué se lo cuento todo.

—Fui una tonta, él me lo advirtió y no quise creerle.

—Lo siento. No sabía nada de esto.

—No quería que nos vieran juntos y supieran que éramos amigos, y dejamos de serlo porque de repente decidió ser rastrero y cruel conmigo, para que me fuera de su lado. Está claro que se avergonzaba de mí.

—No lo creo. Creo que se avergüenza de sí mismo, pero eso no explica que te trate con esa frialdad.

—Es mejor así, no nos parecemos en nada.

—Los polos opuestos se atraen.

—Solo quiero ser feliz, y no lo seré a su lado, visto lo visto.

—Te ayudaré a ser feliz, cuenta conmigo. —Me da un leve abrazo—. También he visto que no tienes nada de dinero en la cuenta..., pero tranquila, no estás sola.

—Gracias. ¿Me puedes dejar tu móvil para que llame a Emily?

—Puedo hacer algo mejor. Ven a mi cuarto.

Sigo a Blanca a su cuarto y abre su armario lleno de ropa hasta arriba: la gran mayoría de las prendas aún llevan la etiqueta puesta. Abre un cajón y veo en él varios móviles sin usar, metidos en sus cajas.

—Mi padre tampoco es un ejemplo a seguir. Desde que mi madre nos abandonó, trata de comprarme con regalos en vez de pasar más tiempo conmigo. Viviría en mi casa, pero no me gusta estar sola. Por eso vivo aquí.

—¿Por eso tienes tanta ropa que en realidad no te viene bien? —Asiente.

—No me gusta ir contando esto..., pero tú eres de fiar. —Asiento—. Mi padre me manda móviles y más regalos, y no me da tiempo a usarlos todos. Elige el que quieras, es mejor que lo uses tú a que se eche a perder. Son libres, y por aquí tengo tarjetas de móvil que no uso, de prepago.

Cojo uno de ellos. Todos son de última generación.

—¡Y ahora la ropa! —Blanca saca ropa y la deposita sobre la cama mientras pongo la tarjeta SIM que me tiende, que tiene hasta saldo y todo; al menos podré ir tirando con él.

—Listo. Todo esto no me vale. Te puede servir a ti, y más ahora que has cogido algo de peso.

—No me dejaban olvidarme de las comidas en el internado. Y me gusto más con estos kilos de más, antes estaba muy delgada.

—En este año nuevo vamos a ser felices.

—Me apunto. Ahora me pruebo la ropa, que voy a llamar a Emily.

Marco y me responde en seguida.

—¿Diga?

—Soy yo, ya he salido del centro y estoy con Blanca.

—¡Mamá, papá, Peyton ha salido del centro de estudios! —Escucho a sus padres acercarse y quitarle el teléfono—. ¿Dónde estás?

—En tu casa.

—Vamos para allí ahora mismo...

—¿Puedo ir mejor yo allí? Aunque no tengo medio de transporte...

—¿Qué te ha hecho el desgraciado de mi hermano? —me dice mi tía con furia.

—Digamos que ya no vivo bajo su techo, y no tengo acceso a nada suyo.

—¡No lo soporto! Te compro un billete de tren y te mando ahora la referencia para que lo saques.

—Gracias, tía...

—No me las des. Me estoy conteniendo para no ir y cantarle las cuarenta de una vez a mi hermano. ¿Estás bien, Peyton?

—Estoy bien. De verdad, estoy bien. Como os he dicho todo este tiempo. No ha sido tan malo estar allí.

—Eres muy fuerte, pequeña. Muy fuerte. Nos vemos pronto.

Cuelgo y al poco me llega el mensaje con la referencia. Lo imprimo. Saldré después de comer. Me pruebo la ropa de Blanca y acabo con un sinfín de cosas que ella insiste en que no va a ponerse jamás. Vamos a comer. Roy ha dejado macarrones con queso en la cocina, pero él no está. No son nada del otro mundo, pero están buenos.

—Roy cocina bien.

—Sí, le enseñó Luke.

Me quedo seria, como en silencio durante un rato.

—Luke está más idiota que nunca y siento hablar de él. Pero creo que esa Rachel no le hace ningún bien. Desde que ha regresado, está más irascible que nunca. Es como si no le importara nada ni nadie.

—Salvo ella.

—No sé si están juntos. Ella se le pega como una lapa, pero no sé más.

—No quiero hablar de él.

—Lo entiendo. —Seguimos comiendo en silencio—. ¿Te importa si me voy contigo a casa de tu prima? —me dice de golpe, y al mirarla veo soledad en sus ojos. Lo oculta, pero lo he visto.

—No...

—Pero entiendo que querrás estar con ellos a solas, y más tras lo que has vivido, y pasar los Reyes con ellos y...

—No me apetece viajar sola, así nos ponemos al día.

—¡Genial!

Terminamos de comer y recogemos la mesa antes de subir y hacer las maletas. Tras lo que me ha contado Blanca y el hecho de que me pidiera algo así, sumado a que en vacaciones de Navidad esté aquí y no con su padre, me doy cuenta de que nos parecemos más de lo que pensaba. Blanca también se siente sola. Por suerte conseguimos ir juntas en el tren y que la persona que iba a mi lado le cambie el asiento. Nos pasamos el viaje hablando de todo un poco. De las clases y de lo agobiada que está ante los exámenes. Yo también, aunque en el centro he llevado los trabajos al día gracias a mi padre y sus influencias, que me han permitido estudiar a distancia. Llegamos al pueblo de mi prima. El tren se detiene y veo a mis tíos y a mi prima esperándome.

Como esperaba, estar en casa de mis tíos me llena de energía. No me dejan sola ni un instante. Me cuidan como si fuera una hija más, y puedo percibir lo que debería sentir si ese fuera el caso. Hasta tengo una de mis charlas con mi tío de madrugada tomando un chocolate caliente. Como en los viejos tiempos. Lo quiero como si fuera mi padre y más de una vez he deseado que lo fuera, tanto él como su mujer. No puedo evitar hablarle de mi mal de amores y me cuenta que él también se creyó enamorado de la persona equivocada hasta que se dio cuenta de que siempre lo había estado, sin saberlo, de su mejor amiga, mi tía. Que si Luke no es para mí, pronto llegará alguien que me hará mirar hacia la dirección apropiada. Solo espero y deseo que esto suceda pronto.

Capítulo 18

PEYTON

Llegamos a casa y se me retuerce el estómago ante la perspectiva de ver a Luke. Estos días con mis tíos me han venido muy bien. He desconectado y he disfrutado de la normalidad en mi vida. Salimos del coche y saco mis maletas, ahora más llenas. Mis tíos me han comprado algunas cosas que puedo necesitar, y también algo de ropa. Y aunque he intentado negarme, no me han dado opción. Además, mi tía me ha metido dinero en la cuenta hasta que pueda encontrar un nuevo trabajo, ya que Magda tuvo que contratar a otra persona en mi lugar.

Entramos en la casa y la voz de los chicos me hace mirar hacia la zona de juegos. Lo primero que veo es a Luke inclinado sobre la mesa de billar. Parece tensarse, como si sintiera que lo estoy mirando... «Imposible», pienso, y aparto la mirada. Dejo atrás los recuerdos de cuando éramos amigos. Había tantas señales para que no me dejara embaucar por él... ¿Por qué las ignoré? Si hasta él me lo decía...

—¡¿Regalos?! ¿Por qué no los habéis abierto? —Miro a Blanca y veo que bajo el árbol hay varios regalos.

—La fiesta es esta noche —nos informa Roy viniendo de la cocina con varias cervezas—. Muchos seguían de viaje, y esta noche ya ha regresado todo el mundo para empezar mañana la universidad. Y no hay nada mejor que una fiesta para afrontar que los exámenes están a la vuelta de la esquina.

—¡Genial! Vamos, chicas. Tenemos que arreglarnos.

—Yo no voy a ir... —dice Emily, y ambas me miran.

—Yo sí. —Blanca grita de la emoción tras mis palabras y me abraza.

Subimos y no me permito mirar atrás ni una sola vez. Si estos meses aprendí algo encerrada, fue a enterrar mis emociones para hacer ver a los demás lo que esperan ver, y ahora pienso ponerlo en práctica. Y disfrutar al máximo.

—Por cierto —Emily está escribiendo un mensaje de camino a su cuarto. Levanta la mirada y me sonríe con picardía, algo trama—, esta noche tienes una cita.

—¿Qué? ¿Cómo que tengo una cita? —Emily entra en su cuarto y Blanca nos sigue curiosa.

—Alguien de tu pasado ha vuelto y me preguntó por ti.

—Emily, déjate de misterios. ¿Quién ha vuelto?

—Creo, además, que lo ha hecho en el momento indicado. Debe de ser una señal y, aunque yo estoy muy enamorada de mi César, he de reconocer que estos tres años que hace que no os veis le han sentado de maravilla.

—¿Tres años?

—Ajá..., ojos vedes y azulados, con el pelo rubio

trigo... ¿Te suena? Sonrisa de escándalo... De nombre Adrian...

—¿Conoces a Adrian White? —le dice Blanca a Emily, y esta sonríe. Yo me quedo petrificada.

—No puede ser él —respondo a la vez que Blanca sin comprender de qué lo conoce ella, y además ahora mismo es lo que menos me importa. Supongo que será porque en esta ciudad se conocen todos.

—Y ahora ha vuelto a tu vida. Tu exnovio está viviendo en el pueblo y, casualidades del destino, estudia tu carrera. Segundo. Su padre ha sido trasladado aquí... ¿Peyton? —Emily pasa las manos por delante de mi cara. La miro—. ¿Estás bien?

—No lo sé..., hace tres años que no lo veo.

Adrian se fue por el trabajo de su padre. Siempre he sentido que tal vez, si hubiéramos tenido más tiempo para estar juntos, hubiera podido enamorarme de él. Siempre ha rondado en mi mente, tal vez porque fue mi primer novio, ese que cuesta olvidar. Pero ahora no sé si me gusta o no que esté aquí. Ahora mismo no me siento con fuerzas para amar a nadie.

—Pues yo creo que te marcó su partida y por eso desde entonces no te han durado los novios.

—Es el tipo de cualquiera que tenga ojos en la cara. Está buenísimo y tiene un polvazo —dice Blanca, haciendo que Emily se ría por su forma de expresarse.

—A ver, ponme al corriente de todo —le pido a mi prima.

—Él lleva aquí un mes, desde poco después de que te marcharas, pero no fue hasta poco antes de las vacaciones de Navidad cuando lo vi por casualidad en la cafetería y me reconoció. Al verme me preguntó por ti y le dije que no tardarías en volver. Me dio su teléfono y le prometí que te lo daría. No te lo he dado, pero le he escrito desde tu móvil —levanta mi móvil, que desconozco cómo me lo ha quitado del bolso—, y le he dicho que acabas de volver y que lo esperas esta noche en la fiesta.

—¡Eres una lianta! ¡No estoy preparada para verlo! ¡No sé si quiero verlo!

—¿Por qué lo dejasteis? —dice Blanca.

—Su padre se trasladaba y dejaron que sus caminos se separan.

—¿Fue eso? —me pregunta Blanca.

—Sí, más o menos. Mi padre nos presentó un verano durante las vacaciones y luego descubrimos que él vivía cerca de mis tíos. Nos veíamos en los veranos hasta que, hace tres, algo surgió entre los dos y acabamos saliendo. Pero al final de ese mismo verano su padre le dijo que se iban. Me dijo que le pidiera que me esperara hasta que pudiera volver a mi lado y no le dije nada. Solo le dije adiós.

—Se asustó —añade Emily—. Pensaba que no tenía derecho a pedirle algo así.

—No me asusté. No se lo pedí porque no sentía algo tan fuerte como para pedirle que hiciera ese sacrificio por mí. Lo dejé ir.

—Bueno, pues ahora ha regresado y tal vez no os gustéis, pero por si acaso... —Mi móvil suena y Emily lo lee—. ¡Dice que viene encantado a las nueve y media con unos amigos! ¡Qué emoción!

—Si no lo quieres, yo me ocupo de él. —Blanca salta emocionada y se va a su cuarto—. Para esta noche tengo un vestido rojo perfecto para ti.

Rojo. La primera vez que vi a Luke yo llevaba una sudadera roja, y la primera vez que me besó un vestido también de ese color, y ese color también me recuerda a su viejo coche rojo. Sé que no significa nada, pero ahora cada vez que veo esa sudadera me acuerdo de él.

—Perfecto —digo sin más, dispuesta a hacer lo posible por olvidar incluso que ese color me recuerda a él—. ¿Tú vas a bajar? —le pregunto a Emily.

—No, a César no le hace gracia y ahora que las cosas van tan bien entre nosotros no quiero disgustarlo.

Asiento por no tenerla con ella. Me doy una ducha y me arreglo un poco el pelo. Me pongo un vestido y me miro al espejo. Es ajustado sin llegar a pegarse mucho al cuerpo, pero sí que marca mis curvas. Es de media manga. Por delante no es nada llamativo, pero por detrás la espalda está al aire casi hasta llegar a los glúteos. Dudo, pero me dejo llevar.

—Adrian se va a quedar sin palabras y Luke se va a joder por haberte dejado escapar —dice Emily.

—No quiero nombrar a Luke nunca más. Solo fuimos amigos y la culpa de todo fue mía, por no saber ver que él no era como yo creía.

—Entonces deberías pasar página. —Emily abre la caja donde guardo mis más queridas pertenencias y saca la cadena de Luke.

Blanca nos ha contado mientras nos arreglábamos que los regalos son del amigo invisible. Que se dejan solo en el árbol con el nombre de a quién va dirigido y luego se reparten. Sé lo que Emily me está proponiendo: dejar la cadena con el nombre de Luke para devolvérsela sin tener que dársela en mano. Y es lo mejor. La cojo y, sin pensarlo mucho, le escribo una nota y entre Emily y yo preparamos un paquete. Emily baja a por agua y lo deja ella.

—Listo —dice cuando regresa—. Tiene un montón de regalos a su nombre. Que le aprovechen.

Emily se sienta en la cama y coge su *tablet*. Me siento a su lado y me miro al espejo. Estoy nerviosa por ver a Adrian. Tal vez lo dejé ir porque era muy joven y no quería comprometerme, o porque no sentía por él lo que siento por Luke; pero, si he de ser sincera, lo eché de menos y me gustaba mucho estar a su lado. ¿Puede ser casualidad que el destino nos haya juntado justo ahora o es una señal, como ha apuntado Emily? No lo sé. No sé lo que quiero ahora mismo.

Escuchamos música y el timbre que anuncia que están llegando todos.

—Son las nueve y media —me dice Emily—. ¿Estás nerviosa? —Asiento—. Te vas a llevar una grata sorpresa.

—¿Es como Colin?

—¿Así de pijete? Mejor no te digo nada... —Mi teléfono suena. Es él. Descuelgo nerviosa.

—Hola.

—Hola, Peyton. Cuánto tiempo sin hablar contigo. —Escucho la música de mi casa de fondo.

—Estás aquí.

—Sí, pero o tú has cambiado mucho o no te reconozco.

—Espérame junto al árbol. Ya bajo.

—Vale.

Cuelgo y miro a Emily.

—Su voz no es como la recordaba, es más dura...

—Y sensual.

—Porque sé que tienes novio, si no pensaría que te gusta.

—No, pero puedo mirar, ¿no?

—Claro que sí.

Emily me acompaña a la puerta, me da un abrazo de ánimo y me pide que luego se lo cuente todo, todo y todo. Salgo del cuarto y una puerta que se abre hace que mire hacia el de Luke. Antes de que pueda apartar la mirada veo a Rachel salir de allí. La bilis se me sube a la garganta al imaginar lo que ha estado haciendo con Luke; él decía que nadie entraba en su cuarto, otra mentira más que me hizo sentir especial. Qué tonta fui. Luke va tras ella. Al verme se tensa. Su mirada se torna dura. Sonrío sin emoción, aceptando la realidad, que ya por fin está clara ante mí. Y miro las escaleras. No puedo seguir anclada en el pasado, no fue nada mío salvo mi amigo. Tengo que aceptar que no pudo ser nada más.

Avanzo hacia las escaleras tratando de hacer lo imposible para no sentir dolor por imaginarlo con ella. Para no sentir nada por él. Bajo los escalones decidida a pensar en Adrian y en lo que supone que nuestros caminos se crucen de nuevo. El pasado queda atrás. Y me quiero aferrar con fuerza al futuro.

Ojalá no me sintiera morir a cada paso que doy lejos de Luke, sabiendo que está con ella. ¿Por qué me he tenido que enamorar de él?

Bajo y dirijo mi mirada hacia el árbol de Navidad. El salón ya está lleno de gente y me cuesta encontrar a Adrian. Me acerco y lo busco. Me llama la atención un joven alto más o menos como Luke... No, a ese ni nombrarlo. Más o menos como Roy, rectifico, con una chaqueta de cuero y unos vaqueros oscuros. No es el estilo de Adrian. A Adrian le gustaba ir con ropa pija. No le pega ese estilo con la imagen que tengo de él. Su imagen me cuadra más con la de Colin en la forma de vestir. Busco a otro que pueda ser él mientras llego y mi mirada va otra vez hacia el chico de la cazadora de cuero. Se vuelve y aparto la mirada para que no vea como lo observo atraída por esa aura que lo rodea, como si tuviera un magnetismo que hace que todos a su alrededor sepan de su presencia. Esto es algo que solo he sentido con Luke. Cuando él está cerca todo el mundo es consciente de su presencia y la gente lo mira sin poder remediarlo... No, no quiero pensar en Luke. Bajo la vista al móvil y le escribo:

> Peyton: ¿Dónde estás? Yo estoy junto al árbol.

> Adrian: Vestido rojo y un cuerpo de escándalo... ¿Peyton?

Leo el mensaje y veo que alguien se pone delante de mí.

—Alza la mirada, Peyton. —Esa voz es la misma que escuché por teléfono.

Levanto la cabeza y me doy cuenta de que tengo ante mí al chico de la chupa de cuero y que bajo esta lleva una camisa blanca que resalta su piel morena y su musculatura. La última vez que lo vi estaba muy delgado, nada comparado con el fornido pecho que tengo delante. Cuando llego a sus ojos, me quedo impactada por lo que los años han hecho con él. No hay duda de que es Adrian: esos ojos bicolores no han cambiado, pero sí esa imagen de niño que tenía en la cabeza. Sus rasgos se han endurecido, realzando la belleza que ya se atisbaba, y sus labios me parecen más gruesos que antes. El pelo rubio lo lleva descuidado. Parece un pelín más oscuro. No esperaba que los años lo hubieran tratado tan bien; esperaba encontrarme a ese joven de diecisiete años delgaducho y de sonrisa amable, no a alguien que rezuma peligro por todos los poros y que atrae las miradas de cuantas féminas hay en la sala. ¿Acaso tengo un imán para los chicos malos? Eso me pasa por ver tantas películas sobre ellos...

—¡Dios, estás preciosa! —Y dicho esto, me abraza, sorprendiéndome.

Cierro los ojos y lo abrazo. Su perfume también ha cambiado, pero el cosquilleo que sentía cuando me abrazaba está ahí. ¿Es acaso una señal de que puedo sentir algo por alguien que no sea Luke?

LUKE

Observo a Peyton abrazada a ese idiota y me tengo que contener las ganas de ir y apartarla de él. Me cuesta recordar por qué me alejé de ella cuando otro la toca de la forma en que yo desearía hacerlo.

Solo lo que siento por ella y mi deseo de que sea feliz, sabiendo que a mi lado nunca lo será, hacen que me dé la vuelta y salga al jardín para marcharme de aquí. Pierdo la cuenta de las copas que tomo, pero es que solo bebiendo encuentro paz. Y desde que ella regresó, la necesito más que nunca.

¡Dios, está increíblemente buena con ese vestido rojo! Y ese cerdo tiene sus manos sobre su espalda.

Me tomo otra copa. Rachel se pone a mi lado y me coge del brazo. La dejo hacer; no me importa que lo haga. Ya no me importa nada.

Tengo que seguir con mi vida. Aceptar que tomé la

decisión de alejarme de Peyton y que este tiempo solo habrá servido para que ella se dé cuenta de que, en realidad, no estaba enamorada de mí, sino de la idea que tenía de cómo era yo. Nunca dejé que me conociera. Debo aceptar que la perdí y hay que seguir adelante.

Dejarla vivir su vida e intentar no desear matar a todo aquel que la toque, como me muero por hacer ahora mismo.

Tomé la decisión de dejarla ir, de no luchar por ella... Tal vez tomé el camino fácil, el de dejar de sentir..., y ahora estoy pagando las consecuencias.

¡Joder! Esto es jodidamente difícil... Necesito otra maldita copa.

Entro y me pongo otra copa. Rachel me habla de sus clases mientras se restriega contra mí, pensando que no me doy cuenta. Ya ni tan siquiera me pone el roce de una mujer que no sea Peyton. A todas las comparo con ella y busco en otros ojos su dulzura, su perfume, su sonrisa... Antes no me costaba tanto encontrar placer en mujeres de las que no sabía nada. Y luego me sentía tremendamente vacío. Hasta que descubrí a Peyton. Solo con su contacto me hacía sentir cosas que nunca antes había experimentado y que hasta ese momento me parecían chorradas de las novelas románticas. Pero Peyton transformaba una simple caricia en algo más. Y estar a su lado me daba un placer distinto. Y cuando la besé... Desde ese momento supe que no podría ya conformarme con menos. Aguantar las ganas de no besarla de nuevo fue casi imposible. Por eso cuando la tuve tan cerca, feliz, rodeada de plumas, no pude contenerme. No encontraba razones para hacerlo.

No sé cómo voy a lidiar con esto. Me cuesta endurecerme y seguir como si nada. La busco con la mirada y endurezco el gesto cuando la veo sentada hablando con el imbécil, con una mano de Peyton entre las suyas, y no deja de mirarla con deseo, algo que seguro que ella ni siquiera notará, nunca se da cuenta. Está claro que siente algo por ella. ¡Y Peyton está sonrojada! No es inmune a él. ¿Y qué esperaba? Creo que esperaba que no me olvidara tan pronto, que de verdad sintiera algo por mí... ¡Ja! Peyton nunca sintió nada por mí. Solo confundió lo que sentía por todas esas pelis de chicos malos que le gustan, y me idealizó. Y es mejor así.

No tardaré nada en olvidarla. Y cuanto antes empiece a buscar a alguien con quien pasar un buen rato, mejor. Como si pudiera lograr conformarme con alguien que no sea ella... Algo que en todo este tiempo no he conseguido.

PEYTON

Adrian no para de acariciar mi mano. No sé lidiar con lo que siento. No es tan intenso como lo que siento por Luke, pero no me es indiferente. Y quiero aferrarme a ello. No es que Adrian me esté proponiendo nada. Solo estamos hablando de nuestra vida pasada, recordando momentos juntos. En sus ojos veo una madurez y una dureza que no estaban antes. Y eso me inquieta, porque no sé qué ha podido pasar en este tiempo para que sea así. Pero, pese a ello, tiene una sonrisa en sus bellos labios que alcanza sus ojos de vez en cuando.

—Y ahora que hemos recordado cómo éramos, dime cómo eres ahora.

—Pues no lo sé bien...

—Veo tristeza en tu mirada. —Me acaricia la mejilla y me quedo paralizada.

—Yo..., mal de amores que se pasará.

—Pasará —repite, e intensifica la caricia.

Se levanta y tira de mí. Caigo sobre su pecho.

—Vamos a por algo de beber. —Empiezo a andar y pone una mano en mi cintura.

—¿Quieres dejar la chaqueta en mi cuarto?

—No, mejor voy al coche a dejarla...

—No era una propuesta... —Me sonrojo y Adrian me sonríe con calidez.

—Vaya, qué pena... —se ríe—. Es broma. Ahora te busco.

Asiento y voy hacia donde está Blanca. Al verme se acerca y tira de mí hasta la cocina.

—Dime, ¿qué te ha dicho?

—Nada, solo hemos hablado de lo que hicimos. Intuyo que hay mucho por descubrir en él.

—Te aseguro que sí..., sobre todo desnudo. —Blanca se ríe y sé que lleva alguna copa de más.

—¿Qué te pasa? —Se encoge de hombros. Oteo la sala y no tardo en ver a Cam con Colin. Colin al verme me saluda. Hace tiempo que decidí perdonarlo, todos cometemos errores. Me fijo en que a su lado hay una joven que se lo come con la mirada.

—Cam. —Eso explica la cara de Blanca—. ¿Sabes que tu hermana y él se han prometido? ¡Es ridículo con la edad que tienen!

—¿Qué? ¿Cuándo?

—Yo me acabo de enterar. ¿Otra copa? —Antes de que conteste, se toma de un trago una copa que coge de la cocina y se marcha.

Escribo a Emily y le cuento lo que le pasa a Blanca y

cómo van las cosas con Adrian. Me apoyo en la encimera de la cocina mientras intercambiamos mensajes. De repente siento que alguien se pone a mi lado y me aparta con poca sutileza. Me vuelvo para enfrentarme al intruso y me quedo de piedra cuando veo a Luke muy cerca de mí. Sus ojos me miran con rabia, como si tuviera la culpa de algo. Están rojos por la bebida. Y está fumando. Hacía tiempo que no lo veía fumar. Se acerca el cigarro a los labios y escupe el humo, echándomelo a la cara. Lo empujo.

—¡¿De qué vas?!

—Me molestas. Quiero coger algo del mueble que tienes detrás de tu cabeza.

Me aparto y dejo que coja lo que sea. Saca unos vasos. Me fijo en sus morenas manos, en su antebrazo y en sus tatuajes. Esas palabras que nunca supe descifrar. Luke me mira de reojo. Por un momento sus ojos no me observan con dureza, sino que parece que en ellos veo anhelo. O algo parecido. Es imposible. Pero por un instante, antes de que su mirada se endurezca, me parece ver al Luke que me miraba cuando creía que no era consciente de ello, al que sentía como un amigo, al que añoraba cuando estábamos separados y que solo se mostraba ante mí, cuando estábamos a solas. A ese chico que me parecía tan vulnerable. Tan perdido...

—¡Luke! —Rachel se abraza a la espalda de Luke y se alza para darle un beso en el cuello—. ¡Dios, estoy deseando que nos quedemos solos!

¿Qué estoy haciendo? Anhelo... ¡No! ¡No hay nada! Despierta, Peyton, ve la realidad o lo pasarás mal.

—Estás aquí. —Alguien tira de mí y me vuelvo. Es Adrian. Una señal más.

¿Por qué me quedé al lado de Luke? ¿Por qué no

me marché? Porque, contra todo pronóstico, a su lado me sentía en paz.

—¿Vamos fuera? —le digo a Adrian—. Tengo mucho que contarte.

—Claro, preciosa. Yo también.

Coge un par de vasos y me tiende uno antes de ponerme la mano en la cintura y acompañarme fuera.

—¿No tienes frío? —me pregunta Adrian, que me observa desde la pared; yo estoy apoyada en la barandilla.

—Tú tampoco vas muy abrigado. —Se ha arremangado la camisa.

—¿Vamos dentro?

—Llevo más ropa de la que parece. —Me miro el vestido y casi me castañetean los dientes. Hace mucho frío. Adrian se ríe.

—¿Algo en la casa que no quieras ver?

—No... Vamos dentro. Lo malo es que casi no te oigo con la música y me gustaría saber qué ha sido de tu vida.

La puerta se abre y salen varias personas hacia el *jacuzzi*, que no sé de dónde ha salido y que han puesto a un lado del jardín. Lo encienden y unas luces blancas alumbran el agua. Me fijo en que uno de ellos se quita la camiseta y se mete dentro. Los demás cuentan y, cuando pasan treinta segundos, sale y se la vuelve a poner. Entre risas vuelven dentro. Me da que el agua está helada y es una apuesta. Aparto la mirada y veo a Luke en una esquina bebiendo y a Rachel tocándole el pecho. Me vuelvo hacia Adrian y le propongo entrar. Por suerte sus amigos están en la zona de juegos. Me presenta como alguien muy querido de su pasado, y me gusta pensar que tal vez en realidad sea así como me recuerda. Como alguien a quien quiso. Yo no lo quise a él, tal vez no lo amara con la intensidad con la que amo a Luke, pero sentía algo por él.

—¿Un tequila, Peyton? —me dice un amigo de Adrian.

—Nunca lo he probado.

—¿No? —Mira a Adrian y este me coge la mano y pone sal sobre ella. La chupa, dejándome impactada por el contacto de su lengua, y luego se toma el chupito para posteriormente meterse una rodaja de limón en la boca.

—¿Te apetece?

—Creo que estará un poco fuerte...

—Está muy fuerte —me admite Adrian. Se me acerca al oído—. No tienes por qué hacerlo si no quieres. Mis amigos son algo tontos, pero inofensivos. Nunca te obligarán a beber.

—Me quedo más tranquila. —Lo miro de reojo y sus labios quedan muy cerca de los míos.

Adrian se aparta. Mejor, todo esto va muy rápido y no me gusta.

—Hoy no me apetece.

—Otro día será —me dice un pelirrojo que no recuerdo cómo se llama.

Adrian se pone a hablar con ellos y me percato de que, aunque parece relajado, algo lo tensa. No para de observarlo todo y me mira para que me dé cuenta de que no me ignora. Me gusta que no lo haga, pero necesito dar un paseo.

—Ahora vengo. —Adrian duda en decir algo, pero luego asiente.

Me marcho hacia la cocina y mi mirada va hacia Luke, que habla con unos amigos. Me pregunto qué hago aquí. Y, aunque Adrian me cae bien, no siento deseos de alargar más la velada. Me despido de él y subo al cuarto de Emily.

* * *

Espero a que todos se acuesten para salir de la cama y bajar al salón. Lo hago iluminándome solo con la luz del móvil. Llego al árbol y busco el regalo que Emily dejó a Luke. Lo he tenido localizado toda la noche y ya no está; hay papel de regalo por el suelo, pero ni rastro del que yo utilicé. Me pregunto si alguien se lo habrá llevado, porque la idea de que se haya perdido la cadena me duele más que la de que Luke la tenga de nuevo. Es mejor pasar página. Pienso lo que le puse:

> Regala esto a la persona indicada. La persona que de verdad encaje contigo. Yo no quiero tener ya nada tuyo. Tú siempre supiste que yo solo estaba en tu vida de paso hasta que encontrara dónde encajar.

Tal vez fuera dura... No, no lo fui. Es lo que se merece, y debería olvidarme de él, pensar en el futuro y buscar mi promesa de felicidad.

Capítulo 19

PEYTON

Empiezan las clases y con ellas los exámenes. Estoy muy agobiada. Lo bueno es que esto no me deja pensar mucho más allá de mis estudios. Lo complicado es dejar de hacerlo cuando llega la noche, cuando mi traicionera mente me recuerda lo feliz que era al lado de Luke y la mirada seria con la que me recibió.

Por otro lado está Adrian; he recordado lo que sentía estando con él hace años y es posible que sea lo mismo que siento ahora..., y es nada. Ahora he sido capaz de ver solo amistad donde antes vi un enamoramiento, un chico guapo que me prestaba atención. En verdad me gusta que esté aquí. Es como si al fin hubiera podido cerrar del todo esa puerta que se quedó abierta cuando se fue de manera tan precipitada y que ahora al fin seamos lo que siempre estuvimos destinados a ser: amigos. Buenos amigos, aunque tal vez no lo suficiente para que me cuente qué le inquieta. Este Adrian no se parece mucho al de hace años, es más misterioso y me cuesta más llegar a él. Solo he podido sacarle que sus padres se separaron y que vive con su padre. Nada más, y siento que hay mucho más y que no me lo dirá. Me recuerda a Luke; el problema es que Adrian no me hace sentir ni una décima parte de lo que siento por Luke. Para mi desgracia.

A Luke lo he visto poco; por suerte los exámenes nos tienen distanciados y no he vuelto a ver como me mira con ese desprecio, como si la que lo hubiera herido fuera yo. Es idiota, algo que ya sabía, por supuesto. Estoy muy enfadada con él y conmigo misma por haberlo idealizado tanto. Me duele creer que me he enamorado de alguien que no existe y me hace sentir tonta.

En este tiempo he descubierto cosas de él que no quise saber antes, pensando que poco a poco Luke me las contaría. Ja, ese ser despreciable no sabe lo que es tener un amigo.

Resulta que Luke es piloto de carreras de coches, y cuando se va de viaje era para competir; y lo sé porque Adrian también corre, de eso lo conoce Blanca, y está deseando retar a Luke y demostrarle que es mucho mejor.

Cuando lo supe me preocupé mucho, y más al ver en internet su temeraria manera de competir. Se juega la vida y no parece importarle. Va al límite. Lo vi con el corazón en vilo y, aunque sabía que era una carrera pasada, me aterré y desagradables recuerdos asaltaron mi mente. En parte es mejor que ya no seamos amigos. Así no tengo que sufrir cada vez que se vaya a competir..., o eso quiero creer. Porque cuando supe el otro día que iban a verle correr, me aterré y, hasta que lo vi regresar, no respiré tranquila.

Odio seguir sintiendo algo por él, y más cuando su

querida novia, Rachel, se recrea en todo lo que hacen juntos.

He recuperado mi trabajo. Fui a ver a Magda para saludarla y me preguntó si tenía trabajo; al decirle que no me dijo sin más que podía incorporarme al día siguiente. Lo peor es que mi compañera es Rachel, que no da un palo al agua, solo se preocupa de estar guapa y, cómo no, de llevarle a Luke su café cada tarde y que yo vea cómo lo hace. Juro que parece que sabe cuánto me duele. Es imposible que sea casualidad lo que hace. No la soporto. Y menos cuando al regresar me dice, como quien no quiere la cosa, lo bueno que es Luke con la lengua o lo mucho que le gusta hacerlo con ella tras una carrera. No la odio porque no quiero sentir algo tan fuerte por ella, pero no la soporto. No sé qué puede ver Luke en ella y, advirtiendo lo diferentes que somos, no me extraña que yo no le gustara.

Salgo de realizar mi último examen. Gracias a Adrian, que me ha estado ayudando, creo que podré aprobar, y con nota.

—Espero que esa cara no se deba a cómo te ha salido el examen. —Adrian tira de mí y me abraza.

Me dejo abrazar al tiempo que veo a Luke salir de clase y mirarnos con rabia. Como si le molestara verme así con Adrian. Algo imposible, pues en el mes y medio que ha pasado desde que regresé, me ha ignorado como si le fuera indiferente y nunca hubiéramos sido amigos.

—Me ha salido bien, pero odio esta carrera. —Se ríe. Me separo y me da un beso dulce en la mejilla.

—¿Vas a salir mañana?

—Sí, he quedado con Blanca para celebrar el final de los exámenes.

—Entonces seguro que nos vemos por ahí.

—Tal vez deberías descansar antes de la carrera.

—No me hace falta, puedo ganar a Luke con los ojos cerrados.

Me recorre un escalofrío que por suerte solo noto yo. Asiento y lo veo alejarse. Me marcho hacia la cafetería hasta que alguien tira de mí y me mete en una clase vacía.

Agrando los ojos cuando veo que se trata de Luke y, tras reponerme del impacto de verlo y de su fría mirada, me enfrento a él.

—¡¿Se pude saber qué haces?!

—¿Y se puede saber qué ves tú en ese idiota?

—¿Acaso te importa?

—¡Es que no entiendo tu fijación por los chicos malos! Primero Colin, que resultó ser un capullo, luego yo y ahora ese idiota de Adrian.

—Te equivocas, de los tres tú eres el único idiota. —Me mira serio. Sus ojos azules relucen.

—¡Te mereces a un chico bueno y puñeteramente adorable! Y Adrian no te conviene.

—No te importa si me conviene o no. Algunos amigos no se olvidan. —Me mira sin comprender—. Adrian es mi ex, y ya ves, ha vuelto a mi vida entre otras cosas para retomar el pasado.

Miento, pues una parte de mí quiere hacerle daño. Que se dé cuenta de que, como él, yo ya he pasado página. Que mientras él está con Rachel, yo sigo mi vida lejos de él.

Se ríe sin emoción.

—Entonces es una suerte que me diera cuenta de tus artimañas antes de creer que de verdad sentías algo por mí.

Lo miro enrabiada y lo golpeo en el pecho.

—Para que te enteres, pedazo de idiota, yo te dije la verdad. Y no te mereces que me gustaras. No lo mereces.

—¿Y él sí? —Nos miramos a los ojos. Y casi me parece ver dolor en la mirada azulada de Luke.

—No te soporto.

Y sin más me marcho, odiando que me busque solo para hacerme sentir peor. Seguro que lo disfruta. Seguro que Luke es feliz haciéndome daño.

LUKE

Salgo de la universidad tras terminar todos los exámenes. Si no fuera por lo mucho que me gusta la carrera, ya la habría mandado a la mierda. Los profesores son unos completos incompetentes. No sé cómo más de uno sigue en plantilla. Salgo hacia donde he dejado mi coche. Y me tenso cuando no muy lejos veo a Peyton al lado de Adrian. Se vuelve y lo mira con una sonrisa. Sus ojos no muestran la tristeza que vi aquel día que regresó tras su confinamiento.

Con él parece feliz, y eso me jode sobremanera. Y saber que fue su ex no mejora las cosas. No sé qué me impulsó a ir tras ella. Bueno, sí lo sé, la rabia de saber que me alejo de ella para que sea feliz y luego acaba con alguien que se parece a mí demasiado. No lo soporto. No soporto cómo la abraza. Cómo la mira y cómo ella le sonríe como hasta hace poco me sonreía a mí. Y que esté así con él hace que me pregunte por qué lo soporto. Por qué no dejo de hacer de chico bueno y lucho por ella... Y sé que, si no lo hago, es porque no creo que Peyton de verdad se enamorara de mí. Una parte de mí sabe que solo me idealizó, y eso duele.

Hace semanas que ese pringado que va de tipo duro apareció en su vida. Y cada vez que la veo a su lado siento que algo se rompe dentro de mí. Y la furia y la rabia salen a la superficie.

Viéndola con él no tengo dudas de que en realidad ella solo buscaba en mí el recuerdo de ese amor de su pasado. Peyton nunca ha estado enamorada de mí y, si tenía dudas, con la llegada de este pánfilo se han resuelto. Eso explica por qué veía esas pelis tontas de chicos malos, porque le recordaban a él. Todo encaja, todo menos yo en su vida.

Por suerte, como ha sido época de exámenes, casi no los veo juntos. En la casa hago lo posible por no cruzarme con Peyton. Y en el trabajo igual. Que trabaje a mi lado lo hace complicado, pero me sé sus horarios y la evito. La evito porque no sé lidiar con lo que siento al verla. Con esa necesidad de acortar la distancia que existe entre los dos y abrazarla fuerte para que no sea capaz de mirar en otra dirección que no sea la mía. Por encontrar la forma de ser lo que ella merece. Cuando pienso estas cosas me siento tonto, por no haber aprendido. Por haber dejado que Peyton se colara en mi interior, haciendo que recuerde lo que se siente cuando te ves solo, y lo malo es que es mucho peor de lo que recordaba.

Pienso hacer lo posible para seguir con mi vida... sin ella.

Tiene gracia que desde el principio siempre pidiera seguir con mi vida lejos de ella, y que ahora que no la tengo me arrepienta de no haber hecho las cosas de otra forma. Tal vez... No, ella al final se hubiera ido. Yo no tengo nada que ofrecerle y he hecho cosas de las que me arrepiento y de las que sé que Peyton se horrorizaría si las descubriese.

No, es mejor esto...

Aunque cada vez que la vea con él tenga que refrenar mis ganas de partir la cara a ese chulito de pacotilla...

* * *

Es tarde y no consigo dormir. Miro la hora en mi móvil. Son más de las dos. Trato de bloquearlo y, sin querer, abro mi carpeta de imágenes. Veo las fotos que le hice a Peyton cuando ella creía que estaba con el móvil y no le hacía caso. Cuando ni yo mismo entendía por qué quería inmortalizar su sonrisa o su mirada en una instantánea. Pero aquí están claramente las pruebas de que Peyton siempre me ha importado más de lo que estaba dispuesto a creer. Amplio mi preferida: una foto de Peyton dormida sobre mi pecho. Me desperté, me quedé mirándola y le hice la foto antes de asimilar que ansiaba recordar lo que era tenerla confiada entre mis brazos.

Apago el móvil y salgo de la cama. Este dolor en el pecho es insoportable.

Bajo a la cocina a por algo de agua fresca. Veo la luz del extractor encendida. Tal vez Roy haya bajado a por algo de dulce. A veces se queda hasta tarde componiendo y baja a comer algo, casi siempre chocolate. Abro la nevera y saco el agua fría. Me doy la vuelta y busco un vaso. Escucho unos pasos, que son demasiado débiles para las zancadas que suele dar Roy. Me vuelvo sintiendo un escalofrío en la espalda y sabiendo quién está detrás de mí. Y así es. Peyton.

Me cuesta mucho mirarla con indiferencia. Mirarla como si mi corazón no estuviera latiendo como un loco o como si no deseara enredar mis manos en su pelo rubio algo revuelto y besarla hasta que solo sea capaz de decir mi nombre. Va vestida con un pijama que no tiene nada de atractivo y, sin embargo, el deseo que siento por ella corre con fuerza como lava por mis venas.

Me mira nerviosa. Se vuelve y saca la leche. Me doy cuenta de que en la encimera hay cacao y azúcar. Me tomo el agua de espaldas y me debato entre irme o quedarme. Al final me quedo, solo por estar un poco más en su compañía, rodeados de este incómodo silencio.

Veo de reojo como saca un cazo y lo deja sobre la vitrocerámica. Le tiembla la mano. Me fijo en cómo sus dedos la encienden y los recuerdo sobre mi piel, quemándome con su contacto aquella tarde cuando lo estropeé todo. Mi mente evoca su sonrisa, su alegría y como me atrapaba con su forma de vivir la vida.

Pienso en Adrian, en lo felices que se les ve juntos, y me doy cuenta de que no puedo perder lo que nunca fue mío. Ella y yo solo éramos amigos y, cuando me dio la oportunidad de ser algo más, la aparté de mi lado.

Vierte la leche en el cazo, con la mala suerte de que la derrama y cae sobre la vitro. Al entrar en contacto con el calor empiezan a salir burbujas. Coge un paño y está a punto de meter la mano donde está caliente cuando se la quito en un acto reflejo, para que no se queme.

Peyton se aparta como si le diera asco tocarme y me mira con rabia. Hago lo mismo.

—La próxima vez me quedo quieto y dejo que te quemes.

—Pues sí, mejor, mejor eso a que me toques.

Siento rabia por sus palabras y un dolor inmenso. Dejo el vaso con fuerza, dolido. Y salgo de la cocina. Me vuelvo y hablo para hacerle daño, el mismo que ella me ha hecho a mí.

—Pues hace unos meses jurabas estar enamorada de mí y no te repugnaba que te besara, incluso estuvimos a punto de montárnoslo en mi cama si no me hubiese detenido. Aunque seguro que ya se te ha olvidado todo esto con el imbécil de tu nuevo enamorado.

—No es imbécil, y es mil veces mejor que tú.

—Nadie es mejor que yo.

Miento, pues no lo creo en realidad, pero es el dolor el que habla por mí. Y solo quiero olvidarla.

—Él sí, y por suerte me he dado cuenta a tiempo. Me confundí contigo y pienso recuperar el tiempo perdido a su lado.

Y dicho esto, se va sin que le importe dejarlo todo en medio en la cocina. Y me doy cuenta de que esta batalla la ha ganado ella, pues sus palabras han sido mucho más dolorosas que las mías; han sido la confirmación de que yo nunca le importé.

PEYTON

—¡Por nosotras! —Blanca choca su copa contra la mía y le doy un trago.

No está mal. Blanca salta emocionada. Por fin se han acabado los exámenes, estamos en la fiesta que han organizado en una de las fraternidades y, si no está aquí metida la universidad entera, poco le falta. Casi no te puedes mover. La música está alta y la gente grita y baila de manera alocada.

Acabo bailando con Blanca sin saber muy bien cómo moverme con estos tacones de plataforma. No son muy de mi estilo, pero he de reconocer que con el vestido azul marino quedaban muy bien. Me termino la copa y Blanca me propone ir a por más. Voy y pido lo primero que se me pasa por la cabeza. Me vuelvo con las copas y regreso con Blanca. A su lado hay unos jóvenes que se le están presentando. Llego y se me presentan también. Le tiendo su copa a Blanca. Bailan con nosotras. Uno de ellos trata de cogerme la cintura para bailar, pero me separo y le digo que no. Me vuelvo hacia donde estaba Blanca y no la veo. Me separo un poco, saco mi móvil del bolso de mano y le escribo un mensaje para decirle que estoy cerca de la escalera. Doy otro trago a mi copa, y otro, esperando que Blanca regrese.

De repente me siento pesada, como si todo me diera vueltas. Miro a mi alrededor y me noto mareada. No he bebido tanto como para esto. Solo dos copas, y a la segunda pedí que no le pusieran más de un dedo de alcohol. No, esto no es de eso. Me muevo y siento que los músculos me pesan. Aturdida empiezo a subir las escaleras, queriendo buscar un lugar tranquilo hasta que se me pase. No sé cómo consigo llegar hasta el final de la escalera. Tambaleándome busco un cuarto. No me encuentro bien. Entro en uno y me dejo caer en el suelo. No puedo moverme. Siento que alguien entra y me aterro por lo que pueda hacerme en este estado o por si es el desgraciado que me ha drogado para aprovecharse de mí. No sé quién entra. Solo puedo decir «no». Escucho voces y golpes. Y de repente alguien se cierne sobre mí. Y mi mente aturdida recuerda el secuestro y temo que me pase de nuevo.

—Por favor..., no... —imploro.

—Peyton. —Alzo la mirada y veo a Luke.

Es tal el alivio que siento que levanto la mano y aferro la suya con fuerza.

—No me dejes sola. —Luke me la aprieta con fuerza y me levanta con facilidad entre sus brazos.

—Nunca.

Me dejo caer en su pecho, confiada, y siento de verdad que va a cuidar de mí y que por fin estoy a salvo.

LUKE

Como siempre que Peyton anda cerca, la siento y la busco con la mirada, siendo muy consciente de su presencia. Sabía que venía a esta fiesta por Roy, y que vendrían solas ella y Blanca. Me puse alerta en seguida y, aunque no quería acudir a esta fiesta, no me pude negar tras saber que ella estaría aquí.

Mañana salgo de viaje para correr el sábado por la mañana. No debería estar en esta fiesta, pero tras lo que ha pasado me alegra haberlo hecho.

Vi de lejos como Peyton se iba hacia un lado de la escalera. Como siempre le pasa, ella no era consciente de las miradas que le dedicaban los imbéciles que tenía cerca. Ni de como trataban de provocarla para que los mirara y así acercarse. Ella no, pero yo sí, y me estaba costando mucho no acercarme a ella y alejarlos a todos. Peyton no es consciente de lo hermosa que es, y de lo deseable que la hace el vestido ajustado que lleva, que no muestra nada, pero insinúa mucho y hace que la suya sea una belleza elegante. Cuando advertí que se tambaleaba me alteré, y más cuando la vi subir las escaleras de esa forma, casi arrastrándose. Llegar hasta ella me costó más de lo que hubiera deseado, pues esto está lleno de gente. La vi entrar en un cuarto y también como un capullo se adentraba tras ella para aprovecharse. Lo aparté y el insensato trató de golpearme, pero le di un puñetazo que hizo que se alejara.

No la he visto beber tanto como para que se encuentre en este estado. Tiembla entre mis brazos mientras la saco de aquí. Siento que algo no va bien y la protejo contra mi pecho cuando bajo las escaleras para que nadie la vea. Para que nadie sepa que está así.

Consigo con dificultad salir de este infierno y la llevo hasta mi coche. Cuando la dejo en el asiento del copiloto, Peyton abre los ojos aterrada y me coge la camisa con fuerza. Tiene los ojos llenos de lágrimas y el rímel corrido, pero es tal la confianza que veo en su mirada cuando se da cuenta de que soy yo a quien mira que me deja noqueado. No me puedo creer que después de todo siga confiando en mí.

—Tranquila, princesa.

Veo como sus ojos se llenan de lágrimas tras el apelativo «princesa». Asiente. Ella ignora que es la única a la que he llamado así.

Entro en el coche y conduzco hasta mi casa. Aparco y voy a por ella. Peyton parece dormida. Pero al abrir la puerta me mira con los ojos rojos. Aprieta la mandíbula y, cabezota como es, trata de salir por su propio pie. La cojo antes de que se desplome, y se deja caer una vez más en el hueco de mi cuello.

Abro la puerta de la casa tras cerrar el coche y subo a Peyton a su cuarto. La puerta está cerrada. Voy hacia el mío; la llave está en mi bolsillo y me ha resultado fácil cogerla. Abro la puerta y la dejo sobre mi cama mientras busco la llave del otro cuarto en su bolso. En cuanto me aparto, me sujeta una vez más de la mano.

—No me dejes sola..., tengo miedo..., me siento muy mal...

Veo como caen varias lágrimas por sus mejillas. Se las limpio.

—Lo mejor es que vomites. Voy a por agua, no pienso dejarte sola. Yo cuidaré de ti.

Abre la mano y me deja ir. Bajo a la cocina y subo agua. Cuando entro en el cuarto, Peyton trata de levantarse. Voy hacia ella.

—Creo que voy a... —Se lleva la mano a la boca. La cojo y la llevo deprisa hasta nuestro aseo.

Por suerte vomita lo que sea que le han dado, pues no tengo dudas de que alguien ha tratado de drogarla; la rabia de pensar lo que podría haberle sucedido si yo no hubiera estado cerca me quema por dentro como lava. Como pille al desgraciado que le ha hecho esto, dudo que pueda contenerme. La sujeto y, cuando acaba, tras tirar de la cadena la ayudo a limpiarse, enfurecido por todo esto... ¡Desgraciados! Peyton se retuerce otra vez más y, cansada, se deja caer sobre mis brazos tras vomitar dos veces. No tiene fuerzas para nada. Y pese a eso, sigue luchando para no perder la conciencia. Tan cabezota como siempre. La llevo de vuelta a mi cuarto cuando se le pasa. Le ofrezco una de mis sudaderas y Peyton me mira; sé lo que quiere, que me dé la vuelta. Lo hago y la escucho luchar con la ropa. Me vuelvo cuando creo que ha terminado y así es. Abro la cama para meterla dentro. Podría coger las llaves de su cuarto, pero me siento reticente a dejarla ir.

—Duerme conmigo..., solo esta noche..., solo por

esta noche que todo sea como cuando creí que eras mi querido amigo, alguien de quien sigo incomprensiblemente enamorada... —Se le rompe la voz y sé que son el cansancio y lo que ha tomado los que hablan por ella. Sus palabras me cierran la garganta y me hacen recordar su confesión, cuando nada embriagaba sus sentidos salvo nuestro beso. Y recuerdo esa promesa de amor en sus ojos y como le brillaban como nunca, antes de que mi miedo la alejara de mí.

Impactado por sus palabras y por lo que ha dicho, me cambio. ¿Existe la posibilidad de que esto sea cierto y no solo fruto del estado en que se encuentra?

Pensarlo hace que, por primera vez en este tiempo que he estado sin ella, brote la esperanza en mí y deje de sentir este frío que me dejó su partida. Me digo a mí mismo que lo hice por ella, pero ni eso hace que esta ilusión que brilla en mi pecho se apague, haciéndome quedar como el egoísta que siempre fui.

Entro en la cama y Peyton se remueve hasta caer contra mi pecho y me abraza con fuerza. La abrazo, conmovido por su gesto, por que me busque pese a lo que le he hecho. Pese a lo que nos dijimos la última vez.

—Te he echado incomprensiblemente de menos —me dice acariciando mi pecho.

—Y yo. No te imaginas cuánto.

Lo reconozco sabiendo que ella no lo recordará, pero que yo no podré olvidar esta noche. Esta noche lo cambia todo. Tal vez solo lo haya dicho por el estado en que se encuentra, pero tal vez no, y esa posibilidad hace que quiera luchar por ella y no dejar que se vaya. No dejar que sea de otro.

Pues siempre he sentido que Peyton es mía, desde el instante en que me miró bajo la luz de aquel amanecer en el que dormí abrazado a una completa extraña, ignorando lo que iba a llegar a sentir por ella.

«Ha llegado el momento de arriesgarse y decirle la verdad», pienso mientras la abrazo, y siento que todo está bien con ella entre mis brazos. Con ella a mi lado. Que por fin siento la paz que siempre he hallado a su lado. Ha llegado el momento de dejar de tener miedo, de luchar por ella y de tratar de ser por todos los medios la persona que se merece. Y esperar que mi pasado no lo estropee todo. Pues hay decisiones que a la larga nos pueden salir muy caras...

PEYTON

Me despierto desconcertada y sin saber muy bien dónde estoy. Me duele mucho la cabeza y la garganta. Salgo de la cama y me tranquilizo al ver que estoy en la mía. Miro lo que llevo puesto, angustiada por no saber cómo llegué a la cama, y me desconcierta sorprende ver que llevo tan solo una sudadera y mi ropa interior. ¿Cómo he llegado aquí? Me alzo la sudadera y el perfume de Luke inunda mis sentidos y me hace recordar retazos de la noche pasada.

Alguien me drogó y Luke vino en mi ayuda. Lo demás lo tengo confuso en mi mente, pero siento que él cuidaba de mí. ¿Por qué? Algo mareada por lo sucedido, cojo mi ropa para cambiarme y darme una ducha. Entro en el aseo y me quito la sudadera y la ropa interior mientras se calienta el agua. Con los ojos medio cerrados me meto bajo el cálido chorro y apoyo la cabeza contra los azulejos que se están empañando. Abro los ojos y veo la cadena en forma de *puzzle* entre mis pechos. Cierro otra vez los ojos... ¡Un momento! Los abro de golpe, veo de nuevo la cadena y la alzo entre mis manos sin entender por qué la llevo puesta. Me ducho con rapidez, me lavo la cabeza y salgo de la ducha. Me pongo una toalla en el pelo y, tras secarme y vestirme, voy al cuarto de Luke; necesito respuestas. No sé qué me pasó anoche y mucho menos cómo ha acabado esta cadena otra vez en mi poder.

Llamo a la puerta, nerviosa e intranquila por lo que pueda decirme Luke. Nada, no hay nadie. Desciendo las escaleras para ver si está abajo. Miro la zona de juegos y veo a Ronnie tirado en el sofá jugando a la consola con un amigo. Voy al salón y no veo a nadie. Miro la cocina y solo veo a Roy. Al mirarme lo noto preocupado. Por su cara sé que sabe lo que me pasó.

—¿Cómo estás? Sé lo de anoche —me dice, y confirma mis sospechas.

—Me duele la cabeza y la garganta, y siento miedo por lo que pudo haber pasado. ¿Te lo ha contado Luke? —Asiente—. ¿Dónde está?

—Mañana tiene carrera y ha tenido que salir temprano. —Inquieta, me siento frente a la isla de la cocina. No me gusta que corra—. Te prepararé mi remedio casero para la resaca.

—Ojalá fuera resaca, así no le estaría dando vueltas a para qué querría alguien drogarme...

Roy deja lo que está haciendo y se pone al otro lado de la isleta para mirarme a los ojos.

—No pienses en lo que podría haber pasado. Créeme, es mejor aceptar lo que no sucede que sumar más problemas a los que ya tenemos de por sí.

—Sí, es lo mejor. Tengo que darle las gracias a tu primo.

—Espera a que regrese, ahora es mejor que se centre en la carrera.

—Son peligrosas —afirmo en alto.

—¿Y eso te preocupa? —Asiento—. Es muy bueno en lo que hace, pero sí, son peligrosas. No te voy a mentir.

Siento que a él tampoco le gusta y eso me inquieta más. Roy sigue preparándome ese mejunje; cuando me lo pone delante el olor hace que no tenga muchas ganas de tomármelo, pero lo hago de todos modos mientras Roy sigue en la cocina preparando algo.

—Ten, come algo. —Me sorprende la humeante sopa que ha puesto delante de mí—. No es mía, es de Luke. Yo me defiendo en la cocina, pero no llego a tanto. Me dijo que te la calentara.

Y, tras decir eso, se marcha, dejándome más desconcertada si cabe. Anoche Luke me protegió, me cuidó..., pero mejor no darle vueltas, porque, pese a lo que hemos vivido entre los dos, confío en él, y luego está lo de la cadena y la sopa. ¿Qué ha cambiado? Me tomo la sopa, que está deliciosa. No sé qué pensar tras sus acciones. Le escribiría o le llamaría, porque quiero saber ya qué ha cambiado. Pero no quiero inquietarlo estando la carrera tan próxima.

Por suerte, entre la sopa y el preparado de Roy, me siento mejor para ir a trabajar.

* * *

No es mi mejor día de trabajo, pero no pierdo la sonrisa; la gente no tiene la culpa de lo que me pasó y les atiendo lo mejor que puedo. Hoy hay mucha gente y Rachel no ha venido. Magda me está echando una mano. A media tarde aparece Rachel como si nada y va a cambiarse. Cuando regresa se pone a atender. Por suerte hay tanta gente que ni siquiera tengo que hablar con ella ni soportarla.

—¿Vas a ir a la carrera? —me dice mientras lo recogemos todo. O más bien mientras yo recojo y ella hace como que me ayuda.

—No.

—Yo sí... No puedo dejar pasar la fogosidad de Luke tras las carreras. —La miro harta.

—¿Ves cara de que me importe lo que haces con Luke? —Sonríe triunfante; era lo que buscaba.

—Sí, pero tranquila, te ahorraré esperar algo de él. Luke nunca se fijaría en alguien como tú. No eres su tipo. ¿Acaso crees que no sé que te gusta? Te vi como lo mirabas cuando estaba conmigo cuando regresé. —Me sorprende esto, porque pensé que nadie era consciente de cómo lo miraba, pero siento que debe de haber más porque Luke es admirado por muchas mujeres.

—Mejor para ti entonces, y ahora déjame en paz.

—Claro. —Deja la bayeta—. Me voy, tengo que elegir qué me voy a poner mañana para que me vea hermosa. A un hombre siempre hay que sorprenderlo, y más cuando te quita la ropa.

Se ríe y se marcha. ¡¡No la soporto!!

El fin de semana se me pasa lento y, aunque no quiera, no puedo evitar pensar en la carrera. Solo cuando veo en la web de la empresa patrocinadora del evento el resultado y que no ha sucedido nada digno de mención, me relajo. Luke ha quedado segundo, ha ganado Adrian.

Oigo como van regresando a casa mis compañeros, pero no oigo la voz de Luke entre el murmullo que se cuela por mi puerta. Adrian me llama para invitarme a cenar y a celebrar su triunfo. Acepto solo porque necesito despejarme y dejar de darle vueltas a lo sucedido estos días.

Me preparo para la cena y, como sigue nevando, opto por un vestido en tonos verdes que no es de fiesta y queda bien con unas medias gruesas tipo leotardos y unas botas marrones. Termino de maquillarme y miro de reojo el móvil, cosa que no he dejado de hacer en toda la tarde. No sé si debería escribir a Luke o no. Mi idea era hablar con él en persona. No lo he escuchado entrar en la casa y eso me hace pensar que está con Rachel, descubriendo su misteriosa ropa interior...; si es así, quedaré como una tonta si le escribo. Estoy ya lista cuando Adrian me escribe para decirme que está abajo.

Me pongo el abrigo y la bufanda y, tras coger el bolso, bajo a buscar a Adrian.

—¿Sales? —me pregunta Roy desde la mesa de billar.

Lo miro extrañada; nunca me ha pedido explicaciones.

—Sí, he quedado con Adrian.

—Esta noche vendrán unos amigos a tomar algo. Os podéis quedar —dice como de pasada mientras golpea las bolas de billar.

—Tal vez luego. Nos vemos.

Salgo de la casa y veo a Adrian de pie junto a su coche, llenándose de nieve. Al verme se acerca y me da dos besos.

—Enhorabuena.

—Muchas gracias.

Nos metemos en el coche. Me cuenta la carrera;

parece contento y noto en su mirada que ganar le gusta. Es tan competitivo como Luke.

—Ya hemos llegado. Por suerte las carreteras no están llenas de nieve.

Asiento y miro por la ventana como poco a poco todo se llena de nieve y se tiñe de blanco. Entramos en un restaurante famoso en la ciudad entre la gente joven. Saludo a algunos compañeros de camino a nuestra mesa y Adrian también. Muchos lo felicitan por el triunfo. Nos sentamos en una mesa y cojo la carta tras quitarme el abrigo y la bufanda y dejarlos en el respaldo. Saco el móvil del bolso y lo dejo sobre mis piernas.

—Eres famoso.

Sonríe.

—No era fama lo que busco.

—¿Emociones fuertes? —Asiente—. Es peligroso.

—Y vivir de por sí ya lo es, por eso me gusta vivir al límite.

—Ya, pero sigue siendo peligroso.

Me vibra el móvil, lo desbloqueo y miro a ver quién me ha mandado un mensaje. Me pongo nerviosa cuando veo que es de Luke. Le doy a leer:

> Luke: Hola, Peyton, tengo que hablar contigo. ¿Dónde te ha llevado el idiota?

> Peyton: Hola, Luke, yo también quiero hablar contigo, pero ahora estoy cenando con Adrian. Supongo que puede esperar.

> Luke: ¿Y adónde te ha llevado? Espero que tras ganar no te haya llevado a la mugrienta hamburguesería de Pit.

> Peyton: No es mugrienta, tiene buena pinta.

> Luke: Es decir, que sí.

> Peyton: No te importa.

> Luke: Princesa, te has delatado.

> Peyton: Dudo mucho que quieras hablar delante de tantos compañeros de universidad y gente del pueblo. No te gusta que te vean conmigo. Decías que era por mí, pero los dos sabemos que te avergonzaba ser mi amigo.

—¿Peyton? —Miro a Adrian—. ¿Te apetece algo de beber mientras pensamos lo que cenamos?

—Vale, un refresco de naranja. —Asiente y se va a la barra a pedir.

Miro el móvil y Luke no ha respondido. Cada vez lo comprendo menos. Adrian regresa con los refrescos y dejo el móvil sobre la mesa. Oigo revuelo en el local. Lo ignoro. Adrian me mira y sonríe, hasta que su mirada se centra en un punto detrás de mí.

—¿Y va a haber revancha?

—Por supuesto. Hoy ha tenido la suerte del principiante.

Me vuelvo y veo a Luke venir hacia donde estamos. No puede ser. Sus ojos están clavados en mí mientras habla. Camina con paso firme y decidido y la gente no puede evitar mirarlo. Nerviosa, observo como llega hasta nuestra mesa y coge una silla para ponerla a mi lado.

—¿Se puede saber qué haces? —le pregunta Adrian.

—Tengo que hablar con Peyton y, a ser posible, a solas.

—No pienso irme. Vivís juntos, habla con ella luego.

—¿Peyton? Pienso hablar contigo tenga el público que tenga.

—¿No puedes esperar? —le digo con el corazón acelerado porque haya hecho esto y por su presencia. Siento los ojos de todos los presentes puestos en nosotros dos.

—Estoy harto de verte con este idiota y mi paciencia ha llegado a un límite. —Veo sus celos en su bella mirada azul.

¿Celos? Eso no es posible, a Luke nunca le he gustado. Nunca.

—¿Qué está pasando, Peyton? —me pregunta Adrian.

Rompo el contacto visual con Luke y empiezo a responder a Adrian, y digo «empiezo» porque Luke parece de verdad decidido a hablar conmigo hoy sea como sea.

—Pasa que Peyton y yo fuimos amigos y que cuando ella se declaró la aparté de mi lado por miedo a reconocer lo que yo también sentía.

Abro la boca sorprendida por que lo diga ante Adrian y ante todo el que quiera escuchar, sin importarle ya nada. Y ha confesado que se alejó por miedo a lo que sentía. ¿Qué sentía? ¿Dice la verdad?

—¿Es eso cierto, Peyton? —pregunta Adrian.

—Sí. —No lo niego, intrigada por el giro que están tomando los acontecimientos—. Pero esta conversación llega tarde.

—Sí, lo admito, pero quiero creer que nunca es tarde para intentar remediar los errores —me dice Luke con un ápice de inseguridad bailando en su mirada. Es esa vulnerabilidad momentánea lo que me hace decidirme a escucharle—. Y ahora, ¿puedes pedirle al idiota que se marche?

—No es idiota. —Adrian se levanta—. Adrian...

—Ya sabes dónde encontrarme. Pero él no te hará feliz. No te mereces a alguien como él...

—No, no me merece, y he hecho lo posible por alejarme de ella para que tuviera una vida mejor, pero tú no eres mejor que yo, y ambos lo sabemos. Estoy cansado de ser bueno... ¡Yo no lo soy! Y no pienso serlo si eso hace que siga contigo y lejos de mí.

Agrando los ojos, Luke parece fuera de sí y me cuesta asimilar que esté diciendo todo esto ante toda esta gente. Mi corazón no deja de dar volteretas como un loco y mis mariposas vuelan libres al fin sin esconder lo mucho que les gusta la presencia de Luke.

Adrian pasa por mi lado y me da un apretón cariñoso en el brazo.

—No lo soporto —dice Luke entre dientes.

—Llevo esperando esto desde hace mucho tiempo. Pensé que nunca pasaría... y no sé si puedo creerte. Es todo muy confuso.

—Lo sé. ¿Es tarde? ¿Es tarde para regresar a esa noche en la que me dijiste lo que sentías y te perdí? —Luke no me quiere mirar a los ojos, tal vez por miedo a que vea su inseguridad. Acerco una mano a su mejilla y hago que me mire.

Luke me mira reticente y veo un halo de miedo en sus ojos. ¿De verdad esto está pasando? Me gustaría sonreír, estar feliz..., pero necesito saber más. Me hizo mucho daño...

—Creo que lo mejor para los dos es que hablemos, para que cada uno pueda seguir con su vida —digo para tantear el terreno.

Luke aparta la mirada y mi mano cae sobre la mesa. El silencio cae sobre los dos.

—Aun a riesgo de quedar como un pringado, si me rechazas aquí delante de todos estos cotillas que no tienen nada mejor que hacer —el corazón se me acelera y solo tengo ojos para él, y más cuando se vuelve y me mira serio y tenso—, te diré que no quiero hablar contigo para seguir mi camino lejos de ti.

El corazón me da un vuelco y me siento temblar.

—¿Y por qué ahora? —le digo con un hilo de voz.

—Porque tardé en reconocer lo que sentía y porque creí que te había perdido. Que tú en realidad no sentías nada por mí, y que solo me habías idealizado debido a tu gusto por las pelis de chicos malos, pues no había hecho nada para que te pudiera gustar. Y pese a eso esperaba una señal. —Por su cara, su voz dura y tensa, veo que no le gusta nada admitir esto, y menos con tantos mirones que no pierden detalle de lo que Luke y yo estamos hablando.

—¿Y cuál fue la señal?

—La otra noche me dijiste que... ¿Podemos irnos a otro lugar? No pienso ocultarte nada, pase lo que pase. Pero odio sentirme tan observado cuando estoy tratando de solucionar las cosas. Yo creo que ya te he demostrado que voy en serio, y que no será como antes. Pero odio sentirme como un mono de feria. Solo me falta poner tu gorro en la mesa para que nos den dinero por el espectáculo. —Sonrío por su mal humor sin poder evitarlo.

—La verdad es que a mí tampoco me gusta que haya tanta gente como testigo en este momento que es nuestro, pase lo que pase —le digo seria. Tengo que saberlo todo, hablar con él. Y no quiero que crea que es tan fácil remendar el dolor.

Me levanto y me pongo el abrigo, la bufanda, el gorro y los guantes. Luke me tiende el móvil para que no lo olvide y lo guardo en el bolso. Lo que pedí con Adrian ya está pagado, porque no te dejan sacar nada de la barra sin pagarlo primero. Luke comienza a caminar hacia fuera y, una vez más, la gente lo para para preguntarle por la revancha, que sinceramente espero que nunca se dé. Salimos y vamos hacia su coche, que está aparcado no muy lejos. Lo abre con el mando de las llaves y entro tras quitarme la nieve de encima. No ha dejado de nevar y la capa de nieve cada vez es mayor. Luke se monta en el coche y lo pone en marcha. No sé adónde tendrá pensado ir, pero yo solo tengo en mente un lugar. Lo veo conducir, me encanta hacerlo. Ver su concentración. Miro por la ventanilla y sonrío cuando descubro que Luke me ha leído el pensamiento. Salgo del coche y tengo cuidado de no hundirme en la nieve.

—Tal vez sería mejor buscar otro lugar.
—No, quiero este.
—Cosa que ya intuía. Empiezo a entender tu retorcida mente romántica y no sé si eso es bueno. —Luke sale tras protestar, va al maletero y saca unas mantas.

Pasa por mi lado y me echa por encima una de ellas, para protegerme del frío. Su detalle me conmueve. Empieza a andar hundiendo los pies en la nieve. Me tiende una mano y se la cojo sin dudarlo. Con los guantes no siento su piel, pero pese a eso soy muy consciente de como nuestros dedos se entrelazan. Caminamos con dificultad hasta el lugar donde nos conocimos, llenándonos de nieve. Mis botas están casi mojadas. No me importa, quiero estar aquí. Luke pone la otra manta encima de la roca, tras quitar la nieve que reposaba encima. Miro hacia la ciudad, pero apenas se distingue con la nieve cayendo. Me siento sobre la roca. Luke mira y se pasea nervioso.

—¿Por qué no empiezas desde el principio? —le digo nerviosa a la espera de saber dónde acabará todo esto.

—El principio... —Luke no me mira, observa la nieve caer—. Desde que te conocí supe que tú eras diferente. No entendía por qué te buscaba siempre con la mirada y por qué era tan consciente de tu presencia, y sinceramente odiaba eso. Odiaba pensar en ti y venir a ver si eras tan idiota de estar aquí. Me preocupaba lo que pudiera pasarte y no entendía por qué. —Sonrío—. No sonrías tan rápido, yo lo odiaba. No quería sentir, solo quería olvidarme de ti, seguir con mi tranquila y solitaria vida. Pero incomprensiblemente siempre acababa volviendo a ti. Me olvidaba de las razones para mantenerme alejado, pensando que ser amigos no haría daño a nadie. Pero te estaba haciendo daño a ti, pues yo ignoraba lo que sentías y, cuando me lo confesaste, me sentí perdido. Sé lo que es perder a personas que quieres, y no quería sentir ese dolor de nuevo, y sabía que, si te dejaba, podrías destruirme; así que tenía que alejarte de mí. Era lo más fácil. Seguir con mi vida lejos de ti. Luego pasó lo del secuestro y me preocupé tanto por ti que supe que me importabas más de lo que estaba dispuesto a admitir.

—¿Y por eso te acostaste con Rachel? Porque no entiendo que lo hicieras si dices que yo te importaba.

—No me acosté con ella. —Esta vez sí lo miro, y lo veo no muy lejos, observándome. La nieve cae sobre su pelo negro y sus ojos brillan en esta oscuridad apenas iluminada por el cielo blanco cargado de nieve.

Esa afirmación me quita un peso de encima y, tras lo que ha dicho, entiendo lo que pasó.

—Pero aprovechaste la situación para alejarme, para volver a tu vida, porque sabías que yo pensaría que había pasado eso. Para que así te odiara y te dejara en paz y tú pudieras seguir tu camino sin sentir nada.

—Sí. Quería volver a mi vida.

Agacho la mirada: la verdad duele.

—Entiendo...

—No, no entiendes. —Luke se acerca a mí y me alza la cara para que lo mire—. Llevo más de seis años sin sentir nada por nadie. Pocas cosas en la vida me motivan. Y había aprendido a vivir así porque sé lo que duele perderlo todo. Era un mecanismo de defensa contra todos. Y tú habías derribado uno a uno los muros que había erigido en torno a mí. Aceptarlo me llevó más tiempo del que quería. En verdad estaba asustado.

—¿Y qué hacía Rachel a medio vestir en tu cuarto?

—Quería acostarse conmigo. Cuando llegué me esperaba dentro de mi habitación, con un conjunto de ropa que dejaba poco a la imaginación.

—Típico de ella —digo recordando lo que me dijo.

Pensar en Rachel me duele y empaña esta confesión. Y más sabiendo que, pese a sentir algo por mí, se acostó con ella después, tal vez no ese día, pero sí los que estuve lejos. Luke nota el cambio en mí y se aleja un poco.

—Estaba sumido en ese mundo de tinieblas donde me debatía entre lo que de verdad quería y lo que creía querer. Yo destruyo todo lo que toco y, si de verdad me importabas, tenía que dejar que vivieses tu vida sin toda la mierda que yo arrastro. Te secuestraron en parte por mi culpa, por irte de esa forma de mi casa, una clara prueba de que a mi lado solo conseguirías dolor. Y tomé la decisión de alejarme, porque me importabas, y al fin estaba dispuesto a admitirlo. Quería pensar primero en ti antes que en mí. Por una vez no quería ser egoísta. Ya te dije que la fama es muy mala, la gente solo acepta lo que quiere creer, no lo que pasa en verdad. No me he acostado con nadie desde que te conocí. —Lo miro impactada por su reconocimiento y aliviada; la verdad, no me gusta imaginarlo con otras—. Pero Rachel sí me ha besado alguna vez tratando de buscar mis atenciones.

Sé que sus palabras son totalmente ciertas. Luke de verdad creía que estaría mejor sin él y eso me hace recordar su mirada perdida y dolida cuando cree que nadie lo ve.

—No me secuestraron por tu culpa. Seguramente si no hubiera sido ese día, habría sido cualquier otro.

—Pese a todo, lo siento. No debí dejarte salir sola en ese estado. Ni decirte lo que te dije.

Asiento y me caen algunos copos de nieve de la manta. Luke se sacude el pelo, que, algo mojado, le cae sobre la frente. Su imagen me corta la respiración de lo guapo que es y lo mucho que me gusta. Si no fuera por la conversación que estamos teniendo, lo disfrutaría más.

—No soportaba verte con Adrian..., pensar que ha podido pasar algo más entre vosotros... —me pregunta sin ocultar los celos.

—¿Y si así fuera? —le pregunto jugándomela.

—Eso no cambiaría nada de esto, nada de lo que siento por ti.

—¿Y qué sientes? —le digo con un hilo de voz.

—No puedo hablarte de amor —me dice entre dientes—. Y no porque no lo sienta... —reconoce, y hace que mi corazón se acelere más de lo que ya estaba.

—Solo lo quiero como amigo y me di cuenta al poco de su llegada, sin que tuviera que pasar nada para llegar a esta conclusión. —Sonríe seguro de sí mismo. Pero luego su mirada se ensombrece—. Te han herido mucho...

—Tampoco puedo hablar de eso.

—¿Y qué quieres de mí? ¿Que siga con los ojos cerrados en lo referente a tu vida y a tu pasado? ¿Que no sepa nada de ti? Pues ya te digo que, si esta es la idea que llevas, estamos perdiendo el tiempo.

—No te voy a pedir algo así...

—Tampoco sé adónde quieres llegar. ¿Qué sientes por mí? Arriésgate, Luke, demuéstrame que de verdad te importo.

—¿Acaso disfrutas viéndome vulnerable? ¡No sabes cómo lo odio! Ya te he dicho que me importas y he hecho el ridículo en la hamburguesería. —Sonrío—. No tiene gracia, Peyton. Eres mala.

—No..., solo quiero saberlo para no exponerme otra vez yo por nada. Aunque no te lo creas, me costó mucho decirte lo que te dije. Nunca se lo había dicho a nadie. —Luke abre la boca para hablar y sé lo que va a decir—. Tampoco a Adrian. Y te conozco lo suficiente como para saber que odias las relaciones y no crees en ellas, pero no pienso ser tu amiga con derecho a roce.

Luke maldice y luego se acerca y toma mi cabeza entre sus manos, sorprendiéndome y haciendo que la manta que me protegía se caiga y la nieve nos acaricie a ambos. Veo tanta determinación en sus ojos que sé que le diré que sí a lo que sea con tal de que nunca deje de mirarme así.

—Lo quiero todo de ti, quiero todas tus miradas, todas tus sonrisas. Todos tus abrazos, todos tus besos, todas tus caricias... Quiero ser el único en tu cama, en tu vida y en tu corazón. No quiero ni soporto que seas de otros. Y yo te ofrezco a cambio lo mismo. Dale el nombre que quieras. Yo no pondré reparos. Pero a cambio solo te pido tiempo, tiempo para poder contarte todo lo oscuro que hay en mí. Y si no lo hago antes es por miedo, miedo a que cuando lo sepas te alejes. No te voy a mentir, soy un egoísta que espera que cuando lo sepas me ames lo suficiente como para no poder vivir lejos de mí y que mi oscuridad no apague lo que sientes hacia mí.

Respiro agitada por su confesión. Nunca esperé algo así de Luke. Trago con dificultad. Más que una confesión parece que me esté diciendo algo doloroso, pues su mirada es tormentosa, pero ahora sé que es su forma de protegerse. De evitar así el golpe. Lo que veo en sus ojos es miedo.

—Pensé que no creías en el amor, que dolía...

—El amor duele..., pero más me duele estar sin ti —dice entre dientes.

Sonrío, pues tiene razón.

—Sí.

—Sí, ¿qué?

—Sí a todo lo que has dicho, pero lo quiero saber todo de ti y, por si te queda alguna duda, no pienso esconderme de nadie, y para mí eres mi novio. Te guste a ti o no esa palabra y...

Luke me besa antes de que siga exponiendo los términos de nuestro acuerdo.

Capítulo 20

LUKE

Dios, no me puedo creer que, pese a mi mierda de confesión, haya aceptado. Doy gracias por ello, pues no sé qué habría hecho si hubiera dicho que no. La necesito en mi vida, a mi lado, desesperadamente.

Peyton me devuelve el beso como solo ella sabe hacerlo, sin esconder nada, con el corazón puesto en cada uno de sus besos. Ahora que por fin nos hemos dicho la verdad sé por qué tenía tanto miedo después de estar con ella. Porque sentía que, si la perdía, lo perdería todo. Y ahora lo sé. Nada de lo que perdí hace seis años es comprable a estar sin ella. Al dolor y el vacío de estos meses separados. Mi vida no es la misma desde que Peyton irrumpió en ella.

Profundizo el beso y siento como la nieve pura se cuela entre nuestros labios y se derrite al entrar en calor. Ardo por ella. Pero el deseo no es nada comparado con lo que siento. Eso lo hace todo más intenso. Pero sé que para Peyton todo esto es nuevo y no quiero asustarla por mucho que la desee.

La beso con ternura antes de separarme. Peyton me sonríe con los ojos brillantes y luego se alza y me abraza con fuerza. Me quedo quieto un instante antes de devolverle el abrazo con la misma fuerza, agradecido por lo que siente por mí. Tal vez ninguno haya hablado de amor, pero nunca le he dicho a una chica que la quiero y me cuesta dejar salir esa palabra que es evidente que siento por ella.

—No me alejes de tu vida nunca más —me pide.

—Tú tampoco. Tal vez lo que conozcas de mí no te guste —le digo inseguro. Odio esta inseguridad.

—O lo que tú conozcas de mí. —Peyton alza la mirada. La nieve cae sobre su pelo rubio y hace que parezca una ninfa del bosque.

—Es mejor que nos vayamos. Está nevando más.

—Sabías que quería empezar aquí. Me conoces más de lo que creía.

—Eres una romántica, era fácil.

Se ríe y su risa se cuela dentro de mí, terminando de derretir el frío que habitaba en mi interior.

Tiro de ella. Coge las mantas y le quito una de las manos tras ponerle la otra alrededor. Vamos hacia el coche y le abro la puerta. Aparto la nieve del retrovisor y entro en el asiento del conductor. Lanzo la manta a la parte trasera y arranco el coche, pongo la calefacción y, poco a poco, entramos en calor. Conduzco con cuidado mientras bajo por el camino de tierra. Por suerte las cadenas que llevo en las ruedas hacen más fácil la conducción.

—Rachel va contando que os acostáis juntos, no sé por qué no le paras los pies si no es cierto —me dice con evidentes celos en la voz—. Hasta me enseñó un chupetón en su cuello un día.

—No la detengo porque me da igual lo que digan de mí. Y ese chupetón es de otro, te lo puedo asegurar.

—El otro día me dijo que tú no eras para mí y que yo te miraba enamorada, pero siento que hay algo más, pues siempre ha tratado de marcar territorio ante mí. No sabes lo que ha sido trabajar a su lado, ver como te llevaba el café...

—Horrible, por cierto —admito, y Peyton se ríe.

—Me alegro, la verdad. ¿Por qué crees que me trataba como si tuviera que alejarme de ti?

—Me preguntó si había alguien especial y le hablé de ti.

—Eso lo explica todo. —Se queda en silencio y noto como se retuerce las manos—. Yo no soy como ella, ni como las mujeres con las que has estado.

—Lo sé.

—Me refiero a que yo no... —Sé por dónde va y me callo a la espera de ver cómo sale de esta—. Es decir, que yo tal vez no sea lo que esperas en..., bueno, ya sabes..., íntimamente —dice casi sin voz—. ¿Y si te defraudo? Lo mismo soy frígida. —Me río y Peyton me golpea. Detengo el coche y me vuelvo para mirarla.

—Primero, te aseguro que no eres frígida, y segundo, no espero nada de ti, solo estar a tu lado. No tengo prisa, pero sí muchas ganas de enseñarte todo lo que sé. —La recorre un escalofrío.

—¿Y si quisiera esperar al matrimonio?

—¡Dios! ¡Me quieres matar! —Se ríe—. Te esperaría. No me puedo creer que te esté prometiendo esto. Aunque se pueden hacer muchas cosas sin llegar a perder la virginidad...

Se sonroja y eso me encanta. Sus ojos brillan presos del deseo que siente.

—Gracias, pero no es lo que me gustaría. —Acaricio su mejilla, que está ardiendo por la vergüenza.

—Confía en mí, princesa.

—Confío en ti, y yo también tengo ganas de que me enseñes. —Mi corazón da un vuelco por sus palabras y no puedo evitar acercar su cabeza a la mía para besarla. Me separo cuando siento deseos de intensificarlo y pongo el coche en marcha.

—¿Por qué me dices «princesa»? ¿Es porque eres el Príncipe de Hielo?

—Supongo que inconscientemente, sí. —La miro de reojo y veo que sonríe.

Llegamos a nuestra casa. Veo que hay gente dentro. Recuerdo lo que me dijo Roy de que habían invitado a unos amigos para cenar y echar unas partidas de billar.

—Lo que más me apetece ahora es tenerte solo para mí, pero dudo mucho que nos dejen en paz si subimos directos al cuarto. Ronnie puede ser un poco capullo cuando se lo propone.

—¿Un poco solo? —bromea—. Es raro, pero me cae bien.

—Es buena gente.

Salgo del coche. Peyton hace lo mismo. Lo cierro y vamos hacia la casa. De repente Peyton se detiene y se adentra en el césped.

—¿Qué haces? —Voy tras ella al tiempo que se resbala y se precipita al suelo cubierto de nieve.

La cojo y acabamos cayendo sobre la nieve los dos. Peyton rompe a reír por la situación. Yo no puedo hacer más que mirarla, hipnotizado por su belleza. Por su naturalidad, porque pese a lo que ha vivido siga sonriendo. No hay duda de que, de los dos, ella es la más fuerte.

Peyton pierde la sonrisa cuando se da cuenta de que yo no me río. Aparto algo de nieve de su pelo y de su mejilla y bajo hasta sus labios para apartar la nieve que se ha posado en estos, usando los míos. Me pierdo en su sabor, en ella, en lo que siento y ya no callo. El beso cada vez se vuelve más y más pasional. Me sitúo entre sus piernas. Peyton se retuerce cuando lo hago y recuerdo que estamos en medio de la calle a la vista de todos, y aunque por un instante no me importa y quiero que todos los que nos vean sepan que es mía, porque yo soy completamente suyo, por otra parte no quiero que nadie más sea testigo de este momento.

—Será mejor que entremos. —Me levanto y le tiendo una mano. La coge y se levanta llena de nieve—. ¿Por qué te has metido en el césped? Por tu culpa estoy lleno de nieve.

—Estás muy gracioso... Pensé que había un perro entre la nieve y quería ver si estaba bien, pero era un palo.

Vamos hacia el porche sacudiéndonos la nieve. Saco las llaves y abro la puerta. Entramos y siento todas las miradas puestas en nosotros. Roy es el único que lo sabe todo, el único que sabe por el tormento que he pasado. No tengo secretos con él, es la persona en la que más confío..., bueno, ahora la segunda, pues Peyton ha entrado en este reducido círculo de personas por las que lo daría todo.

—¿Qué os ha pasado? Estáis llenos de nieve —pregunta Cora sin dejar de mirarnos al uno y al otro.

—Nos caímos en la nieve —responde Peyton roja como un tomate.

—¿Juntos? —Peyton asiente—. Vaya, y parecía tonta. Antes Adrian, ahora Luke. Hija, eres un poco... fresca.

—No tanto como para hacerte sombra a ti —le responde Peyton mordaz—. Y Adrian es solo mi amigo, mientras que Luke... —Rachel, que hasta el momento estaba escondida, hace acto de presencia y al vernos juntos pone mala cara.

Casi creo que se va a poner a gritar de rabia. Miro a Peyton, sabiendo lo que va a decir: tiene su venganza escrita en la mirada por haber tenido que soportar como le restregaba por la cara sus mentiras sobre nosotros, y la dejo hacer. Sé que lo necesita. Joder, yo haría lo mismo si Adrian estuviera delante.

—... Luke es mi novio. Y puedo hacer con él lo que me dé la gana. Y en esta ecuación no entra nadie más.

Rachel da un respingo. Me tenso, no porque no me guste, sino porque me siento conmovido por la forma que tiene Peyton de defender lo nuestro. No me cuesta imaginármela como una amazona luchando por lo que cree.

—Eso no es posible. —Rachel se lleva la mano a la boca, que le tiembla. Me tenso, pues sé que algo trama—. Él y yo estamos juntos..., ya te lo dije.

—Rachel —le advierto cansado de este juego—, deja de inventar.

—¡¿Cómo has podido tratarme así?! —responde ajena al hecho de que la he descubierto—. ¡Pensé que me querías! ¡Me lo decían tus ojos mientras estabas dentro de mí! —estalla de manera vulgar.

Por un instante temo que Peyton la crea, que vea en los gestos de Rachel que la he engañado. Roy se acerca a Rachel para evitar que siga haciendo el ridículo.

—Rachel, creo que tenemos que hablar...

—¡Claro, después de haberme humillado de esta forma! —Varias lágrimas caen por su mejilla.

Miro a Peyton y espero su reacción, pero ella parece impasible.

—Peyton... —empiezo a decir, pero me corta.

—¿Has acabado ya? —le dice a Rachel, haciendo que esta la mire por su tono de voz—. Lo digo porque, sinceramente, prefiero cambiarme la ropa mojada que estar escuchando más mentiras saliendo de tu boca. Si esperas que te crea a ti en vez de a él, vas lista. Así que deja de hacer el ridículo y acepta que has perdido. No te soporto.

Miro orgulloso como sube por la escalera. Estoy a punto de seguirla, pero los llantos de Rachel me hacen mirarla.

—¿Podemos hablar? —me pide, y no puedo negarme. Al menos le debo eso.

Asiento y la sigo hacia la cocina, donde no hay nadie, deseando que esta charla termine y poder ir con Peyton. No era consciente de lo mucho que necesitaba que se pusiera de mi lado. Que confiara en mí sin más.

Peyton nunca dejará de sorprenderme. Espero que siempre sea así...

PEYTON

Me meto bajo la ducha. El agua me calienta los huesos. Estaba helada por la nieve. Pero no cambiaría ninguno de los instantes vividos esta noche. Bueno, el de Rachel, sí. Por un instante pequeño pensé si decía la verdad, pero en seguida supe que, de creer a uno de los dos, creería a Luke sin dudarlo.

No me puedo creer que esto haya pasado de verdad. No puedo dejar de sonreír. Me muerdo los labios recordando sus besos. Tan intensos. Tengo miedo, miedo de que lo que descubra de él haga que se tambalee lo nuestro. O que Luke no sea capaz de abrirse a mí y me mantenga lejos de su vida, como ya hizo una vez. Lo quiero todo de él y no pienso conformarme con menos.

Salgo de la ducha y me seco antes de cambiarme y ponerme unas mallas negras y una de las sudaderas de Luke. Me retoco un poco el maquillaje y me quito el rímel corrido de debajo de los ojos. Salgo del baño y me encuentro a Blanca en la puerta mirándome feliz.

—¡Lo quiero saber todo! ¡No puedes dejarme con esta intriga! Te vas con Adrian y regresas con Luke diciendo que el Príncipe de Hielo es tu novio cuando él odia todo compromiso..., todo.

Blanca tira de mí hacia su cuarto y no puedo negarme. Le cuento más o menos todo a grandes rasgos, evitando decir nada que considere que sea íntimo de Luke.

—¡Cómo me alegro por los dos! ¿Y qué pasa con Rachel?

—En realidad ella lo inventó todo.

Asiente.

—Ahora estaban hablando en la cocina y Rachel parecía afectada. Todo mentira, claro, yo de ella no me he fiado nunca.

—Lo que no sé es cómo voy a soportar trabajar con ella, aunque por suerte el trabajo le importa poco y casi no va.

—Pues sí, esa suerte que tienes. —Blanca me abraza—. Me alegro mucho por vosotros, veo en tus ojos algo que no he visto en todo este tiempo. Felicidad.

Blanca me lleva hacia la planta de abajo. Miro hacia la cocina y veo a Luke de espaldas con los brazos cruzados y a Rachel diciéndole algo. Se ha quitado la chaqueta y puedo ver su amplia espalda bajo ese jersey gris que realza sus músculos. El pelo lo lleva húmedo y se le riza un poco en la nuca, está increíblemente guapo. ¿De verdad estamos juntos? Me cuesta creerlo.

La noche pasa lenta. Y digo eso porque Luke no quiere que nos vayamos a su cuarto hasta que todos estén acostados. Jugamos al billar contra Ronnie y Roy y les ganamos. Acaban haciendo un muñeco de nieve en el patio. Cora no ha parado de mirarme en toda la noche con cara de pocos amigos. Por suerte, Rachel se fue tras llorar delante de todos y dejar a Luke de falso por jugar con sus sentimientos. Se veía a la legua que estaba fingiendo.

Ahora estoy en mi cuarto con el propósito de no quedarme dormida antes de que todos se duerman hayan acostado, sobre todo Ronnie. Esa es mi intención..., pero el sueño llama con fuerza y me veo arrastrada por los brazos de Morfeo.

Capítulo 21

PEYTON

Me despierto de golpe cuando el móvil vibra entre mis manos. Lo desbloqueo, hay dos mensajes de Luke:

> Luke: Por fin Ronnie ha caído frito y ya escucho sus ronquidos. Te espero en mi cuarto.

> ¿Te has dormido? Lástima... Que descanses, princesa.

Me fijo en que entre uno y otro hay varios minutos; el primero no me despertó. Salgo de la cama y, con cuidado, abro la puerta y la cierro. Voy hacia el cuarto de Luke y le escribo:

> Peyton: Estoy en tu puerta.

Al momento me abre. Lleva un pantalón de pijama y una camiseta blanca. Los nervios se retuercen en mi estómago. Luke cierra la puerta con cuidado tras tirar de mí hacia él. Mis nervios y mi inseguridad se desatan. No sé qué debo hacer ahora. Su experiencia rivaliza con mi inexperiencia y me siento muy perdida, y no porque no tenga ganas de explorar mi sexualidad con Luke, sino más bien porque no sé qué paso dar ahora. Me voy hacia atrás y cojo el mando de la tele. Lo miro con una sonrisa. Luke me observa divertido, sabiendo con certeza que uso el mando como excusa porque estoy temblando.

—¿Quieres que veamos una peli? La que tú quieras, total, yo me acabo durmiendo.

Acomodo los cojines y, tras quitarme las zapatillas de estar por casa, me subo a la cama.

—¿Por qué te gustan tanto las películas y los libros? Nunca he reparado en ello, pero empiezo a pensar que tiene una explicación.

Me sorprende su pregunta. Viene hacia la cama y se sube en ella para sentarse a mi lado. Coge mi mano y la acaricia a la espera de que diga algo. Sin prisas, dejándome mi espacio.

—Debes pensar que soy una cría, otra ya estaría medio desnuda en tu cama... o sobre ti.

—Hace tiempo que no tengo novia, así que supongo que sí, pero no lo sé. Y, por si no te has dado cuenta, no me importa lo que haría otra, me importas tú, y no quiero forzar nada, así que deja de irte por la tangente y responde a mi pregunta.

Frunzo el entrecejo y tuerzo el morro. Luke me acaricia y se acerca para besarme. Se detiene antes de hacerlo.

—No, no te beso, que entonces no respondes.

—Pues vaya.

—Te pones muy fea cuando haces eso —dice señalando mi entrecejo fruncido y mi morro torcido. Le saco la lengua y sonríe. Parece más relajado que nunca.

—Está bien, pero antes de que digas nada, te diré que no fue tan malo. —Luke cambia el gesto y me mira expectante—. En el internado no teníamos tele, ni nada parecido. Me pasaba días con la única compañía de los libros. Creían que si teníamos tele nos distraeríamos. Por eso, cuando salía e iba a casa de mis tíos, trataba de ver todas las películas que se estrenaban. Al ser algo prohibido normalmente para mí, lo valoraba más, así que me encanta el cine. Es solo eso.

—Tu internado era peor que la cárcel. No me puedo imaginar lo que debió de ser eso para una niña de tres años sola... ¿Cómo lo haces para seguir teniendo ilusión por la vida?

Me encojo de hombros y aparto la mirada, incómoda.

—No me creo más fuerte que nadie. Solo soy así.

—¿Solo? No eres consciente de lo grande que eres. —No digo nada, pues no me siento tan valiente si recuerdo las noches que pasé llorando en la soledad de mi cuarto o las veces que me preguntaba de niña por qué mis padres no me querían—. Princesa —Luke coge mi cara entre sus manos—, hasta el más fuerte de los hombres llora en soledad —me dice, adivinando mis pensamientos—. Lo que me sorprende de ti es tu capacidad de seguir soñando, tu facilidad para ver lo bueno de la gente. Para ver algo bueno en mí.

—Hay mucho de bueno en ti. Y no soy yo la que tiene que verlo, eres tú —le respondo.

Luke endurece su gesto y se aparta. Coge el mando y pone algo en la tele. No queriéndolo tan lejos de mí, me acerco y apoyo mi cabeza en su hombro. Luke me separa para pasar su brazo por detrás de mis hombros y que pueda descansar en su pecho. Su corazón late muy rápido. Tanto como el mío. Me sorprende pensar que puede estar provocado por mi cercanía. Seducida por este latido, paseo mi mano por su fornido pecho, asombrada por su dureza y el calor que desprende. Luke coge mi mano.

—Nena, me matas si haces eso.

—Nena..., nunca me has llamado así. —Elevo la mirada y la entrelazo con sus ojos azules.

—Pues ya te acostumbrarás. —Sonrío y, más relajada, miro sus labios a la espera del beso que deseo darle—. Soy tuyo —me dice al ver mi indecisión, dejándome de ese modo a mí el control de la situación.

Me alzo hasta que mis labios alcanzan los suyos. Su suavidad me atrapa. Le doy pequeños besos, deleitándome con sus labios. Acaricio con mi lengua su contorno y esto hace que Luke coja mi cara entre sus manos y tome el control del beso. Sonrío entre sus labios antes de que me bese con fervor y maestría. Me encanta cómo me besa. Como hace que me convierta en lava fundida entre sus brazos. Me gusta sentir como mi cuerpo cobra vida y un centenar de terminaciones nerviosas se concentran en cada lugar donde nos tocamos. Necesito más. Lo quiero todo de él.

Su lengua se enreda con la mía tras lamer mis labios, produciéndome un sinfín de escalofríos. Sigo el ritmo de sus labios y lo igualo. Luke se mueve y mi espalda acaba apoyada en la cama sin dejar de besarnos. Se cierne sobre mí, usando los codos para evitar aplastarme, pues a su lado me siento tremendamente pequeña. Es como si me cubriera entera, y me encanta esta sensación de sentirme totalmente protegida. Separa un poco mis piernas y se coloca sobre ellas, haciéndome muy consciente de su masculino cuerpo y de cómo mis curvas encajan con las suyas. Enredo mis piernas en su cintura haciendo que nuestros sexos se unan y notando como su miembro se anida cerca de mi acalorado núcleo. Gimo sin poder contenerme entre sus labios y me muevo por instinto para que la fricción entre nuestros cuerpos sea mayor. Luke maldice entre mis labios.

La ropa no es suficiente para evitar que mi cuerpo se consuma por este calor desconocido para mí. El beso cada vez es más intenso. Ya nada nos separa, ya no tenemos que pensar más, solo sentir. Me muevo entre sus brazos sin saber qué busco exactamente. Intensifico los movimientos y noto como el calor aumenta y las terminaciones nerviosas de mi cuerpo van a morir todas a mi sexo, haciendo que lo sienta más sensible que nunca. Jamás he sido tan consciente de mi cuerpo como en este momento. Nunca me he sentido tan viva. Luke me pone las manos en la cintura y esto hace que nuestros cuerpos se unan más. Me mueve hacia arriba y hacia bajo, haciendo que el placer aumente conforme nuestros cuerpos se frotan. Me deja el control y me quedo quieta sin saber muy bien qué debo hacer para liberar lo que siento... Perdida, me separo y observo los ojos azules de Luke, que parecen más oscuros que nunca.

—Solo siente, princesa. Déjate llevar.

—Confío en ti. Muéstramelo.

Luke duda, rozando con sus dedos la goma de mi pantalón. Me besa en un momento de indecisión y adentra su mano bajo mi pijama. Mi corazón da un vuelco conforme se acerca al punto de donde mana todo el calor, donde siento que la lava líquida se concentra con mayor intensidad. Su mano se posa sobre mi sexo, sobre la ropa interior, y doy un respingo. Luke me besa con ternura y va intensificando el beso conforme se acerca y me acaricia ahí donde necesito alivio. Me dejo llevar cuando sus dedos obran magia sobre mi ropa interior sin saber muy bien hacia dónde tengo que ir. Me remuevo y Luke me besa con más fervor, aumentado mi placer. Gimo entre sus labios, me retuerzo. Me consumo. Me quema ahí donde me toca. Necesito más.

—Luke...

—Déjate ir, princesa. —Entrelazo mis ojos con los suyos—. Estoy aquí.

Asiento, incapaz de decir nada, y noto como todos mis nervios se concentran en el punto que ahora acaricia Luke con más intensidad. Y de repente todo estalla. Siento una explosión que hace que me retuerza. No dejo de mirar a Luke hasta que no puedo más. Me abraza con fuerza contra su pecho mientras mi cuerpo vuelve a la normalidad. Acaricia mi espalda y me acuna. Su ternura y lo que acabo de vivir hacen que varias lágrimas se escapen de mis ojos sin comprender por qué. Es todo tan raro, tan nuevo, tan inexplicable, que la cantidad de emociones que siento se desbordan en un llanto incomprensible. Luke no dice nada, solo me mece entre sus brazos, y esto hace que lo ame más si cabe.

Pasado un rato, Luke se mueve conmigo para que entremos bajo las mantas. Nos arropamos y seguimos abrazados ahora ya en la oscuridad, tras apagar la tele y la luz.

Me acomodo en su pecho y siento los nervios a flor

de piel. Le acaricio el pecho mientras pienso en todo lo vivido hoy...

—¿A que tienes miedo de dormirte y que al despertar todo sea un sueño? —Noto guasa en su voz y me incorporo un poco para mirarlo, aunque no pueda verlo.

—No estaba pensando eso —me defiendo—. No soy tan ñoña.

—Lo eres, y me encanta, y es lo que pasa en las películas que tanto te gustan. Reconócelo.

—Pues no —le digo acomodándome en su pecho—. Y ahora, déjame dormir, o pensaré que el cursi romántico eres tú. —Se ríe y hace que mis labios se contraigan con una sonrisa.

Nos quedamos en silencio y, cuando ya me estoy quedando dormida, le escucho decir:

—Seguiré aquí mañana y siempre.

Y aunque no lo quiera reconocer, aunque nunca se lo diré a Luke, sí estaba pensando en eso, y sus palabras han tranquilizado mis miedos. Me abrazo a él pensando que nada me despertará hasta el amanecer...

... O eso creía, hasta que mi estómago se retuerce de hambre. Esto me pasa por haberme olvidado una vez más de comer a las horas habituales. Salgo de la cama con cuidado de no despertar a Luke y bajo a la cocina para prepararme algo. Saco la leche, el cacao y el azúcar. Escucho unos pasos y me vuelvo para ver de quién se trata. Luke.

Viene hacia mí con cara de sueño.

—No tenías que haberme seguido.

—Pensé que regresabas a tu cuarto e iba a traerte de vuelta.

—Prefiero dormir contigo, solo es que tenía hambre.

—Siéntate, yo te lo preparo, no tentemos a la suerte, por si quemas la cocina.

—Ja, ja, qué gracioso.

Le hago caso porque me apetece mirarlo mientras trabaja y porque estoy cansada. Aparto los vasos que hay en un taburete y me siento sobre él. Observo como Luke trabaja. Me encanta cómo lo hace, con esa seguridad de movimientos. Su presencia llena toda la cocina. Tiene cara de sueño, pero no se le nota tanto como a mí. El pelo negro le cae sobre le frente y siento unas imperiosas ganas de enredar mis manos entre sus oscuras hebras. La camiseta blanca se le pega como si fuera una segunda piel y la cola del dragón se agita como si tuviera vida propia en su brazo conforme lo mueve. Me tiene atrapada y fascinada. Me cuesta asimilar todo lo que ha pasado en estas últimas horas, que de verdad estemos juntos. Siento que nos queda un largo camino por recorrer como pareja, pues esto solo es el comienzo. Ahora todo es bonito, pero temo que Luke me aleje de él y le cueste abrirse a mí, como ya lo hizo una vez. Ya sé que algo muy fuerte hizo que me espantara y temo que ese «algo» nos separe de nuevo. Por eso empiezo mi interrogatorio.

—Quiero saber cosas de ti.

—Ya imagino —dice con una media sonrisa.

—¿Qué es de tus padres?

—Tengo dos.

—Bueno, eso ya lo sé —le respondo—. ¿Dónde están? —Luke se tensa.

—Están divorciados. Viven separados.

—¿Tienes contacto con alguno?

—No.

—¿Por qué?

—Porque no.

—Eres exasperante.

—No me gusta hablar de ellos.

—¿No me digas? No se nota —ironizo, y me gano una mirada de Luke que esconde una sonrisa. Regresa junto a mí con un vaso de leche caliente y unas magdalenas. Se sienta a mi lado y sigo con el interrogatorio—. ¿Tienes hermanos?

Luke se tensa. Espero que no diga nada, pero asiente.

—Dos.

—¿Tienes trato con ellos?

—Con uno, sí.

—¿Y con el otro por qué no? —Abre la boca y le corto—. Porque no —digo adivinando lo que iba a decirme. Asiente con una sonrisa.

Doy un trago a mide leche y mojo la magdalena.

—Tengo más preguntas.

—Lo supongo.

—¿A quién te pareces más, a tu padre o a tu madre? —Luke se tensa más si cabe.

—Espero que, en personalidad, a ninguno, y en apariencia soy igual que mi padre.

—No parece hacerte ilusión.

—Es algo que odio.

—¿Te hizo algo malo? —Luke mira la hora que es y se levanta.

—Mañana entro a trabajar a las ocho, será mejor que suba a descansar un rato.

—Puedes decir que no quieres responderme, en vez de irte así. —Esto se lo digo a su espalda.

Hoy he descubierto algo: el tema de la familia de Luke es peliagudo y una vez más me ha alejado de él cuando se ha sentido acorralado. Tiempo. Luke necesita tiempo.

Termino mi tardía cena y lo recojo. Enfadada con Luke porque se haya ido de esta forma, voy hacia mi cuarto. No sé de dónde ha salido Luke, pero antes de que dé un paso más, me carga en brazos y me lleva hasta su cama. Me deja caer sobe ella.

—¿Pensabas dormir allí?

—Te lo merecías, por tonto. Con decirme «dame tiempo» o «ya te lo diré», me bastaba.

—Pues dame tiempo, ¿vale? —me dice tenso.

—Vale, y ahora vamos a dormir, que es tarde.

—Como si fuera mi culpa... —Me río por su tono de voz y me dejo caer sobre su pecho cuando entramos en la cama y nos tapamos. Luke me acerca a él con su brazo y lo deja apoyado sobre mi cintura—. Buenas noches, princesa.

—Buenas noches..., mi Príncipe de Hielo —bromeo.

Nos quedamos en silencio y, pasado un rato, habla.

—Ten paciencia, Peyton, eres la persona que, en todos estos años, ha estado más cerca de lo que siento y lo que me atormenta, pero no es fácil para mí hablar de ciertas cosas cuando llevo tanto tiempo sin hacerlo.

—La tendré. Merece la pena. Tú mereces la pena.

—Lo dudo, pero espero que un día tú no llegues a esa conclusión. —Abro la boca para hablar, pero Luke me calla con un beso—. Descansa.

Capítulo 22

PEYTON

En cuanto mi prima regresa y ve mi cara, me pide que se lo cuente todo. Lo hago, dejándome lo mejor para mí. Hay cosas que es mejor que se queden en la intimidad de cada uno. Está feliz por mí y eso me quita un peso de encima. No me gustaría que no me apoyara en mi relación, porque estar entre mi prima y mi novio sería para mí un gran pesar. Es lo que debe de sentir ella cuando le digo algo de César. Por eso desde ahora he decidido callar lo que pienso. Por más que le he dicho, ella lo sigue defendiendo y queriendo. No soy nadie para meterme en su vida.

Salimos a dar una vuelta por la ciudad y a hacer fotos de la nevada. Acabamos hasta arriba de nieve por las bolas que nos tiramos y porque, mientras me hace un vídeo tirándome una bola de nieve, me caigo de culo sobre el duro asfalto cubierto de hielo.

Hacía tiempo que no lo pasábamos tan bien juntas. Luke me escribe divertido desde su trabajo para interesarse por mi culo, pues al parecer todos mis amigos han visto el vídeo de mi caída, gracias a que mi prima se lo mandó a Blanca. Genial.

Me voy a la cama sin más noticias de Luke, sabiendo que sigue trabajando y que no sé cuándo regresará. Espero que pronto. Me gustaría verlo.

* * *

Me despierto con la alarma del móvil de Emily. Miro la hora que es y veo que son las ocho menos veinte y que tengo un mensaje de Luke. Anoche, cuando me dormí, no había regresado. El mensaje es de la una de la mañana:

> Luke: Acabo de llegar. Nos vemos mañana, princesa.

Compruebo que está escribiendo ahora.

> ¿Acaso te has dormido? Vais a llegar tarde.

> Peyton: ¿Acaso tú no duermes? ¡Ahora bajo! Buenos días.

Me doy una ducha cuando sale Emily y, como sigue estando todo nevado, me pongo un pantalón abrigado y un jersey de cuello vuelto. Me invaden los nervios y las mariposas por ver a Luke. Nerviosa, lo busco hasta que lo veo apoyado en la encimera de la cocina tomando un café. Se percata de que lo miro y me sonríe.

—Se te cae la baba, Peyton —me dice Emily riéndose.

Luke me mira como solo él sabe hacerlo y me sonrojo. Se termina su café y se acerca a mí. Me coge la cara entre sus manos y me besa, dejándome atontada de buena mañana. Sabe a café y a él, y me cuesta no proponerle subir a su cuarto y seguir con este intercambio de besos.

—Buenos días. —Baja las manos a mi culo y lo toca. Le doy un manotazo. Se ríe y Emily también—. Solo estaba evaluando los daños —me dice pícaro.

—Hay público.

—Por mí no os cortéis.

—Mi culo, bien. ¿Y tú, qué tal?

—Ahora mejor. —Me fijo en que parece cansado.

—¿Estás bien?

—Bien. —Luke se vuelve y coge dos tazas—. Nos tenemos que ir. Así que daos prisa. ¿Te vienes con nosotros? —le pregunta a Emily.

—No, voy en mi coche con Blanca. Gracias por el café con leche, pero te advierto que, si le haces daño a mi prima, te las verás conmigo —le dice Emily como si nada mientras toma su café.

Sonrío y me tomo el mío. Me lo termino y me despido de Emily para irme con Luke. Él coge sus cosas y su chaqueta, que no se pone.

—Cuidado dónde pisas.

—Cuidado dónde pisas —le imito, y le saco la lengua—. No soy tonta.

Dicho esto, casi me resbalo de camino al coche y, si no llega a ser porque Luke me ha sujetado, me hubiera caído. Me mira como diciendo: «¿Segura?».

—No te sueltes.

—Me está empezando a molestar la nieve. Ahora está gris por la suciedad y solo queda hielo.

—Es lo malo de la nieve, que es muy bonita cuando cae, pero una mierda cuando se hiela.

Llegamos a su coche y Luke me abre la puerta. Entro y deja sus cosas en la parte trasera, inclinándose por delante de mí. Antes de sacar la cabeza del coche para irse hacia su lado, me da un beso espontáneo que me encanta. La otra vez no conocí esta parte de Luke, y me gusta. Luke es como este paisaje nevado, y tengo que conseguir que se derrita y me muestre su verdadera cara.

Llegamos a la universidad. Luke sale del coche y coge su chaqueta y su bufanda. Salgo del coche. Aquí han echado sal y la nieve no se ha helado. Ando hacia Luke y sonrío feliz por estar a su lado; lo que diga la gente me da igual.

Capítulo 23

LUKE

Peyton viene hacia mí tras salir del coche y me mira con una enorme sonrisa pintada en su hermosa cara.

Dios, es guapísima. Su mirada es pura y no tiene artificios ni dobleces. Me observa sin miedo a que vea cuánto le importo. Sin miedo a exponerse, pese a que teme lo que pueda decirle de mi pasado. No sé cómo hubiera podido vivir sin ella, o sí lo sé, sin ella todo hubiera seguido helado dentro de mí. Lo malo es que no sé qué clase de persona seré cuando no quede nada de hielo en mi interior. No me gustaba quien era antes de que eso pasara y no sé quién soy tras lo que he vivido. A veces temo que, cuando Peyton lo descubra, salga corriendo.

Le doy un beso y me separo cuando siento el deseo de intensificarlo. No es momento ni lugar, porque no puedo arrastrarla a una clase vacía y perderme en la cantidad de cosas que quiero que experimente. Al menos, no de momento...

Quiero hacer las cosas bien.

La cojo de la mano y Peyton entrelaza sus dedos con los míos. Nunca he entendido por qué las parejas van de la mano, más bien me parecía una auténtica chorrada y hasta me burlaba de ellos. Ahora lo entiendo: es la necesidad de sentir cerca a la otra persona. De que los dos cuerpos se unan de alguna forma.

—Se me hace raro venir así a la universidad.

—¿Por ir con un chico guapo de la mano? —bromeo.

—No, tonto, aunque eres guapo, no quiero que se te suba mucho. —Me saca la lengua—. Lo decía por venir contigo sin que te importe que nos vean juntos.

Asiento. Me fijo en que la gente nos está mirando. Esperaba que nos mirasen, pero no tanto. Algo en sus miradas y en su forma de señalar me hace recelar. No comento nada para que Peyton no advierta nada raro. Tal vez solo sean cosas mías, por mi carácter desconfiado. Peyton camina a mi lado ajena a todo. Cosa común en ella, que suele tener la cabeza en las nubes muchas veces. Por eso a veces ha dejado que se le acerquen personas interesadas, y no se ha dado cuenta de ello. Le sonrío cuando me mira. Llegamos a su clase.

—¿Cuántas asignaturas comparto contigo este semestre?

—Cuatro —Peyton sonríe—, nos vemos a tercera hora. Si pasa algo, me llamas o me escribes.

—¿Y qué iba a pasar? —me pregunta notando la desconfianza en mi voz.

—No sé, tal vez que no puedas aguantar sin verme, o que necesites que busque un cuarto oscuro para hacerte perversiones —le digo en tono juguetón para evitar preocuparla. Lo consigo y, colorada, me golpea de broma y me saca la lengua.

Cojo su cara con una mano y la alzo para besarla

mientras le acaricio la mejilla. Joder, nunca me canso de besarla.

—No seas malo —me dice, y la miro alzando una ceja. Rompe a reír y entra en clase.

Voy a mi clase y la gente no deja de mirarme. Saco el móvil y escribo a Roy para preguntarle si sabe algo.

> Roy: No sé nada, acabo de llegar a la universidad. Si me entero de algo, te lo digo. A veces eres un poco paranoico.

No le digo más y guardo el móvil. Voy a mi taquilla a buscar unos libros. Alguien se pone a mi lado y por el empalagoso perfume sé quién es antes de que abra la boca.

—Siento lo de la otra noche.

Rachel me mira con ojos lastimeros. La otra noche me echó en cara que había estado jugando con ella y dándole esperanzas, cuando ella y yo sabemos que eso está muy lejos de la verdad.

Asiento y voy hacia clase.

—Cuando te canses de ella, tal vez yo no te esté esperando.

No le respondo porque siento que, diga lo que diga, Rachel sacará sus propias conclusiones y hará lo que quiera. Como hace siempre. Si le decía que dejara de abrazarme, me abrazaba más... Lo mejor es ignorarla.

Entro en clase y todo parece como siempre. Incluido Adrian, que está al fondo con sus amigos. Nos miramos retadores.

La clase termina y salgo pensando que tal vez lo que he percibido esta mañana solo ha sido curiosidad por vernos a Peyton y a mí juntos. Saco el móvil, que tengo en silencio, y veo varios mensajes de Roy:

> Roy: Ya sabemos por qué drogaron a Peyton.

Me pasa un enlace y lo abro mientras voy hacia la clase de Peyton.

El enlace lleva a la revista de la ciudad, y en la portada aparece Peyton cuando subía las escaleras drogada. Como titular pone: «Algunas cosas se llevan en los genes. El desfase de la hija del alcalde». Veo más imágenes de Peyton y afirmaciones de que a la hija del alcalde le gusta la fiesta y beber hasta no poder ni andar. ¡Serán cabrones! Está claro que todo esto no es más que una estrategia política del partido opositor.

Llego a donde debería estar Peyton y no la veo. Le escribo.

> Luke: ¿Dónde estás?

Nada. Veo a uno de sus compañeros y voy hacia él.
—¿Sabes dónde está Peyton? —Me mira intrigado—. ¡Vamos, no tengo todo el día!

Asustado me dice que la han llamado para hablar con el rector. ¡Lo que faltaba!

Llego al despacho del rector y espero fuera. El rector no suele llamar a nadie a su despacho a menos que sea algo importante. Dudo que sea por las fotos. Nunca le ha importado lo que hagamos fuera del campus. Ahora mismo me fumaría un cigarrillo, lástima que lo esté dejando. Me paseo inquieto y me escondo entre las sombras de las columnas cuando veo salir al padre de

Peyton con cara de enfadado. Aprieto los puños. El tiempo no ha hecho que lo odie menos. Es un desgraciado. Lo miro sintiendo cómo la furia corre por mis venas. Estoy tan centrado en él que no aparto la mirada hasta que me vibra el móvil.

> Peyton: Me voy a casa..., nos vemos luego. Me ha surgido algo.

La llamo y no me lo coge, pero veo como sale del despacho con el móvil en la mano y lo guarda en el abrigo sin responder. Me debato entre ir hacia ella o dejarla ir a donde quiera sola. La veo alejarse y sé que, si no voy, es porque no me gusta que me aparte cuando algo le preocupa y sé que yo no puedo exigirle algo que no estoy dispuesto a darle. Por eso dejo que se vaya, sintiendo como mi pasado y lo que soy nos separa por primera vez.

¿Será esta la única?

PEYTON

Si yo no quiero que Luke me aleje de sus problemas, ¿no debería predicar con el ejemplo? Me detengo. No soy una cobarde que se esconde. Saco el móvil y veo su perdida. Se la devuelvo y no tarda en responder.

—Hola —le digo cuando descuelga—. Siento no haberte cogido la llamada, pero estaba agobiada.

—Lo he visto y me alegra que no mientas diciendo que la acabas de ver o poniéndome cualquier otra excusa.

—No te mentiría... ¿Cómo que me has visto?

—Estaba esperándote en la puerta del despacho del rector.

—¿Y no se te ha ocurrido insistir y venir detrás de mí?

—Me dijiste que necesitabas estar sola...

—Y no querías exigirme algo que no me puedes dar. —Me río sin emoción—. Genial, simplemente genial, acabas de empeorar más mi horrible día. Primer día de relación y acabamos cada uno por su lado.

Cuelgo, me llama y silencio el móvil, dolida, porque en vez de venir conmigo cuando me ha visto mal, se quede a un lado para que no le exija yo lo mismo. ¿Y qué si se lo exijo? ¿Acaso no sabe que lo haré se acerque o no? Ha cogido el camino cómodo.

—Joder —escucho la voz dura de Luke antes de que me coja del brazo y me gire hacia él para que caiga en su pecho. Me quedo paralizada, aunque no puedo negar que me ha gustado que me siguiera—. Lo siento, soy un idiota.

—En eso estamos de acuerdo, es algo que sé desde el día que te conocí. —Luke está tenso y temo que sea por venir detrás de mí.

Nada más pensar esto siento sus manos meterse bajo mi chaqueta y acariciarme.

—Vamos, Peyton, aparta el orgullo a un lado y deja que te abrace.

—Temo derrumbarme —le digo alzando las manos y aceptando su abrazo. Me cobijo en su pecho y siento que por unos instantes todo está bien.

—Pues, si lo haces, yo te apoyaré. Eso sí, no me manches el jersey de maquillaje. —Lo dice de broma y acabo riéndome.

Nos quedamos así abrazados un rato hasta que Luke se decide a preguntar:

—¿Qué ha pasado? He visto a tu padre salir.

—¿Has visto las imágenes mías en la revista? —Luke se tensa.

—Sí. ¿Nos vamos de aquí?

—No, es mejor que no perdamos más clases.

—Queda media hora para que empiece la siguiente, ven. —Luke se separa y coge mi mano para tirar de mí hacia uno de los pabellones. Entramos y veo que es un patio cubierto. Luke me alza y acabo sentada en un muro pequeño de hormigón que hay en él, se pone entre mis piernas y apoya sus manos en mi cintura.

Mis ojos quedan a la altura de los suyos y puedo ver claramente sus diferentes matices de azul y el ribete negro que rodea su iris haciendo más intenso el color de sus ojos.

—Tienes unos ojos preciosos.

—No estamos aquí para hablar de mis ojos.

—Ya, pero ese tema me gusta más.

Miro sobre su hombro a unas chicas que pasan y al verme murmuran y me miran de arriba abajo, como si ellas fueran mucho mejores que yo y nunca se hubieran emborrachado.

—¿Cómo te has enterado?

—¿Y tú? —Luke sopesa si darme tiempo.

—Me lo contó Roy, pues notaba algo raro en el ambiente y estaba mosqueado. En cuanto lo vi, fui a buscarte y me dijeron que estabas en el despacho del rector. No sé qué haría si tuviera delante a los desgraciados que te han hecho esto solo para joder a tu padre y su campaña. Como si no supieran que tu padre ganará siempre, a menos que alguien lo desenmascare.

—Acabo de ver el miedo en los ojos de uno de nuestros profesores al mirar a mi padre.

—¿Y por qué estabas con el rector?

—Entré en clase y tenía en el pupitre la revista abierta. Vi las fotos y lo que decían, mientras mis compañeros me señalaban. Como si ellos no hicieran lo mismo en las fiestas... Y además, en mi caso, fue porque me drogaron. La clase empezó y notaba que el profesor me observaba mucho y lo hacía muy serio. Al terminar me pidió que lo siguiera al despacho del rector. Entramos y ahí estaba mi padre con la revista. Creí que estaba ahí por eso, pero no. —Tomo aire—. He suspendido un examen con un cuatro y está enfadado por eso, así que quería obligar al profesor a repetirme el examen y este se ha negado, hasta que mi padre le ha dicho: «¿Hace falta que te recuerde algo?». El profesor se ha quedado lívido y ha dicho que me repetirá el examen. Yo me he negado, pero mi padre ha insistido. Al final, para dejar de ver lo mal que lo estaba pasando el profesor, he accedido si lo repite a todos los que hemos suspendido, y en eso hemos quedado.

—¿Te dijo algo de la revista?

—Me recordó que si me quedo preñada, lo pierdo todo.

—¿Solo le importa eso?

—Sí, no lo soporto. ¿Por qué se cree que tiene derecho a hacer lo que se le antoje? Yo he suspendido y me lo merezco. Estoy furiosa con mi padre por ser así.

Luke me acaricia las manos cuando aprieto los puños.

—Un día me preguntaste por qué la gente lo votaba si era tan horrible. Tu padre tiene algo muy valioso de la gente. Tiene sus secretos más ocultos. Tu padre tiene informadores por la ciudad que se venden por dinero y así él tiene poder sobre secretos escabrosos. Asuntos por los que la gente, con tal de que no vean la luz, sería capaz de cualquier cosa.

—Y mi padre amenaza con contarlos si no hacen lo que él quiere...

—Sí, esa técnica la aprendió de tu abuelo.

—Vaya joyas.

—Tiranos les pega más. —Sonrío.

—Tengo que aprobar, no quiero que esto suceda más veces. Si esta carrera me gustara, sería más fácil.

—Bueno, a mí me gusta y te puedo ayudar, ya lo sabes.

Me acerco y pongo mis manos en su cuello.

—Acepto.

Me aproximo más y lo beso. Pensaba darle un beso rápido, pero una vez toco sus labios necesito más y acabo acercándolo más a mí y besándolo hasta que nos olvidamos de todo.

—Si seguimos así, te aseguro que no será a una clase llena de gente adonde te lleve. —Me recorre un escalofrío y le doy otro beso antes de separarme—. Y no es aquí donde quiero enseñarte más cosas.

Luke me ayuda a bajar y vamos hacia nuestra siguiente clase. Algunas personas me miran, pero trato de ignorarlas. Luke está tenso y su mirada es afilada. Parece a punto de arremeter contra todos.

—Es mejor hacerles creer que no me importa y se cansarán.

—Son un atajo de hipócritas. —Luke mira a una pelirroja que pone cara de asco al mirarme—. Esa de ahí bebe mucho más que yo y a veces va tan pedo que se queda dormida sobre el césped de la casa medio en pelotas.

—Pues vaya panorama. Los que más hablan son los que más tienen que callar. Es como si, al ver lo malo de la gente, lo suyo no lo pareciera tanto.

Entramos en el aula y nos sentamos al final. Luke sigue mirando de manera amenazadora a todo el que se vuelve a mirarme.

—No sabes las ganas que tengo de partirle la cara a más de uno.

—Gracias por no hacerlo.

El profesor entra en clase. Esta asignatura es nueva y no me entero de nada. Miro a Luke y él me devuelve la mirada.

—Tranquila, yo te ayudaré. —Asiento y trato de tomar notas.

Cuando acaba la clase, casi no he tomado apuntes, pero por suerte Luke sí, y me los fotocopiará luego. Salimos para ir a nuestra siguiente clase. En esta no estoy con Luke.

—Iré a la cafetería en el descanso.

—Intentaré ir. Llámame si pasa algo. —Me da un beso antes de irse, reticente a dejarme sola y tras mirar a más de uno con cara de asesino.

Lo veo alejarse y me percato, como siempre, de que atrae a su paso las miradas de todas y de algún envidioso. Entro en clase y hago lo posible por centrarme y no prestar atención a las miradas. Ya se les pasará. Lo que más me ha dolido de todo, aparte de lo de mi padre, es como mi madre y sus acciones me repercuten. Ella eligió esa vida, yo no. Y a veces siento como si la gente estuviera esperando que siguiera sus pasos solo porque nos parecemos físicamente. Yo no soy como ella, yo nunca abandonaría a mi hijo. Y esto es algo que nunca le podré perdonar. Por eso, cuando dicen que me parezco a ella, me duele. No quiero parecerme a alguien así.

Capítulo 24

PEYTON

Llegamos a mi casa después del trabajo. Como estamos sin exámenes, Emily ha pasado la tarde allí tomando café y viendo cosas en su *tablet* gracias al wifi de la cafetería. Por suerte, Rachel ha decidido no venir hoy a trabajar. Y mejor, porque esta mañana en la cafetería estábamos hablando Emily y yo sobre mi cumpleaños, el 15 de febrero, y lo que queremos hacer ese día, cuando comenté que, para el cumpleaños de Luke, pensaría algo genial, y entonces apareció ella, dejando caer que para eso quedaba mucho y que lo más probable era que Luke se hubiera cansado de mí antes. No la soporto.

De Luke no sé nada. Bueno, al ver que no acudía al trabajo le pregunté si iba todo bien y me contestó con un frío «sí». Odio que me aleje de él, y a saber por qué será esta vez. Creí que tras lo que pasó esta mañana habíamos avanzado un poquito. Nos cambiamos de ropa y nos preparamos algo sencillo para cenar y comemos en la isleta con Blanca. Envío nuevos mensajes a

Luke. Los lee, pero no me dice nada, y esto confirma aún más mis sospechas de que ha pasado algo.

—¿Estás mejor tras lo de las imágenes? —En la comida ya hemos hablado de todo.

—Sí, al final dejaré de ser la novedad.

—En cuanto haya otra noticia más jugosa —dice Roy—. Y seguro que no tardará en ser así.

—Sí, solo tengo que tener paciencia. —Asiente—. ¿Sabes algo de tu primo?

—¿De Luke? No. ¿Ha pasado algo?

—No lo sé.

—Dale tiempo, si alguien puede lograr que se abra, esa eres tú.

—Le daré tiempo, pero no bailando al son que él toca. Estoy a su lado, pero no quiero parecer una tonta.

Asiente.

—Hazlo como creas, sé que lo conseguirás. Me gusta que haya dado con alguien como tú. —Su fe en mí me gusta y sus palabras consiguen animarme.

Terminamos de cenar y nos cambiamos para ver la tele. Molesta con Luke, apago el móvil. Estoy muy preocupada por él, pero sé que, si está así, es porque quiere estar solo con sus problemas. Me duele y no puedo estar solamente cuando él quiera. Además, sé que, si voy a su cuarto, esta noche no me contará nada. Quiero que sufra un poco, como yo llevo sufriendo desde que se fue.

Me meto en la cama para ver la peli que ha puesto Emily.

Es cerca de la una y enciendo el móvil, esperando tener un mensaje de Luke. Nada. Me abrazo a mí misma y, angustiada, me quedo dormida sumida en pesadillas y miedo. Miedo de que lo que siento por Luke no sea suficiente para que esto salga bien.

* * *

Llego a la universidad preocupada y cabreada con Luke. Cuando bajamos a la cocina, no estaba, y Ronnie me dijo que ya se había ido. Me despido de Emily y de Blanca y voy hacia mi edificio. Entro y veo a Luke apoyado en la pared cerca de la clase que me toca ahora. Hoy va todo de negro y parece mucho más fiero. Y sus ojos siguen tormentosos. Aún estoy enfadada con él, y triste, pero ahora, al verlo así, temo que haya pasado algo que nos separe. Luke se incorpora y viene hacia mí cuando estoy a punto de llegar. Me quedo quieta y no alzo la mirada.

—Estás enfadada.

—Al menos no has perdido la inteligencia.

—Tenemos que hablar. —Me recorre un escalofrío y lo miro a los ojos. Luke parece triste y agotado—. No es sobre nosotros —dice adivinando mis pensamientos y acariciando mi mejilla. Esto hace que pierda el miedo y solo quede el enfado. Me aparto.

—Pues será cuando yo quiera, me has tenido todo el día de ayer preocupada.

—Lo siento, Peyton. No sé ser novio de nadie.

—Pues con Rachel...

—No, con las que he estado no he tenido que esforzarme, ellas no querían nada de mí, solo lo que representaba estar conmigo, y tú lo quieres todo, porque te importo. ¿O no? —Veo duda en sus ojos.

—Me importas mucho y claro que lo que quiero de ti es por quien tú eres, no por quien la gente cree que eres. Por eso me duele que, en vez de ponerte en mi lugar, tomes el camino fácil. Te dije que si querías estar solo lo entendería, pero huiste sin más y me has tenido preocupada...

—Lo intentaré.

—Vale, pues mientras lo intentas, me voy a clase. Cuando quiera hablar contigo, ya te llamaré.

Paso por su lado, pero Luke me retiene, cogiendo mi cara y dándome un beso que hace que acabe cediendo a sus labios. Se separa un poco y apoya su frente en la mía.

—Mi padre está en la cárcel. —Agrando los ojos tras esa bomba—. ¿Podemos comer juntos y hablar?

Solo asiento, pues me acabo de quedar tan impactada por su confesión que no puedo hablar. Incluso cuando Luke se marcha a su clase, me quedo clavada en el sitio. No me imaginaba algo así y ahora entiendo por qué odia parecerse a él. ¿Qué haría su padre para acabar en la cárcel?

* * *

A media mañana, entre clase y clase, me llega un mensaje de Luke:

> Luke: Hacía tiempo que nada ni nadie me importaba tanto como tú. No quiero perderte. Solo te pido tiempo.

> Peyton: No me vas a perder, tú también eres muy importante para mí y el miedo a perderte es mutuo. El tiempo lo tienes, y a mí también.

No sé nada de él hasta que llega la hora de la salida y voy hacia el aparcamiento. Veo a Luke apoyado en su coche, esperándome. Se levanta cuando me acerco y acoge el beso que le doy.

—¿Todo bien?

—No me gusta hablar de mi padre, así que no. No estoy bien.

—Bueno, al menos hemos avanzado algo.

Entramos en su coche y nos vamos de aquí. Hacemos el viaje en silencio, pero Luke aprovecha cada momento para coger mi mano o poner la suya en mi pierna. Yo recuerdo mi conversación con Adrian. No habíamos hablado hasta hoy, pues tras lo sucedido se alejó un poco de mí. Hoy se acercó solo para decirme que fuera feliz y que contara con él si lo necesitaba. Le dije lo mismo y, mientras se alejaba, deseé que las cosas fueran como antes entre los dos. No quiero perderlo como amigo.

Luke detiene el coche. Reconozco el sitio y me gusta la elección.

—Hoy casi no viene gente a comer y podremos hablar tranquilos.

—Me encanta el sitio, así saludamos a Ron.

Salgo del coche cuando aparca y vamos al restaurante. Como Luke ha dicho, no hay mucha gente. Ron, al vernos, viene hacia nosotros y me da un abrazo. Y otro a Luke.

—Me alegra mucho veros por aquí, y juntos. Eso es que lo vuestro va bien.

—¿Hay alguien en la salita privada?

—No. ¿Os pongo ahí?

—Tenemos que hablar de cosas importantes mientras comemos. —Me sorprende que Luke sea tan sincero con Ron.

—Entonces ahí os pongo. Ya sabes dónde está.

Luke me lleva hasta una preciosa salita con una sola mesa que da al jardín y una de las paredes es de cristal, dando más luminosidad a la estancia. Es más íntima, pero no aislada. Me gusta. Me quito el abrigo y la bufanda y los dejo en un perchero. Luke hace lo mismo. Me pasa la mano por la espalda. Lo miro: está tenso. Lo abrazo para darle fuerzas, pues siento que lo necesita, y esta vez Luke no se tensa, sino que me acoge entre sus brazos, aceptando que necesita mi consuelo.

—No sé qué habré hecho de bueno en la vida para merecerte.

—Algo bueno habrá. —Me separo para darle un beso, pero veo con el rabillo del ojo que entra Ron.

—Siento interrumpir, chicos. —Ron deja dos cartas sobre la mesa.

Luke me separa la silla. Me siento y se instala a mi lado, en vez de enfrente como la otra vez. Me gusta tenerlo cerca.

—¿Elegís vosotros o lo dejáis a mi elección? —nos pregunta Ron.

—No tengo mucha hambre, lo que quiera Peyton.

Cojo la carta y estoy tan nerviosa que ahora mismo dudo que pueda comer, pero debo hacerlo.

—Lo que traigas seguro que está bien.

Ron asiente y se marcha. Luke coge mi mano y la pone sobre la mesa. Mira hacia la fuente con la vista perdida. Nos traen un aperitivo frío y agua fresca. Espero a que Luke hable.

—Cuando era pequeño admiraba a mi padre. Quería ser como él. —Su voz es dura y su gesto tenso. Acaricio su mano sobre la mesa—. Para mí era un ejemplo a seguir. Buen marido y buen padre. No lo veía mucho, pero cuando eso ocurría, siempre hacía algo conmigo y me conformaba con eso. Era un crío y lo tenía idealizado. Hasta que un día descubrí que todo era mentira y que mi padre no era el hombre que yo creía que era. Para empezar, descubrí que le había sido infiel a mi madre y que —Luke duda, pero al final decide seguir—, y que la persona que yo creía que era mi primo, en realidad era mi hermano. Nos habían ocultado el asunto por la vergüenza que les daba a mi madre y a mi tía que la gente se enterara de que mi padre había estado con las dos a la vez. De las dos mujeres a las que había dejado preñadas, mi padre eligió a mi madre. Mi tía se sintió humillada y un día nos lo contó todo y nos dijo que éramos hermanos...

—¿Jarrod o Roy? O tal vez tengas otro primo por ahí...

—Roy. Roy y yo somos hijos del mismo hombre y además de hermanos también somos primos, porque nuestras madres son hermanas. Genial, ¿no? —ironiza; me he quedado sin palabras—. Nadie lo sabe, porque para ahorrarle a su madre la vergüenza de una mayor humillación, después de lo que hizo mi padre, decidimos callar. Y que la gente siguiera pensando que éramos primos en vez de hermanos.

—Debió de ser muy fuerte para los dos descubrirlo.

—Yo no me lo tomé nada bien y Roy tampoco. Él se fue a estudiar fuera sin querer mirar atrás, odiando al hombre que era su padre. Yo preferí quedarme y evadirme de otra forma.

—¿Cómo?

—Hoy no —me responde—, hoy no.

Parece que implora, y asiento.

—¿Qué ocurrió con tu padre una vez que vosotros ya lo sabíais todo? ¿Cómo ha acabado en la cárcel?

—Mi padre había hecho muchas cosas malas en su vida, entre ellas robar a personas inocentes, engañándolas con buenas palabras y aprovechándose de su buena fe. Tu padre conocía todos los asuntos internos de mi familia, ya que eran amigos y trabajaban juntos, pero también creemos que puso detectives privados para enterarse de todo y luego presionar con esos secretos para conseguir sus fines. Claro que de eso no hay pruebas... El caso es que más tarde, cuando mi padre se quiso rebelar contra el tuyo, por ciertas actitudes que tenía como alcalde que no le estaban gustando...

—Mi padre contó su secreto y se destapó todo.

—Sí, contó su secreto, y no contento con eso quiso también que mi padre fuera ejemplo para todos los que se atrevieran a ir contra él y le quitó todo lo que tenía, repudiándonos a mi madre y a mí. Dejándonos sin nada y, según mi padre, atribuyéndole más delitos de los que había cometido, para que la pena de cárcel fuera aún mayor. Pero esto no exculpa lo que hizo mi padre.

—Ya sabía que mi padre era un monstruo, pero ahora entiendo por qué odias a mi familia.

—Nací en una familia adinerada —me reconoce—. Tenía todo lo que quería. Lo tenía todo... y de la noche a la mañana, por culpa de mi padre y del tuyo, me vi sin nada. —Toma aire—. Y por hoy ya no puedo contarte más.

—¿Has vuelto a ver a tu padre?

—No, ni quiero verlo. Hace seis años que está preso y no quiero visitarlo.

—¿Y Roy?

—Él sí fue a enfrentarse a él y a preguntárselo todo. Dice que ha cambiado y que no todo es lo que parece. Yo no me lo creo.

—¿Y qué ha pasado para que ayer te pusieras de esa forma? —Luke se tensa—. Sé que has dicho que no quieres decir más, pero quiero saber qué pasó ayer diferente a lo que ha sucedido en estos seis años que lleva preso.

—Es muy probable que le reduzcan la pena por buena conducta y que salga dentro de poco de la cárcel. No quiero tenerlo cerca..., no quiero.

—¿Y si es cierto que ha cambiado? ¿Y si hay algo más detrás de lo que pasó? Mi padre es un ser miserable, tal vez...

—No quiero hablar más de él —me dice con voz tajante y dura—. Por favor —me implora suavizando la voz.

—Estoy de tu lado, decidas lo que decidas —le digo cogiendo su mano entre las mías—. Tú no eres como tu padre, al igual que yo no soy como los míos—. ¿Y tu madre?

Luke se tensa.

—Adoraba a mi madre desde niño, por eso no pude soportar saber que mi padre la engañaba. Para mí era la mejor madre del mundo..., pero todo eso cambió también. Otro día te contaré más.

—Vale, tiempo al tiempo.

Luke deja de mirar la fuente y me contempla con intensidad. Por un momento no veo murallas en él, sino a ese joven al que le tocó ser adulto de golpe y decidió que lo mejor para sobrevivir era endurecerse. Sé que aún me quedan muchas piezas de este *puzzle* por descubrir, pero ha dado un gran paso y al mirarlo siento que lo nuestro va a funcionar. Que esta vez todo saldrá bien.

Lo peor es que mi deseo de destruir a mi padre se acrecienta y no sé si, de tener ante mí el modo de hacerlo, podría obviarlo sin más, sabiendo que, de cruzar esa línea, correré mucho peligro. Mis deseos de que pague por todo lo que ha hecho no hacen sino aumentar.

* * *

Estoy llena cuando nos traen los postres. Luke se ha ido relajando poco a poco mientras hablábamos de las clases. Ron nos ha servido una sopa y unos filetes empanados con queso derretido por encima. Deliciosos. De postre nos ha traído tarta de chocolate.

—¿Tengo que sentir celos de la tarta? —bromea Luke por la forma en que la miro.

—Sí, es mi debilidad. —Y dicho esto, meto la cuchara en el postre y lo pruebo.

—Y tú la mía —reconoce Luke antes de coger mi cara y besarme.

El beso sabe a chocolate y a él. Soy adicta a su sabor, a la forma que tiene de besarme y hacerme sentir deseada. Como si no pudiera resistir el impulso de hacerlo. Gimo entre sus labios y me aparto mortificada, recordando de golpe dónde estamos. Luke se ríe y le pongo un poco de tarta en la cara.

—¿Acabas de mancharme con tarta? —me pregunta limpiándose.

—Sí —le respondo metiéndome una cucharada en la boca de manera despreocupada. Al poco siento algo frío en la mejilla.

Miro a Luke, que sonríe con una cuchara vacía en la mano.

—No lo siento en absoluto —me dice juguetón tras haberme lanzado un trocito de tarta a la cara.

Lo miro con el entrecejo fruncido, simulando enfado, y cojo mi servilleta. O trato de cogerla, pues Luke me alza y me sienta sobre sus piernas antes de besarme y llevarse el chocolate de mi mejilla. Cuando llega a mis labios, los suyos saben a chocolate y son irresistibles para mí. Sigo su beso, que se intensifica por momentos. Y más cuando una de sus manos se mete bajo mi jersey y me acaricia la espalda desnuda. Enredo mis manos entre su pelo y lo acerco más a mí. Estoy perdida. Siempre me pasa cuando me besa, soy incapaz de pensar que no estamos solos.

—Hola —le digo cuando se separa jadeante y apoya su frente en la mía.

—Hola, princesa. ¿Nos vamos? Si no, creo que haré algo imprudente y muy placentero aquí, porque ahora mismo solo puedo pensar en embadurnarte de chocolate y lamerte lentamente hasta atormentarte...

Me sonrojo y me bajo de sus piernas. Luke se ríe a mi espalda cuando voy a por el abrigo.

—Eres un pervertido.

—No es mi culpa. Es tuya, por jugar con chocolate, me das ideas —me dice inocente mientras se pone su chaqueta.

Le hago burla mientras me abrocho el abrigo, logrando que se ría de mí. Al final acabo riéndome con él. Siento que hablar de lo de su padre lo ha relajado y nos ha unido más. Estoy muy feliz de que me lo haya contado. Poco a poco lo sabré todo de él. Espero no arrepentirme de ello y que lo que esconde Luke no sea tan malo como él piensa.

Capítulo 25

PEYTON

Luke me recoge tras el trabajo y vamos hacia su coche. Lo pone en marcha e imagino que nos dirigimos a casa, pero toma un camino diferente. Llegamos a nuestro lugar secreto y detiene el coche entre las sombras, donde nadie puede ver lo que sucede dentro. Nerviosa y expectante, lo miro.

—No quiero cotillas ni curiosos cerca ahora mismo, llevo todo el día deseando tenerte solo para mí.

Luke me quita el cinturón de seguridad. Echa su asiento hacia atrás y me coge con facilidad para sentarme sobre sus piernas. En cuanto caigo sobre ellas me besa con intensidad. Me pierdo en el beso. En lo que me hace sentir su cercanía. En la desesperación que hay tras sus besos, tal vez para aliviar el dolor ante lo que me contó antes. Me acerco más a él, queriendo aliviar con mis caricias sus tormentos. Meto las manos en su pelo y acerco su cabeza a la mía.

El beso se intensifica y Luke se separa para desabrocharme el grueso abrigo que hace que nos sintamos muy lejos el uno del otro. Me lo quita con mi ayuda y lo deja en el asiento de atrás. Él hace lo mismo con el suyo y busca mis labios, al tiempo que me acerca más a él. Subo mis manos por su pecho y exploro su contorno sobre el jersey. Luke mete las manos bajo el mío y siento sus dedos quemarme en la espalda. Me remuevo y siento su dureza debajo de mí. Esto enciende mi deseo y hace que miles de terminaciones nerviosas se apoderen de mi intimidad.

Luke sube sus manos por mi cintura, sin que le importen las cicatrices, levantándome el jersey con ellas. Baja un reguero de besos por mi cuello al tiempo que una de sus manos acaricia mi pecho sobre el sujetador. Me retuerzo, pero no me aparto, y al no hacerlo le doy a entender a Luke que puede seguir; tras un leve parón, profundiza su caricia sobre mis pechos, que se endurecen bajo la tela. Sube sus besos hasta mi oreja y me besa en un punto que ignoraba pudiera producir tanto placer. Se separa y tira de mi jersey, quitándomelo. Me mira a la espera de que haga algo; lo puedo ver gracias a la luz dorada del interior del coche que ha encendido Luke. Asiento y, nerviosa, veo como cada vez estoy más expuesta a él. Me pasa la mano por la cabeza y tira de ella levemente hacia atrás. Simplemente me observa. Su pecho sube y baja agitado. El mío da una sacudida por la forma que tiene de mirarme.

Bajo la vista para ver qué puede ver él y observo mi pecho bajar y subir por lo rápido que respiro y mi sencillo sujetador de color azul oscuro. Mis pechos no son pequeños, pero tampoco enormes. Alzo la mirada y lo miro a la espera de su siguiente movimiento, ansiándolo. Por suerte no prolonga más el tormento y me acaricia sobre la tela; en sus ojos veo adoración y me siento hermosa y muy femenina. Luke me acaricia los senos sobre el sujetador y noto como se endurecen bajo su contacto. Intensifica las caricias hasta que acabo por cerrar los ojos, abrumada por lo que siento. Baja sus labios a mi escote y deja un reguero de besos por mis pechos y sobre el sujetador. Atrapa un endurecido pezón sobre la tela y succiona. Casi se me escapa un grito de la impresión ante lo que siento. Luke alza la mirada y me observa divertido. El muy jodido sabe perfectamente lo que me está haciendo. Me está matando con sus caricias. Lleva sus manos al cierre de mi sujetador y me mira, pidiendo consentimiento; asiento y lo abre. El ruido que hace al desabrocharse provoca que se me ponga la piel de gallina, y más cuando siento como se suelta. Me lo saca de los brazos y me sujeta las manos cuando no lo llevo para que no caiga en la tentación de cubrirme.

—Eres tan hermosa... No eres consciente de cuánto.

Me suelta las manos y me acaricia los pechos desnudos, que bajo su contacto se endurecen hasta dolerme. Me retuerzo cuando los acaricia, haciendo que se intensifique mi deseo. Me siento arder y noto como mi sexo está cada vez más caliente, más mojado.

Me retuerzo entre sus brazos y pego un grito cuando se lleva mi endurecido pezón a los labios y lo muerde de forma que se endurece más, si es que eso es posible. Meto mis manos en su pelo, no sé si para alejarlo o para que no se detenga jamás. No lo sé. Se separa y atrapa mis labios entre los suyos al tiempo que desabrocha mi pantalón para colar una de sus manos. Le acaricio el pecho y meto mis manos bajo su jersey hasta tocar su piel. Pienso que va a ser como el otro día, pero esta vez sus dedos se introducen bajo mi ropa interior hasta acariciar el mojado calor de mis pliegues. Me quedo rígida, con la respiración agitada. Luke me besa con ternura a la espera de que le indique que siga o que se detenga. Intensifico el beso y subo mis manos por su pecho. Me siento morir de placer. Me explora y juega con mi endurecido clítoris, tocándome con sus expertos dedos ahí donde nadie me ha tocado salvo él. Me remuevo haciendo que mi placer aumente y se concentre en ese punto que ahora es un juguete entre sus dedos. Cuando introduce uno en mi interior, gimo y le dejo hacer, sabiendo que me dará lo que busco. Sus dedos bombean en mi interior, aumentado mi placer. Gimo. Me retuerzo. Estoy ardiendo y noto como todas mis terminaciones nerviosas se concentran en ese punto. Estoy a punto. Casi puedo acariciar la liberación.

—Tan dulce, tan pasional..., mía. —Sus palabras me encantan y me encienden—. Córrete, princesa.

Y, como si sus palabras obraran magia, me corro entre sus brazos e, igual que el otro día, me abraza con fuerza mientras se me pasan los temblores y mi respiración vuelve a la normalidad. Cuando se me ha pasado, alzo mi cabeza apoyada en su pecho y lo miro. Luke me observa: parece en paz, feliz. Lo que veo en sus ojos hace que me alce a besarlo.

—¿Y tú?

—A mí me espera una ducha fría —me dice con una sonrisa.

—Yo puedo...

—No, no hoy.

Me visto, pero no me alejo de sus brazos. Nos quedamos abrazados hasta que Luke propone irnos a la parte trasera y poner una película. Intuyo que no quiere regresar a nuestra casa y acepto. Al final, como siempre, me quedo dormida y solo despierto cuando me dice que hemos llegado a casa. Salgo del coche medio grogui y espero que me pida que duerma con él, pero solo me da un beso de buenas noches. Inquieta, me alejo hasta mi cuarto no sabiendo cómo manejar lo que sentí, pero feliz de haberlo experimentado con Luke. Dudo que hubiera podido hacer tanto con alguien a quien no amara, nunca me he sentido tan expuesta y tan amada. En cuanto mi prima me ve, bufa y me tira un cojín. Sé que se alegra por mí, pero veo en su mirada el temor de que Luke me vuelva a dejar tirada en cualquier momento.

LUKE

Bajo a desayunar y preparo café mientras pienso en lo que pasó ayer en el coche. Al lado de Peyton me cuesta recordar experiencias sexuales pasadas, es como si todo también fuera nuevo para mí. Ella hace que todo lo demás quede eclipsado y no exista nada anterior a mi vida con ella. Es preciosa. Y no sé cómo pude refrenar mis ganas de quitarme la ropa y adentrarme en ella cuando sentí su estrechez entre mis dedos. Fue una auténtica tortura. Y si no lo hice es porque quiero darle tiempo a que asimile todo esto antes de llegar más lejos. O porque en el fondo temo que solo me desee y que cuando se acueste conmigo todo se acabe.

—Supongo que esa cara de tonto es que estás pensando en Peyton —bromea Roy entrando en la cocina.

—Tú la tienes siempre —le pico. Roy sonríe y saca

leche para prepararse el desayuno—. Se lo he contado..., le he dicho quién eres para mí.

Roy se tensa y me mira con sus endurecidos ojos verdes.

—¿Y si se lo cuenta a alguien?

—Ambos sabemos que, si se lo cuenta a alguien, solo será a Emily, pero ellas no dirán nada. Confío en ella.

—Si le has contado algo así, es evidente. Porque si le has dicho esto, supongo que es porque también le has hablado de nuestro padre. —Asiento—. Me alegro por ti, Luke. No dejes que el pasado te separe de ella.

Aparto la mirada y niego con la cabeza, pues ese es mi mayor miedo. Que mi pasado nos aleje.

* * *

Llego a mi casa agotado cerca de las doce. He tenido que ir a hacer una suplencia en el club de campo. Y pensar que hubo un día en que era a mí al que servían mis compañeros...; aunque no me arrepiento de mi vida de ahora. Al menos no de todo, pero no me importa trabajar para ganarme la vida. Solo odio sentirme atrapado. Entro en casa y veo a Ronnie jugando una partida a la consola. Lo saludo y subo a mi cuarto. Cuando entro me sorprende ver la luz encendida y en seguida comprendo por qué. En mi cama está Peyton con un libro entre las manos y completamente dormida. Se ha puesto una de mis sudaderas y, por su postura, sé que ha tratado de esperarme despierta. Me conmueve el detalle. No sé cuándo fue la última vez que alguien me esperó despierto. Que a alguien, aparte de Roy, le importe lo suficiente como para preocuparse por mí. Dejo mis cosas en el escritorio y me quito la chaqueta y la ropa sin dejar de mirarla. Voy al servicio a cambiarme y, cuando regreso, Peyton sigue dormida profundamente. Le quito el libro de entre las manos. Una de sus novelas románticas. La dejo sobre la mesilla y me meto en la cama.

—Luke... Estás helado —me dice cuando la abrazo.

—Hace frío, ha empezado a nevar de nuevo.

—Ya estás aquí.

—Sí. —Se alza y me besa.

Al principio es solo un simple beso de buenas noches, pero conforme pasan los segundos mi sed de ella lo acentúa. Nos besamos hasta quedar sin aliento. Me apoyo en el cabecero, sentándome, y tiro de ella para que me rodee con las piernas. Lo hace. Tiene los labios rojos. Está jadeante, el pelo lo tiene despeinado, no lleva maquillaje y tiene hasta una marca de dormir; y, sin embargo, la encuentro preciosa. Peyton me observa dudosa y mira mi camiseta de dormir. Adivino sus pensamientos y, aun a riesgo de que me mate con sus caricias, me la quito y la tiro a un lado, y... entonces lo ve, y pasa sus dedos sobre él.

—¿Qué es esto? Bueno, sé lo que es, pero...

—Era la única forma en la que podía tenerte —le reconozco, al tiempo que Peyton sigue con sus dedos el contorno de mi último tatuaje, una pieza de *puzzle* en el costado.

—¿Es la mía? —La saca de debajo de su pijama y asiento—. ¿Había otra pieza? —Abro el cajón de la mesilla de noche y se la tiendo. Las une y encajan perfectamente la una con la otra.

Los ojos se le llenan de lágrimas.

—Yo solo puedo encajar contigo. Siempre lo he

sabido, pero temía que tuviera que pasarme toda una vida conformándome en vez de estar con quien me hacía feliz —me confiesa devolviéndome la pieza.

Coge mi cara entre sus manos y me besa con pasión. La dejo hacer. Dejo que lleve el control del beso y me mate un poco más, pues aún no es momento ni lugar de tenerla. Peyton baja sus labios por mi cuello y me besa, dejándome un reguero de pequeños mordiscos, como yo le enseñé, y cuando me besa el punto bajo la oreja que ayer le mostré, casi pierdo todo el control. Se separa y me mira sonriente.

—Me estoy planteando no enseñarte nada más.

—Te gusta —me dice antes de besarme en los labios.

Se separa y me acaricia el pecho, el dragón y los otros tatuajes para después besarlos y lamerlos. Pierdo el control y me hago con la situación. La cojo y la apoyo sobre la cama, la beso y tiro de su sudadera para quitársela; no lleva sujetador y eso casi me mata aquí mismo.

La beso en el cuello y sobre los pechos. Son perfectos y encajan en mis manos a la perfección. Me encanta lo sensibles que son. Se endurecen en cuanto mi aliento los acaricia y me meto uno en la boca mientras tiro de su pantalón de pijama. Peyton se contonea para ayudar a que se lo quite y sigo bajando la prenda hasta dejarla solo con la ropa interior. Me separo para mirarla. Está sonrojada. Su respiración es aguda y sus ojos me miran con deseo. Veo tal seguridad en su mirada que no puedo retrasar más lo que quiero hacer y sé que le gustará. Me muero por probarla. Tal vez vaya muy rápido, pero llevo meses deseando estar así con ella y negándomelo por miedo. Siento que en vez de unos pocos días llevo con ella desde que la vi por primera vez.

Acaricio sus torneadas piernas y descubro que tiene

cosquillas en los muslos. No puedo resistirme y la acaricio hasta que me dice que pare. La beso donde tiene cosquillas y subo mis besos hasta su interior. Tocando su sexo y esa humedad que traspasa la fina ropa interior. Saber que está así por mí me enciende como nada hasta ahora. Se tensa y me tira del pelo. Me separo y la miro.

—Confía en mí, princesa.

—Siempre —me dice antes de soltarme el pelo. Veo seguridad en sus ojos y algo más, que es lo que hace que la ame más si cabe, pues me mira como si fuera el único hombre sobre la tierra.

El único para el que tiene ojos. Y me hace sentir especial y amado.

Cojo su ropa interior y tiro de ella, dejando que se quede expuesta ante mí. Su confianza es abrumadora y más cuando le separo las piernas y se deja hacer, confiada. Me siento nervioso. Es como si todo esto fuera la primera vez que lo hago. Y en parte lo es, porque nunca he hecho algo así con otra mujer, nunca he sentido tal atracción ni algo más que un encuentro fugaz. La fama es así. Y la verdad es que Peyton no es la única que va a experimentar primeras veces.

La beso ahí donde se concentra su néctar y Peyton da un respingo. Separo sus pliegues y la lamo con cuidado. Su sabor me embriaga y necesito más. Le doy placer con la lengua, cogiendo su endurecido botón entre mis labios y apretándolo levemente. Su respiración se agita, sus gemidos se acentúan y no puede dejar de moverse en busca de alivio. La separo más con mis manos y llevo mis dedos a su abertura para adentrar un par de ellos; cuando noto su estrechez y cómo me succiona, casi me voy, sintiendo que va a estallar tan solo con este gesto, al igual que yo. «Es tan hermosa», pienso cuando me separo un instante para mirarla. Tiene la cabeza echada hacia atrás y se ha ruborizado, sus manos tiran de la sábana y la sola imagen es casi suficiente para que me corra y explote de placer.

Me acerco a su sexo una vez más y no dejo de darle placer con mis dedos, que bombean en su interior, y mi lengua, hasta que estalla en mil pedazos gritando mi nombre.

Me alzo y la beso antes de abrazarla con fuerza contra mi pecho mientras poco a poco regresa a la tierra. Se acuna entre mis brazos cuando reacciona y su gesto me conmueve. No la merezco, lo sé, pero la necesito.

Salgo de la cama y me voy a la ducha. Una ducha fría es lo único que tendré esta noche. Me estoy aclarando el pelo bajo el chorro cuando siento unas tímidas manos en mi pecho y me tenso hasta que las reconozco.

—Peyton.

—Enséñame, Luke, quiero darte placer. —Su voz me derrite y casi hace que me vaya sin que ella tenga que hacer nada más.

Me vuelvo. Peyton ha dejado la sudadera a un lado y está en la ducha, desnuda, conmigo. Observo como sus ojos vagan por mi cuerpo y como se sonroja cuando ve mi erguido y endurecido miembro.

—No tienes que hacer nada...

—¿Puedes poner el agua más caliente? —Lo hago con una sonrisa y casi maldigo cuando Peyton me toca con cuidado.

—Nena, no hace falta...

—Una relación es cosa de dos, y no creo que sea bueno que siempre disfrute yo... Quiero que lo hagas tú también, quiero disfrutar dándote placer. ¿Tú no quieres? —Su inseguridad me conmueve.

La beso al tiempo que llevo su pequeña mano a mi erección. Le muestro cómo tocarme, subiendo y bajando nuestras manos hasta encontrar el ritmo perfecto, y la dejo sola. Y siento que me voy a morir con sus caricias. Su inexperiencia se compensa porque es ella quien me toca. Todo lo demás no importa. La beso con urgencia y la acerco a mí. Sus pechos golpean el mío, endurecidos y erguidos, y del placer casi me voy. Es perfecta. Encaja conmigo como si de verdad fuéramos dos piezas de *puzzle* destinadas a acoplarse la una con la otra. Como si ella fuera mi mitad perfecta. Y cada vez lo creo más, pues si existe tu alma gemela de verdad, la mía solo puede ser ella.

Peyton sigue moviendo sus manos sobre mi miembro y cada vez lo hace más rápido, al tiempo que nuestro beso se hace más intenso. Me dejo ir y estallo entre sus manos, no recordando la última vez que un orgasmo me dejó así de devastado. ¡Joder! Esta vez es ella la que me sostiene. Sonrío feliz cuando se me pasa el placer y le alzo la cara para besarla. Nunca me he sentido tan cerca de nadie. Mis labios se mueren por decirle que la quiero, pero callo, porque no sé cómo expresar en alto algo que nunca he dicho a nadie. En vez de eso, la beso diciéndole sin palabras cuánto la amo.

Capítulo 26

PEYTON

Me pierdo en los besos de Luke en un descanso del trabajo. Me encanta cómo me besa. Sonrío entre sus labios como hace un instante, cuando le he propuesto dar un paso más esta noche en casa y me decía que quería algo especial para mi primera vez, que por eso no ha avanzado más. Aunque le he insistido en que el lugar no me importa mientras sea a su lado, sigue cabezón con su idea. Y luego dice que soy una romántica... Empiezo a pensar que se le está pegando algo de mí a este hombre de hielo.

—Siento interrumpir. Pero tengo algo importante que contarte. —Luke se tensa y mira a Felipe—. ¡Tenemos nueva fecha de carrera!

No quiero que corra. Mi mente no deja de ver las imágenes de Luke que encontré en YouTube, a cual más peligrosa. No, no..., me voy hacia atrás.

—¿Cuándo?

—Este sábado, ya te he apuntado. Mañana salimos de viaje para los entrenamientos.

—¿Puedes dejarnos solos? —Felipe asiente y se marcha.

—No quiero que corras —le digo cuando se acerca a mí y yo retrocedo preocupada—. No me gusta que corras. Me da miedo...

—Tengo que correr. Tengo que hacerlo.

—¿Por qué?

—Porque sí.

—¿Qué me ocultas, Luke?

—No puedo contártelo.

—¿Y por culpa de eso tienes que jugarte la vida? ¡No lo entiendo!

—¡Pues no lo entiendas, joder! Esto no es discutible. No puedo hacer otra cosa. Debes confiar en mí. —Trata de tocarme, pero me aparto.

—No cuando te juegas la vida en esa chatarra que está lejos de ser segura. ¡Odio que corras!

—¡Pues esto es parte de mi vida! Esto sí lo sabías cuando empezamos a salir por tu amigo Adrian, ¿verdad? —Asiento—. ¿Acaso tu idea es cambiarme hasta que no quede nada de mí? ¡Me gusta como soy!

—Pues yo a veces no sé ni cómo eres. ¡Eres el hombre de las mil caras!

Me marcho al trabajo. Tomo aire para no desmoronarme, pero me cuesta mucho. ¿Cómo hemos pasado de las risas y las insinuaciones a los gritos? Luke me oculta algo. Y una vez más me aleja de él con dardos afilados para que no lo descubra.

LUKE

—Tu vida sería más fácil sin ella. Créeme, las mujeres solo nos dan problemas.

—¡Cállate! —Felipe sonríe.

—No puedes escapar de mí y lo sabes. Y ahora que Adrian está en el juego, pagan más si ganas, porque va más gente a veros...; estate preparado mañana a las diez. Y si eres listo, disfruta de ella y luego sigue tu vida solo. Es como mejor estarás.

Felipe se va. Furioso y agobiado, me paseo por el taller. Sé que no puedo dejarlo, el problema es que no puedo contarle a Peyton por qué. Si se lo digo, me odiará...

¡Maldita sea!

Decido darme tiempo para aclarar qué debo hacer. No me apetece correr, no quiero arriesgarme a que algo salga mal. Por primera vez tengo miedo, porque me siento vivo y no quiero perder esto. No quiero perder ni un solo instante a su lado. Y por si esto fuera poco, este sábado es el cumpleaños de Peyton.

¡Todo es una auténtica mierda!

* * *

Llego a casa y busco a Peyton en el salón, pero no la veo, solo a Emily con Blanca haciendo la cena. Me acerco a ellas. Emily me mira seria, dejando claro que lo sabe.

—No está, y no te voy a decir dónde está —me dice cuando abro la boca.

—Yo sé dónde está.

Salgo de casa y, tras coger mi coche, conduzco hacia la pequeña colina. Veo la bici que ha usado Peyton no muy lejos y aparco cerca. Voy hacia donde creo que estará Peyton y la encuentro sentada como cuando la vi por primera vez, solo que en esta ocasión lleva una manta y una mochila. Me siento junto a ella. No digo nada. Peyton tampoco. Parecemos dos idiotas intentando demostrar cuál de los dos es más cabezón.

Tengo tantas ganas de gritarle para que me comprenda como de besarla hasta que no nos acordemos de por qué hemos discutido.

—¿Vas a correr?

—Sí.

—Pues no hay más que hablar. Puedes irte. Tengo que pensar.

—¿En qué?

—En si me compensa estar con alguien que se juega la vida con un coche.

—La vida nos la jugamos cada día que nos despertamos.

—Pues si ya es de por sí arriesgado vivir, mejor no tentar al destino. Déjame sola.

—No pienso irme, vete tú. —Se lo digo sabiendo que no se irá.

Me preocupo cuando se empieza a ir.

—Vale, pues me buscaré otro sitio. —Me levanto y voy tras ella.

—Peyton, tienes que entenderlo...

—Pues cuéntame qué me ocultas.

—¿Cambiaría eso algo?

—No, no quiero que corras. Eso no es negociable.

—Entonces estamos en tablas.

—¿Tanto te cuesta entender que sufro? Cuando te vi en internet me aterré. No entiendo por qué lo haces. Y en esos vídeos no pareces tú. Parece que te gusta la fama. ¿Es por eso? ¿Te gusta ir de chico malo que conduce coches peligrosos...?

—No. Al final Felipe va a tener razón y estamos mejor solos. —Me arrepiento nada más decirlo.

—Pues entonces no sé para qué me preocupo en pensar. Si está claro que estás mejor sin mí. Mejor sin alguien que se preocupe por ti y no quiera que te pase nada y así poder vivir tu vida como te dé la gana.

Peyton sale corriendo, olvidando sus cosas, hacia la bici. La dejo ir. Debatiéndome en mi siguiente paso y en el miedo que he visto en sus ojos. A Peyton realmente le da pánico que corra. Lo que no sé es por qué. Tal vez lo mejor sea dejarla en paz..., pues no puedo dejar las carreras. Felipe me tiene cogido por las pelotas y no puedo barajar la posibilidad de dejarlo por ella.

¡Joder! ¡No sé qué hacer!

Con lo tranquilo que estaba solo... y lo desdichado que me sentía.

Si no la quisiera, me sería más fácil saber qué camino debo tomar. Me aterra tanto la idea de dejarla como la de verla padecer y hacerla sufrir.

PEYTON

—¡Estás preciosa! —Me miro el vestido azul marino: no insinúa nada ni se ajusta demasiado. Pero tiene algo que me encanta.

Entre los que me ha sacado Blanca, es el que más me ha gustado.

—Sí, no está mal.

—Yo pienso bajar como siempre —dice Emily dejando los vestidos que le ha dicho Blanca que se pruebe sobre la cama—. Me quedan fatal.

—Sí, seguro —ironiza Blanca—. Y para tu cena de mañana con Luke, ¿qué te vas a poner?

—Pues... había pensado el negro ese con detalles en rojo... —Señalo el vestido—. Pero con lo de la carrera no sé si Luke podrá.

—Si no saca tiempo para estar contigo en tu cumpleaños, yo que tú le cortaba los huevos.

Emily asiente.

No digo nada y voy a mi cuarto. Veo el móvil apagado y decido encenderlo, esperando encontrar algo de Luke. Cuando veo que no tengo nada, me enfurezco por lo triste que estoy y la rabia que tengo ante su actitud. Y más siendo el primer Día de los Enamorados que pasamos juntos. Vale que él no crea en todas esas chorradas, pero sabe que yo sí... Aunque en verdad me da igual, solo quiero una señal de que esta relación no se está yendo a la mierda. Y más tras nuestra discusión. No he dejado de pensar en la carrera. Se fue al día siguiente a entrenar y desde entonces no he sabido mucho de él, algo que me enrabia y a la vez me pone triste.

Lo peor es que por culpa de todo esto no dejo de revivir acontecimientos pasados que he querido olvidar y que son la causa de mis pesadillas desde hace muchos años...

—¡Vamos a pasarlo bien, que es mi casi cumpleaños! —les digo tratando de aparentar que todo está genial.

—¡Eso! ¡Esta noche emborrachamos a Emily!

—No.

—Eso ya lo veremos, pero a la casi cumpleañera, sí. —Blanca tira de nosotras.

Y me dejo llevar. Cuando bajamos ya hay gente y casi todos van de rojo, por eso de ser el día del amor. Vamos a la cocina y Blanca prepara algo. Nos da un chupito. Emily se niega, pero le dice que solo uno y acepta.

—Por nosotras, por nuestra amistad. —Sonrío y Emily se olvida de sus prejuicios con el alcohol.

—Por nuestra amistad —dice Emily chocando su vaso con el de Blanca.

Un chupito más se añade al lado del de Emily: Roy.

—¡Por nuestra amistad! Espero estar entre los amigos de las primas. —Asiento y Emily choca conmigo y se bebe el chupito de un trago. Y luego grita.

—Pero ¡¿qué me has dado?! ¡Qué asco!

Blanca rompe a reír y yo también. Me tomo el mío y digo lo mismo que Emily; Blanca se ríe todavía más.

—Orujo. Si Emily solo se va a tomar un chupito, tenía que darle algo fuerte para que se suelte la melena.

—Cómo te pasas, Blanca —le dice Roy.

Emily y yo nos bebemos media botella de agua. Me quema la garganta.

—Esta me la pagas —le dice Emily, que ya tiene colores.

—Vale, pero que no sea con tu comida —le dice divertida Blanca antes de tomarse el chupito—. ¡Está asqueroso! ¡El siguiente más flojo!

La gente va llegando. Blanca prepara otros chupitos y me los bebo decidida a pasarlo bien sin pensar en Luke. Bailo con Blanca, y Emily casi baila. Por su sonrisa sé que no se lo está pasando mal. La abrazo.

—¡Es casi mi cumple!

—¿No crees que ya has bebido suficiente? —me dice mi prima.

—¡No! ¡Sigo enfadada con el idiota! —Miro mi móvil, que Emily tiene en sus manos: nada, no hay nada, y no quedan más que unos minutos para que sea mi cumpleaños.

Se lo devuelvo y me quedo cara a cara con Rachel. La que me faltaba.

Trato de esquivarla, pero me sigue.

—¿Qué se siente al saber que yo siempre seré la primera para él? ¿Que lo que te hace a ti lo aprendió conmigo? Luke perdió su virginidad conmigo. ¿Lo sabías? Y luego repetimos, una y otra vez. —Por su voz noto que ha tomado varias copas. Trato de ignorarla y de no dejarle entrever estos celos que me consumen por imaginarlo con ella—. ¿Te crees que esto acabó hace años? No, bonita, Luke y yo a lo largo del tiempo hemos mantenido el contacto y nos hemos estado viendo y acostando. ¡Y eso es lo que te pasará a ti! ¡Un día solo serás su *follamiga*! —La miro con rabia y se pone delante de mí cuando trato de irme.

Cansada de ella la empujo.

—¡Serás zorra! ¡Me acabas de empujar! —Y sé que es lo que estaba esperando.

Me agarra del pelo y caemos contra el sofá. Trato de quitármela de encima. La tiro yo también del pelo, la gente grita eufórica «¡Pelea, pelea!». Deben de estar disfrutando viendo a dos mujeres pegarse. Yo en realidad trato de quitármela de encima.

—¡No sabes cómo te odio! ¡Si tú no hubieras estado en este maldito lugar, él hubiera sido mío!

Y dicho esto, trata de darme un puñetazo, pero solo me araña en la cara, pues por fin me la quitan de encima. Me levanto. Emily viene a mi lado y me abraza.

—Blanca y yo no podíamos con ella —me dice afectada—. Vamos fuera.

Asiento y salimos del salón hacia el jardín, deseando que el aire fresco me calme un poco.

—Pedazo de estúpida, no la soporto. ¡Te estaba provocando! —me dice Emily enfadada.

Me froto la cabeza donde me tiró del pelo. Blanca sale con una bolsa de hielos y me la pongo en el arañazo que tengo en la barbilla.

—Te ha provocado para esto.

—Lo sé, solo la empujé para que me dejara en paz —respondo a Emily.

—Vaya despedida de los diecinueve años —apunta esta.

—Sí, pegándome con el primer amor de mi novio. Si es que aún lo somos... —murmuro.

—¿Ha pasado algo entre vosotros? Hoy te he notado rara, pero no quería que pensaras que me meto donde no me llaman —me dice Blanca.

—Digamos que tenemos diferentes puntos de vista sobre un tema y acabamos discutiendo por cabezotas.

—Se solucionará. A Luke le importas mucho. Nunca lo he visto así con alguien, y menos con Rachel.

—Gracias —le contesto a Blanca.

—¡Casi las doce! Diez, nueve, ocho, siete, seis, cinco, cuatro, tres, dos... —Emily se calla cuando ante mí aparece un sobre acolchado que dice:

—«Feliz cumpleaños, princesa» —leo en alto.

—¡No me puedo creer que se me haya adelantado Luke con una carta!

—¿Cuándo te lo dio? —pregunto a Roy sin poder dejar de acariciar las letras del sobre que he cogido de sus manos.

—Esta mañana antes de irse. Y, por si te sirve de

algo, ha estado toda la noche hablando conmigo por WhatsApp para saber qué hacías.

—¿Y por qué no me ha escrito a mí?

—Porque sois un atajo de cabezotas los dos. Y porque, aparte, es complicado saber cómo funciona la cabeza de las tías. Si haces una cosa, malo, y si haces la contraria, lo mismo la cagas más. Dale tiempo y...

—¡No! ¡Yo soy la segunda! —Emily aparta a Roy y me abraza—. ¡Felicidades!

Me tira de las orejas. Luego me felicitan Roy y Blanca.

—Los regalos te los damos mañana —me informa Emily—. Yo me voy a dormir. ¿Tú que haces?

—Yo voy contigo, quiero leer esto de Luke.

Asiente y nos despedimos de los demás. Subimos a nuestro cuarto y me cambio la ropa por una más cómoda antes de abrir el sobre; no sé por qué estoy retrasando tanto el momento. Tal vez por miedo a lo que pueda encontrarme dentro. Me ha sorprendido que estuviera hablando con Roy por mensaje y que no me estuviera ignorando, como yo creía. Me siento en la silla del escritorio y abro el pequeño paquete.

Lo saco y veo que hay otro sobre blanco algo grande y encima un papel doblado. Lo abro y admiro como siempre la perfecta letra de Luke. Empiezo a leer con el corazón acelerado y los nervios anclados en mi estómago:

> Lo siento, no sé cuántas veces acabaré diciéndote estas palabras en nuestra relación. Creo que ambos sabemos que nuestra cabezonería nos llevará más de una vez a esto. Ahora mismo son las cuatro de la mañana y no consigo conciliar el sueño. Me debato entre mi deseo de

escribirte por WhatsApp y pedirte perdón y el no hacerlo por miedo a que no me perdones y no saber si es una señal de que has tomado la decisión de que estás mejor sin toda la mierda que me rodea.

No puedo decirte, aún, por qué corro. Pero sí puedo decirte que desde que te conocí tengo razones para vivir y no quiero arriesgarme a perder lo que tengo. Ya no soy el chico ese que has visto en los vídeos. Me has cambiado. Tú me haces sentir vivo.

Siento lo que te dije antes; no estoy mejor sin ti. Solo hay que verme ahora escribiendo, porque soy incapaz de saber cómo solucionarlo y estoy hecho una mierda ante la posibilidad de que me dejes.

No soy muy dado a las palabras bonitas y tampoco es que sepa cómo decirlas. Pero sí puedo decirte que la idea de perderte me aterra como nada en esta vida.

Perdóname, siento ser un egoísta que no te quiere contar su pasado por miedo a que cuando lo sepas salgas corriendo. Creo que en el fondo deseo que, cuando te enteres, me quieras lo suficiente como para no poder estar sin mí... Lo dicho, soy un jodido egoísta.

Roy te dará esto cuando sea tu cumpleaños. Nada me gustaría más que estar a tu lado. Espero que nuestro plan para la noche de tu cumpleaños siga en pie. Entenderé que no quieras venir a verme correr, pero compadécete de mí y llámame. Dudo que, si no lo haces, pueda concentrarme en la carrera.

FELIZ CUMPLEAÑOS, PRINCESA.

Me seco las lágrimas emocionada por su carta.

—Qué cara de tonta tienes; bueno, la tienes desde que has empezado a leer la carta —me dice Emily—. ¿Te ha pedido perdón?

—Sí. La escribió anoche, no podía dormir.
—Pues como tú. ¿Y qué más hay?

Abro el otro sobre y lo dejo caer sobre mis piernas. Dentro hay una carta, una foto y un CD. Cojo la otra carta y leo:

> Dices que sabes poco de mí, por eso esta semana he decidido recopilar algunas cosas que me gustan.

Sigo leyendo y veo que son los lugares a los que ha ido, que son muchos, la verdad, aunque luego, pensándolo, no me extraña tanto porque me dijo que sus padres eran de posibles. Pone los sitios a los que le gustaría volver y que quiere hacerlo conmigo. Hay un CD con la música que le gusta. Su comida preferida es la lasaña, por eso aprendió a hacerla. Su postre preferido, la tarta de tres chocolates. El coche que le gustaría tener, etc.

En el sobre también hay una foto. La cojo y me encuentro con un pequeño de ojos grandes y azules sonriendo, feliz como nunca he visto a Luke. Tiene la cara llena de chocolate y esa mirada de pillo porque sabe que ha hecho algo malo. Ya de niño se veía lo guapo que iba a ser. Le doy la vuelta y leo lo que hay detrás:

> Siempre me ha costado encontrar en mí a este niño despreocupado y feliz..., hasta que di contigo y he vuelto a ver esa mirada ilusionada en mis ojos. El problema es que no sé qué quedará de mí cuando los años de rencor desaparezcan; solo espero que no quede mucho del adolescente que fui y sí mucho de ese niño feliz.

Le doy la vuelta a la foto y la acaricio.

—Voy a llamarlo a su cuarto —digo, moviendo entre mis dedos la llave que me dio—. Así te dejo dormir.

—Como quieras. Ya de niño era guapo —dice Emily mirando la foto—. Si alguien puede hacer que sonría de nuevo, esa eres tú.

—Merece la pena.

—Sí, pero no va a ser fácil; esta discusión me temo que no será la primera.

—Eso lo sé. Pero lo importante es solucionarlas, ¿no?

—Sí. Buenas noches.

—Buenas noches.

Salgo del cuarto con todo lo que me ha dado y con el móvil. Abro la puerta de su habitación y entro. Enciendo la luz. Su perfume aún sigue impregnado en el aire. Voy hacia la cama y veo que hay un peluche blanco con un cartel que dice «feliz cumpleaños». Es precioso y supersuave al tacto. Me dejo caer en la cama y abrazo el peluche al tiempo que espero que me responda a la llamada. Lo hace al primer tono; debía de estar esperando que lo llamara:

—Hola...

—Feliz cumpleaños, princesa.

—Gracias. Yo...

—Lo siento, Peyton. Lo sé, soy un idiota y no sé qué hacer o cómo esperas que sea...

—Solo quiero que seas tú mismo.

—Ya no sé ni cómo diablos soy. Cuando me encerré en mí mismo odiando a todo el mundo era un capullo que solo pensaba en sí mismo. No quiero ser esa persona tampoco. A veces no sé si fue un yo contra el mundo o el mundo contra mí.

—Pues lo descubriremos juntos.

—Juntos. ¿Aunque no te quiera decir por qué corro y te pida que no investigues?

—Pese a eso, pero tengo miedo...

—Confía en mí, nena, soy el mejor y no dejaré que me pase nada.

—No vayas de creído, es peligroso.

—Sé lo que me juego. No me voy a arriesgar.

—No puedo ir a verte...

—Lo entiendo. ¿Qué tal estás tras la pelea con Rachel?

No me sorprende que lo sepa, pues Roy me dijo que habían estado escribiéndose.

—Bien, es una floja. Le tendría que haber dado lo que se merece, pero no quería ponerme a su altura.

—Lo siento...

—Todos tenemos un pasado. Supongo que a ti tampoco te hará gracia ver a Adrian.

—Ninguna, y lo tengo en el cuarto de al lado en el hotel donde estamos. No soporto ver su cara de niñato.

—Celoso.

—Mira quién habla... ¿Qué vas a hacer mañana?

—Antes que nada, gracias por los regalos, me han encantado. Tengo el peluche ahora entre mis manos.

—Eso quiere decir que estás en mi cama. Esperaba que fueras.

—Sí, y creo que voy a dormir aquí, así será como dormir a tu lado.

Luke se queda en silencio.

—Me hubiera gustado estar ahí. —Hace una pausa—. Mañana te recojo tras la carrera, prepárate algo para pasar una noche fuera, y también algo elegante para ir a cenar.

—¿Adónde vamos?

—Sorpresa, pero no quiero que pienses que te estoy forzando a nada... —Me sonrojo y asiento como si él lo viera—. Solo quiero darte una cena de cumpleaños perfecta y no me apetece regresar a nuestra casa con todos después. Te quiero solo para mí.

—Me gusta el plan. Has viajado mucho.

—Sí, como ya sabes mis padres tenían mucho dinero. Y a mi padre le encantaba pagarnos viajes a mi madre y a mí para tenerla contenta y que no le echara en cara que no tuviera tiempo para ella.

—¿Y dónde está tu madre?

—Feliz con su nueva y preciosa familia —dice con ironía y algo de resquemor—. No quiero hablar de ella.

—Vale. —Acaricio el peluche y me meto bajo las sábanas, que huelen a él—. Te echo de menos.

—Y yo a ti. —Noto dolor en su voz.

—Mañana nos veremos. Más te vale salir de una pieza o te remataré.

—Eres una agresiva.

—Ja, lo digo en serio.

—No pasará nada.

Me acomodo en la cama y se me escapa un gemido de placer sin querer por el contacto de las sábanas frías en mis pies. Siempre me ha gustado.

—Eso ha sido un gemido... ¿Acaso me estás proponiendo sexo telefónico?

—No, tonto, yo no sé hacer de eso...

—Yo sí, si quieres te guío.

—No... ¿Lo has hecho alguna vez?

—No preguntes lo que en realidad no quieres saber.

—Vale —le digo celosa.

—Pero esta vez puedes preguntarlo: no, no lo he hecho. ¿Quieres ser la primera?

—No, yo nunca me he..., bueno, ya sabes.

—¿Tocado ti misma? ¿Acaso no te gustaría tocarte imaginando que son mis manos las que están en ti, como te he enseñado? —Me acaloro con su voz seductora. Me quedo quieta para evitar caer en la tentación de sus palabras.

—¿Se puede saber cómo hemos llegado a esta conversación?

—Vamos, no te pongas así, ya eres una vieja de veinte años.

—Habló el que me saca tres años. —Se ríe.

—No tengas vergüenza de hablar conmigo sobre este tema. Es algo natural y, si no me dices lo que sientes o lo que deseas, no puedo saberlo.

—Vale.

—Hablemos de otra cosa...

—Mejor. —Se ríe.

—Lo dejaré pasar por hoy.

—Oh, qué amable —bromeo—. Cuéntame qué tal los entrenamientos.

Luke lo hace y me acomodo más en la cama. Apago la luz y hablamos un rato hasta que me empiezo a quedar dormida escuchado su voz por no haber dormido apenas la noche pasada.

—¿Peyton?

—Sigo aquí... ¿Qué decías? —Se ríe.

—Buenas noches. Que tengas muy buen cumpleaños.

—Lo intentaré, pero sé que hasta que no te vea no lo tendré. Ten cuidado, ¿vale?

—Lo tendré, descansa. Buenas noches, princesa.

Capítulo 27

PEYTON

Llegamos al lugar donde se va a disputar la carrera. Al final, tras la maravillosa comida con las chicas, he decidido venir. Es a las seis y ahora son las cinco y media. Ronnie aparca y bajo del coche andando con dificultad con los zapatos rojos que llevo, a juego con los detalles del vestido. Blanca es como mi hada madrina. El pelo me lo he recogido a un lado, dejándome un flequillo ondulado en ese mismo lado. Estoy muy nerviosa por la carrera. Y más ahora que veo a la gente y la emoción que se palpa en el ambiente. Pagamos la entrada y vamos hacia las gradas. Roy no se separa de mí, e intuyo que es cosa de Luke, pues hasta me pregunta si quiero algo para beber y me dice que si necesito algo que se lo diga.

Escribí a Luke para decirle que venía tras un mensaje suyo donde me decía que estaba preciosa en la foto que le envié, en la que salgo soplando la tarta que me han comprado mis amigas tras la comida de hoy. Se puso muy contento de que viniera. Yo sigo preguntándome por qué diablos he decidido hacerlo.

Me siento junto a los demás en primera fila y busco a Luke en el *pit lane*. Me parece ver a Felipe por allí. Nunca me ha caído bien, pero ahora me cae peor. Siento que todo esto es en parte por su culpa. Que esconde algo. Sigo mirando y veo salir a Luke con el mono negro arremangado en la cintura. Atiende lo que le dice un joven. Está muy bueno así vestido. No me extraña que haya un grupo de locas detrás de mí gritando su nombre. Una de ellas dice que se lo comería entero. No les hago caso. Ronnie se va a por bebidas y regresa al poco con ellas.

—Un refresco para cada uno. A Roy le toca conducir de vuelta —le dice Ronnie dándole un refresco como el mío.

—Gracias.

—De nada. —Me guiña un ojo y se apoya en la barandilla mientras bebe mirando a las que antes gritaban a Luke.

Miro hacia donde está Luke y veo que se ha cerrado el mono y se pone el casco para entrar en el coche. Me tenso y miro la hora: casi va a empezar. Respiro agitada y Roy se da cuenta, por cómo retuerzo mi bolso.

—Peyton, sabe lo que hace.

Asiento, pero no puedo hablar. Trato de tranquilizarme y veo como Luke conduce hacia la posición de salida. Me fijo en que Adrian se posiciona en primer lugar y Luke en el segundo. Dan la salida, todo pasa muy lento y muy rápido a la vez, y antes de que me quiera dar cuenta están corriendo. No puedo dejar de mirar el coche de Luke, como hace adelantamientos arriesgados y como conduce al límite. No soy consciente de que me levanto y aprieto con fuerza la barandilla. Uno de los coches vuelca al salirse de la pista y mi mente vuela a años de aquí, a otro lugar, cuando vi un accidente que me marcó para siempre. Me quedo paralizada. Mi mente recuerda los gritos, el ruido ensordecedor de la sirena...; quiero salir de esta pesadilla, pero me es difícil viendo a Luke correr y jugarse la vida.

—Peyton. —Blanca se pone a mi lado y me acaricia la espalda.

—Estoy bien —le digo temblando—. Estoy bien —repito viendo como el coche de Luke adelanta al de Adrian y se pierde, acelerando al máximo.

Pasa la meta el primero y la gente grita emocionada. Yo me siento, pues las piernas han dejado de responderme. El público está eufórico y algunas chicas van corriendo a la pista para ver cómo le dan a Luke su trofeo.

Poco a poco me voy reponiendo, decidida a disfrutar de que todo haya acabado y haya salido bien, al menos hasta la próxima carrera.

Luke mira hacia las gradas tras bajarse del coche, busca entre el público como si quisiera ver a alguien. Tal vez a mí. Al no localizarme se va hacia el *pit lane* y lo pierdo de vista. Esperamos un poco hasta que vamos al aparcamiento para esperar a Luke y a los otros corredores. La gente joven se queda bebiendo y bailando con la música que sale de uno de los coches. Veo el de Luke no muy lejos y me apoyo en él. Pasa un rato hasta que escucho un murmullo. Me levanto y lo reconozco entre la multitud; que sea alto ayuda, y más que yo lleve estos tacones modernos tan altos. Luke me divisa en seguida y su mirada se dulcifica. Empiezo a andar hacia él, pero sigo nerviosa y estos tacones no ayudan en un aparcamiento con gravilla. Luke llega donde estoy y me besa con deleite. Me pierdo entre sus besos y no existe nada. ¿Cómo lo consigue?

—Feliz cumpleaños, princesa. —Me acaricia con la nariz en la mejilla y me besa dulcemente en la cara.

Me derrito. Me cobijo entre sus brazos y lo estrecho con los míos. Huele tan bien... Se ha duchado y aún tiene el pelo mojado. Se ha puesto unos vaqueros oscuros y una camisa blanca que se ve bajo la bufanda gris que lleva. Meto las manos bajo la chaqueta y su calidez y sus brazos poco a poco calman mi miedo.

—Estoy bien, nena. Estoy bien.

—Abrázame solo un poquito más.

—Te abrazo todo el tiempo que necesites, princesa.

Sonrío entre sus brazos y lo dejo marchar cuando sus amigos y seguidores lo reclaman. Luke se separa, pero pone su mano sobre mi cintura. Adrian se acerca a nosotros y le tiende la mano a Luke. Luke se tensa y me acerca más a él de manera posesiva.

—Nos vemos en la próxima carrera, y pienso ganar. —Luke le estrecha la mano y sonríe de medio lado.

—Yo ya he ganado. —Tanto Adrian como yo entendemos que se refiere a mí.

Adrian sonríe.

—Consérvala entonces. Merece la pena. —Adrian me guiña un ojo—. Hablamos, Peyton.

—Es un capullo arrogante —me dice Luke cuando Adrian se va.

—Es buena gente, y me recuerda un poco a ti...

—No hay dos como yo.

—Eso te lo aseguro. —Me alzo y le doy un beso en la mejilla.

Viene más gente a felicitar a Luke. Se levanta viento

y me acerca a él para protegerme. Lo hace de manera inconsciente y son estos detalles los que me hacen quererlo cada vez más.

—¿Nos vamos?

—Cuando tú quieras, tú eres el famoso aquí.

—Sí, ya. —No parece gustarle tanto la atención como creía.

Nos despedimos de nuestros amigos y entramos en su coche tras coger mi pequeña maleta del coche de Blanca. En cuanto Luke entra, toma mi cara entre sus manos y me besa efusivamente.

—Estás preciosa. Y solo he visto esos zapatos rojos... ¿Acaso quieres matarme? No creo que pueda soportar una cena entera sin desear subirte al cuarto y dejarte desnuda solo con ellos puestos... —Me recorre un escalofrío. Luke me mira sonriente—. Pero lo haré por ti.

Conduce hasta el local en el que vamos a cenar. No está muy lejos de donde estábamos. Deja el coche en el aparcamiento para clientes. Es un hotel muy bonito y elegante.

—Parece caro.

—Anoche ya me hospedé aquí y se cena muy bien. Te gustará.

—Eso no responde a lo que te he dicho.

—No pienses en eso ahora. Es tu cumpleaños, disfruta.

Cierra el coche y entramos en el hotel usando el ascensor. Cuando se abre miro impresionada la recepción. Suelos pulidos y brillantes y todo cuidado al mínimo detalle.

—Luke...

—Disfruta y olvídate del resto. No cuesta tanto como aparenta.

Asiento. Lo sigo al restaurante, Luke da su nombre y el metre nos dice que lo sigamos. Nos lleva hasta una mesa cerca de la cristalera desde la que se ve la noche y un lago iluminado por la luna. Es precioso.

—¿Te gusta?

—Mucho. —Luke sonríe.

—¿Te ayudo con el abrigo? —Asiento y me suelto los botones para que pueda quitármelo. Cuando me quedo solo con el vestido negro ajustado de tirantes anchos y un pequeño cinturón rojo, Luke contiene el aliento. Me doy una vuelta.

—¿Te gusta?

—¿Tu idea es ponerme a prueba de alguna forma? —Feliz y sintiéndome muy hermosa, lo miro coqueta.

—Quién sabe.

—Pues lo estás consiguiendo. —Me da un beso en el cuello, que llevo al aire. Se me pone la piel de gallina.

Me separa la silla, caballeroso, y me siento. Luke se quita la chaqueta y la deja junto a mi abrigo, en una percha que hay cerca, donde están los del resto de los comensales. Se sienta. Está muy guapo con esa camisa blanca que se está arremangando. Sus tatuajes se perciben bajo la camisa, así como sus fornidos brazos y su pecho. Me mira pícaro cuando se percata de que me lo estoy comiendo con la mirada.

Saco mi móvil del bolso y le hago una foto.

—Te voy a cobrar por hacerme fotos —bromea.

—Correré con el gasto. —Le hago varias. Luke me mira a mí en vez de a la cámara y me recorre un escalofrío por la forma en que lo hace.

Dejo el móvil y lo observo de la misma manera.

—Cumplir años te sienta muy bien.

—¿Aunque sea una vieja?

—Aun así. —El camarero llega y nos tiende dos cartas.

Luke me quita la mía cuando empiezo a agrandar los ojos con los precios.

—Esto es demasiado...

—He estado haciendo horas extras, puedo permitírmelo. Eso sí, es posible que por un tiempo me veas poco.

—Pues prefiero verte más a gastarnos tu sueldo en una cena.

—Es broma. No es tan caro. Tu padre te lleva a sitios más caros.

—Ya, pero me importa bien poco que mi padre se gaste su dinero. Por mí como si se queda sin nada.

—¿Te ha llamado?

—No, nunca se acuerdan de mi cumpleaños.

—¿Ni tan siquiera tu hermana?

—Ella menos que nadie. Nunca me ha soportado, ya lo tengo asumido. —Me encojo de los hombros—. ¿La conoces?

—Sí, la conocí.

—Es de tu edad.

—Lo sé.

Luke parece tenso. Coge la carta y la lee. Tal vez hayan sido imaginaciones mías. Lo dejo pasar.

—¿Carne o pescado?

—Carne. —Asiente y cierra la carta—. Tienes suerte de que me guste todo.

—Tendría más si supieras cocinar.

—Bueno, para eso estás tú. —Sonríe—. ¿Me vas a enseñar?

—No lo sé, me lo estoy pensando.

—Ese podría ser un regalo de cumpleaños.

—Podría —me responde sin más Luke.

—Vale, haz lo que quieras. Siempre se lo puedo pedir a otra persona.

—Vale.

—¡Dios, eres exasperante! No sé cómo te soporto.

Luke sonríe de medio lado y me mira con intensidad.

—No me mires así, tal vez lo nuestro solo sea físico...

—Puede ser. —Luke parece tenso de golpe y aparta la mirada. El camarero llega y Luke pide.

—No lo es...

—El tiempo lo dirá. No me conoces apenas.

—Sé lo que siento, y no me vas a hacer cambiar de idea.

—¿Y qué sientes? —El camarero nos trae las bebidas y me evita tener que responder. Doy un trago a la mía.

—¿Sabes que según en qué parte del mundo te encuentres, el mismo refresco sabe de una manera u otra? Una de las razones es por el agua, que no sabe igual en todos los lugares. Y eso que dicen que el agua no sabe a nada...

—Si no quieres responder, no lo hagas, pero no me cuentes un rollo del agua y los refrescos. —Luke parece molesto.

—No es que no quiera responder... —me callo, dejando la frase a medias.

—Cambiemos de tema. ¿Por qué te pegaste con Rachel?

—Este me gusta tan poco como el otro. ¿Te cuento otra teoría?

—No. Di.

—Creo que sabes por qué. Es evidente que por ti.

No sé qué podías ver en ella, pero claro, solo era tu *follamiga*, como se denominó ella misma. —Luke se pone serio—. Y me restregó que yo estaba ocupando el lugar donde ya habían estado tantas otras..., cosa que es cierta, y que ella fue tu primera vez. Luego la empujé para que me dejara pasar y aprovechó ese empujón como justificación para pegarme, por el hecho de que ahora estés conmigo. ¿Contento?

—No, la verdad es que no. Lo siento, Peyton...

—No puedes cambiar tu pasado. Mejor no hablar de él.

—¿Estás bien? —Luke acaricia la mano que tengo sobre la mesa.

—Sí, me da igual lo que me diga. Duele imaginarte con otras, tener miedo de que un día te des cuenta de que no soy suficiente para ti y necesites más, pero el miedo es inevitable.

—Necesitaba más porque ellas no eran tú.

—Y luego dices que no eres romántico. —Me levanto, voy hasta él y le doy un beso en los labios.

—Yo que tú regresaría a tu sitio, si no quieres que te siente sobre mis piernas y demos un espectáculo. Me muero por besarte en condiciones.

Me muerdo el labio y Luke me lo atrapa entre sus labios. Cuando siento que esto se nos va de las manos, regreso a mi sitio sonriente.

—Eres mala, Peyton, muy mala.

Sonrío. El camarero nos trae el aperitivo y decido dejar de pensar en lo que le va a costar a Luke y centrarme en disfrutar de la cena. Empezamos a picar del plato que nos han traído y no podemos evitar acariciar nuestras manos a la menor ocasión.

—He escuchado tus canciones preferidas y algunas

me han gustado mucho; tienes un amplio registro de música.

—No me gusta un estilo de música concreto; si la canción es buena y me transmite algo, me da igual si es pop, rock o salsa.

—A mí me pasa lo mismo. Te voy a robar algunas de tus preferidas.

—Puedes robarme lo que quieras, yo pienso hacer lo mismo contigo. —La forma que tiene de decirlo es sensual y me recorre un escalofrío.

Soy muy consciente de él y de lo que me hace sentir, y ante todo soy consciente de este deseo que no hace más que crecer entre los dos.

—Vale. —No esperaba respuesta, pero se la he dado de todos modos, pues quiero que esta noche sea especial en muchos sentidos.

Lo necesito por entero. Los ojos de Luke se endurecen y aparta la mirada.

—Me matas, Peyton, y no eres consciente.

Sonrío. Nos traen la cena y trato de comer. No me entra nada por el manojo de nervios que llevo dentro, pero me lo como todo, pues ya que está delicioso.

—¿Qué dicen tus tatuajes? —le pregunto rozando su antebrazo.

Luke se tensa.

—Me los hice hace seis años, por aquel entonces quería marcar mi cuerpo.

—¿Por qué? —le pregunto cuando se calla.

—Para tener más diferencias con mi padre y porque el dolor que sentía con las agujas me recordaba que estaba vivo, pese a que no sentía nada.

—¿Y qué dicen los tatuajes? —Luke acaricia el que tiene en el antebrazo.

—Este dice que haga del infierno mi hogar. No es muy poético.

—¿Y el de tu abdomen?

—Que la soledad es la mejor compañera de viaje que puedo tener.

—No me gusta lo que dicen. —Alza los hombros.

—He pensado en quitarme algunos, tal vez un día lo haga.

—Es curioso que ambos nos encontráramos cuando buscábamos soledad. Como si el destino quisiera recordarnos que en realidad no nos gusta estar solos. Pero no es lo mismo estar solo que sentirse solo. ¿Verdad?

—Verdad. —Recogen nuestros platos—. ¿Quieres postre? Yo estoy lleno.

—Pues no..., no me apetece.

Asiente.

—Ahora vengo, no te muevas.

—Vale.

Me besa antes de irse. Me fijo en su andar firme y en como la gente lo mira al pasar. No me extraña, la verdad. Lo pierdo de vista y espero a que regrese. Cuando lleva más de quince minutos fuera me inquieto. Miro el móvil por si me hubiera escrito. Nada. Espero intranquila hasta que lo veo regresar. Me levanto y me pongo el abrigo sin abrochármelo. Luke hace lo mismo.

Ambos sentimos que esta será la noche, nuestra noche elegida para acostarnos.

Capítulo 28

PEYTON

Tira de mí hacia los ascensores. Cuando se cierra la puerta se cierne sobre mí, haciendo que mi espalda choque contra la pared. Meto las manos bajo su chaqueta y tiro de su camisa hacia mí. Luke me besa, derritiéndome. Las puertas se abren y se separa al momento. Miro de reojo como la gente que ha entrado nos mira de manera reprobatoria. Luke sonríe y yo oculto mi cabeza en su pecho para evitar que nadie me vea.

—Nos miran así por la envidia —me dice pasando sus manos por mi espalda.

—Estate quieto.

—Que no miren. Me llevas provocando toda la noche. —Luke mete una mano bajo mi abrigo y me acaricia los pechos. La gente que ha entrado en el ascensor no puede vernos, pues nuestros cuerpos están muy pegados y los abrigos impiden que se vea nada, pero yo sí soy muy consciente de como sus nudillos me acarician y mis pechos se endurecen a causa de su contacto—. Te gusta.

—Luke... —le imploro.

El ascensor se para. Luke se separa y tira de mí hacia fuera. Pasa la tarjeta de una de las habitaciones y entramos. Luke me impide la visión, pero cuando se aparta me quedo impactada. Sin palabras. Todo el cuarto está iluminado por velas. Ahora sé dónde ha estado. Emocionada, entro y veo que la cama está cubierta de pétalos de rosa. Y hay una botella de champán enfriándose en una cubitera, junto a una tarta de cumpleaños de tres chocolates. Su preferida.

Me vuelvo con lágrimas en los ojos.

—Es precioso..., gracias.

—De nada. —Parece incómodo—. No he hecho esto porque...

—Yo soy una romántica y lo sabes, y es perfecto. Tú eres perfecto.

Me alzo y lo beso. Luke se separa y va hacia la tarta. Enciende las velas y la pone ante mí. Soplo y pido un deseo mirándolo: que nada me aleje de la persona que quiero. Luke la deja sobre la mesa y abre el champán. Sirve dos copas y me tiende una.

—Por que nunca encuentres razones para alejarte de mi lado.

—No las encontraré —le digo chocando las copas. Me tomo el burbujeante champán sin dejar de mirarlo.

Luke hace lo mismo. Su mirada me abrasa. Deja su copa y aparta la mía. Me ayuda a quitarme el abrigo y él hace lo mismo con su chaqueta. Me gira y me da pequeños besos en el cuello mientras me va bajando la cremallera del vestido.

—Llevo toda la noche soñando con verte sin nada salvo esos zapatos rojos.

Se me acelera la respiración y la piel se me pone de gallina cuando el vestido cae al suelo. Luke se queda quieto y me gira hacia él lentamente. Sus pupilas están dilatadas y no deja de mirarme de arriba abajo, abrasándome con sus ojos azules.

—¿Acaso quieres que muera de un ataque al corazón? ¿Qué diablos llevas puesto?

—¿No te gusta? —le pregunto insegura, tras mirarme el conjunto de lencería fina que me regaló Blanca por mi cumpleaños.

—¿Eres consciente de lo deseable que estás? Si me gustara más no estaría ya en este mundo.

Luke me acaricia el conjunto de ropa interior de encaje que deja poco a la imaginación. Me siento deseada. Él tiene ese efecto en mí. Me da seguridad y hace que este momento sea bello a la par que sensual.

—Eres preciosa, Peyton... —Y, dicho esto, coge mi cara entre sus manos y me alza para que lo bese con la misma desesperación con la que él me besa.

Acerco mis manos a su camisa y trato de desabrocharle los botones, pero no puedo y tiro de ellos. Algunos salen despedidos, haciendo que Luke sonría entre mis labios.

—Impaciente.

—Habló el que me ha metido mano en un ascensor lleno de gente.

—Solo había dos personas.

—Suficiente.

Luke sonríe y me besa una vez más metiendo la lengua en mi boca. La mía sale en busca de la suya y la enredo hasta que Luke gime entre mis labios. Le muerdo el labio. Acaricio su fornido pecho, que está muy caliente, y llevo mis manos a los botones de su pantalón.

—Esta es tu noche, princesa. No aceleres las cosas.

Sonrío. Baja un reguero de besos por mi cuello, atrapa mi oreja entre sus labios y gime. Sigue bajando sus cálidos labios hasta mis pechos. Lleva una mano al cierre de mi sujetador y me lo quita. Como es sin tirantes, cae libre al suelo. Mis pechos se hinchan ante su contacto y se erizan, y aún más cuando se lleva uno de mis pezones a la boca. Me suelta las manos y las enredo en su pelo. Me retuerzo. Ardo de calor. Me excito, y más cuando lo lame antes de pegarle un pequeño mordisco.

Se separa y me gira para darme besos en la espalda. La carne se me pone de gallina. Luke sabe lo que hace y no quiero pensar dónde lo habrá aprendido. Esta noche es solo para los dos, el pasado se ha quedado fuera. Coge la cinturilla de mis braguitas y las va bajando poco a poco en una lenta tortura. Me quita las horquillas del pelo y mis ondas caen sueltas por mi espalda. Me besa la espalda. Sus atenciones erizan mi piel. Me da la vuelta y me mira.

—Ahora mismo me encantaría ser pintor para poder plasmar tu belleza en un lienzo.

Trago con dificultad y dejo que me mire y me abrase con la mirada. Se quita la camisa y los pantalones ante mi atenta mirada. Y solo con los bóxers viene hacia mí. Parece un ángel caído del cielo. Es perfecto. Yo sí que querría poder ser pintora y plasmar su belleza clásica en un cuadro.

Me coge entre sus brazos y caemos sobre la cama cubierta de pétalos. Están fríos y suaves. Me acarician mientras nos movemos. Lo envuelvo con mis piernas y siento como su miembro se acomoda en mi caliente sexo. Me retuerzo de manera involuntaria para encontrar alivio y subo y bajo buscando esa fricción que hace que me arda la piel. Luke baja sus labios a mis pechos y los besa mientras su mano me acaricia ahí donde se anida mi placer. Separa mis pliegues y juega con mi humedad, torturándome. Introduce un par de dedos dentro de mí y me muevo al son que marca.

—¿Estás segura, nena? No hay prisa.

—Estoy segura —digo acariciando su mejilla—. Estoy lista, Luke.

Asiente y se separa para quitarse la ropa interior y ponerse un preservativo. No aparto la mirada de sus manos, de lo que hace, y tiemblo por lo que va a suceder. Estoy segura, pero tengo miedo de no hacerlo bien. Luke se cierne sobre mí, apoyando su peso en los codos, y me besa con ternura cuando su miembro me toca íntimamente. Gimo por el placer que esto me produce.

—Intentaré no hacerte daño.

Asiento.

Luke me abre más las piernas y se introduce poco a poco en mi interior. Me sorprende sentirlo de esta forma, y me gusta. No deja de mirarme mientras lo hace. De repente siento dolor.

—Lo siento —me dice antes de introducirse del todo de una firme estocada. Me escuece y me cuesta aceptarlo en mi interior. Se me escapan un par de lágrimas que Luke seca con sus labios—. Ya ha pasado, preciosa. Te prometo que ahora todo irá mejor.

Asiento, conmovida por su voz. El dolor empieza a ceder y me acostumbro a tenerlo en mi interior. Me muevo un poco y Luke hace lo mismo. Poco a poco el dolor se transforma en placer y soy consciente de que estamos unidos.

Luke poco a poco va acelerando los movimientos, haciendo que me pierda y me retuerza contra él. Noto como entra y sale de mí. Como mi cuerpo lo acoge en su interior. Esto es mucho más intenso de lo que me imaginaba. Me besa mientras la sensación de liberación se intensifica y persigo ese orgasmo que se resiste. Cuando lo siento cerca, Luke mete una mano entre nuestros cuerpos y me acaricia el clítoris con maestría.

—No dejes de mirarme, preciosa. —Abro los ojos: es lo mismo que me dijo la primera vez que compartimos un momento íntimo.

No dejo de mirarlo al tiempo que noto que exploto y grito de placer. Nunca he sentido algo así en mi vida. Es todo más intenso, y me siento completa. Luke me sigue y se retuerce entre mis brazos, apretándome contra su pecho al tiempo que remiten nuestros temblores. Lo abrazo con fuerza y retengo el «te quiero» que está a punto de escaparse de mis labios. Tal vez sea pronto para decírselo. No quiero estropear este momento diciéndole que lo amo. Pero sí puedo decirle con mis gestos cuánto significa para mí.

LUKE

El amanecer entra por la ventana. Y su luz acaricia poco a poco a Peyton, que duerme acurrucada a mi lado sobre mi pecho, ignorando que llevo un rato observándola dormir, incapaz de creerme que esto sea cierto. Anoche supe lo que siempre me había faltado y por qué buscaba el placer en otras mujeres. Siempre me sentía vacío, creyendo que era porque necesitaba más, y en realidad lo único que necesitaba era encontrarla a ella.

Cada roce, cara caricia, estar dentro de ella..., todo era más intenso. Tal vez ella fuera la única virgen de los dos, pero yo sentí que todo lo que sentía y experimentaba era nuevo, como lo fue para ella.

Acaricio su espalda y Peyton se pega más a mí. Sonrío por su reacción. Anoche nos quedamos dormidos y, cuando nos despertamos, nos dimos un baño juntos y nos comimos la tarta, que se estaba empezando a desmoronar. Estuve tentado de hacerla mía una vez más en la bañera cuando me besó con su cara arrebolada y sus labios rojos por mis besos. Si en algún momento pensé que, cuando me acostara con ella, lo que sentía quizá iría remitiendo, estaba equivocado. Ahora la deseo más si cabe. Y la quiero más, si es que eso es posible.

Aparto su pelo rubio de la mejilla; veo los pendientes de plata y cristales que le regalé anoche. Los dejé sobre su almohada cuando se preparaba para acostarse. Este mes tendré que hacer horas extra, pero ha merecido la pena. La acaricio y Peyton protesta. Paso la yema de mis dedos otra vez, incapaz de resistirme, por los contornos de su cara. Peyton refunfuña, sonrío y le doy un beso antes de salir de la cama para pedir algo de desayuno.

Llamo al servicio de habitaciones. Abro la puerta cuando llaman y, tras darle propina al camarero de piso, cojo el carro yo mismo para que no entre y lo dejo cerca de la cama.

—Huele a chocolate —dice Peyton aún con los ojos cerrados.

Se despereza y abre los ojos para mirarme como nadie me ha mirado en la vida. Como si para ella yo fuera lo más importante. No me siento merecedor de su mirada, pero me da igual. La necesito y la quiero a mi lado.

Peyton gatea sobre la cama y me da un beso antes de mirar lo que hay en la bandeja. La agarro y la siento sobre mis piernas. Le doy un beso antes de dejar que coja algo para desayunar. Desayunamos y, cuando Peyton moja el bollo en el chocolate, le muevo aposta la mano para que se manche la cara. O esa era mi idea, pues el bollo se le escapa de los dedos y cae sobre mi brazo y luego sobre mi camiseta. Peyton rompe a reír con la cara llena de chocolate.

—Eso te pasa por malo —me dice entre risas. La tiro sobre la cama y le hago cosquillas, impactado por este lado infantil mío que no creí que siguiera habitando en mi interior. Ella está despertando emociones dormidas en mí.

Capítulo 29

LUKE

Termino de reparar un coche y voy hacia otro. Saco el móvil del bolsillo del mono y veo que son más de las once. Peyton me dijo que me traería el café y ya es tarde para la hora a la que suele entrar. Le escribo:

> Luke: ¿Acaso me has castigado sin mi café?

Tarda un poco en responder:

> Peyton: No, pero tu dichosa ex no hace apenas su trabajo y esto está hasta arriba... Lo siento. No puedo ir :(

Me guardo el móvil y voy a lavarme las manos. Salgo hacia donde está Felipe.
—¿Adónde vas?

—A por un café. Ahora vengo.

Salgo hacia la cafetería mientras pienso en este fin de semana. Peyton fue al *pub* donde trabajo con nuestros amigos y me tocó ver como casi todos los tíos que la rodeaban le miraban el culo sin que ella se diera cuenta, mientras yo tenía que trabajar. Así como verla bailar sin ser consciente, como siempre, de lo hermosa que es cuando lo hace. No soy celoso, pero sí tengo miedo de que encuentre a alguien que le recuerde la cantidad de razones que hay para que no esté conmigo.

Me esperó a que acabara mi turno y en la intimidad de mi cuarto le hice el amor esperando que entendiera sin palabras cuánto la amo y cuánto la necesito en mi vida.

Entro en la cafetería y, como Peyton me ha dicho, está llena de gente. La veo atendiendo con su adorable y maravillosa sonrisa, y también veo a Rachel mandando mensajes con el móvil. ¿Qué vi en ella? ¿Por qué la conservaba como amiga? Tal vez porque, como siempre, me dejaba llevar sin más.

La gente me mira mientras voy hacia el mostrador. Los ignoro. Si no les gusta cómo voy vestido, que no miren. Me pongo detrás del último y espero. Peyton no me ha visto, pero sí Emily, que está sentada y me saluda. Miro hacia donde está Peyton y sé el momento exacto en el que me ve. Primero me mira con asombro, luego con una sonrisa que hace que sus grandes ojos marrones brillen, atrapando ese sonrojo de sus mejillas y esa sonrisa que cada vez es más amplia..., hasta que mira a su alrededor y ve algo que no le gusta, pues ya que se pone seria hasta que le sonríe al siguiente cliente. Me vuelvo y veo a unas jóvenes haciéndome fotos. Las miro con dureza. ¿De qué van?

—¿Qué te pongo...? —No la dejo acabar, pues le cojo la cara y la beso.

—Primero un beso, y luego mi café y algún dulce.

—Dulce... —Me sonríe y se alza para besarme y luego mira a las que me hacían fotos—. Eres un provocador, pero te perdono por este impresionante beso.

Me guiña un ojo y se va a prepararme lo mío. Siento que alguien me mira y veo que es Rachel, que se acerca hacia donde está Peyton con el café.

—¡Cuidado! —grito, pero es tarde; Rachel ya ha empujado a Peyton y el café se le ha caído sobre la mano.

—¡Ya estoy harta! —grita Magda sorprendiéndonos a todos, sobre todo a Peyton, que se toca la mano. Voy hacia ella—. ¡A mi despacho ahora! —le dice a Rachel.

Esta, blanca como el papel, se marcha.

—¿Estás bien? —le pregunto a Peyton cogiendo su mano y metiéndola bajo el grifo.

—Sí, por suerte no lo había calentado mucho e iba a darle un poco más de calor.

—¿Puedes seguir? —le pregunta Magda.

—Sí. Yo me encargo. Regresa a la cola, Luke —me dice tras darme un ligero beso.

Regreso enfadado con Rachel y odiando esta situación. ¿A qué está jugando? Ella no siente nada por mí. Solo se quiere a sí misma, pero es una niña caprichosa que no puede soportar que alguien tenga algo que ella quiere.

—Ten, y tranquilo, estoy bien.

—Estoy tranquilo...

—Estás furioso, el azul de tus ojos es igual al de una tormenta.

—Nos vemos luego. A ver si la despiden de una vez y te deja tranquila.

Peyton asiente. Me marcho tras pagarle el café y el dulce. Llego al taller sin ganas de comer y cansado porque mi pasado acabe por dañar a Peyton, que es quien menos culpa tiene de mis decisiones.

PEYTON

—¡Nunca será tuyo del todo! ¡Él solo se quiere a sí mismo! —grita Rachel, que sale corriendo con su ropa a medio poner.

—¡Vete ya, Rachel! —le dice Magda, que ha perdido del todo la paciencia. La gente mira el espectáculo impactada. Rachel se va—. Peyton, sirve un *cupcake* gratis a cada uno. Emily, sígueme.

Emily me mira dudosa y, tras dejar sus cosas debajo del mostrador, sigue a Magda. La gente se levanta y me piden el *cupcake* gratis. Llega un momento en que no sé quién estaba ya aquí y quién acaba de entrar, pero todos piden el dulce, ya que se ha corrido la voz.

—Ya te ayudo... —Miro a Emily, que está a mi lado, roja como un tomate y con la misma ropa que yo—. ¿Qué? Así ayudo a mis padres con los gastos...

—¿Estás bien?

—Genial —ironiza—. Como Magda dice que me paso aquí todo el rato, así por lo menos cobro.

Asiento y me da la impresión de que esto va a ayudar mucho a Emily, a que se suelte más y pierda esa timidez autoimpuesta para evitar llamar la atención demasiado. Al principio le cuesta sonreír, pero poco a poco me sorprende cuando acaba atendiendo con una tímida sonrisa. Entre las dos lo arreglamos todo y por primera vez dejo se sentirme agobiada en el trabajo.

—No ha sido tan malo —me reconoce, mientras nos cambiamos tras nuestra jornada laboral.

—Me alegra oírlo.

Asiente. Nos terminamos de cambiar y nos despedimos de Magda hasta el lunes. Me parece increíble que haya convencido a Emily para trabajar y le estoy muy agradecida. Salimos y vemos a Luke apoyado sobre su coche con las gafas de sol puestas y su gesto duro de antes.

—Hola. —Me alzo para besarlo y le dibujo una sonrisa con los dedos—. No te pongas en modo gruñón, no hoy que Emily va a ser mi nueva compañera y Rachel se ha ido..., y a ver si es para siempre.

—Enhorabuena por tu nuevo trabajo, seguro que lo haces muy bien. ¿Has traído tu coche? —le pregunta a Emily, y esta niega con la cabeza, aún asimilando que ha aceptado trabajar en la pastelería—. Bien, vamos.

Entramos en el coche de Luke. Miro a Emily por el retrovisor y por su mirada sé que me está diciendo que a saber qué mosca le ha picado a este. Alzo los hombros y dejo para luego el tratar de hablar con Luke y ver qué le sucede.

Llegamos a casa, entramos y veo que mis compañeros están poniendo la mesa para comer. Nos saludan. Sigo a Emily a su cuarto al ver que Luke se va al suyo con cara de pocos amigos. Cuando se pone así, no sé cómo llegar a él. Me cambio de ropa y voy hacia la habitación de Luke. Al pasar por el servicio de los chicos escucho la ducha y me imagino que es él. Llamo a la puerta de su cuarto y, como no responde, busco mi llave y abro. El armario está abierto y algunos cajones también. Me siento en la cama y lo espero.

Luke no tarda en entrar, vestido solo con un vaquero sin abrochar, dejando ver sus bóxers negros. Lleva una toalla en la mano y se está secando su pelo negro. Alza la mirada y al verme me ignora y va hacia su armario.

—¿Te he hecho algo para que me trates así?

—Necesito estar solo, y no es nada contra ti. —Voy hacia él—. Déjame.

Dolida, lo miro enfadada para que no vea mi dolor.

—Como guste su excelencia —digo con recochineo sacando a relucir el título por el que se le conoce y dándole a entender que ahora está claro que parece de hielo—. ¡Y tal vez cuando quieras hablar yo no tenga ganas de escucharte!

Esto se lo digo desde la puerta antes de salir. Espero que me siga y no lo hace. Voy hacia mi cuarto y espero. Cuando escucho un portazo sé que ha sido él quien se ha ido. Dolida y enfadada me meto en la cama. Lo siento muy lejos cuando hace esto. Y tengo miedo de que no le guste su vida de ahora, en la que tiene que dar explicaciones a alguien de sus estados de ánimo.

Capítulo 30

PEYTON

Me despierto desorientada y salgo de la cama. Miro el móvil y veo que son las dos de la mañana y no sé nada de Luke. Me acerco a la ventana como si la noche guardara las respuestas que busco, y al parecer en esta ocasión sí es así, ya que Luke está cerca de la piscina, mirándola. Como siempre, han venido algunos amigos de fiesta a la casa y las luces se reflejan en el agua. Me molesta que esté ahí parado en vez de haber venido a hablar conmigo, y más todavía que haya podido estar en la fiesta. Me visto con lo primero que pillo y bajo a plantarle cara, sin importarme lo que puedan pensar los que están en el salón.

Salgo al jardín tras coger una manta del armario y, con ella sobre mi cabeza, voy hacia Luke y lo enfrento.

—¡¿Se puede saber qué narices te he hecho ahora para que me ignores de esta forma?! —le digo a pocos pasos de él.

—No estoy así por ti. Es por mí —me dice sin darse

la vuelta—. Por la mierda que tienes que tragar por culpa de mis decisiones.

Se vuelve y me mira totalmente atormentado. Pongo mi mano sobre su pecho. Luke pone la suya encima.

—Pues no le añadas más. Lo que necesitaba tras lo de Rachel era tu apoyo, no que me miraras como si acabara de hacer algo malo. Cuando te aíslas, me da por pensar cosas que tal vez no sean y temo... temo que te estés replanteando estar conmigo por lo complicado que es tener una relación.

Luke se vuelve. Noto que se tensa. Me quedo quieta esperando que diga algo. Que lo niegue.

—Yo sí tengo miedo de que un día no resistas más y me dejes. No sé cuánto podrás aguantar por mí ni si te puedo pedir que lo hagas. —Lo abrazo y Luke me corresponde con otro abrazo.

—Puedo con esto y mucho más.

—Eso espero. —Escuchar sus miedos alivia los míos, pues tenemos los mismos.

Luke me besa con dulzura. Me acaricia la ardiente mejilla.

—Lo quiero todo de ti. Hasta tus problemas. Estamos juntos en esto.

Luke me besa antes de abrazarme. Qué bien se está entre sus brazos. La tensión de esta tarde se evapora del todo. En sus brazos me siento completa y segura como en ningún otro sitio.

Esta noche hacemos el amor con más pasión que otras veces. Luke ya me ha advertido que no podía ser tierno y lento hoy. Él ignora que, aun cuando piensa que no lo es, siempre está pendiente de mí y me cuida. Caigo sobre su pecho y me abraza de manera posesiva, como si temiera perderme.

—Estoy a tu lado, ahora y siempre —le digo, incapaz de callarme.

LUKE

Miro a Felipe asqueado mientras me dice que mañana viernes salimos para otra carrera que se correrá el sábado.

—¡¿Y no has pensado en avisarme antes?!

—La verdad es que no iba a apuntarte..., pero en el último momento uno de los corredores se rajó y me llamaron, y por supuesto dije que sí.

Veo en sus ojos oscuros el brillo del dinero. Esta carrera se corre en un circuito que hace años que no pasa los controles de calidad. Correr allí es arriesgado, pero quien gana consigue un gran premio económico.

—Estoy harto de esto...

—Ya sabías lo que había cuando firmaste... Tú gana, y estarás más cerca de perderme de vista.

Se marcha. Aprieto la mandíbula y los puños para contener esta rabia que corre con fuerza por mis venas. Nunca en mi vida me he arrepentido tanto de algo, aunque, cuando firmé, era eso o arriesgarme a algo peor. No tenía salida. Y todo estaba más o menos bien, hasta que mi vida empezó a tener sentido cuando conocí a Peyton, y ahora ya no quiero perderme ni un solo día de estar a su lado... Lo peor es que no puedo hacer nada.

Miro hacia la puerta por donde Peyton no tardará en aparecer, sabiendo que si le digo lo de la carrera se enfadará y, lo que es peor, se preocupará y angustiará.

Roy me contó lo mal que lo pasó en la otra carrera, y cómo se fue quedando pálida conforme avanzaba, haciendo evidente que las carreras la sumían en un estado de horror. No quiero que pase otra vez por algo así.

—¿Felipe? —Este aparece alzando una ceja—. ¿Corre Adrian?

—No, no está inscrito, lo cual es una lástima, pues eso le daría mayor publicidad.

—Mejor así.

—Si tú lo dices... —Se marcha.

No voy a decirle nada a Peyton. No tiene por qué enterarse, y así evito que sufra. Odio hacérselo pasar mal. No soporto verla angustiada por mi culpa. Ojalá no tuviera esta sensación de que esto no puede salir bien.

Escucho la puerta abrirse. La veo entrar con mala cara y eso me hace temer que sepa algo. Alza la mirada y me sonríe, pero su sonrisa no alcanza sus ojos castaños.

—¿Qué pasa? —le pregunto antes de que llegue, temiendo su respuesta.

—Mi padre... Quiere que a la salida vaya a su casa. —Aunque odio a ese cabrón, no puedo negar que siento alivio ante su respuesta.

—Si quieres, te llevo.

—No te preocupes, me llevará Emily.

Asiento sin más. Peyton se acerca y me da un beso; tenso y pensando en lo que no le estoy contando, no se lo devuelvo como siempre. Ella se aparta y veo dolor en sus ojos. Le cojo la cara entre mis manos y la beso, deleitándome con su sabor. Nunca me canso de besarla, al contrario, cuanto más lo hago, más sed tengo de sus labios.

—Lo siento, estaba distraído. —Peyton me sonríe, haciendo que en sus ojos ya no quede nada del malestar que le produce pensar en su padre.

—Esta vez te perdono —bromea. Me tiende el café y me lo tomo distraído—. ¿Qué te pasa?

Me vuelvo y le digo parte de la verdad:

—Me preocupa qué pueda querer tu padre.

—Tranquilo, sé dominarlo. —Por su mirada sé que solo trata de hacerse la fuerte.

Si no insisto más es porque no quiero que ella indague en lo que pueda pasarme a mí y tener que mentirle.

—Nos vemos luego en casa, entonces.

Llega la hora de irme a casa. Peyton aún no ha regresado; me doy una ducha y me preparo algo rápido para cenar y ponerme a estudiar. Este año se me está haciendo algo cuesta arriba por el trabajo. Tener que pagar la matrícula, los libros y los materiales y demás gastos hace que tenga poco tiempo para estudiar. Y más ahora, que quiero sacar tiempo para estar con Peyton, cosa que por desgracia no puedo hacer tanto como me gustaría. A veces temo que se canse de tener que compartirme con el trabajo y con la cantidad de responsabilidades que tengo. Sobre todo lo de las carreras. Tal vez debería decirle la verdad..., pero no quiero que sufra si puedo evitarlo, y... ojos que no ven, corazón que no siente.

Son más de las once cuando voy al cuarto de Peyton para tocar a la puerta extrañado porque no esté ya aquí. Me abre Emily.

—¿Y Peyton?

—¿No te ha escrito? —Niego con la cabeza—. Su padre le pidió que cenara con ellos, y dijo que luego la acercaría uno de sus coches. Peyton me dijo que te escribiría cuando pudiera.

—Pues es evidente que no ha podido.

—Sí. No tardará ya mucho.

No digo nada y me marcho de vuelta a mi cuarto. Miro el móvil y no tengo nada. ¿Qué clase de relación tenemos si ambos nos ocultamos cosas? Siento que entre los dos estamos cimentando nuestra relación sobre arenas movedizas y que en cualquier momento todo se vendrá abajo. Y es la primera vez que deseo que todo salga bien. Lo peor es que no sé cómo hacerlo. Ahora sé que nunca nada me ha importado tanto como ella, ni tan siquiera cuando creía que lo tenía todo en la vida. Y no sé qué hacer.

Inquieto, me muevo por el cuarto hasta que cerca de las doce la puerta se abre y aparece Peyton con el pijama puesto y con mala cara. No me acerco a ella, aunque lo deseo, como si temiera que, de hacerlo, ella fuera a decir algo que nos alejara más. Odio sentir este miedo que hace que experimente inseguridad por primera vez en mi vida.

—Hola —me dice sin más, y no me abraza.

—Hola —respondo, y me quedo donde estoy; nos miramos retadores a los ojos sin saber por qué ha empezado todo esto.

Sé que en mi caso es por culpa de callar lo de la carrera, pero en el suyo, lo ignoro.

—Mi padre quiere que me vaya de viaje con él este fin de semana con motivo del compromiso de mi hermana, y no puedo negarme. —Veo en sus ojos algo que me incita a preguntar por qué, pero callo. Maldita culpa...

—¿Y cuándo regresas?

—No lo sé...

—Bien.

—Bien —repite. Veo dolor en sus ojos y quiero y deseo acortar la distancia que nos separa y ansío que lo haga ella, que me haga ver que todo está bien. Que no tengo motivos para desconfiar de ella.

¿Por qué hace lo que le dice su padre? ¿Qué motivo tiene para seguir a ese despreciable? Mi mente evoca épocas pasadas en las que la gente eligió su camino y pocos siguieron a mi lado. Odio sentir esa vulnerabilidad, no los necesito, no los necesito..., pero a ella, sí.

—Pues si no tienes más que decirme... —Por un instante pienso que sabe lo de la carrera, pero sé que, si lo supiera, me preguntaría directamente. Niego con la cabeza y aparto la mirada. «Hago lo correcto», me repito cuando miro hacia el escritorio—. Pues buenas noches. Ya nos veremos...

Peyton se da la vuelta no sin antes mostrarme el dolor en sus ojos. Es este dolor lo que hace que me trague el orgullo y dé dos zancadas hasta ella. La giro y la beso, sintiéndome tonto por alejarla de mí precisamente por miedo a que ella lo haga. Peyton me besa con entrega y me abraza fuerte diciéndome con ese gesto que me quiere tan cerca de ella como a mí me gusta estar.

—Lo siento —le digo cuando me separo lo justo de sus labios para hablar—. No me gusta hablar de tu padre.

—Lo sé, lo he notado en tus ojos... Es solo eso, ¿verdad? —Veo el mismo miedo en sus ojos que el que yo siento ante la posibilidad de perderla.

Mierda, no puedo mentirle si me mira así. Me aparto de ella. Joder, lo hago por ella. Para no crearle ansiedad..., y más porque siento que su miedo se debe al accidente que tuvo y por el cual tiene las marcas. No sé aún qué más pasó, y si no le insisto o indago para saber qué más hay tras sus cicatrices, es porque no quiero que haga lo mismo conmigo.

Al menos ahora callo porque no quiero producirle más dolor. No quiero que sufra mientras yo corro.

—Todo está bien, nena.

—No lo siento así... Salgo mañana temprano, voy a dormir con mi prima para hablar unas cosas. —Sé que es una excusa, pero asiento, pues no sé mentirle si la tengo delante—. Vale, pues hablamos pronto. Ten cuidado y, si sales...

—¿Si salgo? —La miro divertido cuando se calla; al menos este tema es seguro.

—No ligues.

—Celosa.

—¿Y tú no?

—No —miento, pues no soporto ver a ningún idiota mirándola.

—Vale, entonces no te importará que tontee en la fiesta. Buenas noches. —Trata de irse, pero una vez más la retengo.

—Haz lo que quieras —le miento solo para ver cómo sus ojos marrones pasan de la picardía al enfado.

—Lo haré.

—Bien.

—Bien —repite retadora. La beso, divertido por nuestra forma de picarnos.

—Buenas noches, princesa.

—Buenas noches. —Me da un beso y se muerde el labio.

—Di.

—Todo está bien entre los dos, ¿verdad?

—Sí —no dudo al responderle, y veo alivio en sus ojos. Me abraza fuerte antes de irse.

—Nos vemos pronto, no te metas en líos.

Asiento y estoy tentado de decirle que se quede,

pero no quiero estropearlo si vamos a estar días sin vernos. Pasar toda una noche con ella sin que note que algo me preocupa sería complicado. Además, me tomo lo de su salida con sus padres como un mensaje del destino para que calle, pues me ha venido muy bien que esté lejos y así evitar mentirle diciendo que salgo de viaje por otra cosa. Es una señal.

Capítulo 31

PEYTON

Colin me hace un gesto para que vaya a su lado. Está cerca de uno de los balcones y, por su mirada, sé que espera que vaya hasta allí para huir de esta fiesta. Desde que llegué esta mañana con mi familia no he tenido tiempo para estar sola. Nada más llegar la modista nos hizo probarnos los vestidos elegidos para la cena de pedida de mañana. Tras esto nos fuimos a comer y luego a visitar a amigos de mi padre de la zona. Regresamos y tuvimos que prepararnos para la cena. Por suerte no han invitado a mucha gente a la cena de hoy, pero pese a eso estoy cansada de sonreír y de hacer creer a todo el mundo que siento adoración por mi hermana.

Luke y yo nos despedimos de forma distante. Ayer sentí que me ocultaba algo, mejor dicho, algo más, ya que a estas alturas de la relación pensaba que sabría más cosas de su pasado, y nada. Le dije que dormiría con mi prima, esperando que él insistiera para que me quedase en su cuarto, pero el alivio que vi cruzar su mirada solo hizo que me sintiera peor. Algo pasa, y que no sepa nada de él, desde que esta mañana me respondió con un frío «ok» cuando le dije que ya había llegado, me inquieta más.

Tengo miedo de que sus secretos nos acaben separando.

Llego hasta Colin, que ha venido a la cena junto con su familia, y por suerte su novia no está a su lado. No he tenido oportunidad de hablar con él y me apetece hacerlo. Se parece a ese amigo que creí que era.

—¿Salimos fuera? —me pregunta.

—Sí, por favor, si sigo sonriendo más y haciendo creer a todos que estoy feliz por todo esto, creo que me voy a atragantar.

Se ríe y me sigue al balcón. El frío de la noche se pega en mis brazos antes de que un amable Colin me ponga su chaqueta sobre los hombros.

—Gracias.

—De nada. —Colin se apoya en la barandilla y mira hacia el mar. Hago lo mismo—. Siento si te hice daño cuando te besé...

—No pasa nada, está olvidado.

—Me gustaría que fuéramos amigos. Tal vez con el tiempo.

—Seguramente sí. —Lo miro y le pregunto algo a lo que llevo tiempo dándole vueltas—. ¿Qué te pasó esa noche? No parecías tú.

Se pasa la mano por el pelo y por un momento creo que no me va a responder, hasta que habla.

—He tenido problemas con las drogas —confiesa. Agrando los ojos—. Me ha costado mucho aceptar que tenía ese problema y pedir ayuda a mi familia. Ahora hago terapia y desde hace dos meses no tomo nada.

—¿Y por qué ahora?

—La forma en que te traté. Tu cara de miedo... No se me iba de la cabeza. Y al final acepté el problema. Y se lo conté todo a Cam, que algo ya sospechaba, por otra parte.

—Lo siento, Colin. Las drogas no son buenas.

—No, y lo peor es creer que controlas y que puedes dejarlas cuando quieras y darte cuenta un día de que en realidad son ellas las que te controlan a ti. Por otro lado, he empezado a conocer a alguien y no sé cómo contarle todo esto, ni si debería hacerlo.

—Deberías decírselo.

—Sí, pero tengo miedo de que esto la aleje de mí.

—A mí me gustaría saberlo. Luke me oculta muchas cosas y ese silencio es el que nos aleja.

—Luke es muy complicado. No es de las personas que cuentan lo que les pasa. En eso nos parecemos.

—Hablas como si lo conocieras bien.

—Y así es, para bien o para mal lo conozco, pues hace años éramos como hermanos. —Lo miro impresionada—. Por tu cara veo que no sabías nada.

—No, solo me dijo que erais amigos, pero no sabía que tan íntimos. Hay mucho de Luke que no sé. A veces siento que nunca lo sabré.

—Si te sirve de algo, estando contigo yo he visto al Luke que era cuando no trataba de ser lo que la gente esperaba que fuera. Cam nunca entendió por qué era amigo de Luke, que con él era un capullo, pero conmigo era legal, aunque no mostraba esa parte de sí mismo a mucha gente. Solo yo y Roy la conocíamos.

—¿Y qué pasó? —le pregunto cansada ya de vivir en la oscuridad.

—Que Luke no me creyó y me juró enemistad.

—Estoy tentada de preguntarle por qué, pero callo, quiero que Luke me lo cuente.

—Hay mucho que no sé de Luke.

—Sí, y no sé qué queda del Luke que fue en su día.

—¿Y no has tratado de recuperar su amistad?

—No, intenté que me escuchara..., pero no lo hizo. De él depende querer saber la verdad. Y luego me junté con malas influencias y creí controlarlo todo, y eso hizo que me distanciara más de todos.

—Me gustaría que todo esto me lo contara él.

—Supongo. Dale tiempo. —Asiento y nos quedamos en silencio—. ¿Le quieres?

—Mucho. Creo que, de no ser así, no soportaría vivir a oscuras con él.

—Lo suponía, y se te nota. ¿Y cómo llevas lo de las carreras? Cuando te vi en ellas no tenías buena cara.

Vi a Colin de pasada en las carreras, pero estaba tan aterrada que casi ni le presté atención.

—Odio que corra. Por suerte de momento no tiene ninguna más... —Colin me mira de una forma que revela que sabe algo que yo ignoro—. ¿Qué pasa?

—Tal vez lo mejor sea que no sepas nada. ¿Regresamos dentro? Va haciendo frío.

Colin empieza a irse, pero lo detengo.

—Dime qué sabes, sea lo que sea.

Colin duda, y noto por su mirada que no le hace gracia esta situación.

—Si ha callado, tal vez sea por algo...

—¿Si ha callado el qué? —Ya he empezado a imaginar cosas y temo lo que pueda decirme—. Merezco saber la verdad.

—Sí, pero no por mí...

—Me parece increíble que le guardes lealtad pese al

tiempo que ha transcurrido. Sabes que si cojo mi móvil y escribo a Blanca lo sabré.

—Sí... —Se pasa la mano por el pelo y veo en su mirada que ha claudicado—. Tiene una carrera mañana por la tarde y, por lo que parece, tú no sabes nada. Lo siento, Peyton...

Asiento y me despido de él para ir hacia mi cuarto. Entro y busco el móvil, que he dejado sobre el escritorio. No tengo mensajes. Ahora todo cobra sentido. Ayer lo sabía, sabía lo de la carrera y no me quiso decir nada. ¿Por qué? No me duele no saber nada de la carrera, sino su facilidad para mentirme, para ocultarme cosas de su vida ahora que está conmigo. Desbloqueo el móvil y lo llamo. Miro inquieta la noche. Luke no tarda en responder.

—Hola, nena. ¿Qué tal va todo?

—Bien, deseando regresar.

—¿Cuándo vuelves?

—No lo sé. ¿Por? ¿Trabajas?

—Sí, tengo trabajo. —«Mentira», pienso, dolida y con lágrimas bailando en los ojos.

—¿Dónde estás? ¿En la discoteca trabajando? —Sé que no está allí porque no se escuchan ruidos de música ni de gente, y por lo que sé de sus carreras suele ir el día anterior y pasar la noche en un hotel.

—Sí. —Su mentira hace que las lágrimas se desprendan de mis ojos—. Estoy en el almacén.

—Bien..., tengo que dejarte. Mi padre me llama.

—Vale.

—Adiós.

Cuelgo y me siento en la cama presa del dolor. ¿Cómo ha sido capaz de mentirme? Hubiera entendido que me lo ocultara para evitar hacerme daño, pero que si lo pillaba fuera incapaz de engañarme. Creí que Luke no podía mentirme; hasta ahora, pese a todo lo vivido entre los dos, esta es la primera vez que me miente. ¿Será por algo más? ¿Tendrá algo que ocultar de la carrera?

El que me mienta ha disparado mi imaginación y ya no se trata solo de la carrera, sino de por qué no quiere que lo sepa y que esté allí. ¿Y si me ha mentido en más cosas? La inseguridad y el miedo, sumado a lo que he descubierto de Luke y Colin, no ayudan. Siento que solo avanzamos si ignoro las cosas que no sé de él. Pero que cuando me paro a pensar en su vida, en quién fue, en quién es en realidad ahora, todo se desmorona entre los dos. Tengo miedo de que lo que siento por él me esté nublando la mente y no sea capaz de ver la realidad. ¿Y si me está engañando con otra? Luke nunca me ha dicho que me quiere, yo tampoco a él, pero yo sé lo que siento...

Las ganas de investigar son grandes, y si no lo hago es solo porque siento que lo que puedo descubrir no me agradará, y me gustaría saberlo por él. Saber la verdad, y no lo que la gente dice. Y lo odio por eso. Odio que calle cosas que están al alcance de mi mano y que me pida darle tiempo para saber su verdad cuando podría conocerla por otros, si quisiera. Esto también me hace pensar que quizá no sea tan malo, porque Luke sabe que puedo averiguarlo en cualquier momento. Si fuera más grave, me lo diría antes de que me enterara por otros, pues sería mejor conocer la verdad por él.

Aun así, todo esto me enfurece y me duele.

Me desvisto y decido que ya he tenido suficiente fiesta por hoy. Me meto en la cama y trato de conciliar el sueño, algo que siento que va a ser imposible. No puedo quitarme este malestar del pecho.

* * *

No veo feliz a Cam, aunque lo normal es pensar que cuando se está al lado de la persona a la que has pedido matrimonio y recibes las felicitaciones de amistades y conocidos lo serías. Pero Cam parece resignado.

Estamos esperando en una de las salas de la casa de mi padre a que nos avisen de que la cena está lista. Me he pasado toda la tarde nerviosa por la carrera de Luke. Solo cuando escribí a Blanca y le pregunté de manera confidencial cómo había ido todo y me dijo que Luke había quedado tercero y estaba bien, me quedé tranquila. Lo malo es que la tranquilidad de saber que no le había pasado nada dio paso al enfado, porque ni tan siquiera tras terminar la carrera me llamó para contarme la verdad. Para decirme que solo calló por mi preocupación. No he sabido nada de él en todo el día. Y cada hora que pasa la incertidumbre crece en mí, y el dolor. Un dolor latente que me oprime el pecho hasta casi asfixiarme.

Dan paso a la cena y como poco, pero por suerte nadie me presta atención. Todos están muy ocupados en hablar de lo felices que ven al futuro matrimonio. ¿Felices? Yo solo veo feliz a mi hermana. Cam tiene un gesto serio que no se va de sus ojos ni cuando sonríe para que la gente crea que todo está bien. La gente solo ve lo que quiere ver. ¿Seré yo de esas? ¿Estaré viviendo una realidad paralela con Luke? ¡No lo sé!

Inquieta me escapo del baile que se ha organizado tras la cena hacia mi cuarto y cojo mi móvil. Nada, no tengo nada. Regreso a la fiesta con el móvil y me escabullo hacia uno de los balcones para estar sola. Una vez allí, accedo a la galería de fotos y busco unas que tengo con Luke. Son pocas, pero yo creía que éramos felices. Sus ojos brillan... ¿O es solo lo que yo quiero ver? Noto el escozor de las lágrimas en los ojos y me las trago. Alguien se pone a mi lado y bloqueo el móvil. Alzo la mirada y me sorprende ver a mi hermana a mi lado.

—Sabes, nunca pensé que tú y yo tuviéramos nada que ver. —La miro a los ojos y veo regocijo, como quien sabe que se prepara para dar una estocada mortal justo en el blanco—. La verdad es que pensé que a estas alturas él ya se habría cansado de ti..., pero parece ser que no. Nunca creí que Luke cayera tan bajo para tener algo mío.

—¿De qué hablas? —En cuanto pregunto me arrepiento, pues mi hermana está disfrutando con esto y se nota.

—No iba a decirte nada..., pero se te ve triste, apagada, viendo fotos de Luke...; seré buena contigo.

—Tú nunca eres buena conmigo, y ahora dime lo que quieras decirme o déjame en paz.

—Tranquila, te lo diré. —La verdadera naturaleza de mi hermana se abre paso y no queda nada de esa niña buena que no ha roto un plato en su vida—. Es increíble que tengamos el mismo gusto en algo, cuando a la vista está que no nos parecemos en nada.

—Afortunadamente para mí —sonrío.

—Para mí también es una suerte. Por eso cuando supe que estabas saliendo con Luke MacLean me sorprendió mucho, pues Luke fue mi novio hace años.

Trato de que no note cuánto me está doliendo este descubrimiento, pero es imposible. ¿Luke y mi hermana? Creí que yo ya estaba acostumbrada a lidiar con sus ex, pero no es así, y menos al saber que mi hermana y Luke han sido novios. Él ha tenido pocas novias..., o eso creía yo.

—Veo que no sabes nada. Fue en el instituto.

—Pensé que en el instituto era novio de Rachel.

—Sí, hasta que ella se fue y le imploró que la esperara... Lo que ignoraba es que Luke y yo ya nos veíamos y él no sabía cómo dejarla.

—¿Le ponía los cuernos contigo?

—Sí, estaba perdidamente enamorado de mí. Era lo lógico: yo era la capitana del equipo de animadoras y él era el capitán del equipo de fútbol...

Cada cosa que dice es como un dardo afilado: novio de mi hermana, capitán del equipo de fútbol...

—... Ella se fue y empezamos a dejar de ocultar lo nuestro. La gente pronto olvidó a Rachel; yo era mucho mejor para él y éramos la pareja perfecta. Los dos tan morenos..., la verdad es que me dolió mucho romper con él tras un año juntos.

¿Un año? ¿Un año? No dejo de imaginarlos juntos. El Luke que conozco no encaja con mi hermana, con lo que ella es...

—... Pero la vida es así, a veces tenemos que tomar decisiones dolorosas. Nos queríamos mucho y hablamos de casarnos. Papá lo trataba como a un hijo.

—Siento que me falta el aire, que me voy a desmayar, y mi hermana, triunfal, sigue con su ataque—. Incluso sabíamos dónde viviríamos... Aquí. ¿Te gusta? Papá nos la iba a regalar para poder empezar una vida juntos. Aunque era normal que lo quisiera como a un hijo, pues el padre de Luke y papá eran íntimos, los mejores amigos, y trabajaban juntos. Lástima que se aprovechara de papá para robarle y acabara en la cárcel... Descubrir que era un alcohólico fue una sorpresa para todos...

¿Amigos? ¿Alcohólico? ¿Novios? ¿Boda?... ¿Cómo se respira?... Me falta el aire..., y yo que creía que no era tan grave... ¡¿Cómo ha podido ocultármelo sabiendo que mi hermana tenía este poder sobre su pasado?! Todo se torna negro y antes de desmayarme escucho el grito preocupado de Cam, que llega a mi lado y me coge antes de que caiga desplomada contra el duro suelo.

* * *

—Te has pasado, no debiste decirle nada... —La voz enfadada de Cam me hace salir de este trance.

—Yo solo le dije lo que creí que ya sabía. ¡La culpa es de Luke por no decírselo! Lo siento, Cam..., no quería verla en este estado.

—¿De verdad? —Algo en la voz de Cam me paraliza.

—¿Cómo está? —pregunta Colin.

—Bien, el médico ha dicho que solo ha sido un desmayo producido seguramente por su manía de no comer nada —dice mordaz mi madrastra, que acaba de entrar—. Cómo le gusta ser la protagonista... Volvamos a la fiesta. Que se quede aquí descansando.

—Sí, Colin...

—Hola —me dice con calidez Colin cuando abro los ojos cortando la conversación.

—Hola... Estoy bien. —Colin me ofrece agua y me la tomo. Cam me acerca una bandeja de comida.

—No quiero que te desmayes de nuevo —me dice Cam atento.

—Sí, ahora comeré... ¿Me podéis dejar sola? Estoy bien, solo que me mareé del calor.

—¿Del calor? —pregunta mordaz mi madrastra—. Te mareaste por no comer. ¿Acaso piensas que ignoramos tu manía de no comer? Las monjas nos informaron de tu mala cabeza.

No digo nada y cojo el plato de comida sin dejar de mirarla, para que vea que lo hago y se marche. Nunca se ha preocupado por mí y, si las monjas le dijeron que apenas comía cuando estaba nerviosa, nunca les ha importado.

—¿Estás segura de que quieres estar sola? —me pregunta Colin.

Asiento.

Se despiden todos, el último Colin, que parece reacio a irse. Una vez me quedo sola, me levanto y cierro la puerta con llave. Cuando escucho el último clic de la llave me rompo en un doloroso llanto que trato de acallar con mis manos. Lo que me ha dicho mi hermana se repite en mi mente, cada palabra. Cada imagen que he creado de esa pareja feliz. De Luke y mi hermana juntos. Tal vez hasta se acostaran. Siento asco y me voy al cuarto de baño. Me quito la ropa y me meto bajo la ducha. El sonido del agua acalla mis dolorosos sollozos, que soy incapaz de reprimir.

* * *

No sé qué hora es cuando salgo de la ducha y busco el móvil para llamar a Luke. Me responde en seguida.

—¿Va todo bien?

—¿Qué tal la carrera? Siento que quedaras tercero. —Me sorprende mi voz dura y desprovista de sentimientos.

—Peyton...

—¿Qué? ¿No tenía derecho a saberlo? Aunque ya da igual, es increíble como el descubrir algo peor hace que esto carezca de sentido.

—¿De qué hablas?

—¿Fuiste novio de mi hermana? —Se hace el silencio y sé que es cierto—. Capitán del equipo de fútbol. Niño mimado de mi padre... ¿Quién eres?

—Peyton...

—¡No! ¡Me has mentido en lo de las carreras! ¿En qué más me has mentido? Me has ocultado lo de mi hermana sabiendo que ella me lo diría por el odio que me tiene en cuanto supiera lo nuestro. ¡Te da igual que me entere por otros de cosas de tu vida! ¡Tú no piensas contarme nada! Yo no investigué porque pensaba que en realidad no era nada y, tonta de mí, pensaba que tú me lo dirías. Todos tenemos un pasado, y el tuyo al parecer lo saben muchos, y eso me hacía creer que no era tan malo... Pero es peor, porque no sé quién eres ¡Ya no sé quién eres! El Luke que creí que eras no pega con mi hermana... ¡Joder, mi hermana! ¿Cómo sé que no sales conmigo solo porque te recuerdo a ella?

—No os parecéis en nada...

—¡No! Y tal vez yo solo sea para ti una venganza... Ahora entiendo tantas cosas...

—No creo que te tenga que contar con cada mujer que he estado...

—No, pero sí si una de ellas es mi hermana. Alguien que sabes que no me aprecia y que me podría hacer daño con esto.

—Es parte de mi pasado. Tú sabes cómo soy ahora...

—¡Yo no sé una mierda! No sé quién eres...

—Pues entonces, si esto te parece tan horrible, es mejor que no sigamos con esta mierda.

—¿Esta mierda? ¿Nuestra relación es para ti una mierda? Pues si así la ves, tal vez sea lo mejor. Al fin y al cabo, dudo mucho que me quieras contar quién eras, o quién eres, o lo que sea que escondes. Si es que hay más cosas, porque ya me puedo esperar cualquier cosa. Yo dudo que de verdad te importe, porque has dejado que ella me lo cuente. Sabías que me odiaba, y que tenía este secreto y me lo podía echar en cara, y te ha dado igual. ¡Has dejado que me haga daño!

Luke se queda callado, no lucha por mí. Me muerdo el labio para no llorar.

—Adiós, Luke, quédate solo con toda la mierda que arrastras.

—¿Me estás dejando?

—Es lo que parece que quieres... Aunque para ti lo nuestro es una mierda y no creo que te duela mucho que te deje, yo necesito tiempo para pensar...

Le cuelgo y apago el teléfono. El amor duele mucho, mucho, mucho. Y no sé si merece la pena seguir con esto si para Luke resulta que es una mierda; e incluso dudo que me quiera como yo lo quiero a él.

Capítulo 32

LUKE

Regreso a casa tras dos horas de clase, incapaz de seguir allí como si no me estuviera muriendo por dentro. Peyton no ha regresado y Emily no me quiere decir dónde está. Sabía que mi pasado acabaría estallando entre los dos. Pero no que al enterarse de que salí con su hermana se pusiera así.

He hecho cosas mucho peores que dejarme llevar y salir con la hermana de Peyton, por eso ni se me pasó por la cabeza hablarle de ella ni se me ocurrió pensar que se lo diría para hacerle daño. Ella ha sido el menor de mis males y al parecer para Peyton ha sido horrible, porque piensa que la he expuesto a que le haga daño, y viendo su dolor me siento idiota por no haberlo previsto. Pensé en mandarlo todo a la mierda. No luchar por ella, por lo nuestro..., pero no puedo, la idea de perderla me mata.

Estamos a martes y llevo desde el sábado hecho un asco, moviéndome por inercia. La echo de menos y la necesito a mi lado. Creo que lo que en realidad ha enfadado a Peyton fue que no le contara nada. Quiero creer que fue eso, pero si le ha afectado tanto, es posible que no haya esperanza para nosotros, porque salir con su hermana no es nada comparado con lo que le oculto.

Ayer fui a hablar con Colin y le pregunté por Peyton; me dijo que se habían despedido todos tras la fiesta del fin de semana y que no sabía nada de ella. Luego me dijo que era un cabrón por no contarle que había estado con su hermana y que, cuando lo supo, Peyton se desmayó por el impacto. Añadió en seguida que estaba bien, al ver la angustia en mi mirada. Luego me dijo que, si me importaba de verdad, que la dejara en paz. Cosa que no pienso hacer, aunque es posible que sea lo mejor, ya que sé que Peyton sería más feliz sin mí, pero no puedo dejarla ir. Solo barajar esa posibilidad me consume hasta no dejar nada de mí. La necesito en mi vida. Egoístamente, no puedo estar sin ella.

Tengo que hablar con Peyton y solo se me ocurre un lugar donde puede estar. Si he decidido luchar por ella, por lo nuestro, es mejor que empiece a buscarla.

No quiero perderla.

PEYTON

Llaman a la puerta, dejo que sigan haciéndolo hasta que se marchen. Mis tíos están trabajando y, si fuera importante, vendrían cuando están ellos. Me meto bajo las mantas y trato de dormirme. Cuando estoy dormida, no pienso. Insisten y al final, temiendo que sea importante de verdad o les haya pasado algo a mis tíos, bajo a abrir. No me preocupo en ver qué pinta tengo. O si no estoy peinada.

Llegué aquí el domingo por la noche porque no estaba preparada para enfrentarme a Luke, para ver como lo nuestro se rompía. Aún no sé qué camino tomar. Luke me ha llamado varias veces y me ha mandado varios mensajes diciéndome que debemos hablar, pero todos desde el lunes; se ve que le ha costado un poco decidir que quería saber de mí.

Mis tíos saben que me pasa algo, es evidente, con esta cara, pero me dejan mi tiempo para que les cuente lo que es. Insisten más con el timbre y grito que ya voy. Abro un poco la puerta y miro a ver quién es. Cierro de golpe cuando veo que se trata de Luke. Pero él, más rápido, mete un pie en el hueco de la puerta y evita que pueda cerrarla. Me dejo caer sobre ella para hacer fuerza.

—¡Vete! ¡No quiero hablar contigo!

—Tenemos que hablar.

—¿Ahora quieres hablar? —Me río sin emoción—. Ahora yo no quiero escucharte. Ya te informaré cuando me apetezca hacerlo.

—Peyton...

—Vete, Luke, vete, por favor —le imploro a punto de romperme teniéndolo tan cerca.

Lo he echado tremendamente de menos y verlo no me pone las cosas más fáciles. Pese a todo, me muero por abrazarlo, por besarlo..., por sentir que todo está bien, que podemos con esto. Temo estar engañándome, estar viviendo una realidad paralela.

—No me voy a ir..., no hasta que hablemos.

—No tengo nada que hablar sobre nuestra mierda de relación.

—¡Joder, Peyton! ¡No lo decía en serio! Para mí no

es una mierda de relación. Ya te he dicho que eres lo mejor que me ha pasado en la vida.

—Ya no te creo, ni tan siquiera me dijiste lo de la carrera.

—¿Te crees que para mí fue fácil mentirte por primera vez? Pero Roy me dijo lo mal que te vio la última vez y quería ahorrarte ese sufrimiento, y más porque temo que tu dolor ante las carreras sea por el accidente que tuviste. Pensé que no te enterarías.

—¿Y por qué no me lo dijiste luego?

—Porque pensaba ocultarte todas mis carreras, si podía. No soporto verte sufrir...

—Ya se nota.

—¡¿Acaso crees que para mí fue fácil tomar esa decisión?! ¿Que disfruto viendo como sufres cuando corro?

—¡Pues déjalo!

—¡No puedo, joder!

—Vale, haz lo que quieras. Tú y yo no estamos juntos...

—No digas eso —noto dolor en su voz—, no quiero perderte.

—No lo siento así, me has ocultado muchas cosas... No sé quién eres.

—Soy quien ves, el pasado solo es un lastre que llevo sobre mis hombros. Pero ante ti estoy desnudo...

—No te creo. —Me seco una lágrima que cae por mi mejilla—. No te creo... y temo que todo sea mentira, producto de lo que siento por ti.

—Lo nuestro es lo único real en mi vida. No digas que es mentira. No dudes de lo que siento...

—Ni siquiera sé qué sientes por mí. Solo que te atraigo. —Se queda en silencio. Tomo aire y empujo la puerta, y Luke hace fuerza para que no la cierre—. Es mejor que te vayas.

—No, no sin antes decirte... —Se queda en silencio.

—Vete. Vete, por favor. No lo hagas más difícil.

—Te quiero, Peyton. —Lo dice tan flojo y con una voz tan dura, como si le costara admitirlo, que dudo que haya dicho eso. El corazón me da un vuelco y dejo de hacer fuerza.

—¿Qué has dicho?

Luke abre la puerta y me aparto. Sus afilados ojos azules me miran como no lo habían hecho nunca. Ni el ruido de la puerta al cerrarse de golpe hace que deje de observar su mirada azul acero.

—He dicho que te quiero. Eso es lo que siento y siempre he sentido por ti, aunque no lo admitiera.

Abro la boca por la impresión, pues no hace falta ser muy listo para saber que esto no es algo que Luke diga a menudo; me atrevo a pensar que nunca lo ha dicho y no dudo de que sea cierto, pues ya que lo veo claramente pintado en su mirada, al igual que el dolor que empaña su rostro. Ninguno de los dos tiene buena cara. Luke da un paso hacia mí y no lo evito, impactada aún por sus palabras.

—He sido un cabrón, un niño de papá, un egoísta y alguien a quien ahora odio al mirar hacia atrás. Pero no puedo cambiarlo, no puedo reescribir mi pasado. Pero sí puedo escribir un futuro a tu lado, y no quiero perderte.

Me acaricia la mejilla, donde las lágrimas han dejado su humedad. Su gesto me conmueve y me produce un sinfín de escalofríos.

—No quiero perderte. ¿Es tarde para volver a intentarlo?

—Tienes muchos secretos... y yo los quiero saber todos.

—Lo sé. He venido a contártelos. ¿Por dónde empiezo?

—¿Por qué saliste con mi hermana? —le pregunto por comenzar por algo.

Luke se separa, sintiendo que, pese a que me ha confesado que me quiere, no se lo voy a poner tan fácil.

—Me dejé llevar, siempre me he dejado llevar. Era lo que se esperaba de mí. Ella se acercó a mí porque quedaba bien conmigo, pero nunca me quiso ni yo a ella.

—Le pusiste los cuernos a Rachel.

—No hice nada que Rachel no hiciera con otros. Ni a mí me importaba Rachel ni yo a ella. Solo tenía quince años, tenía las hormonas revolucionadas y me creía el amo de todo.

—Eras un idiota.

—Sí, un completo idiota que se creía que tenía el mundo bajo sus pies.

—De ahí el apodo de Príncipe.

—Sí, desde pequeño he sido el niño mimado de mi padre y en el colegio la gente sabía que, si no querían tener problemas, era mejor hacerme la pelota. Y yo me dejaba llevar. ¿A qué crío no le gusta sentirse el amo de todo?

—Tan distinto a mí... Yo era de esas niñas con las que se metían, y tú de los que se aprovechaban para dejar mal a la gente.

—Eso parece. Somos la noche y el día, y dudo que de habermo conocido en esa época te hubieras fijado en mí. O tal vez yo habría querido ser mejor por ti..., o no, estaba demasiado pagado de mí mismo.

—¿Te acostaste con mi hermana?

—No, ella es pura, ¿recuerdas? —ironiza—. Ella quería solo besos robados y a mí me daba igual, porque mi padre y el suyo me mimaban más por estar con ella y yo quería agradar a mi padre en todo.

—¿Y qué pasó?

—Que mi padre la cagó y todo se fue a la mierda. Lo perdimos todo y los que antes decían llamarse amigos nuestros nos dieron de lado a mi madre y a mí. Pasé de ser alguien adorado a alguien señalado y odiado. La gente esperaba que acabara como mi padre. Al igual que tu madre, era alcohólico y todo se destapó, y la gente sabía que, pese a la corta edad que tenía, no me perdía una fiesta y bebía como el que más. Era el vivo reflejo de mi padre en más de un sentido. Ahora todos mis defectos eran dignos de repulsión y no de admiración. Que fuera igual físicamente a mi padre no ayudaba.

—¿Y mi hermana?

—Las ratas son las primeras en abandonar el barco.

—¿Te dolió perderla?

—No más que perder toda mi vida y verme sin nada. Y repudiado. Nunca la quise. Y me daba igual que la gente me diera de lado, yo los odiaba más a ellos.

Esto me hace comprender por qué me dijo que a la hora de la verdad estamos solos. Él se vio solo de golpe y todo lo que era real en su vida dejó de serlo.

—¿Y le dijiste que la querías?

—No, nunca le he dicho a nadie «te quiero» hasta ahora.

Asiento y me quedo en silencio, sopesando todo lo que me ha contado Luke. No me cuesta ver a un niño mimado que se cree que solo por existir la gente debe adorarle. Esto es algo que ya vi en Luke cuando lo conocí. Creo que tiene aura de líder y la gente, para bien o para mal, lo respeta y lo sigue. Ahora también le pasa. Lo cierto es que todo esto que cuenta no me pilla por sorpresa. Es como si una parte de mí ya lo supiera. Su chulería y cómo es él me hacen poder verlo como cuenta. Y, como él ha dicho, todos tenemos un pasado. En sus ojos he visto el arrepentimiento por lo que fue, por lo que hizo.

—No estoy orgulloso de quien fui..., ni de quien he sido. Hasta hace poco solo me dejaba llevar. Ahora no sé quién soy. Pero sí sé quién no quiero ser. No me gusta la persona que era. Si no te lo conté es porque me avergüenzo de esa persona y porque en el fondo esperaba que, como ha pasado tanto tiempo, nadie te lo dijera. Ya no queda nada de quien fui. Ni se me pasó por la cabeza que tu hermana lo usara para hacerte daño. Ella es la primera que prefiere no recordar que tuvimos un pasado en común.

—Tú has dicho que todos tenemos un pasado.

—¿Qué quiere decir eso?

Lo miro y veo los restos del dolor en su rostro, así como las muestras de cansancio. No puedo seguir retrasando esta agonía. No solo está sufriendo él.

—No lo sé..., o sí lo sé. Me da miedo que lo que aún me ocultas me estalle en la cara.

Luke tensa el gesto.

—Si ni tan siquiera confesarte lo que siento puede hacer que me des una oportunidad, siento que ya está todo perdido... Adiós, Peyton.

Su adiós cae como una losa sobre mí y me hace reaccionar, y por unos instantes me olvido de que no ha confirmado ni negado que aún hay algo más que me oculta.

—¡No! —grito cuando alcanza el pomo de la puerta. Veo desconcierto en los ojos de Luke cuando me acerco a él, y más cuando acabo con esta agonía autoimpuesta y me abrazo con fuerza a él.

Luke se queda rígido hasta que reacciona y me abraza con una fuerza arrolladora. Esconde su cabeza entre mi pelo. Me aferro a él y noto como unas cálidas lágrimas caen de mis mejillas para empapar su cazadora de cuero.

—No está todo perdido —digo entre sollozos.

Luke me alza la cara y me seca las lágrimas con sus pulgares.

—Creo que ni en toda una vida entenderé qué he hecho para merecerte. —Abro la boca para hablar, pero me lo impide con un beso.

—Creo que tu problema, Luke, es que no ves lo bueno que hay en ti, pero yo sí. Siento que si no me cuentas qué pasó es porque tú no te has perdonado a ti mismo por ello y no esperas que yo lo haga. —En su mirada veo una confirmación—. ¿Cuándo verás en ti todo lo bueno que yo veo? Eres más de lo que piensas.

—Mi querida Peyton. —Me abraza con fuerza.

He añorado tanto su contacto que cuando posa sus labios sobre los míos gimo por el placer de sentirlos de nuevo. Luke me besa de forma tierna, con adoración. Me derrite con cada beso, me tortura cuando su lengua acaricia mis labios con delicadeza de manera tentadora. Tiro de él, enfebrecida, necesitando que profundice en este torturador beso. Cuando creo que esta tortura no tendrá fin, se adentra en mi boca y su lengua me hace el amor de manera despiadada, dejando claro con cada beso, con cada roce de sus labios, la sed de mí que tenía. Le correspondo de la misma forma. Exigiendo más, necesitando más. Su espalda golpea la puerta de la casa. Abro su cazadora e introduzco las manos dentro, acariciando su fornido pecho.

—¡Llevas mucha ropa! —le digo cuando trato de tirar de su jersey y no puedo. Se ríe entre mis labios.

—Cualquiera diría que tratas de seducirme...

—¿Solo trato? —le digo juguetona y roja como un tomate—. Pues qué mal lo estoy haciendo.

Luke se ríe y mira detrás de mí.

—Dime que estamos solos...

—Lo estamos. —Dicho esto, cojo su mano y tiro de él hacia mi cuarto.

En cuanto se cierra la puerta, Luke continúa con su asalto a mi boca. Separándose lo justo para quitarse la cazadora, el jersey y la fina camiseta negra que llevaba debajo. Me separo de sus labios para dejar un reguero de besos por su cuello. Su perfume atonta más mis sentidos. Le muerdo bajo la oreja, donde su pelo negro se anida. Luke gime y continúo mi camino hacia sus tetillas ya erizadas. Sonrío cuando atrapo una entre mis labios. La muerdo al tiempo que bajo mis manos por su tableta y las llevo hasta su cinturón. Luke me aparta cuando estaba a punto de llegar y me gira para que mi espalda golpee con su pecho. Siento su excitación presionar en mi trasero y me remuevo.

Cuanto más lo quiero, más lo deseo. Más deseo empaparme de su ser y estar más cerca de él.

Luke tira de mi camiseta y se sorprende cuando ve que no llevo nada más que esta vieja camiseta para dormir. Sube sus manos por mis costados y coge mis pechos entre sus manos, moviéndolas de forma que se endurecen más. Me retuerzo entre sus brazos. Luke aparta mi pelo del cuello y me besa allí, haciendo que delire de placer. Sus manos bajan por mis costados y bajan mi pijama junto con la ropa interior. Caen al suelo y, cuando no llevo nada, me vuelvo hacia él y tiro del cinturón de sus vaqueros para dejarlo libre. Luke no deja de mirarme; su mirada me quema, me calienta, me hace ser valiente. Pues el deseo y el amor que ahora sé que vibran en ella me hacen sentir poderosa. Le abro uno a uno los botones del pantalón. Veo tortura en sus ojos y sonrío.

—Eres mala..., pero yo soy peor. —Y, al decir esto, me coge en brazos y me deja sobre la cama para apartarse—. Temí haberte perdido para siempre —me reconoce, antes de agachar su morena cabeza y dejar un reguero de besos por mis piernas.

—Pase lo que pase, sé que siempre estaremos unidos —le confieso, pues es lo que siento.

Aunque me he distanciado de él, sabía que mis decisiones me llevarían de nuevo a su lado, que la vida sin él era mucho peor que lo que había descubierto.

Luke sonríe y me besa, haciendo que me pierda y me olvide de todo salvo de sus labios. Cuando se sitúa entre mis piernas y me besa ahí donde reside mi calor, grito. Me besa con adoración, con ternura..., me está matando.

Tiro de su pelo y se separa para quitarse la ropa sin dejar de observarme. Respiro agitada cuando queda gloriosamente desnudo ante mí. Nunca en mi vida he visto a nadie más hermoso que él. Su cuerpo es perfecto, parece esculpido en mármol. Saca de su bolsillo un preservativo y se lo pone ante mi atenta mirada; por sus ojos veo como le enciende esto. Se acerca y se sitúa entre mis piernas. Me besa mientras se introduce en mi interior. Gimo cuando lo tengo dentro del todo y siento como me llena. Se queda quieto, disfrutando de este momento en el que estamos unidos en cuerpo y alma. Lo abrazo con fuerza por la intensidad del instante y Luke hace lo mismo.

Se separa y me mira. Veo tanto amor en su mirada que sendas lágrimas caen por mis ojos y mueren en mi almohada.

—Te quiero —le digo, incapaz de acallar más lo que siento.

Observo como mis palabras calan en Luke y como se conmueve ante ellas, y sé que he hecho lo correcto.

—Y yo a ti. No te imaginas cuánto.

Sonrío y nos movemos. Luke se vuelve y me sorprendo cuando quedo yo sobre él. Apoyo las manos en su pecho.

—Tú controlas, porque si lo hago yo, esto no durará nada.

Sonríe de medio lado antes de pasar sus manos por mi cintura y guiarme. Sigo sus movimientos y no tardo en pillarle el gusto y el control a esto. Juntos nos movemos cada vez más y más fuerte. Hasta que el placer estalla entre los dos y me tiro agotada sobre su pecho sin poder tan siquiera moverme.

—Te quiero —repito mientras me abraza con fuerza acunándome en su pecho.

* * *

—No quiero que haya secretos entre nosotros, por eso te quiero contar por qué he vuelto —le digo en la cama acariciando su pecho desnudo—. No te lo he contado antes, no porque no confíe en ti, sino porque no he hablado con nadie de lo que pasó. Para mí esto nunca ha sido un secreto. Es mi pesadilla.

Me abraza con más intensidad y su calor me da fuerzas para continuar.

—Mi abuelo..., mi abuelo tenía algo importante que decirme...

—¿Cuándo? —pregunta cuando me quedo callada incapaz de seguir.

Tomo aire y se lo cuento todo.

—Mi abuelo vino a buscarme al internado. Había avisado para que prepararan mis cosas. Al recogerme parecía fuera de sí. Entré en el coche y me sorprendió su manera de actuar. Y más cuando gritó a su chófer que se diera prisa por poner el coche en marcha. Me asusté; algo no iba nada bien, lo sentía, por eso me puse el cinturón a toda prisa y me aferré a él con las manos. El coche cogió velocidad. Cuando se lo pregunté a mi abuelo este me miró con los ojos inyectados en sangre por la rabia y nombró a mi padre..., pero no pudo decir nada más, porque un coche salió de la nada, estrellándose contra nosotros y haciéndonos volcar debido a la velocidad que ya había cogido el vehículo. Todo pasó muy rápido... Mi abuelo no llevaba puesto el cinturón y vi como su cuerpo se movía de un lado a otro un instante antes de que tuviera que cerrar los ojos... Cuando los abrí el coche estaba volcado y mi abuelo no estaba dentro...

Me quedo callada. Luke seca las lágrimas que ignoraba estaban ahí, en mis mejillas.

—Sigue, princesa.

Tomo aire y sigo con el relato.

—Al conseguir salir del coche tras quitarme el cinturón, vi a mi abuelo tendido a pocos metros del vehículo. Traté de despertarlo. A lo lejos se escuchaban gritos, la ambulancia. Abrió los ojos y empezó a gritar, me decía que mi padre no se quedara con lo mío... Me dijo que tenía que contarme la verdad sobre mi padre... y no pudo seguir. Le grité, pero era tarde... Poco después me enteré de que mi abuelo me había dejado a mí su herencia, pero que no podía hacerme cargo de ella hasta los veintiún años y que hasta entonces mi padre la administraría. Eso me hizo comprender lo que mi abuelo decía: que no quería que mi padre se quedara con lo suyo. Y me hice la promesa de no dejar que así fuera. Mi padre me ha hecho volver porque, si no lo hacía, pensaba retirar del banco toda la herencia de mi abuelo y quedarse con su dinero. Por eso he tenido que aguantarlo. No puedo olvidar la cara de horror de mi abuelo temiendo que mi progenitor se quedara con lo que era suyo. Y cuanto más conozco a mi padre, más claro tengo que la verdad que tenía que contarme mi abuelo esa noche era que nunca fue el yerno perfecto que él creía.

—Era de noche. —Asiento. Noto a Luke muy tenso—. Por eso odias que conduzca, porque te trae el recuerdo de tu abuelo. Y por eso por las noches siempre vas en esa ridícula bici. —Asiento—. ¡Joder! —Sale de la cama. ¿Ahora qué le pasa?

—¿Luke?

—¡No puedo dejarlo! No puedo dejarlo, y cada carrera será peor, y veré en tus ojos tu miedo. No sabes cómo odio verte sufrir..., y más al saber que te recuerdo tu accidente y la muerte de tu abuelo. ¡Joder!

—Si no puedes dejarlo, debes concentrarte en las carreras. —Espero que me diga qué me oculta, pero nada, una vez más prefiere callar.

—Ten por seguro que no te dejará nada de esa herencia, seguro que ya la ha dilapidado. Tu padre es un desgraciado.

—Lo sé, pero tengo que hacer esto por mi abuelo. Se lo prometí, solo así pude ver el alivio en sus ojos.

Luke asiente, su mirada sigue perdida, y aún lo está cuando me mira.

—¿Hasta dónde estás dispuesta a llegar por estar a mi lado? Lo mejor es que te alejes de mí...

—¡No lo hagas más! No te autodestruyas. Sí, odio que corras, tengo un miedo atroz..., pero también lo tenía cuando no estábamos juntos.

—Lo siento, nena, y más porque en esta mierda me metí solo. Nadie me obligó a hacer lo que hice.

Y ahí está una vez más ese secreto que no quiere contarme. ¿Acaso será peor que todo lo que me ha revelado ya? Tengo miedo de que nos estalle en la cara antes de que Luke me lo cuente. Y no sé si puedo aguantar más no saberlo. Siento que he llegado a un límite. Me he abierto en canal para contarle mi miedo más atroz y, aun así, nada. Ni siquiera eso le hace reaccionar y contarme lo que sé que me oculta.

Luke me tiende una mano, se la cojo y noto su alivio cuando me refugio entre sus brazos. Ojalá solo sean imaginaciones mías y no haya nada más. El problema es que siento que la verdad me va a dar en toda la cara...

Capítulo 33

LUKE

—¿Necesitas delantal? —me pregunta Peyton sacando un par de ellos de unos cajones de la cocina. Niego con la cabeza mientras observo lo que hay para preparar la comida.

La miro de reojo mientras se pone un delantal rosa muy gracioso. Se aparta el pelo húmedo de la cara. Sonrío y sigo a lo mío. Nos hemos duchado y vestido entre risas y besos. Ninguno de los dos podía dejar de tocar o acariciar al otro. No sé qué hubiera hecho de haber perdido esto que tenemos. No sé si ahora que sé lo que es tenerla en mi vida podría vivir sin ella. La ansiedad de perderla era aún mayor que la de perderlo todo. Cuando hace seis años perdí todo lo que tenía y descubrí que mi padre no era quien yo creía, me dolió, pero ni tan siquiera eso era comparable al dolor que sentía en el pecho si Peyton me rechazaba. Más de una vez me he arrepentido de mi pasado, de las decisiones que tomé, de lo que hice o de cómo era, pero nunca tanto como ahora. El pasado nunca ha pesado tanto sobre mis hombros. Y Peyton tiene razón, no me he perdonado por mis decisiones y por eso me cuesta creer que ella lo hará.

—¿Qué vas a hacer? —Peyton se pone a mi lado y revisa lo que he ido sacando del frigorífico y dejado en la encimera.

—¿De verdad tu tía te ha pedido que hagas tú la comida? —Asiente—. ¿Sabe que no sabes cocinar?

—Mejor que nadie, pero creo que era su forma de sacarme de la cama aun a riesgo de quemarles la casa. Aunque tras trabajar en la cafetería, me siento más dada a las artes culinarias, y me tienes que enseñar.

—No sé si quiero correr ese riesgo —bromeo, y Peyton me da en el hombro.

—¿Qué hago?

—Tú sigue mis indicaciones al pie de la letra, no improvises nada. —Asiente.

Lo hace con más eficiencia de la que esperaba, mientras se come un pequeño aperitivo que he preparado. Ha perdido peso. Y lo peor es que lo hace de manera inconsciente. Se le olvida comer cuando está preocupada; es algo en lo que ya he reparado más de una vez. Me siento mal por ser el culpable de esto.

—¿Qué te preocupa?

—Nada...

—No me mientas.

—Me preocupa tu facilidad para olvidarte de comer.

—La verdad es que es una mierda. Pero lo llevo mejor. —Y tras decir eso, se mete un poco de pan con paté en la boca y lo saborea—. Delicioso. —Me sonríe como solo ella sabe hacerlo, haciendo que su sonrisa se introduzca en mi interior como un bálsamo.

Me centro en la comida mientras recuerdo cuando me dijo «te quiero». No sabía que necesitaba tanto escuchar esas palabras de sus labios hasta que las pronunció y sentí que ahora todo estaba bien y que con esas dos simples palabras era el hombre más feliz de la tierra. Es increíble el poder que tienen y lo que cuesta decirlas.

Sus ojos siguen hinchados por lo que me ha contado de su abuelo. No dejo de escuchar el horror en su mente tras lo vivido y sé que, aunque diga que está a mi lado, en el fondo, si no dejo de correr, el dolor que le causa nos separará.

Nunca me he arrepentido tanto de lo sucedido como ahora.

—¿De verdad no te importa que nos vayamos tras la comida y conocer a mis tíos? —me pregunta, y por unos instantes dejo lo que me angustia a un lado.

—No —digo no muy convencido.

La idea de conocer a su familia me asfixia, pues siento que no verán con buenos ojos que yo esté con ella.

—Les caerás bien, ellos solo quieren que yo sea feliz, y soy feliz contigo —me dice con simpleza—. Deja de infravalorarte, Luke. Eres genial tal como eres.

Asiento y sigo preparando pasta con tomate y algo de carne que he encontrado en la nevera. Estamos terminando de poner la mesa cuando la puerta se abre y escucho unas voces.

—Umm..., huele bien. ¿Adónde has llamado para que te traigan la comida? —El tío de Peyton entra en la cocina y deja de sonreír cuando me ve.

—Tío, te presento a Luke...

—MacLean, eres igual que tu padre. —Me tiende la

mano y acepto el apretón firme y fuerte, intentando olvidar lo que odio que me comparen con mi padre—. Es increíble lo que os parecéis.

Me tenso y su mujer debe de notarlo, pues se adelanta y se presenta con dos besos afectuosos.

—Espero que hayáis solucionado lo que sea que os pasara y no vuelvas a hacer nada que haga que esta criatura parezca un alma en pena...

—Tía... —le recrimina Peyton roja como un tomate.

—Seguramente la volveré a cagar más de una vez —digo con franqueza, y veo que los ojos del tío de Peyton me miran con admiración.

—Seguramente. Yo la cagué muchas veces con mi mujer. Aún no sé qué hice para merecerla, y todavía hoy doy gracias por que me perdonara por ser un imbécil.

Me sonríe con calidez y algo en su mirada me recuerda a Peyton. No se parecen en nada, pero se nota que Peyton ha crecido a su lado y los gestos de esta buena familia se reflejan en los suyos.

—¿Comemos? Esto huele de maravilla —dice la tía de Peyton.

Nos sentamos a la mesa y me siento más tranquilo, sin entender la facilidad con la que me han aceptado aun sabiendo que soy hijo de quien soy. Comemos hablando mientras hablamos de estudios y me siento cómodo cuando me preguntan por mi carrera. Llegamos al postre y seguimos hablando de ella.

—Yo me planteé estudiar vuestra carrera, pero me decanté por Empresariales. Como tu padre. —Me remuevo inquieto—. Lo siento, es que verte es como si el tiempo no hubiera pasado y estuviera sentado comiendo al lado de mi amigo. Tu padre y yo éramos amigos desde niños, hasta que decidió juntarse con malas compañías y nos alejamos, aunque siempre he sabido de él.

—No lo sabía. La verdad es que sé poco de mi padre, solo que llevaba una doble vida y era un mentiroso compulsivo.

—Creo que se vio tan metido en toda esa mierda que no sabía cómo salir, pero que te quería sí era cierto. Yo vi cómo era contigo y...

—No quiero hablar de mi padre —corto al tío de Peyton.

—Vale, lo acepto, solo una cosa más. —Lo miro, molesto por esta conversación—. Pese a todo lo que hizo y donde se vio metido, no lo creo capaz de hacer lo que se dice que hizo...

—Era un borracho y un drogadicto, así que a saber qué hacía cuando iba mamado o puesto. Si fue capaz de ponerle a mi madre los cuernos..., a saber que más pudo hacer...

—Tu padre no quería ocultar la identidad de Roy. —Me sorprende que lo sepa y esto me hace comprender que de verdad era tan amigo de mi padre como dice—. Tu tía se lo imploró y él aceptó por el bien del pequeño. Pero me consta que para él no era fácil...

—¿No decías que os habíais distanciado?

—Sí, pero cuando tocaba fondo era a mí a quien llamaba y a quien pedía ayuda. Luego, cuando estaba sobrio, se olvidaba de lo que me había dicho, pero te aseguro que cuando me llamaba me lo contaba todo...

—Entonces sabías que mi madre y él...

—¿Sabías que tu madre solo estaba casada con él por ti y que en realidad siempre ha estado enamorada de su actual marido?

Me tenso y me levanto.

—No quiero seguir escuchando esto...

—La verdad duele, ¿no? Tu padre cometió errores..., como tú.

—Déjalo ya, tío...

—No se puede huir eternamente de la verdad, de tu padre. Y menos ahora que ha salido de prisión.

—¿De qué hablas?

—Te he dicho que seguía en contacto con él. Tras entrar en la cárcel, me pidió ayuda y se la di. Caer tan bajo le hizo darse cuenta de dónde se había metido por su mala cabeza, así que dejó todos sus vicios y volvió a ser quien yo conocía. He ido a verlo siempre que he podido y le he prestado mis abogados.

—¿Tus abogados? —pregunta Peyton.

Sus tíos se miran y yo sigo pensando en lo que me está contando.

—Nuestra empresa no es tan pequeña como os hemos hecho creer a ti y a Emily... Desde hace unos años ha crecido mucho, pero no queríamos que nuestra posición social influyera en la forma de vida de nuestra hija. Emily era feliz así y nosotros también. Queríamos que tuviera una vida sencilla y que se formara como persona sin que el dinero la corrompiera... —Peyton agranda los ojos.

—¿Y Emily no lo sabe?

—No, pero se lo diremos dentro de poco... y te pido que guardes silencio por el momento. No somos tan ricos como tu padre —dice mirando a Peyton—. Pero nuestro negocio está creciendo y lo hace cimentado sobre verdades y cero manipulaciones o engaños —añade refiriéndose de nuevo al padre de Peyton.

Peyton asiente alucinada y no me extraña. Si miras a tu alrededor, ves una casa modesta, sencilla y acogedora. En parte, tras haber vivido en una casa mejor, más grande y con todo tipo de lujos, entiendo por qué quisieron brindarle a su hija una vida sencilla cargada de amor y cariño.

—Y retomando el tema de tu padre...

—No quiero saber de él...

—Él te quería, lo eras todo para él... Lo erais, ¿Por qué crees que Roy lo perdonó e iba a verlo a la cárcel? ¿De verdad crees que lo habría hecho si no fuera cierto que ha cambiado?

—¿De verdad esperas que perdone a alguien que me hizo perderlo todo y que me metió en la mierda en que me metí? ¡Por su culpa lo perdí todo! ¡Por su culpa hasta mi madre me dio de lado! Fueron sus estúpidas decisiones las que hicieron que yo pagara las consecuencias...

—Tú mejor que nadie sabes que las personas a veces tomamos caminos equivocados y esperamos que la persona que queremos nos dé otra oportunidad. —Mira a Peyton.

—¡Tú no sabes nada de mí!

—¿De verdad piensas eso? —Por su mirada sé que lo sabe todo sobre mí. ¿Y pese a eso me deja seguir cerca de su sobrina?

—No quiero escuchar más...

—Todos merecemos poder explicarnos...

—¡Yo merecía que mi padre no hubiera hecho lo que hizo y fuera un padre! —le espeto.

—¿De verdad lo crees tan tonto como para tratar de robar al alcalde y firmar esos papeles de desfalcos y de dinero negro? Tu padre fue engañado y ambos sabemos por quién.

Peyton da un paso atrás.

—Te estás pasando. Pese a todo es el padre de Peyton —le recrimina su mujer.

—Mi padre merece pagar por todo lo que ha hecho —dice Peyton con una voz dura que me hace sentir un escalofrío.

—No te corresponde a ti hacérselo pagar —le dice su tío, que parece conocerla bien.

—Haré lo que tenga que hacer —dice Peyton con una fuerza que me deja helado; si no estuviera tan tenso, me preocuparía más por todo esto—. Y ahora dejemos este tema. No quiero seguir hablando de ese hombre.

—Mejor hablar de Luke entonces. Lo sabes todo de tu novio, ¿no? —Peyton me mira y niega con la cabeza. Me tenso por su forma de mirarme y por que haya notado que hay mucho más—. La quiero como si fuera mi hija —prosigue su tío dirigiéndose a mí—, y no creo que sea bueno para ella no saber lo que te atormenta. Y supongo que te gustaría que te diera la oportunidad de hablar. Pues eso es lo único que quiere tu padre, que le des una oportunidad de contarte su versión de lo que pasó.

—No sabes nada...

—Si aceptas un consejo, díselo tú antes de que tu pasado os estalle en la cara a los dos...

—¿Por qué sabes tanto de mí? De mi vida no sabes nada...

—Entonces, ¿por qué sé que Felipe te tiene atrapado con lo de las carreras? Lo sé todo. Tu padre me lo ha contado, él nunca ha estado lejos de ti. Ni tu madre tampoco. Tú eres el único que has decidido alejarte de ellos... Nadie tiene la culpa de las decisiones que otros toman por sí mismos. Pero es más fácil echar la culpa de nuestros errores a otros, ¿no?

—Nos vamos a mi cuarto —sentencia Peyton—. Tenemos que hablar.

La miro y sé que todo está a punto de cambiar entre los dos para siempre.

Entramos en su cuarto y cierra la puerta. Me mira con intensidad.

—Antes sospechaba que no me lo habías contado todo, pero, presa del momento y de tu «te quiero», lo dejé pasar. Ya no puedo hacerlo más. Escuchando a mi tío me he dado cuenta de que he llegado a un límite. Y lo más triste es que todo el mundo, menos yo, parece saberlo, y te da igual. Te da igual que me entere por otros que pueden hacer que la verdad quede desfigurada. Tu padre merece explicarse como tú. Por eso te pido que me digas ahora todo lo que has callado.

—Si lo hago, sé que te perderé...

—Como me vas a perder seguro es si callas, Luke. —Nunca he visto en sus ojos esa determinación—. Cuéntamelo o te juro que voy a descubrirlo.

Abro la boca para hablar. Para darle mi explicación, pero callo por la vergüenza que siento por lo que hice.

Soy un puñetero cobarde esclavo de su pasado.

—Haz lo que te dé la gana.

—No sé por qué nos haces esto. Por qué prefieres que otros me cuenten lo que tú viviste...

—Porque no me quieres lo suficiente como para estar a mi lado cuando lo descubras. Te he perdido de todos modos.

—Yo creo que una vez más el que no se quiere lo suficiente eres tú. Prefieres callar a que tengamos una oportunidad de estar juntos. Porque eso es lo que te estoy dando al pedirte que seas tú el que me lo cuentes.

—No tenemos ninguna, Peyton...

—Ahora más que nunca tengo claro quién es el más

cabezón de los dos. Has ganado, Luke. Te quedas tú solo con tus suposiciones en vez de decir la verdad y esperar a ver si las cosas son como crees o no.

—¿Me estás dejando?

—No, eres tú el que me está perdiendo por no tener valor de afrontar la verdad. Y empiezo a entender por qué no quieres hablar con tu padre. Porque es más fácil vivir con lo que crees que pasó a tener las narices de asumir que te equivocaste y que, de haber creído en él, nada de eso hubiera pasado. Prefieres culparle que aceptar tu parte de culpa.

Me marcho de aquí asfixiado y sabiendo que tiene razón. Hasta en lo de que la estoy perdiendo. El problema es que no creo que haya una posibilidad de estar juntos si conoce mi pasado, y prefiero no estar delante cuando sepa la verdad, para no ver en sus ojos el mismo asco que yo me tengo a mí mismo.

Capítulo 34

PEYTON

Me marcho de casa de mis tíos para coger un tren. Ellos insisten en llevarme de vuelta a mi casa, pero no quiero. Necesito hacer este viaje sola y pensar en mi siguiente paso.

Sé que podría preguntarle a mi tío la verdad del pasado de Luke, pero este, para no hacerme daño, se callaría cosas, y estoy harta de secretismo y silencio.

Nadie puede decidir por mí y menos pensar en cómo actuaré, si no me da tan siquiera la posibilidad de saber lo que ocurrió.

El «te quiero» de Luke me ha cambiado; pasada mi emoción por tenerlo allí, no paraba de darle vueltas a cómo podía ser que me quisiera tanto y a la vez sentir que me oculta lo más importante. Cuando mi tío dijo que lo sabía y contó todo aquello, supe que no podía seguir con Luke así; por mucho que yo también lo quiera, no creo que me merezca ser la única que no conoce su pasado.

Esperaba que me lo contara, no que optara por perderme.

No sé si es un cabezón o un cobarde. Ahora mismo siento que más bien lo segundo.

Estoy destrozada y aun así me quedan fuerzas para ir al único lugar donde sé que conoceré la verdad sin ambages, porque me odian.

Llego andando a casa de mi padre y toco al timbre. Me dejan pasar sin problemas y me informan de que mi progenitor no está, que solo se encuentra en casa mi madrastra en su salita.

Voy hacia ella y, al llamar a la puerta, me dice que pase con una voz que no reconozco en ella. Entro y lo que me encuentro me deja paralizada.

—Peyton, querida..., qué alegría verte —me dice antes de dar un trago a la botella de ron que lleva en la mano—. Pasa, pasa, no te quedes ahí.

Lo hago y cierro la puerta. Mi madrastra no parece ahora la mujer segura que siempre he visto; es como si tuviera delante a otra mujer completamente diferente.

—Tal vez lo mejor sea que vuelva en otro momento...

—No, este es muy bueno. —Sonríe sin emoción—. Siéntate a mi lado. —Lo hago y le aparto la mano cuando trata de coger otra botella llena. Me mira desafiante y no me amilano—. Siempre fuiste diferente a los demás... Bajo esa dulzura se encuentra una fuerza que muchos ignoran, porque tienden a pensar que las personas buenas son además tontas, ignorando que si tienen la fuerza de ser así, pese a los tiempos que corren, es que son mucho más fuertes que los que se han dejado llevar...

Su voz se pierde mirando a la nada.

—¿Estás bien?

—No, pero como tú, supongo, que das pena —dice volviendo a ser la que era—. ¿Qué quieres? ¿Has regresado a casa?

—No, solo venía a saber algo de Luke, pero puede esperar...

—Quieres saber qué te oculta. Lo veo en tus ojos. Estoy borracha, pero sigo cuerda, para mi desgracia. —Sonríe con un deje de tristeza—. Yo sé toda la verdad, y tal vez si no estuviera bebida, no tendría la fuerza de contártela sin hacerte daño, como su adorable esposa es lo que se supone que debo hacer por él. Ver, oír y callar. —Se ríe de una forma que me da escalofríos—. ¿La quieres saber?

—Para eso estoy aquí.

Me mira a los ojos y me pregunto si estoy haciendo lo correcto o me estoy dejando llevar por mi deseo de dejar de estar cegada.

—Luke era miembro de la banda del Blanco, supongo que los conoces muy bien porque te secuestraron y trataron de violarte.

¡Claro que los conozco! Pero la verdad me ha dejado paralizada. Esperaba drogas, sí, pero no que fuera miembro de una banda que traficaba con ellas.

—Sigue.

—Tras lo sucedido con sus padres, se dio a la mala vida. Y para poder drogarse y beber necesitaba dinero... Por eso se metió de lleno en la banda, donde le dejaban seguir llevando una vida de lujos y pudiendo tener todo lo que quería a cambio de favores... —Se calla y me mira—. No sé hasta dónde llegó, pero sí sabemos que presionaban a los que les debían dinero para que pagaran. La gente le tenía miedo, pese a su corta edad.

Esto es mucho peor de lo que había imaginado y no dejo de verme a merced de los de esa banda sin importarles qué iba a ser de mí. Me pregunto si Luke vio también a una joven inocente pagar por las deudas de su padre... Es horrible.

—Y todo acabó cuando casi mataron a Roy, su hermano, delante de sus narices.

—¿Lo sabes?

—¿Que es su hermano? —Asiente—. Tu padre lo sabe todo de todos. —Una vez más se ríe sin emoción—. Roy salió del hospital y Luke dejó esa vida, pero nunca más habló con su madre, que me consta que sufrió mucho con todo esto. Era un alma en pena. Estaba siempre horrible..., y eso que tenía dinero para ocultar su pena tras los mejores maquillajes. Pero la gente no tiene la clase que tengo yo, que sé llevar la mierda que soporto bien oculta. —Se ríe de nuevo.

—Gracias...

—No me las des, te lo he contado a cambio de algo.

Me siento tonta por haberme dejado engañar. Y ahora mismo odio a Luke porque todo esto lo haya sabido por otros. No sé qué hubiera pasado de conocer la verdad por él. Pero sí sé que ahora no dejo de ver a Luke como uno más de los que me secuestraron.

—Claro. Di.

—Antes debo saber algo. —Me mira con tal fijeza a los ojos que me da un escalofrío—. ¿Hasta dónde estás dispuesta a llegar para destruir a tu padre?

Me sorprende su pregunta y no me escondo, cansada ya de tantos secretos y manipulaciones.

—Hasta el final; si está en mi mano, pienso hacerle pagar por todo lo que ha hecho. Lo odio.

—Eso esperaba oír. Y si alguien puede destruirlo esa eres tú, porque, al contrario que todos los de esta mierda de ciudad, tú no tienes secretos. No tienes nada que te haga cesar en tu empeño por pasar página. Y puedes llegar a destapar toda esta mierda.

—¿Y cómo puedo hacerlo?

—La verdad está tras estas paredes. Yo no sé dónde, pero sé que hay pasadizos..., como ya sabes. Sé que usas el de tu cuarto para huir. —Asiento—. Encuentra las pruebas y hazle pagar por todo.

—¿Y por qué no lo haces tú?

—Porque soy una cobarde..., siempre lo he sido. Pero tú no. Yo todavía lo quiero, pese a todo, y no puedo ser la que lo ejecute.

—Pues deberías, porque al parecer te ha hecho tanto daño como para acabar así. —Miro las botellas en el suelo.

—No lo haré y tú haz lo que quieras...

—Pienso destruirlo.

—Bien, pues para eso debes volver a casa...

—Me echó.

—No te necesita lejos, Peyton, tu padre tiene un fin para tenerte cerca. Si le pides volver, te abrirá las puertas de su casa.

—¿Y cuál es ese fin?

—Lo sabrás todo. Yo ya he hablado demasiado.

Y dicho esto, coge la botella y le da un largo trago. Me pregunto dos cosas: si solo me ha contado esto por estar así de borracha y si recordará algo de todo esto. Yo, por si acaso, no pienso volver a sacar esta conversación, porque no quiero tentar a la suerte.

Ha llegado el momento de que toda la verdad salga a la luz para destruir a mi padre.

* * *

Mi padre, como ya me adelantó su mujer, no se opone a que regrese. Al contrario, parece muy feliz de tenerme de nuevo en casa. A saber qué fin oculto tiene para que quiera que esté cerca. Pienso descubrirlo. Ahora solo eso me mantiene en pie tras lo que he descubierto de Luke.

Y por ese dolor es por el que estoy frente a la casa de Luke, para pedirle su versión. Quiero saberla. Yo no soy una cobarde y no me voy a conformar con lo que me cuentan otros en vez de afrontar la verdad.

No soy como él, pienso con rabia, ahora dolida por todo.

Entro en la casa. Es muy tarde y un día lectivo, por eso me sorprende ver que han traído amigos para una pequeña reunión en el salón. Roy me ve y se acerca a mí.

—Luke está arriba.

—Gracias.

—Por tu cara y la suya veo que las cosas no van mejor entre los dos...

—Lo sé todo, Roy, y no por tu hermano. He venido a que me cuente su versión y ni siquiera entiendo por qué le doy esta oportunidad.

—Porque lo quieres. Espero que todo se arregle entre los dos. Él es mejor a tu lado.

—Debería serlo sin mí también.

—Sí, pero tú le haces ver lo bueno que hay en él. Suerte.

Asiento y subo al cuarto de mi prima para guardar mis cosas rápidamente y dejarlas listas para irme a casa de mi padre sin entretenerme. Pase lo que pase esta noche, no pienso pasarla junto a Luke.

Llamo a su puerta y espero a que me abra. Me toca insistir y, cuando me abre, sé por su cara que esperaba que fueran algunos de los que hay abajo. Al verme le cambia el gesto.

—Peyton...

—Lo sé todo, pero eso ya te lo imaginarías.

—Intuyo que tu tío te lo ha contado...

—Mi madrastra. —Se pone tenso. Paso al cuarto y cierro la puerta—. Mi tío me hubiera ocultado detalles y estoy harta de vivir con una venda en los ojos. Lo más triste de todo es que, si nunca investigué, fue porque de verdad creía que tú me lo contarías, porque quería saber tu versión, y al final he tenido que acudir a una de las personas que más detesto para saber lo que tú me ocultas.

—Ya sabes la persona detestable que fui. Ya sabes que sales, o salías, con alguien igual de detestable que los que te secuestraron.

Noto el odio que se tiene a sí mismo. El asco que siente hacia lo que hizo. Lo veo claramente en sus ojos.

—Quiero tu versión, Luke. Por todo lo que significas para mí, te lo debo.

—¿Y luego? ¿Todo se acabó?

—Por tu culpa nunca sabremos la respuesta a esa pregunta. No me dejaste elegir, diste por hecho que saldría huyendo.

Luke se pasea por el cuarto. Ahora mismo ya no queda en él nada de la seguridad que siempre siente. Parece un hombre abatido. Si no estuviera tan afectada, me destrozaría verlo así de hundido.

—Cuando metieron en la cárcel a mi padre estaba tan dolido, me sentía tan mal, que empecé a consumir... No tenía dinero y sí muchas ganas de no perder mi forma de vida. Fue entonces cuando el cabecilla de la banda me hizo la propuesta de que podría mantener ese tren de vida si yo le hacía unos favores. Acepté, todo con tal de demostrar a todos los que me habían dado la espalda que no los necesitaba. Yo debía meter miedo a los que le debían dinero para que pagaran. No tuve que pegar a nadie para conseguirlo. Me temían. Y entonces los días eran noches y las noches días, bebía hasta perder el conocimiento y me ponía tanto que no era capaz de reconocer a nadie. Por eso... —Se calla—. No fui consciente de lo metido que estaba en la mierda hasta que vi a Roy a punto de morir a manos de varios de ellos y reaccioné, pegando por primera vez a alguien hasta casi matarlo para sacar a mi hermano de allí.

—Sigue.

—Roy estaba muy mal y yo no andaba mejor. No me dejaron irme del hospital y fue allí donde apareció Felipe. Lo había conocido en algunas de las carreras que hacía por la noche por puro aburrimiento, y me había ofrecido más de una vez correr para él. Me había reído en su cara una y otra vez. Hasta ese momento. Se ofreció a pagar mi deuda y mi tratamiento de desintoxicación si corría para él hasta devolverle todo el dinero.

—Por eso no puedes dejar las carreras, porque le debes mucho.

—Sí, y acepté por Roy. Estaba aterrado por lo que podía pasarle y sabía que sí salía de esa se volvería a meter en ese horror hasta sacarme de allí. No era la primera vez que lo intentaba, pero sí la que llegaba más lejos. No podía perderlo.

—Y Roy se recuperó.

—Afortunadamente, sí. Mientras me curaba fui consciente de todo lo que hacían los de esa banda, porque me informé. Y si ya me asqueaba mirarme al espejo por lo de Roy, saber que había podido estar delante de palizas así, o de violaciones, me hacía sentir igual de miserable que ellos.

—Pero tú no eres como ellos, no puedes echarte encima culpas que no te pertenecen.

—Sí puedo, porque tan culpable es el que ejecuta una violación como el que la presencia sin hacer nada.

—Eso en caso de que estés consciente y no medio muerto, como lo estabas tú, Luke. De haberlo estado, no habrías permitido que eso pasara.

—No lo puedes saber. Y tras tu secuestro sentí aún más asco por mi pasado. Contarte que era como ellos no entraba en mis planes. O sí, pero cuando me quisieras tanto como para no poder vivir sin mí.

—¿Y cómo puedes saber cuándo te quiero hasta ese punto? Lo digo porque cuando alguien se tiene en tan poca estima le cuesta ver lo mucho que las personas lo aprecian.

—Esperaba saberlo...

—¿Cómo sabes que no te quiero ya hasta ese punto?

—¿Lo haces?

—Tú sabrás, eres muy listo. —Me mira triste—. ¿Y qué pasó con tu madre? Dudo que te diera de lado..., y esta vez dime la verdad de por qué no le hablas. Porque yo empiezo a intuirla.

—Mi madre es la madrastra de Colin y Cam —dice sin más—. Tras enterarme de toda la verdad de mi padre, se desveló el secreto mejor guardado de mi madre. Tenía un amante. Yo creía que quería a mi padre. Que, aunque no se veían, se amaban, pero no, mi madre llevaba años liada en secreto con el padre de Colin e iban a tener un hijo, mi hermano pequeño Ernest, del que nunca te he hablado, aunque sí te dije que tenía dos hermanos. —Asiento—. Me lo pensaban decir cuando todo se destapó —dice, retomando la historia—, y no pudieron ocultarlo porque el amante de mi madre quería que ella se fuera a vivir a su casa, porque desde hacía años estaba divorciado. También quería que yo me fuera con ellos, como una puñetera familia feliz... —Se ríe sin emoción alguna—. Mis padres no eran quienes yo creía, ninguno de los dos, y los odié. No sabes cuánto. Colin se puso de su lado y no me comprendió. Nadie entendía mi postura. Y esto solo hacía que me hundiera más en mi desfase personal. Hasta que todo se me fue de las manos... y los culpé a todos.

—Y hasta ahora has preferido vivir odiando a las personas que te dijeron «te quiero» que pedirles su versión de lo sucedido. —No lo confirma, pero sé que es así—. Y, sin embargo, yo ahora te estoy dando la oportunidad de explicarte. De saber tu verdad, como siempre he deseado.

—Siempre fuiste la más valiente de los dos. Tú, pese a todo, no tienes miedo a amar a la gente, a esperar lo mejor de ellos. Yo estoy más tranquilo esperando lo peor..., pero soy así.

—Eres una persona cómoda. Y un cabezota, mayor que yo, sí, porque en todos estos años no has tenido la capacidad de escuchar. Ya estás hundido, no podías haber caído más bajo, pero al menos podrías haber sabido la verdad y no conformarte con las suposiciones de lo que pasó. Eres un cobarde, Luke. Tú nunca me has querido, y dudo que alguna vez hayas querido a tus padres..., pues de lo contrario habrías luchado por ellos. Si así es como eres, no me gustas, y no por tu pasado, sino por tu presente, por ser una persona que prefiere conformarse con la vida que le ha tocado que luchar por conseguir una mejor. Adiós, Luke.

Me voy hacia la puerta y espero que me detenga, que luche por mí. No lo hace y, aunque era lo que esperaba, me doy la vuelta furiosa.

—¿Te das cuenta de que ni siquiera has tratado de retenerme? Nunca te he importado. Ahora lo sé.

Capítulo 35

LUKE

Peyton tenía razón en todo: era más fácil vivir a medias que arriesgarse. Vivir enfadado con el mundo hacía que me sintiera menos culpable por los errores que cometí yo solo. Para ella las cosas tampoco han sido fáciles, pero no tomó un camino de corrupción. Prefirió seguir viviendo con ilusión y viendo el lado bueno de las cosas. Valorando lo que tenía y lo bueno que estaba por venir. Yo por mi parte cometí muchos errores y no quería aceptar que eran mi culpa. Que mis padres eran culpables de los suyos, pero yo tenía que lidiar con los míos.

No la retuve porque pensé que no había nada que hacer por ella. Y hasta que se dio la vuelta y me lo echó en cara, no vi la verdad. Una vez más me estaba dejando llevar y perdiendo a alguien a quien quería, tal vez como hace años perdí a mi madre, la mujer que siendo niño daba su vida por mí. Nunca le di la posibilidad de que me explicara su versión y, si he de ser sincero, yo esperaba que Peyton viniera a buscarme, que quisiera saber la verdad por mí. Esa que no había tenido el valor de contarle yo mismo por la culpa que arrastro desde entonces.

He visto a Peyton en clase. No nos hemos hablado, pero el hecho de que no me haya devuelto la cadena y la lleve puesta me da esperanzas. Si no le he rogado perdón es porque quiero hacer las cosas bien. He cambiado, y para demostrárselo tengo que dar carpetazo al pasado. Afrontar lo sucedido y pedir las explicaciones que, preso por el dolor, no pude pedir en su día. Toco al timbre y espero a que me abran.

La puerta de la casa se abre y tras esta aparece Colin, que viene hacia mí con el pequeño Ernest. Este último, al verme, me saluda efusivo. Nadie sabe que somos hermanos, o eso creo, pero desde que era muy pequeño he realizado trabajos en su colegio para poder estar cerca de él. El niño no sabe que soy su hermano, y yo nunca he tenido el valor de decírselo. Una vez más, me avergonzaba no ser lo suficientemente bueno para alguien tan puro y le dejaba creer que era un profesor de extraescolares.

Colin desbloquea la verja con un mando y la abro para pasar al jardín que rodea la casa. Mi hermano pequeño se separa de Colin y corre hacia mí. Nunca entendí por qué me daba siempre este cariño incondicional. Me agacho para recibir su abrazo y revolverle el pelo.

—Eh, pequeño. ¿Qué tal va todo?

—Bien, estaba merendando con mi hermano Colin. —Lo señala.

—Más bien estaba ensuciando la alfombra con chocolate. —El pequeño se ríe y yo también, por su risa contagiosa.

—Eso es que no sabes tratar con niños.

—¿Acaso tú sí? Eres mucho más manazas que yo.

—Yo al menos tengo un título para tratar con estos pequeños monstruos.

—Pues ahora, por listo, le vas a dar tú la merienda. ¿Vamos?

Miro la casa: hace años que no vengo aquí. Colin no me habla con resquemor; es como si hace años estuviera esperando que hiciera esta visita. O tal vez el haber pasado recientemente por algo parecido a lo mío con las drogas le haga comprenderme un poco más. Me enteré de ello por Cora, que no sabe guardar un secreto.

—Claro, te demostraré que soy mejor que tú.

Ernest toma mi mano y tira de mí hacia dentro mientras me cuenta todo lo que ha hecho en el colegio. Mientras voy entrando en la casa mi mente evoca recuerdos pasados enterrados. En todos ellos estoy yo al lado de Roy, Colin y Cam, que, aunque era más serio, siempre estaba a nuestro lado.

—Lo siento —digo de repente. Miro a Colin de reojo. Sé que él sabe a qué me refiero. Y aunque estas palabras llegan tarde, en el fondo espero que no sea así.

No puedo culparlo porque pensara diferente a mí y no me diera la razón.

—Con esto queda demostrado quién es más cabezón de los dos —dice Colin con una sonrisa sincera.

—No te creas un santo. —Se ríe y me tiende una mano, una mano que hace años no quise cogerle, cuando trató de explicarme qué había pasado entre su padre y mi madre. Se la cojo y la estrecho, y acabamos dándonos un abrazo fraternal.

El que no me pida más explicaciones me hace comprender que Colin llevaba mucho tiempo esperando esta reconciliación que hubiera tenido lugar antes, de no haber estado yo peleado contra el mundo.

—¿Vamos o qué? —insiste inquieto nuestro hermano pequeño.

Lo seguimos al salón. Al entrar veo a Cam repasando unos papeles con mala cara. Al vernos juntos solo asiente, como si con esto dijera que entiende lo que ha pasado.

Ernest tira de mí y me lleva hasta donde está su merienda, y la mitad, como dijo Colin, está en el suelo. Trato de darle la merienda mientras me cuenta de qué van los dibujos que está viendo en la tele. Se me hace raro estar así con ellos. Y me pregunto si esto habría sido así hace mucho tiempo si no fuera tan cabezón y orgulloso. El orgullo no sirve de nada si te hace perder a personas que te importan.

—¿Habéis visto a Ernest? —dice mi madre desde fuera. Miro hacia la puerta y la veo entrar con una sonrisa que se le congela cuando me ve aquí. Me levanto—. Hijo...

Aparto la mirada por la intensidad de sentimientos que veo en los ojos de mi madre. Trató por todos los medios de que la escuchara. Yo siempre le di la espalda.

—Me gustaría hablar contigo —le informo, sorprendido por que la voz no me salga rota por el momento.

—Claro. ¿Os quedáis con Ernest?

—No te preocupes, mami, yo cuido de ellos —dice el pequeño sonriente y tratando de demostrar que es mucho mayor de lo que es en realidad. Algo que me recuerda a mí.

—Claro, dejaremos que nos cuide —bromea Colin.

Mi madre me conduce hasta una salita y veo en seguida su toque en esta estancia, al igual que ya lo he visto por la casa. O tal vez siempre ha estado aquí, pues la madre de Colin y Cam se fue cuando ellos eran muy pequeños. Mi madre siempre ha sido una madre para ellos, y más tras la boda con su padre y el nacimiento de nuestro hermano en común.

—Por fin has venido. —Esa sola frase encierra mucho.

Estaba tan defraudado conmigo mismo y con lo que había hecho que me avergonzaba estar cerca de ella, porque veía en sus ojos lo mucho que la había lastimado. Era más fácil vivir enfadado que aceptar mis errores y afrontarlos. En realidad, este siempre fue mi hogar, ya que mi padre viajaba tanto que pasábamos más tiempo aquí que en nuestra casa, y cuando todo se desmoronó no supe ver que este seguía siendo mi hogar... La rabia y el dolor no me dejaron ver la realidad.

—He tardado un poco... —Mi madre me sorprende cuando me abraza con fuerza.

Le devuelvo el abrazo y me cuesta mucho no echarme a llorar con ella, que ha roto en sollozos. Ahora mismo me siento un miserable por no haber sabido ver que me quería. Por no haberle dado la oportunidad que tantas veces me pidió. Por haberla hecho sufrir cuando veía dónde me había metido. Mi madre trató de sacarme muchas veces y nunca la escuché, pero creo que fue porque era más fácil eso que advertir el dolor en su mirada mientras veía como me destruía.

—Lo siento... Siento haberte hecho sufrir tanto.

—Ahora estás aquí. —Se separa y me mira con los ojos llenos de amor.

¿Cuánto es capaz de perdonar una madre?

—Creo que tenemos una charla pendiente.

—Sí, ¿quieres tomar algo? —me dice separándose y tirando a la vez de mí hacia unos sofás.

—No.

—Bien. La verdad es que no sé por dónde empezar —me dice tras acomodarse en un sofá y yo en otro a su lado. Coge mi mano—. Estás tan guapo... Estoy muy orgullosa de todo lo que estás logrando.

Aparto la mirada.

—He sido un imbécil.

—Nunca es tarde para darse cuenta. Y sé que algo ha tenido que ver en todo esto Peyton. Me alegra mucho que estéis juntos.

—Ella lo es todo para mí —le reconozco sincero—. Y, sí, ella me ha cambiado, o tal vez solo ha hecho que deje de escudarme ante todo y vea la verdad. Y también que deje de culparme por lo que no puedo cambiar y aprenda a aceptarme como soy. El problema es que para llegar aquí la he perdido, o eso creo..., pero ahora mismo quiero pensar que hay una oportunidad para los dos y no está todo perdido. Por eso quiero hacer las cosas bien, demostrarle que he cambiado. Y sobre todo demostrármelo a mí mismo.

—Las cosas suceden cuando tienen que suceder. Hace años no me entendías. Ahora no veo en tus ojos la censura por estar enamorada de otro hombre que no es tu padre.

—No, no te censuro, ahora entiendo muchas cosas.

—Luke, Cameron y yo tratamos de ocultar lo nuestro por vosotros. Tu padre lo sabía y le daba igual... Nos casamos por ti, pero en el fondo yo siempre supe que él amaba a su primer amor y que estaba conmigo para tratar de rehacer su vida cuando ella se casó. Pero por ti merecía la pena ser una familia. Los dos te queríamos más que a nada y eras lo más importante de nuestras vidas. Sacrificarnos por ti no nos parecía gran cosa. Éramos felices así. Pero todo se complicó cuando me quedé en estado. Cameron no quería que otro criara a su hijo y yo lo comprendía. Tu padre también, e íbamos a contarte todo cuando estalló lo de tu padre y tú te enteraste de todos los secretos sin que nos diera tiempo de habértelos revelado. Siempre tuve mucho miedo de contarte la verdad y que no me entendieras. Tenía miedo de que esta nos separara.

—Te entiendo... Por eso Peyton y yo estamos como estamos. Nunca fui un niño fácil.

—La culpa no era tuya, Luke. Yo me sentía tan mal por mentirte que te dejaba hacer todo lo que te daba la gana, y tu padre te veía tan poco que prefería estar contigo siempre de buenas que discutiendo y diciéndote que no de vez en cuando. Teníamos ambos tantos miedos por culpa de la vida que llevábamos que, sin darnos cuenta, te malcriamos.

—Supongo que todos tenemos parte de culpa, pero yo el que más...

—No, hijo, no es así, y deja de cargarte los hombros de arrepentimientos. Es hora de vivir la vida que tenemos ante nosotros al fin libre de secretos. Y, por cierto, Ernest sabe que eres su hermano. Y todos sabemos que le das clases. Nos cuesta mucho que te llame hermano, pero lo hace porque le dijimos que, cuando estuvieras preparado, vendrías a buscarlo. Es un niño muy listo, me recuerda a ti, pero a él sí le digo que no sin temer perderlo.

—Ignoraba que lo supierais.

—Lo sé todo de ti.

—Y, pese a todo, me sigues queriendo.

—Ya ves, debo de ser masoquista —bromea, y me abraza una vez más—. Te quiero, pequeño.

La abrazo con fuerza a punto de romperme. Si no lo hago es porque me estoy mordiendo los carrillos para no llorar con ella.

—Yo también te quiero —le digo por primera vez en mi vida.

Mi madre se separa y me sonríe.

—Tengo que darle las gracias a Peyton por todo lo que ha hecho por esta familia. Seguro que te perdona. Se nota que te quiere.

—Eso espero, porque no quiero vivir sin ella.

—Todo irá bien. Y tenemos que hablar de otro tema. Tu padre. Ha salido de la cárcel y quiere hablar contigo. Tu padre te quiere, Luke, es un gran hombre y fue engañado. Cometió errores, pero no los que le imputaron. Yo sé dónde vive. ¿Quieres su dirección?
—Asiento, es hora de que afronte la verdad—. Genial, y ahora ven a la cocina conmigo a hacer la cena. Quiero probar uno de tus platos estrella.

—¿También sabes eso? —Sonríe y veo en ella a esa niña que debió de ser un día—. Espero que no lo sepas todo todo.

Se ríe.

—Nada de lo que pueda escandalizarme.

—Qué ilusión —ironizo. Y mi madre tira de mí.

Es muy agradable estar de vuelta.

Capítulo 36

LUKE

Alzo la mano y toco al timbre; no puedo retrasarlo más. Miro la pequeña casa en la que vive mi padre a las afueras de la ciudad. Una de las pocas viviendas que no perdimos. Si nunca he vivido en ella es porque está algo vieja y destartalada.

Anoche me quedé a cenar con mi madre y su familia..., bueno, puede que sea también la mía, solo necesito tiempo. Todos estábamos pendientes de Ernest y nunca vi tanta felicidad en sus ojos. No dejaba de mirarme como si temiera que me fuera a ir. No era consciente de lo mucho que me necesitaba a su lado. Quedé en volver pronto y, ya en la puerta, antes de irme, mi madre me dio otro abrazo fuerte.

La puerta de la casa de mi padre se abre. Tengo la mirada baja y veo sus piernas enfundadas en un vaquero. Mi padre en vaqueros..., nunca lo he visto en vaqueros. Si hasta cuando hacíamos cosas de padre e hijo en el campo iba con pantalones de diseño para la ocasión. Una prueba más de cómo ha cambiado.

—Hijo. Has venido. —Sé por su voz dos cosas: que no esperaba que viniera y que tenernos aquí le hace feliz.

Tomo aire, nunca me he considerado un cobarde, y alzo la mirada.

Me quedo impactado cuando veo el paso del tiempo en la cara de mi padre. En mi mente lo recordaba tan guapo como siempre y con esa mirada dispuesta a comerse el mundo. Ahora solo veo a un hombre que sigue siendo atractivo, pero que ha vivido mucho. Su mirada azul, como la mía, está cansada y parece más sabia y sobre todo más prudente. Las arrugas de su cara se han profundizado y dan a su gesto más dureza. Sus ojos me observan vidriosos, emocionados y cautelosos.

No sé qué decir.

—Pasa. —Por suerte mi padre parece seguir conociéndome bien, y eso me inquieta.

Ahora mismo no sé qué era verdad en nuestra relación y qué no. Y seis años de odio y de reproches culpándolo de todo lo malo que me pasaba no ayudan.

—Es comprensible que estés enfadado —dice adivinando una vez más mi gesto.

—No me conoces tan bien como crees. He cambiado. Ya no soy quien era.

—No eres quien la gente creía que eras, pero sigues siendo quien siempre supe que serías.

Lo miro molesto.

—No sabes nada de mí...

—¿De verdad piensas que en este tiempo no he sabido nada de tu vida? No he dejado de estar cerca de ti.

—Entonces, ¿por qué dejaste que me hundiera tanto?

—¡¿Crees que para mí era fácil saber por tu madre dónde te habías metido y no poder hacer nada?! ¿Acaso tú dejabas que la gente te ayudara? Sabes que no, Luke.

—Pero eso no cambia el hecho de que acabaste en la cárcel y nos dejaste sin nada.

—¿De verdad me crees tan tonto como para dejaros en la ruina?

—Eras tonto por drogarte y dejar que te engañaran.

—Como tú, entonces. —Tenso la mandíbula—. Por suerte tú fuiste más listo que yo y saliste antes de esa mierda.

—No quiero recordar esos días.

—Te aseguro que yo tampoco, y espero que nunca tengas que sentir la impotencia de no poder ayudar a quien más amas. Porque tú y Roy sois las personas a las que más quiero...

—Sí, ya, por eso no quisiste que nadie supiera que es tu hijo.

—Yo sí quería, pero su madre no, y nunca me ha dejado revelarlo. ¿Quieres saber la verdad o prefieres seguir discutiendo por cosas que ya no puedo cambiar? Has llegado hasta aquí, nunca te he tenido por un cobarde.

Me siento en uno de los sofás. Mi padre se sienta en un sillón no muy lejos. Su mirada azul se pierde.

—Mi historia comenzó cuando tenía unos veinte años. Me enamoré perdidamente de la mujer equivocada. De Loretta..., la madre de Peyton. Como ves la historia se repite.

Lo observo impactado. Nunca imaginé que el comienzo de esta historia estuviera tan ligado a la vida de Peyton.

¿Acaso todo vuelve a repetirse?

—¿Te enamoraste de la madre de Peyton?

—Sí. Siempre había sido un poco pasota con las mujeres, me gustaban y yo a ellas, pero no quería tener nada serio con ninguna, tal vez porque sabía que tu abuelo ya había decidido con quién debía casarme, y no seguir sus dictados significaba perderlo todo. No pensaba hacerlo por una mujer. Hasta que Loretta vino aquí a vivir con sus padres. Hasta entonces vivían lejos y hacía años que no la veía, desde que éramos unos niños. —Mi padre sonríe ante el recuerdo—. Desde que la volví a encontrar, me veía incapaz de no seguirla con la mirada. De no buscarla. De no decirle cualquier tontería con tal de que me mirara. Pero ella me rechazaba. Hasta que una noche vino a verme y se entregó a mí de manera desesperada. Al día siguiente descubrí que estaba prometida al hijo del alcalde y se casaba en breve. La detesté por ello. Y lo que sentía por ella se transformó en un odio profundo. Y más porque se casaba con uno de mis mejores amigos. Eso hizo que me acercara más a él, tratando de entender qué tenía él que yo no tuviera, cuando había sabido ver en sus caricias que a ella le importaba yo. Me volvió loco imaginarla con él. Acabé centrándome más en mis juergas, en querer hacerle daño, para que viera que me era indiferente. Lo que me llevó a liarme con dos hermanas a la vez. Una de ellas era con la que tu abuelo me quería casado, tu madre. —Se ríe sin emoción—. Lo más gracioso es que tu madre tampoco me quería y, tras la boda, cada uno siguió su camino y ella acabó enamorada del padre de uno de tus mejores amigos. Yo siempre lo supe, y por ti ella prefería callar y conformarse con lo poco que podía estar con Cameron. Sé que lo sabes porque he hablado con tu madre. Tras la boda no tuvimos más contacto. Tú eras nuestra única unión y lo que sentíamos por ti era lo que nos hacía permanecer juntos. Y yo era feliz, Luke. Tal vez no la amara, pero tenerte en mi vida hacía que todo tuviera sentido.

Mi padre hace un alto en su relato.

—Lo peor es que no éramos más que peones en un juego que habían iniciado nuestros padres. Ya que el padre de Loretta, el mío y el de tu madre eran amigos desde la infancia y juntos decidieron qué hacer con sus hijos y qué alianzas formar. Cuando supe que ambas hermanas estaban en estado se lo conté a mi padre y me casé con tu madre porque tu abuelo no me dio otra opción. Por suerte me dejó reconocer al niño y darle mi apellido. Pero la madre de Roy no quiso. Y no me quedó más remedio que tratarlo como a un sobrino. Y eso no era suficiente para mí. Cuando Loretta se casó empezó mi destrucción; me mataba verla casada con otro. Y más cuando vi como se autodestruía. Como se iba con unos y con otros. Cuanto más se destruía ella, más me destruía yo, y mi único placer eran los negocios y estar con mis hijos. Tú y Roy erais mi norte y los que me dabais fuerzas para seguir adelante en esa vida que no había pedido. Es curioso que, aunque nunca hubiera creído en el amor, fuera este el que me destruyera.

—¿Y cómo acabaste siendo socio del padre de Peyton?

—Cuando tú eras muy pequeño, yo me había centrado tanto en los negocios que había doblado lo que tu abuelo me dejó. Esto hizo que el padre de Peyton me propusiera un buen negocio, y también porque éramos amigos. Lo acepté, pues esto haría que crecieran mis ingresos. Lo malo es que casi no tenía tiempo para estar en casa. Pero lo prefería, porque no soportaba cruzarme con Loretta por la ciudad y verla con su hija, la hija de otro, me mataba..., y más todavía ver como por las noches bebía hasta acabar en la cama de algún idiota. Fue horrible, Luke.

—Me puedo hacer una idea —le respondo tenso. Tal vez todo esto no lo hubiera entendido antes de Peyton, pero ahora que sé lo fuerte que es el amor no me extraña que mi padre sucumbiera a la locura para olvidarla. Para olvidar adónde lo había llevado la vida lejos de ella.

—Luego ella despareció sin más... Me resultó raro, hasta que supe que había vendido a su hija. Me costaba creerlo de la mujer que había amado, pero al fin y al cabo no la conocía bien. Los años pasaron y yo poco a poco fui consiguiendo acrecentar nuestro imperio. Quería dejaros una buena herencia a vosotros, mis hijos. A veces os imaginaba trabajando conmigo. Tú eras muy bueno en los estudios, aunque odiabas que la gente pensara que eras un pringado y un empollón y preferías aprobar con lo justo. —No lo desmiento, pues era así—. Y luego todo cambió. Encontré a Loretta por casualidad y vi a otra mujer. Había cambiado. Ya no había restos de esa mujer que se autodestruía y sí de aquella joven de la que me enamoré. Me saludó y le negué el saludo. Me siguió y, cuando me preguntó por qué, le dije lo que pensaba: que una buena madre nunca hubiera abandonado a su hija por dinero. Y que yo no tenía en muy buena consideración al que hacía algo así.

Lo miro sabiendo que voy a descubrir una parte de la vida de Peyton que no sé si ella quiere saber.

—Me dijo que ella nunca había vendido a Peyton,

que se fue para evitar que su marido pagara con la niña sus errores. Se fue lejos de su padre y del pueblo para que Peyton tuviera una vida mejor, en casa de sus tíos... Ignoraba que Peyton vivía en un internado y yo no la saqué de su ignorancia. Se fue y no la busqué. Pero esto me hizo desconfiar del alcalde. Al fin y al cabo, su padre había sido un monstruo. Lo empecé a investigar todo. A tratar de encontrar parecidos, y me fui metiendo en un juego peligroso. Cuando descubrí cómo era, lo amenacé con destruirlo... y fue él quien me destruyó a mí, pues hacía tiempo que le molestaba y tenía preparada mi caída por si hiciera falta. Me culpó de desfalcos de dinero falsos, de haber robado dinero del Ayuntamiento... Y aunque me defendí, sacó a la luz mi adicción por las drogas y eso fue mi condena final. Fui culpado por un delito que no cometí y, cuando estaba en la cárcel, me visitó para decirme que nunca olvidara que él siempre ganaba. Y te aseguro que, tras ver dónde acabasteis, tengo claro que no pienso ir más contra él. Será de cobardes..., pero prefiero ser un cobarde a que la tome con vosotros.

Nos quedamos en silencio. No sé qué decir. Todo este tiempo odiándolo por su mala cabeza. Por ser un ladrón, por haber destrozado a su familia con sus trapicheos, por ser como el alcalde..., para ahora descubrir que fue engañado; y lo peor es que siempre lo he sabido, pero me era más fácil vivir odiándolo que echándolo de menos.

—Te odiaba.

—Hablas en pasado.

—Te creí culpable y por tu culpa perdí todo. Mis amigos...

—Tu novia, la hija del alcalde, fue la primera en darte de lado.

—Y luego él, diciendo que era como tú. Nunca me cayó bien, pero cuando vi su verdadera cara sentí deseos de borrarle esa sonrisa de su rostro. Y luego las personas que creí que de verdad estaban a mi lado se alejaron. Te odié, los odié.

—Te entiendo...

—No, no entiendes nada. En el fondo sentía que algo se me escapaba. Pero me di cuenta de que en realidad no te conocía. Lo que más me afectó fue saber que mi padre era un drogadicto y que mis padres llevaban una vida separada. Que le eras infiel a mi madre... y ella a ti. No solo fue lo que nos quitó el alcalde, fue descubrir que la vida de familia feliz era mentira. Fue saber que mi padre era un ser débil.

—Por eso te metiste tú en lo mismo, para demostrarme que eras más fuerte que yo.

—Para probarte que yo podía salir cuando quisiera.

—Pero no pudiste, no hasta que tocaste fondo.

—No quiero hablar de eso.

—Vale, solo quiero que sepas que lo que viví contigo era real. Todo.

—¿Cómo podías llevar una doble vida?

—No lo sé. Lo justificaba creyendo que tomándome esas cosas era mejor y me concentraba más. Fui un idiota. Sé que no puedo obligarte a que me perdones..., pero me encantaría que lo hicieras.

—No sé qué hacer ahora. —Me levanto y me paseo por el cuarto.

—¿Acaso no merezco una segunda oportunidad? Creo que seis años es demasiado tiempo para pagar por mi culpa.

Lo miro y veo arrepentimiento en su mirada.

—No lo sé..., demasiada información que asimilar. Siento no poder contestarte ahora mismo.

—Al menos me alegra que hayas venido. Hubiera seguido esperando, ¿sabes? Lo hubiera hecho hasta que me escucharas y trataras de entenderme. Tal vez un día me merezca tu perdón.

—¿Y si nunca te perdono? —Noto tanto dolor en los ojos de mi padre que me veo más parecido que nunca a él. Pues desde que Peyton me dejó yo tengo esa misma mirada.

—Te esperaré toda la vida.

Lo miro y dejo de alejarme de las personas que quiero. Alzo la mano y se la tiendo. Mi padre la coge temblando.

—Me alegra que hayas vuelto. —Y sé que comprende que quiero decir a mi vida.

Abre la boca para hablar cuando la puerta de la calle se abre y aparece una mujer a la que no he visto en mi vida.

—Luke, ¡qué alegría que hayas venido!

—¿Nos conocemos?

—Luke, te presento a Loretta, la madre de Peyton y mi mujer.

Me quedo sin palabras, pues esto sí que no me lo esperaba.

Capítulo 37

PEYTON

Luke se sienta a mi lado en una de las clases que tenemos juntos. Tenerlo tan cerca y estar tan lejos me mata. Han pasado varios días desde que nos enfadamos. Dos semanas durante las cuales lo he echado mucho de menos, una vez que se me pasó el cabreo. Me di cuenta de que Luke no me lo había contado porque se avergonzaba tanto de su pasado que de verdad creía que de saberlo me perdería para siempre. Su mirada me lo decía. Creo que el hecho de que fuera secuestrada por la banda que le cambió la vida no ayudó a que se tuviera en mejor estima. Si no le he dicho que lo comprendo y que lo sigo queriendo pese a todo, es porque estoy a punto de destapar a mi padre con todas y cada una de sus mentiras y sé que Luke no me dejaría, pues ambos sabemos que mi padre es muy peligroso, y más desde lo que he averiguado de él.

No tardé en descubrir una sala secreta en su casa. En ella encontré cientos de archivadores. Toda una vida de secretos. Había fotos, vídeos..., todo lo necesario para extorsionar a los ciudadanos amenazándolos con que, si no le votaban o no hacían lo que él les pedía, la verdad saldría a la luz.

He estado buscando información y atando cabos para comprender dónde empieza todo esto. Lo que he descubierto me ha dejado con la boca abierta.

Estoy a punto de contarlo todo y la gente no va a dar crédito a la verdad, sobre todo Luke y su padre, pues su historia es mucho más compleja de lo que parecía.

Mi padre es tan tonto, o se cree tan invencible, que tiene todo escrito y guardado por fechas. Es un ser horrible. Y estoy deseando destruirlo; solo me queda poder analizar un par de cosas más y destaparé al fin que su imperio está sostenido por los chantajes.

La clase termina antes de que me dé cuenta. No estoy centrada en la carrera estos días, mi mente está en todas partes menos aquí. Ni yo ni Luke hacemos amago de levantarnos. Es siempre así desde que discutimos. No hablamos, pero aprovechamos estos instantes para estar el uno al lado del otro. Lo miro de reojo y me fijo en algo en lo que hasta ahora, o bien no me había dado cuenta, o bien no lo llevaba. Luke lleva puesta una cadena con la pieza de *puzzle* que encaja con la mía. No sé si lo ha hecho para dejarme claro que sigo siendo su mitad perfecta o porque ha visto que no me he quitado la mía y quiere que dejemos este distanciamiento y hablemos. Me cuesta mucho no volverme y abrazarlo. No decirle que lo comprendo y que da igual cómo fuera en el pasado, que el Luke que es ahora me tiene enamorada.

Levantarme e irme es una de las cosas más difíciles que he hecho últimamente.

Salgo hacia mi coche, ya que esta ha sido la última clase de hoy. Estoy deseando estar sola y centrarme en seguir recopilando información sobre mi padre para, una vez lo tenga todo atado, dar mi golpe final.

Al llegar al coche me fijo en que hay una mujer apoyada en él con la capucha puesta. Me quedo quieta a la espera de que se vaya cuando presiono el mando a distancia para abrir el coche. No lo hace, al contrario, se vuelve y me mira. La situación me incomoda y no sé bien por qué. Decido ignorarla e ir hacia mi puerta como si nada. Se me pone delante. Alzo la cabeza para pedirle que me deje paso al tiempo que ella habla.

—Hija.

La miro impactada. No estaba preparada para verla.

Tiemblo mientras contemplo esta versión de mí misma más vieja y cascada por los años y los vicios. Mi madre no es muy mayor, pero la vida que ha llevado se le marca claramente en las arrugas de su rostro, aunque pese a eso sigue siendo una mujer muy hermosa.

Me reflejo en sus ojos y me doy cuenta de que está a punto de echarse a llorar. Aparto la mirada por no saber qué hacer con lo que me transmiten.

—Me gustaría hablar contigo... Por favor. —Le tiembla la voz.

Asiento, porque no puedo ir por ahí diciendo que todo el mundo merece poder explicarse y dar su versión de los hechos y no dejar luego que ella lo haga. Y me doy cuenta de que en el fondo llevo muchos años esperando que esto suceda. Que, aunque quería odiarla porque me abandonó, deseaba que me buscara y me explicara qué pasó.

Vamos a una cafetería que conoce a una hora de aquí, en mi coche. El viaje lo hacemos en silencio. Huele a un perfume de flores que me trae recuerdos. Me parece increíble que evoque mi infancia. Al aspirarlo siento felicidad. Y es algo que había olvidado.

Entramos y pedimos algo para picar, aunque intuyo que ambas comeremos poco. Nos sentamos en una mesa del fondo y espero que hable. Yo sigo sin saber qué decir.

—No sé por dónde empezar.

—Tal vez podrías decirme por qué me vendiste —le digo sin poder contener el resquemor que siento ante este hecho.

—Yo no pedí dinero a tu padre, como él te contó. Para mí saber de ti era mucho más valioso...

—¿Y por qué te fuiste? ¿Por qué me dejaste con él? ¿Por qué debería creerte? —le pregunto incapaz de callarme más tiempo.

La miro a los ojos para evaluar su respuesta.

—No todo lo que se dijo de mí es mentira... Sé por Luke todo lo que te han contado de mí. —Me sorprende que tenga relación con Luke. Sonríe adivinando mis pensamientos—. Llegaremos a ese punto luego. El caso es que yo no era una buena influencia para ti. No sabía salir de donde me había metido y tu padre nos quería fuera de su vida...

—¿Nos quería?

—Él quería que te fueras conmigo, pero eso significaba destruirte; no tenía dinero, pero sí una fuerte adicción que hubiera destrozado tu vida, y como madre sabía que no podía ser tan egoísta. Y por eso le dije que, si quería la nulidad de nuestro matrimonio para poder casarse con su novia de toda la vida, tenía que concederme algunas cosas. Tu padre es un ser horrible, quería hundirme y le importaba bien poco que tú cayeras conmigo, por eso le hice jurar que te mandaría a vivir con su hermana. Ella no es como él y su marido tampoco. Sabía que con ellos tendrías un hogar, tendrías unos tíos que te querrían como si fueras su hija... y que podrían darte una estabilidad que yo estaba lejos de poder proporcionarte. —Mi madre se seca una lágrima que cae por su mejilla—. Le dije que, aparte de eso, quería tener noticias tuyas..., y él aceptó con la condición de que no me acercara a ti, pues si lo hacía, te dejaría sin nada y en la calle. Y acepté por ti. Por eso tú no sabías que las cartas que firmabas eran para mí. Y yo no podía acercarme a ti por miedo a las represalias de tu padre. Le tenía y le tengo mucho miedo, es un ser horrible.

—Lo sé...

—Yo te quería y te quiero. Pero no podía arrastrarte a mi miseria..., y pese a no haberte tenido a mi lado, me alegraba haber tomado esa decisión, porque la vida me llevó por sitios horribles. Toda decisión tiene consecuencias, y las drogas y el alcohol no traen nada bueno. No puedo justificar que lo hiciera para poder huir de la tiranía de tu padre. Tendría que haber sido más fuerte, pero no lo era. Odiaba mi vida y quería dejar de sentir..., pues tu padre no es el primer hombre tirano que he tenido la mala suerte de encontrarme en mi vida. Al menos él no me ponía la mano encima, como sí hacía tu abuelo, y aunque tu padre fue su aprendiz y a quien crio como a un hijo, por la falta de un hijo varón propio, por suerte no usó su fuerza conmigo.

Me gustaría poner cara de sorpresa. Se nota que ella no ha contado esto a mucha gente. Lo intento, pero no sé si me sale. Lo sabía. Sabía que mi abuelo no era el ser bueno que yo creía.

Descubrí hace dos noches que mi abuelo pegaba a mi abuela y a mi madre y que luego iba de digno por la vida. Y también que, al no tener un hijo, instruyó a mi padre para que fuera tan tirano como él. Fue un gran palo saber que había vuelto a este pueblo, donde he tenido que soportar la tiranía de mi padre, solo por la promesa que hice a un hombre que era en realidad un desgraciado que había abusado de la fragilidad de su mujer y de su hija. Y muchas cosas más...

—No lo sabía —le digo apartando la mirada, y me duele mentirle, pero nadie puede saber aún todo lo que he descubierto—. Lo siento. No debió de ser fácil llevar esa vida. Y supongo que por el miedo que le tenías acabaste casada con mi padre.

—Sí, y dejando al hombre que amaba. Destruyendo mi vida y la suya. Pero estaba aterrada..., no veía otra salida y eso me llevó a evadirme de la peor forma posible. Solo a tu lado era feliz. El problema es que cargaba tanto peso sobre mis hombros que no sabía conformarme solo con eso. Lo siento.

—No puedo juzgarte cuando no he padecido lo que tú tuviste que vivir.

—Siento todo, hija..., yo creí que vivías con tus tíos, no en un frío internado. De haberlo sabido, me habría enfrentado a tu padre una vez estuve recuperada, pero no lo supe con seguridad hasta hace unos meses, cuando vi unas fotos en la prensa. Hace unos años alguien me echó en cara haberte abandonado, pero al ir a hablar con tu padre me aseguró que vivías con tus tíos. Era verano y me llevó a verte con ellos. No imaginaba que solo vivías allí durante las vacaciones. Me quedé varios días y de verdad parecías vivir allí, y lo creí una vez más, y me advirtió que, como estuviera cerca, lo sabría y te llevaría lejos, porque ahora sabía que no verte ni saber de ti me destrozaría; estaba recuperada, pero aún faltaban años y muchas terapias para que dejara de temerlo a él y a mi padre. Ahora he regresado porque me siento muy fuerte y lo enfrentaré si hace falta. Tú ya eres mayor de edad y no puede separarnos.

Se atreve a cogerme las manos, que tengo sobre la mesa y que están toqueteando la comida que nos han traído. Me tenso.

—Hija, sal de esa casa. Yo no tengo mucho que darte..., pero no me gusta que estés bajo su techo.

Sus ojos se llenan de lágrimas.

—Dame tiempo. Solo te pido eso.

Asiente y noto alivio en su mirada. Saca una foto de su cartera y veo que está muy arrugada de tanto manosearla. Somos nosotras sonriendo a la cámara.

—Siempre te he llevado conmigo. Eres lo mejor de mi vida. Y ahora que ha pasado tiempo, sé que tuve que pasar por todo eso para que tú nacieras, y para que lo hicieran Luke y Roy. —La miro sin comprender qué tienen ellos que ver con nosotras—. El hombre al que amo desde que tenía más o menos tu edad es el padre de Luke, Mac. —La miro impactada—. Y es mi actual marido. —Ahora sí me he quedado sin palabras y ella se ríe—. Sabía que te sorprendería. La historia se repite, pero tú eres mucho más fuerte que yo.

—Tampoco he vivido una vida de palizas. Nadie ha matado mi espíritu a golpes. No eres débil por el hecho de que, cansada de vivir así, buscaras una salida para dejar de sentir. Eres fuerte porque al final, pese a todo, saliste de eso. —Sus ojos se llenan de lágrimas—. Y ahora, cuéntame tu historia de amor.

—Mac y yo nos enamoramos cuando nuestros destinos ya estaban escritos. Al menos el mío. Me enfrenté a mi padre para no casarme, pero la paliza que me dio dejó claro que, si no lo hacía, la próxima vez posiblemente me mataría. —Me recorre un escalofrío—. Acepté casarme y tenía tanto miedo que no le conté a Mac que si lo hacía era porque me pegaban. Una parte de mí pensaba que era mi culpa. Qué tonta llegué a ser —dice—. El caso es que él, al verme casada con otro, acabó con unas y con otras para olvidarme y hacerme daño. Es así como se lio con dos hermanas, por diversión. Cuando las dejó a las dos en estado sus padres le obligaron a que eligiera a la madre de Luke. Al otro niño lo podía reconocer, pero no viviría con él. Pero la madre de Roy no quiso que lo reconociera, ya que estaba muy cabreada con la situación y con tener que cuidar al pequeño sola. Así que por ella no han dicho que Roy es su hijo.

—Lo sé. Y mi madrastra sabe que es su hijo, y si lo sabe ella...

—Lo sabe porque tu padre conoce los secretos de todo el mundo, al igual que ella. Que no te engañe. —Me recorre un escalofrío por su forma de decirlo—. El caso es que, tras enterarme de que Mac estaba en la cárcel, fui a verlo y he ido a visitarlo desde entonces. Siempre he creído en su inocencia y no he dejado de estar a su lado. Pero no fue hasta que salió cuando me pidió que fuera su esposa; y acepté, porque llevo demasiado tiempo amándolo como para dejarlo escapar una vez más.

—Me alegra que al fin hayas encontrado la felicidad.

—No la tendré hasta que no me perdones...

—No tengo nada que perdonar. Creía que sí, pero tú solo buscaste que yo tuviera una buena vida. Fue mi padre quien se aprovechó de la situación para hacerme daño y dejar claro que con él no se jugaba.

—Es un mal hombre, Peyton, debes salir de su casa. Solo él sabe por qué diablos te ha mandado volver ahora.

—A saber, pero necesito tiempo. Espero que me entiendas.

—Claro. —Y en silencio comemos un poco de lo que nos han traído—. Me gustaría que lo conocieras. Hace unas tartas deliciosas, y queda un poco de la que preparó ayer en casa...; a mí se me dan fatal.

—Vamos, que el que no sepa cocinar me viene de familia.

—Ya te digo yo que sí. —Sonríe y parece mucho más joven.

—Está bien, no tengo nada que hacer esta tarde.

Mi madre asiente y se levanta a pagar; aunque insisto en que puedo pagar mi parte, no me deja. Salimos a buscar mi coche y antes de llegar me abraza. Tiembla tanto que me cuesta mucho mantener el tipo y no echarme a llorar. Si no lo hago es porque dudo que, de hacerlo, pueda mantener mi decisión de destruir a mi padre. La abrazo, pero no con la intensidad que deseo. No quiero romperme, no ahora que necesito la mente lo más fría posible.

Me indica cómo llegar a su casa, una de las pocas propiedades que le han quedado a Mac. Tal vez porque, como dice ella, nadie la quiso comprar por lo vieja y descuidada que estaba. Ellos la están adecentando y, aunque aún les falta mucho trabajo, veo en cada nuevo detalle mucho mimo y cuidado.

Entramos y vamos hacia la cocina mientras llama a Mac para que baje. No he terminado de quitarme el abrigo cuando por la puerta de la cocina entra su sonriente marido y el impacto que recibo me hace abrir la boca de golpe. Es como ver a Luke dentro de unos años.

—Luke y yo nos parecemos mucho. —Adivina mis pensamientos. Me da dos besos—. Encantado de conocerte.

—Igualmente.

Nos sentamos a comer el dulce y me fijo en cómo se miran y se acarician cuando creen que no los veo. Está claro que se quieren. El destino es muy retorcido; separa a dos personas que se quieren para que vivan vidas separadas y los hijos de estos acaban juntos años más tarde. Hijos que, de haberles ido a ellos todo de maravilla, nunca habrían existido. Es raro pensar que en su desgracia residan mi vida y mi felicidad.

—Está muy bueno —le digo tras comerme la tarta—. A Luke también se le da muy bien cocinar.

—Nos ha cocinado algo y puedo dar fe de que sí —dice mi madre—. Aunque él no está muy bien... ¿No lo vas a perdonar?

—Solo necesito tiempo —digo a la vez que la puerta de la casa se abre y tras esta aparece el aludido, que al verme se queda petrificado—. Creo que me voy a ir. Pero vendré pronto —le digo a mi madre al ver temor en su mirada.

—No tienes que irte por mí —dice Luke con voz dura—. Me puedo marchar yo, si tanto te asquea mi presencia.

—No es eso, tengo cosas que hacer —le digo hablando con él por primera vez en este tiempo.

Recojo mis cosas y me despido de mi madre y de Mac. Luke me sigue hasta la puerta.

—Estoy harto de esperar.

—Pues deja de hacerlo... —le digo enfadada por su poca paciencia—. No te di motivos para que lo hicieras.

Luke se acerca y saca de mi jersey la cadena de plata con la pieza de *puzzle*. Su contacto me produce escalofríos.

—Tal vez no lo expresaras verbalmente, pero dudo que lleves esto porque te encante esta baratija.

Se la quito de las manos.

—Eres tú el que está cansado de esperar, y mira, en eso te comprendo. Yo me cansé de esperar a que me contaras la verdad.

—Me estás castigando...

—Piensa lo que quieras.

Me vuelvo y pone sus manos en mis brazos. Me quema su contacto, sobre todo cuando se acerca a mi oído para hablar.

—Te pienso esperar toda la vida, pero entiende que me desespere verte tan lejos de mí. Me cuesta mucho apartarme, pero lo hago.

—Es tu vida, haz lo que quieras —le respondo antes de irme, deseando que sea verdad y que tenga un poco más de paciencia. No soportaría perderlo..., si es que cuando esto acabe yo sigo de una pieza, pues he descubierto que mi padre ya intentó matarme en ese accidente en que su objetivo éramos los dos, mi abuelo y yo.

Capítulo 38

LUKE

El lunes, tras un fin de semana caótico donde no me estampé con el coche de milagro en las carreras, llego a clase decidido a hablar con Peyton. ¿Y si me hubiera pasado algo? Me niego a que nuestro último momento juntos sea peleados.

Mi padre y mi hermano me echaron la bronca tras el evento, por el susto que les di. Hasta Adrian se acercó a ver cómo estaba, y todo fue por culpa de un nuevo corredor de dieciséis años que no le tiene miedo a nada y al que le da igual todo con tal de ganar. Me entró en una curva y si no me di de frente contra la pared fue solo por mi destreza al volante. Odio todo esto y no sé cómo salir de esta mierda. Mi padre insiste en asumir él mi deuda y correr en mi lugar. Ni vale para las carreras ni pensaba dejar que lo hiciera. Pero lo que sí hizo fue enfrentarse a Felipe y llamarlo negrero y mil cosas más. No sirve de nada; Felipe es un ser sin corazón al que, con tal de llenarse los bolsillos de dinero, le da igual el cómo.

Llego a clase y veo a Peyton al final del aula. Parece que me espera, porque al entrelazar sus ojos con los míos veo alivio en su mirada.

—Estoy bien, princesa —le digo, y cojo su cara entre mis manos—. Pero, aunque ayer no me matara, desde que estoy sin ti me siento muerto en vida. No soporto esto —le digo delante de todos los cotillas que quieran escuchar—. Te quiero, y sí, la cagué porque sentía asco de mí mismo. No podía hablar con mi madre porque me avergonzaba de todo lo que había sufrido por mi culpa y no era capaz de hablar con mi padre porque era más fácil culparlo a él de todas mis desgracias que aceptar mi culpa. Lo siento, pero, pese a todo, eso me ha llevado a ser quien soy ahora. Ese chico que se enamoró de una loca de las películas románticas y con el corazón más dulce que he tenido la suerte de encontrar. Soy lo que siempre viste en mí. Y solo a tu lado estoy completo. ¿Qué más tengo que hacer para que me perdones por no tener el valor de contarte la verdad por el miedo atroz que me daba despertar un día y estar sin ti?

Peyton me mira a los ojos un instante antes de alzarse y besarme como llevo días ansiando.

Me besa como si no hubiéramos roto y en cada roce me dijera cuánto me ama. Sus labios se unen a los míos con un hambre voraz. Y aunque el profesor nos grita para que paremos, nada puede detenernos..., salvo Peyton, que me separa de ella y, tras recoger sus cosas, se marcha corriendo.

¿Qué acaba de pasar?

* * *

—¡Luke! —Roy me grita desde su cuarto y lo escucho correr hacia el mío.

Abro la puerta. Lleva una *tablet* en la mano y en ella se ve la cara de Peyton en un vídeo en directo.

—Es hora de que este pueblo conozca la verdad del alcalde corrupto que tienen, y espero que me dé tiempo a contarlo antes de que me detenga, ya que el vídeo lleva diez minutos de retraso.

Lo miro impactado y cojo las llaves del coche para ir a la casa de Peyton. Roy se viene conmigo y no puedo ni hablar para negarme. Llego hasta mi coche y veo una nota de Peyton sobre el cristal; tiene su firma. La leo.

Lo siento, Luke, tengo que hacerlo. Espero que lo entiendas. Te quiero.

Peyton.

Asustado como nunca entro en el coche y corro hacia su casa esperando no llegar demasiado tarde, mientras de fondo escucho su voz en el iPad de mi hermano, firmando su sentencia ante un padre sin escrúpulos que no dudará en cortar su cabeza.

PEYTON

—¿Hasta dónde llegarías para que nadie sepa un secreto que podría cambiar el curso de tu vida? Ya os digo que es increíble hasta dónde llega el ser humano y qué poder tienen los secretos. Solo uno de ellos puede marcar la diferencia entre tenerlo todo o perderlo para siempre. Lo que la gran mayoría de la gente ignora es que los secretos siempre salen a la luz y solo estamos pagando un precio por conseguir más tiempo. Tiempo para aceptar nuestros errores y tener que dar cuenta de ellos. ¿Merece la pena callar por estos y vivir sabiendo que por tu culpa un alcalde corrupto está a cargo de una ciudad cimentada sobre el miedo de asumir sus actos? Aunque también es cierto que a nadie le importa lo que hagamos con nuestra vida. Es cosa nuestra decidir cómo vivirla y lidiar con lo que nos atormenta. El problema es que la culpa y el miedo dan mucho poder a quien sabe manejarlos.

Miro la puerta y, pese al tiempo que tengo para poder contar lo más esencial, temo que se abra y aparezca mi padre.

—Llevo días leyendo secretos y atando cabos, porque mi padre los anota todos y, no solo eso, hay fotos y pruebas con las que corrompe para conseguir los votos y además poder librarse de la cárcel una y otra vez. Y él no es el único que ha hecho esto. Mi abuelo, el padre de mi madre, un hombre al que vi morir y al que le hice una promesa que me ha traído de vuelta al nido familiar, enseñó a mi padre todo lo que sabía. Lo que él no esperaba es que mi padre se volviera contra él cuando mi abuelo puso a mi nombre su herencia. Por eso ordenó su muerte. Y la mía. Esa noche debíamos haber muerto los dos y así nadie habría sabido el cambio en el testamento y que yo era la heredera; pero mi odioso padre no contaba con que ese cambio ya había sido efectivo y que mi abuelo me había dejado su herencia para cuando tuviera veintiún años. Si no cumplía con una serie de condiciones, esta pasaría a ser de mi padre. Por eso me trajo de vuelta: para drogarme, secuestrarme y hacerme caer en un pozo de perdición como le pasó a mi madre. No contaba con que yo, por mucho que pareciera buena, no era tonta. Y sé lo que pensaba porque lo escribió todo en sus diarios. Hasta el hecho de que pensaba repudiarme antes de que mi abuelo muriera porque, sospechando que yo no era su hija, se hizo unas pruebas de paternidad y salieron negativas. Quiso hacer eso porque mi madre se enfrentó a él y quería demostrarle su fuerza y echarle en cara que le había hecho criar a la hija de otro..., pero claro, cuando yo salí ilesa de ese accidente y vio que existía una posibilidad de quedarse con la herencia de mi abuelo, me perdonó la vida con la clara intención de destruirme cuando faltara poco para cumplir los veintiún años. Y por si no podía lograrlo con tanta facilidad, llevaba meses investigando a las personas encargadas de la herencia de mi abuelo para chantajearlas con sus secretos. Pero él no contaba con que yo lo dijera todo antes de que eso pudiera pasar. Y tampoco con el hecho de que yo no le temo a nada, porque no tengo secretos con los que pueda corromperme, como sé que ha deseado más de una vez. Se creía tan invencible que lo narraba todo, porque esperaba que nadie nunca tuviera el valor de desvelarlo.

Escucho pasos y temo que la puerta se abra. Me tengo que dar prisa.

—Y entre todas las cosas detestables que hizo está la peor, al menos para mí. Destruyó la vida de mi novio y la de su familia para seguir los deseos de Felipe. Y pensaréis: ¿qué pinta Felipe, el mecánico, en todo esto? ¿Acaso nadie encuentra raro que tenga tanto dinero y que pudiese pagar la deuda de Luke? Felipe es el amante del alcalde desde hace años, pero guarda silencio porque le interesa, por el dinero que le da por su silencio. Y porque, cuando Felipe lo desea, el alcalde le hace favores, y ahí entra Luke. Felipe lo había visto correr, lo quería en su equipo. Lo deseaba tanto que, como Mac estaba haciendo demasiadas preguntas y los molestaba, urdieron un plan para destruirlo y corromper a Luke con la droga hasta que estuviera metido hasta el fondo en las deudas y no pudiera negarse a correr para Felipe cuando deseara salir. Porque los de la banda del Blanco a los que han detenido no son los cabecillas. Son Felipe y el alcalde.

Hago un alto para coger aire y sigo.

—Los otros son unos pobres desgraciados a los que les han cargado el muerto a cambio de que el alcalde calle lo que sabe y no les atribuyan más delitos de los que ya de por sí tienen y los saquen de la cárcel dentro de pocos años por falta de pruebas y buena conducta. Todo está preparado. Incluso la paliza a Roy; sabían que Luke reaccionaría así y buscaría una vía de salida, y que Roy haría lo que fuera por su hermano, hasta meterse a buscarlo en la banda. De no haber sido así, ya se encargarían ellos de darle un motivo a Luke para querer salir y que Felipe pagara su deuda. Es lo que tiene estudiar a las personas, conocer sus defectos y virtudes, que si lo haces bien, puedes tocar las teclas indicadas para que las cosas sucedan como esperas.

Escucho pasos.

—Solo espero que la gente de esta ciudad diga «basta» y asuma sus errores. Que nadie pague más por culpa de la corrupción del alcalde y sobre todo que cada uno sea dueño de los errores que cometa por decisión propia. Si no quieres que algo pese sobre tu conciencia, simplemente no lo hagas, y si lo haces..., asúmelo.

Mi padre entra en mi cuarto tras derribar la puerta

de una patada. Veo claramente en sus ojos cuál va a ser mi destino. Trato de huir arrastrando el ordenador conmigo. Lo intento, pero es tarde...

LUKE

La imagen se pierde y no se escucha ni se ve nada, hasta que un disparo resuena en el silencio.

Juro que noto como se me para el corazón. Tiemblo tanto que Roy se tiene que hacer cargo del coche para que no nos estampemos. Estoy a apenas unos metros de la casa de Peyton; solo nos ha dado tiempo a escuchar el final, lo suficiente como para comprender muchas cosas y también para saber que sin duda su padre tiene un as en la manga y nadie va a mover un dedo por Peyton.

Si no la ha matado ya, está sentenciada de igual forma.

Llegamos a la casa. La verja del jardín está cerrada. Acelero con el coche y lo estampo contra esta tras decirle a Roy que se sujete fuerte.

Nos chocamos y la verja se abre lo justo para que podamos pasar. El coche ha pasado a mejor vida, así que salgo del vehículo y me cuelo por el hueco de la puerta. Roy me sigue de cerca en mi acelerada carrera.

Entramos en la casa, donde los trabajadores van de un lado a otro. Veo sangre en algunos paños y me inquieto. Subo las escaleras de cuatro en cuatro, hasta donde está todo el trasiego. Entro y veo a Peyton tendida en el suelo cubierta de sangre... y es tal el impacto que me cuesta ver que en realidad está presionado una herida sangrante en el costado de su madrastra.

—¡Luke! ¡Nadie viene a buscarla! —dice, dándose cuenta de que somos los primeros en llegar.

Tal vez esperaba policías. O que la gente de la ciudad se alzara contra el alcalde. Pero no pasa nada de todo eso, de momento.

Estoy llegando hasta ella cuando una gran explosión me expulsa hacia atrás. Me repongo y voy a tientas hasta Peyton, ya que un espeso humo negro se cuela por la chimenea y nos reduce la visibilidad a Roy y a mí. El resto de los trabajadores gritan aterrados y se marchan sin importarles la suerte de su jefa.

—¡Hay que sacarla de aquí! —me grita Peyton. Dudo un instante—. Me ha salvado la vida.

No pensaba dejarla, no soy un desalmado. Además, lo que ha hecho por Peyton merece mi gratitud eterna. La cojo contra mi pecho y Roy ayuda a Peyton a salir de este infierno.

Salimos de la casa; fuera reina el caos. Se escucha el ruido de una ambulancia y sé que es cosa de Roy, que la ha avisado. Los empleados de la casa no han hecho absolutamente nada. Nadie ha movido un dedo por esta mujer.

La ambulancia llega y Peyton se sube en ella para irse con su madrastra.

Tarde, con la casa completamente en llamas, llegan los bomberos. Por lo que escuchamos no queda nadie dentro del edificio.

—¡Luke! —mi padre me grita desde su coche una vez estamos fuera; está con Loretta—. ¿Y Peyton?

—Está bien, ha ido al hospital con su madrastra —le digo mientras nos acercamos al coche Roy y yo. Entramos con rapidez—. Llévanos hacia allí.

Llegamos y al entrar noto como la gente nos mira con mucha intensidad.

—Esto debe de ser por lo que Peyton ha contado de su novio —me dice mi padre.

A mí tampoco se me ha pasado por alto que Peyton ha dicho «novio» al referirse a mí, pero he sentido que si lo hacía era porque, si salía algo mal, esa era su forma de despedirse, dejando claro que me quiere.

Llegamos a donde se han llevado a la madrastra de Peyton, aún llena de sangre. Al vernos, siente alivio y viene hacia nosotros. Me abraza con fuerza. Tiemblo, o tal vez lo hace ella. La aprieto fuerte contra mi pecho.

—Creí que te perdía —le digo muy cerca de su oído.

—Me disparó..., por un instante pensé que me mataba..., pero ella apareció de la nada y se puso frente a mí, recibiendo el disparo... El desgraciado, al ver que su esposa al fin se le rebelaba y encima la había alcanzado con la bala, salió corriendo por los pasadizos.

—Es un ser despreciable —dice su madre.

—Sí, y gracias a Dios no es mi padre —dice Peyton, apartándose de mí para mirarla a los ojos.

—Mejor así, ¿no? —le responde esta.

—Sí, pero de haberlo sabido hace tiempo, mi tío, mejor dicho, mi padre, hubiera luchado por mí y yo habría vivido con ellos.

La madre de Peyton le coge las manos.

—No se puede cambiar el pasado, pero sí podemos elegir cómo queremos vivir nuestro futuro. No te martirices con lo que no se puede modificar, ¿vale?

Peyton asiente y mira nerviosa hacia el lugar por donde se han llevado a la que hasta hace poco era su madrastra.

—Ella se enteró de que su marido le era infiel con Felipe, porque los vio juntos, y por eso se dio a la bebida —nos informa Peyton—. Mi padre se reía porque sabía que su mujer no haría nada. Ella no lo hizo, pero me dio las pistas necesarias para que pudiera destruirlo. Por eso no creí que fuera capaz de ayudarme de este modo, salvándome la vida.

—Lo peor de esto es que la gente de esta ciudad no va a hacer nada —dice mi padre.

—Tal vez ellos no, pero yo sí —dice Peyton—. Toda la información la tiene alguien que dudo mucho que pueda ser corrompido por sus trapos sucios. O por sus secretos.

—¿A quién se la has mandado? —pregunto inquieto por todo esto.

—A un becario que trabaja en un periódico. —Sonríe—. Hablé primero con él y me cercioré de que fuese de fiar. Está empezando, aún no ha hecho nada que pueda lamentar. Y tiene tantas ganas de probar su valía y que ha nacido para ser periodista que no se dejará manipular. Su lema es que la verdad tiene que salir a la luz, pase lo que pase. Sus ideales son fuertes, nadie ha destrozado sus ideas ni la vida ha hecho que haya perdido esa emoción y esa fuerza. En sus manos tiene la llave para destapar un gran escándalo. Al fin y al cabo, últimamente los que más delitos destapan son los periodistas.

—Tu padre va a ir tras él en cuanto se entere —le digo intranquilo.

—Seguramente, por eso toda la información saldrá en el periódico de mañana. Solo le pedí tiempo para poder ser yo la que contara lo más gordo.

—Te has arriesgado demasiado —le digo molesto por que se haya expuesto de esta forma.

—Tenía que hacerlo. Yo no lo he temido ni lo temeré nunca. —La seriedad en los ojos de Peyton me hace ver que es así. Ojalá en esta ciudad hubiera más gente como ella.

Pasan muchas horas hasta que nos informan de que la madrastra de Peyton está estable dentro de la gravedad. Solo entonces Peyton nos deja que la llevemos a casa de su madre para descansar algo. Tengo muchas ganas de hablar con ella, pero no será esta noche. Hoy no puedo hacer más que verla dormir en uno de los cuartos de invitados, cansada por todo lo vivido en el último día.

No sé qué hubiera hecho si llega a sucederle algo, si ese tiro llega a dar en el blanco. Cuando la vi en el suelo manchada de sangre sentí que habíamos perdido el tiempo por culpa de lo que podría suceder si..., en vez de afrontarlo y vivir con las consecuencias de nuestras acciones.

* * *

No puedo dormir en toda la noche y a primera hora mi padre trae el periódico, donde se publican datos y fotos de los diarios del alcalde. Su era de corrupción al fin ha sido destapada. Peyton supo cómo hacerlo y consiguió que este joven periodista no se vendiera. Al final del artículo, añade:

> ... y este ser despreciable que anoche casi mató a mi fuente me buscó para comprarme con dinero, ya que para su desgracia no tengo secretos con los que extorsionarme. Pero no, la verdad debe salir a la luz y que cada cual lidie con ella. Por respeto a las familias que han sufrido bajo su yugo, me guardaré lo que sé, salvo lo que concierne a las personas que han estado unidas a su

causa. Lo digo para que se queden tranquilos todos los que han sido corrompidos, pero, quién sabe, esto lo pienso hoy, tal vez mañana cambie de parecer. Hasta entonces, tal vez deberíais libraros de ese secreto que tanto teméis que se sepa. Al fin y al cabo, ya se sabe lo que dicen: «La verdad nos hará libres».

—Es detestable todo lo que hizo para que tú corrieras con Felipe —dice mi padre rojo de ira—. Cada vez que lo pienso...
—Ya no se puede hacer nada, pero es cuestión de tiempo que los pillen a ambos; y mi deuda, una vez estén en la cárcel, estará saldada, ya que yo mismo pienso presentar cargos contra Felipe.
—Y yo, hijo. No voy a ser uno de los que se queden callados, y me consta que Loretta tampoco. Va a denunciarlo por maltrato. Ojalá no seamos los únicos.
—Eso espero.
Tocan al timbre y miro extrañado a mi padre por lo temprano que es. Voy hacia la puerta y veo a los tíos de Peyton y a Emily. Bueno, creo que es hora de aceptar que son su padre, su hermana y su verdadera madrastra, solo que en este caso no es de las malas.
—Hemos esperado tanto como hemos creído prudente —le dice el padre de Peyton al mío.
—Yo en tu lugar también hubiera venido corriendo. Tu hija está dormida.
—Mi hija..., qué raro se me hace todo esto —dice entrando en la sala—. Alguna vez lo llegué a pensar, pero como sabíamos que se había hecho una prueba de paternidad por la cantidad de amantes de Loretta, con perdón...
—No te preocupes, sé perfectamente cuál es el pa-

sado de mi mujer —dice mi padre con una sonrisa, dejando claro que este por fin ya no le afecta.

—La verdad es que siempre deseé que fuera mi hija. La he querido siempre como a Emily y pensé que era porque se trataba de mi sobrina..., pero ahora sé que lo que sentía era por instinto. Lo malo es que lo no lo he sabido a tiempo.

—Lo has sabido cuando era su momento —dice Peyton—. Hola, papá. —Peyton sonríe feliz y salta a los brazos de su verdadero padre.

Se funden en un cálido abrazo que deja claro lo felices que son ante esta noticia. Emily no tarda en unirse a ellos y tira de su madre para que también lo haga.

Se separan y Loretta hace acto de presencia. Se saludan. Nos tomamos unos cafés y el padre de Peyton nos cuenta que se creía perdidamente enamorado de Loretta y no era capaz de darse cuenta de que a quien de verdad quería era a su mejor amiga de toda la vida. Y no lo supo ver hasta que creyó que la había perdido para siempre, al ver que se iba de su lado harta de que no fueran nada más que amigos.

—Siempre te perdoné por ser un tonto y no darte cuenta de lo que valgo —dice la madre de Emily—, pero ahora doy gracias porque esto diera paso a alguien tan maravilloso como Peyton.

Peyton sonríe feliz.

Se quedan hablando de cómo era su vida antes y me levanto para coger a Peyton de la mano y tirar de ella hacia el jardín. No puedo retrasar más la conversación que tenemos pendiente.

—Antes de que digas nada, siento mucho no haberte dicho que te perdonaba hasta ahora. Pero sabía que, de hacerlo, no podría contarte lo que me traía entre manos y tú sospecharías que te ocultaba algo y esto nos distanciaría. Tenía que hacer esto, Luke.

—Te entiendo.

—¿Sí? —Asiento—. Qué raro, esperaba que me dijeras que estaba loca, que podía haberme matado. Alguna cosa así...

—Eso ya lo sabes tú solita. Has visto la muerte de cerca.

—Es cierto. Te prometo que por un tiempo no pienso hacer nada tan loco.

—¿Por un tiempo solo? Te juro que mientras estés a mi lado no voy a dejar que te expongas así al peligro, y espero que tú tampoco me lo permitas a mí, ya que voy a dejar las carreras con Felipe pase lo que pase.

—Eso me gusta. No se puede pedir lo que no se está dispuesto a dar.

—Entonces, si te pido que te quedes a mi lado toda la vida, ¿lo harías? Porque yo sé que lo haría encantado.

—Eres un romántico, Luke.

—No lo soy, me considero una persona realista que solo da voz a la verdad. —Peyton sonríe y pasa sus manos por mi cuello.

—Entonces yo también debo de serlo, porque que te quiero es una realidad que nadie puede desmentir.

Nos besamos disfrutando de este nuevo comienzo y de todas las promesas no dichas en este intercambio.

—Al final tenía razón —me dice—, yo era una pieza que no encajaba, solo tenía que encontrar el *puzzle* perfecto al que pertenezco. No se puede forzar lo que está destinado a suceder.

—Eso es cierto, y tú encajas a la perfección conmigo. En más de un sentido, he de añadir. —Me da de broma. Me río por su cara roja—. Te quiero, y ahora sí, sin secretos.

—Ya era hora, porque quiero cada parte de ti. Lo que también vale para cada una de tus taras y defectos.

Nos besamos escuchando las risas de fondo de nuestra extraña familia. Es curioso como la vida da vueltas hasta que todo cobra sentido y hace que al fin comprendas por qué tus pasos y decisiones te llevaron hasta ese punto.

Hoy más que nunca tengo claro que Peyton y yo somos la fusión perfecta.

Epílogo

PEYTON

Observo la ciudad desde nuestro lugar secreto. Ha cambiado mucho en estos meses. Estamos en verano, a punto de empezar la universidad. Como hace exactamente un año. Cuando mi vida cambió para siempre y me puso en el camino de Luke.

Al fin voy a empezar la carrera que yo quería.

El alcalde fue apresado. Poco a poco la gente de esta ciudad lo fue denunciando y eso, sumado a la cantidad de pruebas que había en su contra, hizo que tanto él como Felipe cayeran; van a pasar muchos años entre rejas. Es lo que les pasa a los que se creen invencibles, que en solo un instante la vida les demuestra que nadie lo es.

Cuando cumpla veintiún años recibiré la herencia de mi abuelo materno, pero la donaré íntegramente a una asociación de personas maltratadas. No quiero nada de ese hombre, y por suerte la deuda de Luke ha quedado saldada al entrar Felipe en la cárcel.

Las cosas con mi verdadero padre van tan bien como siempre. Ahora nuestro lazo es un poco más intenso, al saber que nos une la sangre, aunque nuestro vínculo siempre fue fuerte.

Por otro lado, la mujer del alcalde se recuperó y fue internada en un centro de desintoxicación. Fue de las primeras en denunciar a su marido. Su hija, por su parte, sigue adelante con Cam, no sé si por amor o porque él no quiere dejarla sola ahora que todo su mundo se ha hecho pedazos. Es triste que, en caso de no sentir por ella nada más que lástima, no sea capaz de poner punto final a su relación; y no sería el primero ni el último que se casa con alguien por este motivo. Lamentablemente es así. No todos tienen su final perfecto, o bien porque no lo buscan, o bien porque se conforman.

Exactamente lo que le sucede a Emily, que sigue con César, anulándose cada vez que está a su lado; por eso mismo Luke no soporta que quedemos con ellos. Es complicado estar al lado de mi hermana y ver como con César deja de ser ella misma; y lo peor es que cuando se lo decimos Luke o yo, dice que ella es feliz, que tal vez no la comprendamos, pero que ella quiere a César.

Tal vez nunca se dé cuenta de todo lo que se está perdiendo por estar metida en una relación tan tóxica; y como ella hay muchas mujeres, que llaman amor a lo que otros llamamos ceguera por no ser capaces de ver la realidad que tienen ante sus ojos.

Quizá por eso dicen que el amor nos ciega.

Emily se enteró de que sus padres tenían una cuenta abultada, pero no le dio importancia, ni tampoco al hecho de que César quiera trabajar para su padre. A Luke y a mí no se nos pasó por alto que no parecía tan sorprendido con la noticia como mi hermana. Y da igual, porque ella seguirá creyendo que son perfectos el uno para el otro. Para ella es así.

Blanca, por su parte, está saliendo con un chico. Dice que ahora no lo quiere todavía, pero nunca se sabe. Al menos ha dejado de anclarse en el pasado y ha decidido darle una oportunidad al amor. Tiene que olvidarse de Cam, porque él ha decidido cómo quiere que sea su vida y, aunque a nosotros no nos parezca perfecta, es su elección. Y Blanca debe dejar atrás el pasado y tratar de ser feliz. Yo creo que lo conseguirá.

Mi madre y Mac cada día están más enamorados. Me gusta verlos así, porque siempre tendemos a pensar que el amor es cosa de jóvenes, hasta que ves a dos personas con más de cuarenta años mirarse a los ojos como dos adolescentes y te das cuenta de que el amor no tiene edad, solo los prejuicios.

Y con Luke...

—Estás ocupando mi sitio.

—¿En serio, Luke? —Me vuelvo y lo veo sonreír iluminado por la luz del atardecer.

—Lo digo completamente en serio.

Tira de mi mano y me levanta, haciendo que me caiga contra su pecho. Creo que me va a besar, pero me esquiva y se sienta donde yo estaba, para luego tirar de nuevo de mí y que me siente sobre sus piernas.

—Así mejor, ¿no?

—Por supuesto.

Me abraza por detrás y me dejo hacer, refugiándome entre sus brazos mientras pienso en cómo nos ha cambiado la vida en este tiempo. Creo que en el fondo siempre supe que este chico era especial, por eso no quería ceder aquella noche. Es como si sintiera que, desde que nos encontramos, nuestros caminos estarían unidos.

—Tablas —dice Luke de pronto cogiendo mi mano. En medio de esta noto algo frío—. Porque nunca quiero ir ni por delante de ti ni más atrás, siempre al mismo nivel. —Gira mi mano y veo en el centro un anillo con dos piezas de *puzzle* unidas—. Juntos, como iguales.

—Dices esto porque ha quedado demostrado quién es la más cabezota de los dos y porque no soportas perder...

—Vale, me has pillado. —Pone el anillo en mi dedo—. Solo alguien tan cabezota como tú podría haberme aguantado tanto. No sé si podré vivir con esta derrota...

—Ya lo veremos. Juntos. Es precioso, por cierto.

Lo beso a la luz del atardecer sin saber si el anillo es una propuesta o una promesa, pero sabiendo que, sea lo que sea, le diré que sí y que tarde o temprano lo descubriré. Ya no hay secretos entre nosotros.

Al fin somos libres para amarnos sin miedo.

Agradecimientos

A mi familia por estar constantemente apoyándome con un cariño incondicional.

A mi editora Ade por apostar continuamente por mí y por ser tan maravillosa. Trabajar con ella es un placer.

A Booket y a su espléndido equipo por creer en mis historias.

A mis correctores porque hacen una extraordinaria labor perfilando mi historia y comprendiendo la mente de esta disléxica. Sin olvidar a todas las personas que hacen posible que un libro vea la luz, ya que detrás de un libro siempre hay un gran trabajo en equipo.

A mis amigas y a las que sin mis libros no sería lo mismo por la ayuda que me dan en cada novela, Merche y Natalia.

A mis lectores por ser el motor de mis novelas. Gracias por estar ahí siempre.

La trilogía *Un juego perfecto* en Booket:

Sigue enamorándote con la trilogía *Sweet Love*: